DIE MÜNDUNG

Dieses Buch ist ein Roman. Handlungen und Personen sind frei erfunden. Ähnlichkeiten mit lebenden oder toten Personen sind nicht gewollt und rein zufällig. Zur Erklärung maritimer Ausdrücke befindet sich ab Seite 378 ein Glossar.

TIM PIEPER

DIE MÜNDUNG

THRILLER

emons:

© Emons Verlag GmbH
Cäcilienstraße 48, 50667 Köln
info@emons-verlag.de
Alle Rechte vorbehalten
Umschlaggestaltung: Nina Schäfer, unter Verwendung der Motive
von mauritius images/Olaf Döring/imageBROKER, Shutterstock/
andrejs polivanovs; kuzmaphoto; Barbara Ash
Gestaltung Innenteil: DÜDE Satz und Grafik, Odenthal
Lektorat: Carlos Westerkamp
Druck und Bindung: sourc-e GmbH, Köln
Printed in Europe 2025
ISBN 978-3-7408-2172-2
Thriller
Originalausgabe
2. Auflage

Unser Newsletter informiert Sie
regelmäßig über Neues von emons:
Kostenlos bestellen unter
www.emons-verlag.de

Die automatisierte Analyse des Werkes, um daraus Informationen
insbesondere über Muster, Trends und Korrelationen gemäß
§ 44b UrhG (»Text und Data Mining«) zu gewinnen, ist untersagt.

Für Steffi, Moritz und Theo

*Unser Gedächtnis arbeitet konstruktiv.
Es arbeitet rekonstruktiv. Das Gedächtnis funktioniert ein
bisschen wie Wikipedia: Sie können es aufrufen
und es verändern, aber andere können das auch.*

Elizabeth Loftus, * 1944,
US-amerikanische Psychologin

PROLOG

In der Nacht erreichten feuchtwarme Luftströme die Elbmündung und ließen Seenebel aufsteigen, die in dichten Schwaden über die schwarze Wasseroberfläche zogen.

Mit klammen Fingern packte er die Ruderpinne fester, hielt sein Segelboot auf Kurs. Zuerst hatte er das Containerschiff nur gehört, doch nun schälte es sich aus dem Dunst. Immer höher türmte sich der Bug auf, rauschte mit steil aufschäumender Welle heran. Die gewaltigen Antriebsmaschinen klopften dumpf, so als läuteten sie die Kollision ein.

Natürlich war es ein Wahnsinn, dass er die Fahrtlinie kreuzte. Er tat es nicht aus Leichtsinn, sondern weil er sie abschütteln musste. Meter um Meter holten sie auf. Wenn sie ihn erwischten, würden sie die Beweise stehlen, ihn über Bord schmeißen und zusehen, wie er ertrank. Es gäbe weder Zeugen noch verdächtige Spuren, sie kämen ungestraft davon.

Aber den Gefallen tat er ihnen nicht.

Im Schutz der Dunkelheit wollte er die freie Nordsee erreichen und die nächste Flut nutzen, um Richtung Spieka-Neufeld einzulaufen. Unterwegs würde er im Windschatten einer Sandbank ankern, einen Plan schmieden. Es gab nur wenige Skipper, die das Revier so kannten wie er. Er rechnete sich gute Chancen aus.

Als er den Kopf hob, war der Ozeanriese nur noch fünfzig Meter entfernt. Hatte er sich verschätzt? Der Lärm war ohrenbetäubend.

Er spannte die Muskeln an, machte sich zum Sprung bereit, als sich die rostige Stahlwand dicht an seinem Bootsheck vorüberwälzte.

Erst jetzt merkte er, dass er den Atem angehalten hatte. Geräuschvoll stieß er die Luft aus. Er hatte es geschafft. Vorerst! Jetzt musste er aufpassen.

Denn schon erreichten ihn die verdrängten Wassermassen,

hoben ihn empor, stießen ihn talwärts, wo er von der nächsten Welle erwischt wurde. Die Gischt spritzte ihm in den Nacken, die Segel knatterten wie ein Maschinengewehr, die Fallen klopften im Stakkato gegen den Mast.

Seine weißen, blutleeren Finger krampften sich um die Pinne, verhinderten, dass das Boot aus dem Ruder lief und querschlug.

Allmählich ebbte das Auf und Nieder ab. Er schüttelte den Arm aus, dehnte die Schulter. Endlich erreichte er die Gewässer jenseits des Fahrwassers. Der Nebel hüllte ihn wie ein feuchter Mantel ein. In seinem Bart verfingen sich Tropfen, die ihm über die Lippen rannen.

Er konnte keine Leuchttonne entdecken. Weder vor sich noch hinter sich. Verflucht! In so einer Waschküche musste er höllisch aufpassen, dass er Abstand zu den Sänden und zum Watt einhielt. Dazu kam der auffrischende Wind. Wenn dieser gegen die Strömung stand, wurde es ungemütlich.

Wenigstens schien es so, als hätte er seine Verfolger abgehängt. Es wunderte ihn, dass er zwischen den Schwaden nirgends ihre Positionslichter sah. Hatten sie die Lampen gelöscht? War ihr Boot im Schwell des Containerschiffes gekentert?

Sosehr er seine Augen auch anstrengte, er erblickte nur den alten Stahlkoloss, der wie ein geschmückter Weihnachtsbaum im Dunst verschwand, die Maschinengeräusche schon gedämpft. Ansonsten war da eine unheilvolle Stille. Und die Wellen, die zunächst nur zu erahnen waren, sich dann aus der Schwärze lösten und gekrönt von weißen Schaumköpfen heranrollten.

Mit wackligen Knien stand er auf, für eine bessere Sicht. Er tastete nach den Trophäen des Mörders, die in seiner Anoraktasche steckten. Die Schmuckstücke waren seine Lebensversicherung.

»Schon bald«, rief er über das dunkle Wasser. »Schon bald steht ihr vor Gericht und zahlt für eure Taten. Hört ihr?«

Wie zur Antwort flammte eine Viertelmeile entfernt der gelbliche Suchscheinwerfer auf. Unruhig hüpfte er umher, tastete die diesige See ab.

Oh nein! Sie waren näher, als er gedacht hatte. Wie war das

möglich? Es konnte nicht mehr lange dauern, bis der Lichtkegel ihn erwischte.

Ihm wurde zuerst heiß, dann kalt.

Die Signalpistole fiel ihm ein. Er konnte sie als Schusswaffe nutzen, sich wehren. Vor seinem geistigen Auge sah er sich zielen, sah die Verfolger in Deckung gehen.

Er merkte nicht, dass der Seegang ihn steiler anhob und tiefer niederstieß. Ins Hier und Jetzt kehrte er erst zurück, als der Rumpf hart aufsetzte.

Der plötzliche Stopp, die frei gewordenen Kräfte trafen ihn unvorbereitet. Er ruderte mit den Armen, fand keinen Halt, flog nach vorne, versuchte sich abzufangen, prallte heftig gegen die Kajüte. Knackend brachen das Handgelenk und die Rippen. Sengende Schmerzen durchzuckten ihn.

Der Wind drückte das Boot auf die Seite; die nächste Welle hob es an und schmetterte es runter. Aufstöhnend wirbelte er herum, stürzte in die Reling, federte ab, flog mit einer Rückwärtsrolle von Bord. Kerzengerade tauchte er in die Nordsee ein.

Nein!, dachte er. Nicht so!

Da erreichten seine Füße den Grund. Kaltes Wasser klatschte ihm ins Gesicht, spülte über seinen Kopf. Er verschluckte sich, würgte, das Salz brannte in den Augen, aber er konnte das Kinn hochrecken, Luft einsaugen. Vielleicht schaffte er es, vielleicht …

Der Rumpf stieg erneut in die Höhe und wurde wieder hinabgeworfen. Die Bordwand erschlug ihn beinahe. Überall aufspritzende Gischt. Er musste achtgeben, dass er nicht unter dem Großsegel begraben wurde. Er durfte nicht stehen bleiben, er musste hier weg!

Als der Scheinwerferkegel auf sein Boot traf, tauchte er unter, spürte ein glühendes Stechen im Brustkorb, das ihm fast die Besinnung raubte.

Nicht ohnmächtig werden, ermahnte er sich. Bloß nicht ohnmächtig werden!

Auch seine linke Hand war zertrümmert. Bei jeder Bewegung

jagten Schmerzstöße durch seinen Arm. Gut, dass das Adrenalin durch seinen Körper pulste. Es half ihm, klar zu denken.

Bei diesen Windverhältnissen, bei der ablaufenden Tide würde er das Boot nicht flottkriegen. Selbst wenn es ihm gelänge, den Motor zu starten, den Rumpf zu stabilisieren und in tiefere Gewässer zurückzusetzen, würden die Manöver zu lang dauern. In seinem Zustand war er eine leichte Beute.

»Wo steckst du?«, tönte es verzerrt aus einem Megafon. »Wir wollen dir nichts tun. Nur reden.«

»Reden?«, murmelte er. »Kannst du deinem Friseur erzählen.«

Er musste fort, bevor sie ihn entdeckten. Also prüfte er, in welcher Richtung der schlickige Boden anstieg, stieß sich mit den Füßen ab. Mit schwebenden Schritten, mit ausholenden Armbewegungen, die ihn jedes Mal an den Rand einer Ohnmacht trieben, kämpfte er sich von der Unglücksstelle fort, tiefer in den schützenden Nebel.

»Komm jetzt her«, erklang es. »Noch finden wir eine Lösung.«

»Sonst was?«, presste er hervor.

»Langsam reicht's!«, schrie die Megafonstimme. »Wenn du jetzt nicht rauskommst, dann …«

Jaja, du Arschloch, dachte er.

Er hörte nicht mehr zu, konzentrierte sich auf den nächsten Schritt. Der Meeresgrund wurde fester, bald reichte ihm das Wasser nur noch bis zu den Waden. In seinem Mund sammelte sich ein metallischer Geschmack, er spuckte einen Blutfaden aus. Da verhakten sich seine Füße. Er stolperte, fiel platschend auf die Knie, hustete so lange, bis ihm schwindlig wurde. Von irgendwoher tönten gedämpfte Rufe. Alles drehte sich. Für einen Augenblick war er überzeugt, dass er nicht weiterkonnte.

Während er im Wasser hockte, fiel ihm sein Segleranorak ein. Grellorange, mit Reflektoren ausgestattet. Machte ihn zum Ziel. Andererseits konnte er ihn nicht ausziehen. Er fror erbärmlich, ihm klapperten die Zähne. Der winddichte Stoff schützte ihn vor Auskühlung.

Auf einmal bemerkte er kleine, schäumende Strudel und querende Strömungen. Auch vernahm er die Brandung. Einer der hohen Sände musste in der Nähe sein.

Da verstecke ich mich, dachte er. Bis ich die Priele erkenne und mich zum Festland durchschlagen kann.

In seinem Rücken färbte sich der Dunst gelblich. Offenbar waren seine Verfolger vom Boot gesprungen und suchten ihn mit Taschenlampen. Der Lichtstrahl durfte seine Jacke nicht treffen!

Er stemmte sich hoch, schleppte sich weiter. Die nassen Sachen hingen schwer herab, zogen an ihm, als wollten sie ihn in die Tiefe reißen.

Nein!

Nicht aufgeben!

Jeder Meter kostete Überwindung, aber er musste weiterlaufen. Mit seiner gesunden Hand vergewisserte er sich, dass die Beweisstücke in der Tasche steckten.

Ja, er hatte Mist gebaut. Er hatte die Grundregeln des Segelns missachtet und dafür bezahlt. Aber er war nicht am Ende.

Er konnte immer noch davonkommen.

1

Gegenwart

»Stopp!«, schrie Lena. »Steig nicht zu ihm ins Auto. Verstehst du? Nicht einsteigen!«

»Schau mal«, erwiderte ihre Schwester Jette. Sie stand in der offenen Beifahrertür und deutete über das Wagendach hinweg in den Nachthimmel. Vor der silbernen Scheibe des Mondes flogen Graugänse in der typischen V-Formation. »Sie folgen einer Route, einem Zeitplan. Auch mir ist ein Weg vorgezeichnet.«

»Aber du bist ein Mensch, kein Tier. Du hast die Wahl. Ich will dich nicht verlieren! Ich könnte es nicht ertragen.«

»Verlust ist ein natürlicher Bestandteil des Lebens. Wir müssen ihn akzeptieren. Wir müssen lernen loszulassen.«

»Der Kerl ist ein Psychopath! Er wird dir wehtun, wenn du ihn begleitest. Mit seinen Opfern hat er furchtbare Dinge angestellt.«

»Du bist meine große Schwester und willst mich beschützen. Das verstehe ich, aber ich bin schon lange erwachsen und treffe eigene Entscheidungen. Außerdem habe ich dir erklärt, warum ich fortmuss.«

»Was?«

»Denk nach, Lena. Dann begreifst du es.«

»Ich habe keine Ahnung, wovon du redest.«

»Denk an die Graugänse. Es liegt in ihrer Natur, sich auf die Reise zu machen. Und jetzt finde eine Analogie zu meinem Verhalten.«

Verzweifelt erkannte Lena, dass sie nicht zu Jette durchdrang. »Bitte«, flehte sie und begann zu weinen. »Bitte, tu das nicht!«

»Sorg dich nicht. Es hat alles seine Richtigkeit. Wir alle tun, was wir tun müssen«, erwiderte ihre Schwester, setzte sich in den Wagen und zog die Beifahrertür zu. Der Kombi beschleunigte sofort, und die roten Rücklichter entfernten sich.

Lena wollte die Verfolgung aufnehmen, doch sie hing am Boden fest. Oder war sie gelähmt? Jedenfalls gehorchte ihr

Körper nicht. Sie strengte sich stärker an, bewegte zuerst die Finger ihrer rechten Hand und ...

... schlug schluchzend die Augen auf.

Das Tanktop klebte an ihrer Haut. Sie atmete schwer, und Tränen rannen ihr über das Gesicht. Obwohl sie noch aufgewühlt war, kapierte sie, dass es wieder der Alptraum gewesen war. In verschiedenen Variationen suchte er sie beinahe jede Nacht heim. Mal war der Wagen rot, dann weiß, dann von einer undefinierbaren Farbe. Mal antwortete ihre Schwester in ihrer typisch distanzierten Weise, dann hüllte sie sich in Schweigen. Mal wurde Jette ins Auto gezerrt, dann stieg sie freiwillig ein.

Wie sich die Entführung in der Realität zugetragen hatte, wusste Lena nicht. Es gab keine Augenzeugen, und ihre nächtlichen Hirngespinste verwirrten sie nur, anstatt sie über das tatsächliche Geschehen aufzuklären.

Der Traum machte sie jedes Mal fix und fertig. Er erinnerte sie nicht nur daran, dass sie ihre Schwester verloren hatte, er rief ihr auch ins Gedächtnis, dass sie kurz vor Jettes Verschwinden mit ihr gesprochen hatte. Vielleicht hätte sie verhindern können, dass sie das Lütte Altstadtfest in Otterndorf verließ und sich mitten in der Nacht alleine auf den Heimweg begab.

Hatte sie solche Überlegungen erst angestellt, meldete sich in ihrem Kopf schon die anklagende Stimme ihres Vaters, der sie für Jettes Tod verantwortlich machte. Obwohl Lena wusste, dass er unrecht hatte, und obwohl Lena längst kapiert hatte, dass sie ihm nur als Blitzableiter für seinen Schmerz diente, fühlte sie sich schuldig.

In Boxershorts sprang sie von dem schmalen Bett auf, tigerte durch den Wohncontainer. Er diente ihr als Unterkunft, seit sie die Stelle als Umweltpraktikantin auf der Vogelinsel Scharhörn angetreten hatte. Allerdings wusste sie bereits, dass die Bewegung allein nicht half. Sie musste ihren Geist beschäftigen.

Deshalb griff sie nach den Drumsticks, die sie überallhin begleiteten. Auf der Küchenzeile trommelte sie schnelle Paradiddles, Kombinationen aus Einzel- und Doppelschlägen. Sie begann mit altbekannten Mustern und verband sie zu längeren und komplexeren Rhythmen, die irgendwann ihre ganze Aufmerksamkeit erforderten.

2

Eine halbe Stunde später hatte Lena die düsteren Traumbilder verscheucht und setzte sich mit dem Rücken gegen die kalte Wand. Während sie die Trommelstöcke mit den Fingern wirbelte, schaute sie zwischen den Lamellen der Jalousie hindurch nach draußen. Silbrige Blitze zuckten am Nachthimmel. Am Abend hatte sich ein Unwetter zusammengebraut, das sich nun über der Elbmündung und dem Wattenmeer entlud.

Von Zeit zu Zeit verdichtete sich der Regen zu wasserfallartigen Fontänen, die so jäh gegen die Fenster schwappten, dass die Scheiben bebten. Dann übernahmen die pfeifenden Orkanböen die Gewalt und stürmten gegen den Pfahlbau an. Sie rüttelten an den Tragsäulen, zerrten an dem Laufgitter und rissen an der Photovoltaikanlage auf dem Dach, aber Lena achtete nicht auf das Klappern der Bleche.

In Gedanken war sie wieder bei ihrer Schwester Jette. Lange vor ihrer Entführung, noch im Teenageralter, hatte diese die Auswirkungen des Klimawandels auf das Verhalten der Zugvögel untersucht und einen Forschungswettbewerb gewonnen. Mit ihrem klaren Gesicht hätte sie schön aussehen können, als sie auf der erleuchteten Bühne stand und den Preis entgegennahm, aber Äußerlichkeiten bedeuteten ihr nichts. Sie trug den Pagenschnitt, den ihr der Dorffriseur seit dem Kindergarten verpasste, und die Lederkette mit dem silbernen Nonnengans-Anhänger. Im Vergleich zu der glamourösen Moderatorin, die sie mit Lobeshymnen überschüttete, und im Vergleich zu dem Vertreter des preisstiftenden Instituts, der sie väterlich wohlwollend anlächelte, wirkte sie deplatziert und überfordert. Es schien so, als ob sie die Laudatio gezwungenermaßen über sich ergehen ließ.

Schon früh hatte sich herausgestellt, dass Jette anders war als die anderen Kinder im Dorf. Im Alter von drei Jahren brachte sie sich selbst das Lesen bei, mit sieben spielte sie die »Préludes« von Rachmaninow auf dem Klavier, und kurz nach ihrem vierzehnten Geburtstag begann sie ein Medizinstudium. Zugleich zeigten sich Auffälligkeiten und Schwierigkeiten im zwischenmenschlichen Umgang.

Psychologen ermittelten einen Intelligenzquotienten zwischen hundertneunundfünfzig und hundertzweiundachtzig und nannten Jette »twice exceptional«, also in zweifacher Hinsicht außergewöhnlich. Sie verband eine Hochbegabung mit einer Autismus-Spektrum-Störung, dem Asperger-Syndrom. Damit einher ging noch eine Hochsensibilität. Trotz Einschränkungen in der sozialen Interaktion hätte sie der Welt viel geben können, wäre sie nicht von einem Serientäter entführt und umgebracht worden.

Manche Menschen bewältigten ihre Trauer, indem sie das Grab pflegten, einen Song schrieben oder Trost in Gesprächen suchten. Lena bekämpfte den Schmerz, indem sie die Ermittlungen der Soko Gezeitenmörder verfolgte. Weil sie selber Kriminalhauptkommissarin war und Tötungsdelikte aufklärte, konnte sie die Vorgehensweise beurteilen. Zunehmend gewann sie den Eindruck, dass falsche Schwerpunkte gesetzt wurden. Ihrer Kritik begegnete man erst argumentativ, dann gereizt und schließlich verärgert, bis man ihr die Tür vor der Nase zuschlug.

Das war ein Schock.

Sie stellte sich in Frage, zog einen Freund zurate, den sie von der Polizeihochschule kannte, der sie mit Insiderinformationen versorgte und von dem sie sich eine objektive Einschätzung erhoffte. Gemeinsam kamen sie zu dem Ergebnis, dass die Soko entweder aus Unvermögen oder aus einem anderen Grund erhebliche Fehler beging. Wieso wurde nicht berücksichtigt, dass Jette nicht ins Opferschema passte?

Konsequent stürzte Lena sich in eigene Nachforschungen. Weder die Bedenken ihrer Eltern noch die Disziplinarandrohungen ihrer Vorgesetzten hielten sie auf. Um mehr Zeit zu haben, nahm sie unbezahlten Urlaub und drehte jeden Stein auf der Suche nach dem Gezeitenmörder um, der seine Opfer nach Volksfesten in Hafenstädten auflas. Neun waren es inzwischen! Aber nichts half. Der Kerl lief noch frei herum. Irgendwo lachte er sich ins Fäustchen und schwelgte in seinen kranken Phantasien.

Der Gedanke war unerträglich, doch am meisten belastete Lena, dass sie alle Möglichkeiten ausgeschöpft hatte und nicht weiterwusste. Wenn sie nicht bald eine zündende Idee hatte, würde der Täter die nächste junge Frau zu Tode quälen und ihren Leichnam von der ablaufenden Tide auf die freie See tragen lassen, bis er Wochen oder Monate später mit der Flut irgendwo an Land gespült wurde; und sie konnte nichts dagegen tun. Sie war machtlos! Diese Einsicht wühlte sie so auf, dass sie nur einschlief, wenn sie vor Erschöpfung umkippte.

Hier, auf der Vogelinsel Scharhörn, mitten im Wattenmeer, wollte sie Ruhe finden, aber das Gegenteil war der Fall. Zurückgeworfen auf sich selbst, kaute sie die Fakten endlos durch. Das Gedankenkarussell nagte an ihren Nerven. Die Alpträume ließen die Realität verschwimmen. Sie hatte Angst, den Verstand zu verlieren, aber sie wusste genau, dass sie lieber verrückt werden würde, als den Mörder ihrer Schwester davonkommen zu lassen.

Sie würde niemals aufgeben: nicht heute, nicht morgen und nicht in fünfzig Jahren!

3

Lena hob ruckartig den Kopf. Ein Geräusch hatte sie aufgeweckt. Es hatte sich angehört, als wäre die Metalltür zugeschlagen worden. War jemand im Wohncontainer?

Sie war im Sitzen, mit dem Rücken gegen die Wand gelehnt, eingeschlafen. Mit den Fingern wischte sie sich den Speichel vom Kinn, stemmte sich hoch und blickte sich angestrengt um. Ihr Nacken schmerzte.

In der feinen Sandschicht auf dem Fußboden zeichneten sich

Spuren ab, die sie aufgrund der Profilabdrücke ihren eigenen Stiefeln zuordnete. Ansonsten sahen das Stockbett, der Spind und ihr Arbeitsplatz aus wie immer. Nirgends entdeckte sie Hinweise auf einen Eindringling.

Alles in Ordnung, beruhigte sie sich. Keine Paranoia jetzt! Hastig griff sie nach einem vollen Glas, das auf dem Tisch bereitstand. Sie stürzte das Wasser hinunter. Es stammte aus dem Tank draußen und schmeckte bitter, aber sie hatte sich daran gewöhnt und fühlte sich hinterher stabiler.

Gähnend streckte sie die Arme von sich und dehnte sich, bis der Schmerz am Hals nachließ. Danach schloss sie die Objektivabdeckung der Webcam, um sich unbeobachtet waschen zu können.

Die Kamera klemmte am Regalbrett und filmte sie bei den täglichen Verrichtungen. Zu Beginn ihres Aufenthalts hatte sie sich unbehaglich gefühlt, aber man hatte ihr erklärt, warum die Liveaufnahmen nötig waren. Ihr Vorgänger hatte nach einem Schlaganfall tagelang bewusstlos auf dem Fußboden gelegen und war schließlich gestorben. Hätte man ihn früher entdeckt, hätte er gerettet werden können. Die Überwachung erfolgte auf freiwilliger Basis und geschah zu ihrem Besten. Sie konnte sie jederzeit unterbrechen.

Als sie sich mit einem nassen Waschlappen säuberte, fröstelte sie und streifte schnell das karierte Holzfällerhemd über. Im Spiegel entdeckte sie Spuren von Möwenkot, der draußen überall vom Himmel fiel und dem kaum mit Shampoo beizukommen war. Sofort griff sie nach der Bürste und zog die Borsten durch ihr naturkrauses hellbraunes Haar, um die letzten Reste zu entfernen. Notdürftig steckte sie es mit einer dünnen Metallklammer fest. Sie hatte schon immer Probleme gehabt, ihre Locken zu bändigen. Bei diesen Wind- und Wetterverhältnissen beschränkte sie sich darauf, eine Verstruppung zu verhindern und die Vögel davon abzuhalten, ihren Kopf als Nistplatz zu benutzen.

»Sieh dich an, Lena Funk«, sagte sie und schaute auf ihr Ebenbild. »Dafür bist du selber verantwortlich.«

Unter ihren blauen Augen hatten sich gräuliche Sicheln gebildet, die gespenstisch mit ihrer Sonnenbräune kontrastierten. Ihre Nase stach zu spitz aus dem schmalen Gesicht hervor. Auch ihr restlicher Körper war zu dünn. Bei einer Körpergröße von einem Meter vierundsiebzig brachte sie noch fünfundfünfzig Kilogramm auf die Waage. Sie musste regelmäßiger essen, besser auf sich aufpassen, aber das war leichter gesagt als getan, wenn sie ins Grübeln geriet und sich im Gedankendickicht verlor.

Warum fand sie keinen »normalen« Weg, um ihre Trauer zu bewältigen? Warum konnte sie die Ermittlungen nicht anderen überlassen und ein normales Leben führen? Die Antwort stellte sich ein, als sie an ihren Traum dachte. Die Worte ihrer Schwester waren eindeutig.

»Es liegt in deiner Natur«, sagte sie zu ihrem Spiegelbild. »Dagegen kommt man nicht an.«

Seufzend band sie ihr Haar zu einem Pferdeschwanz zusammen und schlüpfte in die schwarze Cargohose. Danach entfernte sie die Objektivabdeckung von der Webcam. Weil es so hell war, setzte sie ihre Sonnenbrille auf. Wie jeden Tag.

Fast gleichzeitig meldete sich die Zentrale. Offenbar war sie beobachtet worden. Jemand hatte nur darauf gewartet, Kontakt aufzunehmen. Und sie wusste auch schon, wer das war. Widerwillig nahm sie den Anruf entgegen.

Am Apparat war Anton, ein Biologe und Mitarbeiter der Geschäftsstelle, der das Einweisungsgespräch durchgeführt hatte. Er kontaktierte sie häufiger, als es notwendig war, deshalb vermutete sie, dass er nicht nur berufliche Interessen verfolgte. Auch wenn ihr schleierhaft war, was er sonst von ihr wollte.

»Hey, du Glückliche«, sagte er zu fröhlich.

»Hallo«, antwortete sie knapp.

»Hast du rausgeschaut? Es ist herrlich. Das Unwetter hat sich gelegt. Versprengte Wolken jagen ostwärts. Auf dem Wattboden zeigt sich ein Wechselspiel aus Licht und Schatten. Am Strand wirbeln kleine Sandhosen auf …«

Das konnte ewig so weitergehen. Lena setzte sich an den Schreibtisch und legte die Füße hoch.

»… und das Dünengras schüttelt die letzten Regentropfen ab«, fuhr Anton fort. »Am Horizont läuft gerade ein Kreuzfahrtschiff in die Elbmündung ein. Siehst du die Elbmündung? Siehst du, wie das Kreuzfahrtschiff einläuft?«

Lenas winziger Arbeitsplatz befand sich direkt am Fenster.

»Hab Augen im Kopf. Warum erzählst du mir das jeden Morgen?«

»Großartig«, sagte Anton. »Eigentlich wollte ich nur hören, wie es dir geht und wie du den Sturm überstanden hast.«

»Bin in Ordnung.«

»Am besten hast du immer genügend Feuerholz vorrätig. Das ist wichtig, wenn du länger nicht rauskannst. Brauchst du deine Lieblingsschokolade? Eine warme Decke?«

»Hast du gestern schon gefragt.«

Seine Fürsorge nervte. Außerdem behandelte er sie wie ein kleines Mädchen. Dabei wusste er aus ihrer Personalakte, dass sie als Teamleiterin im Dezernat für Schwere Kriminalität des LKA Niedersachsen in Hannover tätig gewesen war. Im Dienst hatte sie in Abgründe geblickt, die er sich nicht mal vorstellen konnte. Sie benötigte seinen Schutz nicht; sie kam gut alleine klar und wechselte das Thema.

»Der Sandabtrag dürfte enorm sein«, sagte sie sachlich. »Ich schieße später Fotos und schicke sie dir. Außerdem habe ich Ölklumpen gefunden, die außen rau und innen feucht und glänzend schwarz waren. Ich gebe sie Hinrich mit, wenn er mit dem Trecker die Lebensmittel bringt.«

»Gute Idee.«

»Ach ja. Hab gestern eine tote Pfeifente im Röhricht von Scharhörn-Mitte entdeckt.«

»Vom Wanderfalken ausgefressen?«

»Nein. Das Gefieder war auch nicht ölverklebt. Todesursache unklar. Ich trage das Tier später in das Formular ein.«

»Warte mal«, sagte er.

Daraufhin kehrte Stille ein. Sie konnte nicht einschätzen, ob er noch wichtige Informationen hatte, deshalb geduldete sie sich und griff nach einem Bleistift. Sie zeichnete geometrische

Gebilde auf ein Blatt Papier, als sie ein an- und abschwellendes Rauschen in der Leitung vernahm. Es klang wie Interferenzen, also wie Schallwellen, die sich überschnitten. In das Knistern mischte sich eine verzerrte Stimme. Telefonierte Anton auf einer anderen Leitung? Benutzte er ein Funkgerät? Lena konzentrierte sich, um die Worte zu erfassen, aber sie blieben undeutlich und bruchstückhaft. Doch irgendwie kam ihr der Tonfall bekannt vor.

»Wer redet da im Hintergrund?«, fragte sie.

»Ach, das ist nichts weiter«, erwiderte er. »Aber du ... du hast dich gestern komisch angehört, Lena. Fühlst du dich manchmal verlassen?«

Aha! Er hatte den Gesprächsfaden wiederaufgenommen. »Warum willst du das wissen?«

»An einsamen Orten kann man sich leicht verlieren. Nichts scheint real zu sein. Man zweifelt Entdeckungen an, obwohl sie echt sind, obwohl man sie anfassen kann. Ich mache mir Sorgen um dich.«

»Wirklich? Na, dann lass dir gesagt sein, dass es ganz normal ist, wenn man hier sonderlich wird.«

»Stimmt. Für dich war das ein großer Schritt. Du hast früher ein anderes Leben geführt. Eigentlich wolltest du ein Drummergirl werden, du hast zuerst in der Schülerband getrommelt, dann habt ihr eine Coverband gegründet ...«

Lena schaute auf ihre Armbanduhr. Allmählich war es Zeit für ihren Rundgang. Anton, dachte sie, komm endlich zum Punkt!

»In der Coverband wolltest du weiter Schlagzeug spielen«, fuhr er fort, »aber du hast dich von den anderen Mitgliedern überreden lassen und bist Sängerin geworden. Hast die Auftritte und das Bad in der Menge geliebt. Nicht jeder ist für Scharhörn geschaffen. Stimmst du mir da zu, Lena? Wann hast du gemerkt, dass du dich mit Scharhörn arrangieren musst?«

»Warum wiederholst du manche Worte zweimal? Ist das ein Tick oder so was?«

»Ich kann dir nicht folgen.«

»Vorhin hast du die Elbmündung und das Kreuzfahrtschiff betont, jetzt war es der Inselname.«

»Ich rede nur so viel, damit meine Stimme dir hilft, über schwierige Phasen hinwegzukommen. Vielleicht sollte ich dich öfters anrufen.«

»Auf keinen Fall. Das reicht jetzt. Ich habe hier einen Job zu erledigen. Warte mal«, sagte nun Lena, legte den Apparat beiseite und stand auf.

Sie kniff die Augen zusammen und suchte die Dünen ab, in denen ihr etwas Ungewöhnliches aufgefallen war. Durch das ständige Anbranden der Wellen, das Abbrechen der Kanten und den immensen Abtrag waren in der Nacht neue Steilwände entstanden. Auf einem Kliff, das ihr schräg zugewandt war, wogte der Strandhafer. Darunter befand sich eine bräunliche Wurzelschicht, die in den senkrechten Sandwall überging. Und darin steckte etwas Grelles fest. Es ragte heraus, war nach unten gekrümmt und sah aus wie ...

※※※

Draußen, vor dem Eingang des Wohncontainers, stellte sie sich ans Geländer, rückte ihre Sonnenbrille zurecht und nahm die Stelle näher in Augenschein.

Tatsächlich!

Sie hatte sich nicht getäuscht, schluckte hart. So ein Mist! Es war nicht die Entdeckung an sich, die sie verstörte. Vergleichbares hatte sie schon dutzendfach gesehen. Es war vielmehr die Tatsache, dass der Fundort auf dieser Insel, fern von jeder Zivilisation lag.

Hastig sprang sie die hallenden Treppenstufen hinunter, rannte durch den tiefen Sand. Ringsum flogen Vögel auf, stießen Alarmrufe aus, bombardierten sie mit Kot. Lena merkte die Treffer nicht. Auch die Flut, die langsam über das grünbraune Watt herankroch, beachtete sie nicht.

Sie hatte nur Augen für den Leichnam, von dem lediglich der Oberkörper herausragte. Der Rücken wölbte sich abwärts, auf dem Schädel wehten vereinzelte Haarbüschel, die Arme waren lang ausgestreckt. Es sah aus, als hätte die Person einen Kopfsprung versucht und wäre mit der Hüfte hängen geblieben. Der grellorange Segleranorak stach ins Auge.

Lena bemühte sich, eine professionelle Distanz zu wahren. In dem Schädeldach klaffte eine Lochfraktur, die wegen der Lage nicht von einem typischen Sturz herrühren konnte. Nach der Länge und Anordnung der Bruchkanten zu urteilen, kam ein Hammer als Tatwerkzeug in Frage. Offenbar handelte es sich um das Opfer einer Gewalttat.

Neben den sterblichen Überresten kniete sie sich hin und linste auf das Gesicht, das zu verwest war, um das Geschlecht oder das Alter zu bestimmen. Trotzdem gewann sie den Eindruck, dass es sich um einen Mann handelte, der hier begraben und von dem Hochwasser freigespült worden war.

Sie zog die Ärmel ihres Holzfällerhemdes über die Fingerkuppen, um eine Kontamination zu vermeiden, und tastete zur Identitätsfeststellung die Anoraktaschen ab, bis sie auf harte Gegenstände stieß. Vorsichtig öffnete sie den Druckknopf und holte einen transparenten Gefrierbeutel heraus, in dem eine Uhr, Armbänder, Ringe und eine Lederkette steckten.

Sie riss die Augen auf.

Hitze schoss ihr ins Gesicht.

Konnte das sein?

Mit klopfendem Herzen vergewisserte sie sich, dass der Fund real war. Sie berührte ihn, spürte die Ecken und Kanten. Die meisten Schmuckstücke konnte sie Opfern zuordnen. Und die Gravur auf der Rückseite des Nonnengans-Anhängers bestätigte, dass er ihrer Schwester gehört hatte. Sie hatte ihn auf dem Altstadtfest in Otterndorf getragen, in jener Nacht, als sie entführt wurde.

Kein Zweifel! In ihrer Hand hielt Lena die Trophäen des Gezeitenmörders.

4

Vor einem knappen Jahr, 29. Juli, abends

Jette spürte eine beunruhigende Präsenz hinter sich. Hastig drehte sie sich um, suchte nach der Ursache ihres Unbehagens, überflog die Gesichter der anderen Konzertbesucher, konnte aber niemanden Bestimmtes ausmachen. Dazu war sie wohl nicht gründlich genug, auch zu angespannt, zu sehr mit der Geräuschkulisse beschäftigt.

Volksfeste wie das Lütte Altstadtfest in Otterndorf überforderten die Neunundzwanzigjährige. Ihr fehlte ein natürlicher Reizfilter. Deshalb unterschied ihr Gehirn nicht zwischen wichtigen und unwichtigen Informationen. Sie hörte den Gesang ihrer Schwester Lena und die Bestellungen am benachbarten Bierstand gleich laut. Der Lärm in ihrem Kopf stresste. Und es kostete sie Kraft, die Nebengeräusche zu ignorieren und sich auf die Musik zu konzentrieren. Genießen konnte sie »Zombie« von The Cranberries trotzdem nicht, weil der Bassist, den alle Fischbek nannten, das Tempo verschleppte.

Je länger sie im Publikum stand, desto mehr legte sich ihre Stirn in Falten, desto stärker verkrampften sich ihre Finger. Sie sehnte sich nach ihrem Labor. Nach der Stille und Aufgeräumtheit. Jeder Kugelschreiber hatte seinen Platz, die Wanduhr klickte in beruhigender Gleichmäßigkeit, vor fünfzehn Uhr fünfzehn durfte kein Assistent sie ansprechen. Die klinische Atmosphäre schirmte sie gegen störende Einflüsse ab und half ihr, den Fokus auf das Wesentliche zu lenken. Wenn sie ihren Arbeitsplatz verlor, würde man ihr nicht nur eine sinnvolle Tätigkeit, sondern auch einen Zufluchtsort nehmen.

»Du guckst so ernst«, sagte Frauke. »Tut mir leid, dass es länger gedauert hat, aber ich habe noch einen alten Bekannten getroffen und mich verquatscht. Hier, bitte schön.«

»Danke«, erwiderte Jette und nahm den Bierbecher entgegen. »Zu viele Reize führen bei manchen Menschen zu Kopfschmerzen.«

»Dann solltest du besser nichts trinken.«

»Doch, doch. Kann helfen.«

Jette reagierte auf Alkohol nicht wie andere hochsensible Menschen mit einer Reizverstärkung, sondern in der üblichen Weise. Sie nahm einen Schluck und wartete auf die Wirkung. Langsam spürte sie, wie sie etwas abstumpfte.

»Du hast dich ganz schön verändert«, sagte Frauke. »Siehst toll aus.«

»Die Wissenschaftler des Instituts treffen sich mit Förderern, um Spenden zu sammeln. Ein guter Eindruck ist nützlich. Zwei männliche und eine weibliche Mitarbeiterin wurden zu einer Stilberaterin geschickt. Ist die Kleidung unpassend?«

»Überhaupt nicht. Diese Frau sollte ich auch mal aufsuchen. Das war ein Kompliment, Jette.«

»Oh, danke. Prost!«

In Freiburg/Elbe hatten Jette und Frauke gemeinsam den Kindergarten und die erste Klasse der Grundschule besucht. Danach verliefen ihre Leben in unterschiedlichen Bahnen. Trotzdem zählte Frauke zu den wenigen Menschen, in deren Gesellschaft Jette sich weder als Zootier noch als intellektuelle Provokation fühlte. Die gleichaltrige Einzelhandelskauffrau wollte sie nicht überflügeln, begaffen oder anhimmeln. Sie stand fest im Leben und verkörperte eine wohltuende Klarheit.

Auf der Bühne kündigte Lena das nächste Stück an, ohne den Titel zu verraten. Sie machte dem Schlagzeuger ein Zeichen, der mit den Drumsticks anzählte und dann den Rhythmus vorgab. Der E-Gitarrist setzte ein, und schließlich sang ihre Schwester: »Woo-hoo / Woo-hoo / Woo-hoo / Woo-hoo / I got my head checked / By a jumbo jet / It wasn't easy / But nothing is …«

»Song 2« von Blur. Er zählte zu Lenas Favoriten, wenn sie das Publikum zum Tanzen bringen wollte.

»Deine Schwester hat's echt drauf!«, sagte Frauke begeistert und hüpfte auf der Stelle, sodass ihr Bier überschwappte. Lachend wischte sie sich den Handrücken ab.

»Ja«, bestätigte Jette und meinte es ganz anders.

Sie sah in Lena nicht die Frontfrau der Coverband Scheunen-

ROCKer, die bei Volksfesten in Hafenstädten auftrat. Sie sah auch nicht den wahr gewordenen Männertraum, der in Boots, Hotpants und hautengem Top tanzte.

Die Stärke ihrer großen Schwester lag woanders. Sie scheute sich nicht, an ihre psychischen und physischen Grenzen zu gehen. Wenn sie gefordert wurde, setzte sie sich ganz ein. Sie taktierte nicht, hielt nichts zurück. Wie würde sie erst kämpfen, wenn ein geliebter Mensch in Schwierigkeiten geriet?

Überlegungen dieser Art waren der Hauptgrund, warum Jette bislang geschwiegen hatte. Sie fürchtete die Entschlossenheit, mit der die Ältere die Sache anpacken würde. Für einen solchen Umbruch war Jette nicht bereit. Ein solcher Umbruch wäre der Beginn von Chaos und Unsicherheit. Sie hoffte noch, dass sich alles irgendwie von selbst regele, dass sie weitermachen konnte wie bisher.

Doch tief in ihrem Inneren wusste sie es besser. Die Vorfälle waren zu schlimm, zu gravierend, zu entsetzlich, um sie einfach zu übergehen. Ein Zurück gab es nicht mehr.

5

Gegenwart

Lena war aufgekratzt, konnte nicht stillstehen. Unruhig lief sie am Strand umher. Endlich hatte sie einen Plan; endlich zeichnete sich ein Weg ab, wie sie offiziell an den Ermittlungen teilnehmen konnte. Sie musste nur behutsam vorgehen. Hatte sie das Prozedere erst ausgelöst, griff ein Rädchen ins nächste. Und am Ende stände sie mitten im Geschehen.

Noch war sie zu aufgeregt für den Anruf. Sie musste erst runterkommen. Also sprang sie auf der Stelle, boxte schnelle Kombinationen, kickte mit den Füßen, bis ihre Lunge brannte. Keuchend stützte sie sich auf den Oberschenkeln ab und wartete, bis ihr Atem abflachte.

Dann zückte sie ihr Smartphone, prüfte, ob sie ausreichenden Empfang hatte, und wählte die eingespeicherte Nummer. Es ertönte das Freizeichen.

»Dezernat für Schwere Kriminalität, Johanna Koch«, meldete sich die Sekretärin. »Wie kann ich helfen?«

»Hallo, Johanna. Ich bin's. Lena. Kriminalhauptkommissarin Lena Funk.«

»Ach nee. Wie geht's denn im Dauerurlaub?«

»Ich muss den Chef sprechen. Ist dringend. Ist er verfügbar?«

»Hier wird gearbeitet, Lena. Wir können nicht sofort strammstehen, wenn du dich meldest.«

»Wo ist er denn?«

»Videokonferenz.«

»Bitte richte ihm aus, dass ich auf Scharhörn bin und einen Leichnam gefunden habe. Er soll schnell zurückrufen.«

»Einen Leichnam? Auf der Vogelinsel? Ist ja kaum zu glauben.«

»Richtest du es ihm aus?«

»Ich kann dir nichts versprechen. Hier ist die Hölle los. Du kennst das ja.«

»Hast du mir zugehört, Johanna? Es geht um einen Mord. Es ist wichtig.«

»Jaja. Hier ist immer alles wichtig. Aber wenn der Chef hört, dass du dich gemeldet hast, greift er bestimmt sofort zum Hörer. Du warst ja schon immer sein Liebling.«

»Danke, Johanna.«

»Nicht dafür, Lena. Das ist mein Job. Dafür bin ich da.«

»Grüß bitte alle von mir. Tschüss.«

Schnell unterbrach Lena die Verbindung. Sie hatte ganz vergessen, wie launisch die Sekretärin war. An einigen Tagen zickte sie, an anderen sprudelte sie über vor Herzlichkeit und buk für alle Streuselkuchen.

Lena würde sich niemals so gehen lassen, dazu hatte sie zu viele männliche Neider, die nur auf einen Beweis für ihre mangelnde Eignung warteten.

Sie steckte das Smartphone in die Seitentasche ihrer Cargohose. Der erste Schritt war getan. Jetzt musste sie warten.

***

Lena setzte sich in den Sand, ließ die feinen Körner zwischen den Fingern hindurchrieseln und schaute auf die Flut, die leise flüsternd herankroch.

Silbermöwen segelten im Wind. Zwischendurch landeten sie im seichten Wasser, trampelten auf der Stelle und spülten Kleintiere frei, die sie mit schnellen Kopfbewegungen aufpickten. Dann spreizten sie ihre Flügel, stiegen wieder in die Lüfte empor, damit alles von vorne beginnen konnte.

Ja, es stimmte.

Lena war nach Scharhörn gekommen, weil sie ausgebrannt war und Ruhe brauchte. Es stimmte auch, dass ihre Schwester eine Vogelnärrin gewesen war und jahrelang von dieser Insel geschwärmt hatte, ohne jemals einen Fuß auf sie zu setzen. Als Lena die Stelle als Umweltpraktikantin antrat, klammerte sie sich an die irrationale Idee, Jette könnte von diesem Aufenthalt profitieren und an ihren Erlebnissen teilhaben. Aber eigentlich ging es um etwas anderes.

Die Wahrheit tat weh.

Und jedes Mal, wenn Lena sich ihr stellte, schnürte sich ihr der Hals zu.

Tatsächlich war das Verhältnis zu ihrer Schwester schwierig gewesen. Jette konnte unglaublich nerven. Die ganze Familie mühte sich Tag für Tag ab, um ihren Lern- und Wissensdrang zu stillen. Drei Stunden Nachtruhe genügten ihr, um sich der nächsten Aufgabe zu stellen. Zu Hause herrschte ein steter geistiger Betrieb. Gleichzeitig beschwerte sie sich ständig über Details, die sie störten. Mal war das Gespräch am Abendbrottisch zu laut, mal die Deckenbeleuchtung zu grell, mal die Argumentation zu unlogisch, dann war das Essbesteck asymmetrisch angeordnet. Nie kehrte Ruhe ein, nie konnte man sich entspannen. Für jeden Supermarkteinkauf kreierte sie eine neue

Route, um die Regale zeitsparend anzusteuern. Kleinste Abweichungen führten zu Diskussionen und theoretischen Exkursen, die eine Geduldsprobe darstellten. Bei ungezwungenen Zusammenkünften war sie mit den Gedanken anderswo, oder sie wirkte desinteressiert.

Obwohl Lena diese Unarten verletzten, wurde sie von ihrem Vater gedrängt, Verständnis zu zeigen und eigene Befindlichkeiten zurückzustellen. In den Urlaub fuhren sie nach Schweden, wo sie eine Blockhütte mieteten, die fernab jeder Zivilisation lag, damit Jette sich von den intellektuellen Reizen und sozialen Herausforderungen erholen konnte. Lenas Vorschläge, einen südeuropäischen Strand oder eine coole Großstadt zu besuchen, wurden nicht mal in Erwägung gezogen.

Zu Weihnachten bekam Jette alle Wünsche erfüllt, weil ihr Vater sie als sinnvoll erachtete. Lena guckte in die Röhre. Die ersehnten Konzerttickets bekam sie nicht, weil die Band als jugendgefährdend galt. So ein Quatsch! Ihre Schwester wurde von ihrem Vater nach Frankreich und Österreich kutschiert, um an teuren Förderprogrammen teilzunehmen. Für sie blieben nicht genügend Mittel, um in Stade richtigen Schlagzeugunterricht zu erhalten. Alles musste sie sich selbst beibringen.

Meistens fühlte Lena sich unfair behandelt und forderte Gleichberechtigung. Jettes ungelenke Bemühungen, die Streitereien beizulegen und Kompromisse zu finden, wies Lena grob und manchmal verletzend zurück. Auch deshalb hatte sie es all die Jahre unterlassen, ihrer Schwester zu sagen, dass sie sie trotz aller Spannungen liebte. Jette starb in dem Glauben, eine Belastung zu sein. Diese Vorstellung war so traurig, dass sie Lena das Herz zerriss.

Alles in ihr verlangte danach, ihre Aussetzer wiedergutzumachen. Sie wollte der Welt zeigen, wie wertvoll Jette gewesen war. Niemand durfte ihr etwas antun und ungestraft davonkommen. Deshalb hatte sie sich beurlauben lassen, deshalb hatte sie eigenmächtige Ermittlungen angestellt, und deshalb ertrug sie nach ihrem Scheitern dieses Eremitendasein.

Doch nun eröffneten sich neue Möglichkeiten. Der Fund des

Leichnams änderte alles. Lena war wild entschlossen, ihre Chance zu nutzen, und sie wusste auch schon, wie sie es anstellen musste.

Als ihr Smartphone vibrierte und der Name ihres Chefs auf dem Display angezeigt wurde, atmete sie durch und nahm den Anruf entgegen.

Das Spiel konnte beginnen.

6

Am nächsten Morgen beobachtete Lena, wie sich der Hubschrauber mit dem typischen Flapp-Flapp-Flapp der Rotorblätter näherte. Dröhnend setzte er am Strand auf und erzeugte so viel Wind, dass ihre Klamotten flatterten. Sandkörner stachen wie Nadeln in ihr Gesicht und verklebten ihre Wimpern, aber sie wich keinen Zentimeter zurück. Der jung gebliebene Gerichtsmediziner hüpfte aus der Passagierkabine und streckte die Hand aus, um ihrem Vorgesetzten, Kriminalrat Bruns, beim Hinabklettern zu helfen.

Du meine Güte!, dachte sie. In ihrer Abwesenheit war er noch dicker geworden. Sein Buddhakopf wirkte erbsenklein auf dem überquellenden Leib. Wenn er so weitermachte, futterte er sich noch zu Tode. Schade! Er war ein guter Mann. Ein sehr guter Mann. Und es blieb ihr ein Rätsel, wie er mit einer solchen Körperfülle eine Abteilung so souverän leiten konnte.

Lena nickte ihm zu, spürte ihre wackligen Knie und rief sich ins Gedächtnis, dass sie im Plan lag. Auf die gestrigen Telefonate folgte ein persönliches Gespräch. Vielleicht erreichte sie schon heute ihr Ziel, denn sie hatte sich vorbereitet.

Mit Hilfe von Tabletten hatte sie ausreichend geschlafen. Eine Strickmütze verbarg ihre verknoteten Haare; die gräulichen Augenringe hatte sie überschminkt und ihre uralten Dr.-Martens-Stiefel auf Hochglanz poliert. Sie musste als Polizistin auftreten, die nach Bewältigung einer mentalen Krise wieder einsatzfähig war.

Am Fundort redete ihr Vorgesetzter mit den Kriminaltechnikern, die auf dem Treckeranhänger durchs Watt hergefahren waren und den Leichnam mit Schaufeln freigelegt hatten. Kriminalrat Bruns ließ sich die ersten Rechercheergebnisse auf dem Laptop zeigen und untersuchte auch das Portemonnaie des Opfers, das in einer Tasche des grellorangen Segleranoraks gesteckt hatte.

Anschließend walzte er heran. Aufgrund seiner äußeren Erscheinung neigten die Beschuldigten dazu, ihn für einen Dickwanst zu halten, der nur an das nächste Stück Schokolade denken konnte. Ihren Irrtum begriffen sie erst, wenn sie sich von seiner gemütlichen Art einlullen ließen und verquatschten. Dann erkannten sie seinen wahren Charakter. Er war ein Jäger und Fallensteller.

Lena musste aufpassen. Eigentlich widerstrebte es ihr, ihm etwas vorzumachen. Er war ein idealer Mentor, der sie an seinen Erfahrungen teilhaben ließ und ihr verantwortungsvolle Aufgaben zuwies. Besonders nach dem Tod ihrer Schwester hatte er sich um sie gekümmert. Trotzdem durfte sie ihn nicht einweihen. Sie würde ihn nur zum Komplizen oder Verräter machen. Letzteres konnte sie nicht riskieren. Die Soko Gezeitenmörder durfte sich kein zweites Mal verrennen.

Es gab niemanden, der den Fall so gut kannte wie sie. Ihr würde jede Unstimmigkeit auffallen. Deshalb hatte sie sich entschieden, den Fund der Schmuckstücke zu verschweigen. Zuerst wollte sie eigene Nachforschungen anstellen. Die Ermittlungsgruppe würde sie einweihen, sobald sich ein Verdacht erhärtete.

»Wat 'n Schiet«, keuchte Bruns plattdeutsch und mied den Augenkontakt. Obwohl er den elterlichen Hof bei Padingbüttel schon vor über vierzig Jahren verlassen hatte, konnte er seine bäuerliche Herkunft nicht verleugnen. »Ich weiß nicht, wo mir der Kopf steht. Ich habe nicht genug Leute, um diesen Fall zu bearbeiten.«

»Kennt ihr schon die Identität des Opfers?«, fragte Lena.

Bruns zögerte.

»Ich bin zwar beurlaubt, aber ich gehöre noch dazu.«

»Weet ick doch, mien Deern. Niels Kröger. Segler aus Glückstadt. Verschwand im letzten Herbst. Man ging davon aus, dass er betrunken über Bord fiel. Sein Boot lief ganz in der Nähe auf Grund.«

»Echt?« Lena zeigte sich überrascht, aber in Wahrheit wusste sie längst Bescheid. Auch sie hatte das Portemonnaie gefunden, es untersucht und nach reiflicher Überlegung zurückgesteckt. »Ich kenne ihn. Bevor er verschwand, war er bei einem geselligen Bootshausabend. In meinem Heimatdorf.«

»In Freiburg/Elbe?«

»Lies die Akte, da steht es schwarz auf weiß drin. Er war der Segelkamerad eines Freundes. Deshalb bin ich mit dem Fall vertraut.« Und deshalb schloss sie Kröger als Gezeitenmörder aus, obwohl er die Trophäen bei sich hatte. Beim Emder Delft- und Hafenfest, als eine Studentin verschwand, und beim Wilhelmshavener Wochenende an der Jade, als eine Erzieherin entführt wurde, befand er sich nachweislich auf Törns an der englischen Küste.

»Wir reden und reden«, sagte Bruns und schaute sie zum ersten Mal direkt an. »Dabei habe ich ganz vergessen, dir was auszurichten. Johanna lässt dich grüßen ...«

Lena war sofort hellwach. Der Augenkontakt und der überaus nette Tonfall waren verdächtig. Menschlich wurde er immer, wenn er sein Gegenüber in Sicherheit wiegen wollte. Ahnte er was?

»Gestern hast du sie auf dem falschen Fuß erwischt«, fuhr Bruns fort. »Im Sekretariat fehlte irgendeine Akte. Sie konnte sie nicht finden, machte sich Vorwürfe – und peng hat es dich erwischt! Hinterher tat es ihr leid. Sie hofft, dass du bald wieder fit bist und zu uns zurückkehrst.«

Lena war zu fokussiert, um sich mit Johannas Launen zu beschäftigen. Gerade erkannte sie die Chance für einen Vorstoß. Plötzlich war es ihr egal, ob sie in eine Falle tappte. Sie wollte Fakten schaffen. »Das bin ich«, erwiderte sie fest.

»Was?«

»Ich bin wieder fit, Chef. Du kennst mich. Diese Einöde ist

nichts für mich. Ist einfach nur langweilig. Ich will zurück in den Dienst, den Fall übernehmen.«

»Jetzt mal sachte mit den jungen Pferden. Ich habe ein paar Personalprobleme, ja. Deshalb musst du aber nicht einspringen. Außerdem wäre der Fall zu groß für den Anfang.«

»Überhaupt nicht. Ich habe Heimvorteil. Einem Hannoveraner Anzugträger sagen die Leute hier nichts, mir schon.«

»Hmh. Du bist dünner geworden.«

»Kann schon sein. Ich bekomme nur einmal die Woche Lebensmittel, renne den ganzen Tag herum und zähle Vögel. Das beste Work-out der Welt, aber anstrengend. Ist fast unmöglich, Speck anzusetzen.«

»Klingt nach einer Superdiät. Vielleicht sollte ich dich ablösen ...« Sein Lächeln erstarb, so als würde er sich keine heiteren Momente erlauben.

Lena stutzte. Schon vor ihrem Urlaub hatte sie ihn mehrmals kraftlos und bedrückt erlebt.

»Ist gut, mien Deern«, fuhr er schließlich fort und blickte zum Horizont. »Wie könnte ich dir was abschlagen?«

»Heißt das: ja?«

»Ich regele das, aber du musst mir was versprechen. Erstens: Sobald du Verstärkung brauchst, meldest du dich. Verstanden?«

»Na klar. Und zweitens?«

»Keine Fisimatenten!«

Vor Erleichterung kribbelte ihre Kopfhaut; ihre Beine drohten wegzusacken, aber sie bekam sich in den Griff. Sie klärte die praktischen Fragen und gab vor, dass sie die Geschäftsstelle über ihre Abreise informieren müsse. In Wahrheit wollte sie weg, weil sie fürchtete, dass er die Vereinbarung rückgängig machen und ihr die Befugnisse einer Kommissarin wieder entziehen könnte.

Zum Abschied griff sie nach seiner Hand und drückte sie fest. »Danke«, sagte sie leise, stapfte zum Wohncontainer und konzentrierte sich schon auf den Fall.

Niels Kröger war in den Besitz der Trophäen gelangt. Möglicherweise kannte er den Gezeitenmörder persönlich, möglicherweise war er ihm beim Bootshausabend begegnet. Die

Spuren führten in das Dorf, in dem sie und ihre Schwester aufgewachsen waren. Hinter einer der bürgerlichen Fassaden lauerte ein Monster.

»Jette, ich finde den Kerl«, murmelte sie. »Ich verspreche dir, dass ich ihn zur Rechenschaft ziehe.«

7

Vor einem knappen Jahr, 29. Juli, abends

»Das ist Jörn«, schrie Lena gegen das Getöse auf dem Otterndorfer Altstadtfest an. »Er hat uns den Auftritt verschafft. Schmeißt nachher noch 'ne Party. So um die fünfzig Gäste.«

»Eher hundert«, brüllte Jörn mit einer Bierfahne. Er war ein rundlicher Riese mit dunklem Vollbart und Guns-N'-Roses-T-Shirt. »Und wenn die noch Leute mitbringen, werden es mehr. Volles Haus! Das ist Rock 'n' Roll, Baby. Hahaha.«

»Hast du Lust?«, fragte Lena.

Jette sah zu dem bärenhaften Mann und wieder zurück zu ihrer Schwester. Nachdem der Auftritt zu Ende war, standen sie an einem Getränkeausschank von Bier-Harlos. Die beruhigende Wirkung des Alkohols hatte nachgelassen, und alle Reize prasselten wieder auf sie ein.

Von irgendwo erklangen Technobeats, die ihre Trommelfelle vibrieren ließen und sich mit süßlichen Elektromelodien abwechselten, die genauso penetrant waren. Ringsum grölten Leute, gerieten ins Torkeln und verströmten einen säuerlichen Schweißgeruch, den Jette nicht einatmen wollte. Immer wieder hielt sie die Luft an. Sie musste hier weg.

»Ich kann dich auch nach Hause fahren«, schrie Lena. »Ich bin nüchtern. Kein Problem. Hab mich gefreut, dass du mitgekommen bist.«

»Ey«, mischte sich Jörn ein. »Geht nicht. Du bist mein Stargast. Wenn du nicht mitkommst, sag ich die Fete ab. Hahaha.«

»Ich bringe sie schnell nach Freiburg und fahre gleich zurück«, schrie Lena. »In einer Stunde bin ich wieder da. Du wohnst doch im Koggenweg, oder?«

»Nicht nötig«, mischte sich Jette ein. Sie wollte nicht zurück in ihr Elternhaus, nicht in ihr Mädchenzimmer. Da würde sie nur auf dem Schlafsofa hocken und grübeln. Sie brauchte eine Pause, Zerstreuung. Softeis mit Schokoglasur wäre das Richtige gewesen. Deshalb hatte sie ihre Schwester begleitet. Aber nicht mal das gab es hier.

»Was hast du gesagt?«, schrie Lena.

»An den Ortsausgängen stehen Taxis«, sagte Jette lauter. »Eine Tour nach Freiburg lohnt sich für den Fahrer.«

»Soll ich dich nicht lieber bringen? Du weißt doch, was an der Küste los ist.«

»Dein Ernst? Meinst du den Gezeitenmörder?«, fragte Jörn und kicherte nervös. »Doch nicht hier. Nicht bei uns. Oder ... oder doch?«

»Wenn der Taxifahrer lieber Kurzstrecken fährt«, sagte Jette, »könnte man ihm einen großzügigen Obolus anbieten.«

»Meinetwegen«, erwiderte Lena. »Wenn du keinen Wagen kriegst, dann kommst du zurück, und ich bringe dich. Will sowieso nichts trinken. Du findest mich hier oder im Koggenweg. Hast du genug Geld dabei?«

Jette bejahte. Jörn feuerte einen weiteren Kommentar ab. Dieses Mal war er so lustig, dass Lena lachte. Sie kannte keine Scheu. Auch keine Berührungsängste. Sie ließ es sogar geschehen, als der bärtige Riese einen Arm um sie legte und ihren bloßen Oberarm berührte.

Haut auf Haut! Ekelhaft!

Jette schauderte, nuschelte ein paar Abschiedsworte und zwängte sich fluchtartig an fremden Leuten vorbei, die berauscht waren und Grimassen zogen. Ein Mann stopfte eine fette Bratwurst in sich hinein. Totes Tier! Mehrmals riss sie die Arme hoch, in Abwehrhaltung, damit ihr niemand zu nahe kam.

Etwas abseits wippte der Schlagzeuger der ScheunenROCKer, den alle Eimi nannten, auf den Fußballen. Ununterbrochen.

Immer auf und ab. Sein Oberkörper war nackt; er trug lediglich eine blaue Arbeitslatzhose. Aus blutunterlaufenen Augen starrte er sie an. Durchdringend. Irgendetwas stimmte nicht mit ihm.

Jette drehte schnell den Kopf weg, erreichte den Ausschank, an dem Mickel, der Gitarrist der ScheunenROCKer, auf seine Bestellung wartete und zu Lena hinübersah. Obwohl er der einzige Musiker in der Band war, der fehlerfrei gespielt hatte, wirkte er niedergeschlagen. Warum?

Den Kopf mit den dunkelblonden Stoppelhaaren ließ er hängen. Seine große und muskulöse Statur wirkte zusammengesunken. Eine brünette Frau tänzelte um ihn herum, streifte mehrmals seine Schulter, seinen Rücken, warf ihm glitzernde Blicke zu. Sie wollte seine Aufmerksamkeit erregen, aber er bekam es nicht mit, oder es war ihm egal.

»Hallo!«, sagte Jette.

Er reagierte nicht.

»Hallo! Mickel!«

Endlich schaute er auf.

Sie lächelte. Zum ersten Mal seit Stunden. Er war ihr ältester Freund. Wenn man es genau nahm, ihr einziger. An seinem Handgelenk trug er die Nonnengans, die sie ihm zu seinem fünfzehnten Geburtstag geschenkt hatte, an einem Armband. Es war der gleiche Anhänger wie der an der Lederkette um ihren Hals.

»Da bist du ja«, sagte er. »Hab ein Bier bestellt. Bin völlig ausgedörrt. Willst du auch eins?«

»Jenseits des neuen Hauptdeichs, im Kehdinger Außendeich, brüten Säbelschnäblerpaare«, erwiderte sie.

»Das heißt, dass du morgen in Freiburg bist und sie beobachten willst?«

»Sie schreiten so grazil dahin, schwenken den Schnabel so schön hin und her.«

»Okay, können wir machen. Hol mich im Hafen ab, aber nicht zu früh. Ich weiß nicht, wie lang der Abbau dauert. Anschließend wollen wir noch auf 'ne Party. Hast du dich mittlerweile entschieden?«

Jette zuckte zusammen. Ihr Magen verkrampfte sich, wurde zu einem Klumpen, der schwer in ihren Eingeweiden lag. Mickel war der einzige Mensch, den sie eingeweiht hatte. Warum fing er jetzt davon an? Sie wollte nicht darüber nachdenken, nicht darüber reden, wollte sich in seiner Gesellschaft entspannen. Das konnte sie nun vergessen. Schon hörte sie wieder den nervtötenden Technobeat, die heiseren Pöbeleien eines Halbstarken. Es wurde ihr alles zu viel. In ihrem Kopf wurde alles zu viel. Sie hielt es hier nicht länger aus.

»Also nicht«, sagte er und nahm einen Schluck von seinem Bier. Nachdenklich wischte er sich den Schaum vom Mund. »Du hast schon viel zu lange gewartet, Jette. Regel das endlich. Eine Woche hast du noch Zeit, nicht länger. Sonst übernehme ich das und gehe zur Staatsanwaltschaft.«

8

Gegenwart

Als Lena in der Polizeiinspektion Stade eintraf und man ihr den Schlüssel für ein Dienstfahrzeug aushändigte, fühlte sie sich fast wieder wie eine vollwertige Kriminalbeamtin. Für Ortsdurchfahrten und Tempo-dreißig-Zonen fehlte ihr der Nerv. Deshalb wählte sie die Route durchs Kehdinger Moor, die zu dieser Uhrzeit verlassen war.

Von der welligen Landstraße wurde sie mehrmals im Sitz hochgeworfen, sodass sie sich am Dachhimmel den Kopf stieß. In den Kurven zerrten die Fliehkräfte an ihr und pressten sie in die Seitenverkleidung. Du fährst zu schnell, ermahnte sie sich. Immer mit der Ruhe. Zwar wollte sie die neuen Erkenntnisse endlich nutzen, aber auf ein paar Minuten kam es nicht an. Also kontrollierte sie die Tachonadel und bremste auf die erlaubte Höchstgeschwindigkeit ab.

Ringsum erstreckten sich Weiden, die von schwarzen Gräben

durchzogen waren. Ein einzelner Baum stand so krumm da, als litte er unter Schmerzen. Hinter den hohen Büschen versteckten sich die Bauernhöfe und hüteten ihre Geheimnisse.

Je länger die Moorlandschaft auf Lena wirkte, desto bedrückter wurde sie. Die Abgeschiedenheit spiegelte ihre eigene Einsamkeit wider. Schon bereute sie ihre Entscheidung. Hätte sie doch die belebte Strecke über die Dörfer genommen!

Dann wurde auch noch ein Lied der Waterboys im Radio gespielt. Schon die ersten Klänge katapultierten sie ins Jahr 2010 zurück. Leider funktionierte ihr Gedächtnis so, dass es Songs mit Lebenssituationen verknüpfte. Damals befand sie sich in einer schwierigen Phase, mitten in der Berufswahl. Gleichzeitig entdeckte sie die britische Folkrock-Band. Wenn sie jetzt Mike Scott »The Big Music« singen hörte, erlebte sie die damalige Achterbahnfahrt der Gefühle neu.

Eigentlich wollte sie nach dem Abitur Schlagzeug an der Musikhochschule studieren. Die Prüfer bescheinigten ihr Talent, aber lehnten sie mit der Begründung ab, dass es ihr an einer klassischen Ausbildung fehle und sie technische Defizite aufweise.

Aus Trotz bewarb sie sich für den Studiengang Musical. Dort lobte man ihre raue Stimme und ihre Bühnenpräsenz, kritisierte jedoch ihre mangelnde Variabilität und ihre tänzerischen Fähigkeiten. Ihr rhythmisches Hüpfen reichte anscheinend für Partys und Auftritte aus, aber nicht für eine professionelle Choreografie.

Ungefähr zeitgleich landete die Zusage der Polizei im Briefkasten. Im Grunde hatte sie sich nur beworben, weil die Berufsberaterin sie für geeignet hielt. Aus dem Schreiben ging hervor, dass sie bei dem Auswahlverfahren hohe Punktzahlen erreicht hatte. Das Bundesland Niedersachsen wollte sie einstellen.

Schon beim Interview hatte ihr imponiert, wie fair die Beamten vorgingen. Mit dem Umgangston kam sie besser klar als mit dem Künstler- und Musikergerede, das ihr zu unkonkret war. Nach den Niederlagen tat es gut, dass ihre Leistungen anerkannt wurden. Ohne lange zu überlegen, sagte sie zu und sollte die Entscheidung nie bereuen.

In ihrem Beruf wurde sie ständig mit Tötungsdelikten konfrontiert. Daher wusste sie, dass viele Hinterbliebene von der Vergangenheit mit den Opfern zehrten. Sie verkrafteten die Heimsuchung des Bösen besser, wenn sie Dankbarkeit für die gemeinsamen Jahre empfanden.

Doch Lena gelang keine Trennung zwischen dem Davor und dem Danach. In ihrer Brust verschmolzen die unbelasteten und belasteten Eindrücke zu einem Gefühlsklumpen, an dem sie so schwer trug, dass sie es an schlechten Tagen kaum aus dem Bett schaffte. Sie wollte, dass diese Torturen aufhörten. Sie wollte wieder ein richtiges Leben haben. Und zum ersten Mal zeichnete sich ein Weg ab, wie sie es zurück in die Normalität schaffen konnte.

***

Das norddeutsche Freiburg lag am Südwestufer der Niederelbe, ungefähr vierzig Kilometer von Cuxhaven entfernt. Die dünn besiedelte Gegend bestand früher aus einer Insellandschaft und wurde von schweren Sturmfluten getroffen. Mittlerweile trotzten die Deiche auch hohen Wasserständen. Mit rund tausendachthundert Einwohnern zählte der Flecken zu den größten Ortschaften im Umland.

Als Lena sich auf der Landesbrücker Straße näherte, stürmten Erinnerungen auf sie ein. Hinter dem Schleusenfleth ragte die Grund- und Oberschule auf, wo sie auf dem Pausenhof mit ihren Freundinnen »Himmel und Hölle« und Gummitwist gespielt hatte, während ihre Schwester stumm dabeistand. Gleich daneben erhob sich die Turnhalle, von der sie die sechsjährige Jette abgeholt hatte, als sie einen ihrer denkwürdigen Wutanfälle bekam.

Trotz ihrer Eigenheiten hatte ihre Schwester zur dörflichen Gemeinschaft gehört. Für die Einwohner war es ein Schock gewesen, dass jemand aus ihrer Mitte brutal getötet wurde. Die Berichterstattung in den Medien trug zur kollektiven Traumatisierung bei. Plötzlich wurden Videoüberwachungsanlagen in den Gärten installiert. Familienväter bewaffneten sich mit

Stemmeisen, wenn sie ihre Töchter zum Voltigierunterricht begleiteten. Jeder Fremde, der auf dem Fernradweg unterwegs war und im Gasthof einkehrte, wurde argwöhnisch beäugt. Würde sich die Angst jemals legen?

Lena passierte das Ortsschild und stellte erstaunt fest, dass die Kreuzung von der freiwilligen Feuerwehr abgeriegelt war. Zwei Autos standen vor der Absperrung. Die Insassen waren ausgestiegen, stützten die Ellenbogen auf dem Wagendach ab und warteten.

Lena hielt ebenfalls an und tippte nervös mit den Fingern aufs Lenkrad. Sie überlegte, ob sie den Stopp umfahren sollte, aber hinter ihr parkte bereits das nächste Fahrzeug. Es stand viel zu nah. Verhinderte ein Zurücksetzen.

War das Absicht?

Sie fühlte sich bedrängt.

Was ging hier vor?

Als sie die Tür aufstieß, hörte sie den Grund für die Verzögerung. Der Musikmarsch »Hoch Heidecksburg« erklang. Angeführt vom Tambourmajor, der seinen Stab hob und senkte, marschierte das Trommler- und Pfeifercorps heran, passierte den Tank-Treff Hoyer und bog in Richtung Ortskern ab. Es folgte die Schützengilde.

Wie hatte sie vergessen können, dass am letzten Juniwochenende das Schützenfest stattfand? Es war das größte gesellschaftliche Ereignis des Ortes! Augenblicklich stiegen Bilder in ihr hoch, wie sie als Mädchen neben dem Umzug herrannte – voller gespannter Erwartung auf das Vogelstechen, auf die Zuckerwatte und das Kettenkarussell. Eine heile Welt, die von der Dunkelheit heimgesucht wurde und für immer verloren war.

»Lena!«, rief eine grauhaarige Frau über ihr Wagendach hinweg. »Was willst du hier? Verschwinde! Wir wollen dich nicht haben.«

Sie war die Mutter von Svenja, einer Dorfschönheit, mit der Lena als kleines Mädchen befreundet gewesen war, bis sie in der Pubertät unterschiedliche Interessen entwickelten und sich unspektakulär auseinanderlebten.

»Frau Dierksen«, erwiderte Lena. »Was hab ich Ihnen getan? Warum reden Sie so mit mir?«

»Weil du abhauen sollst. Beim letzten Mal hast du alle verrückt gemacht und mit Dreck um dich geworfen.«

»Äh ... Ich weiß nicht, was Sie meinen. Ich bin Polizistin, ich will nur helfen.«

»Wir alle wissen, wie deine Hilfe aussieht.«

»Lass sie in Ruhe«, mischte sich Herr Dierksen ein, der auf der Fahrerseite des Wagens stand. Er war ein stiller Mann, der gerne zum Deich spazierte, um den Kreuzfahrtschiffen und Containerriesen hinterherzuschauen. »Jette ist ihre Schwester. Sie will wissen, was geschehen ist. Das ist ihr gutes Recht.«

»Jetzt fall mir nicht in den Rücken«, sagte Frau Dierksen. »Immerhin ist sie auch deine Tochter.«

»Geht es um Svenja?«, fragte Lena. »Was ist mit ihr?«

»Tu bloß nicht so scheinheilig«, schimpfte Frau Dierksen. »Das weißt du genau.«

»Ich habe keine Ahnung. Ehrlich nicht.«

»Die Feuerwehr gibt die Straße frei. Wir fahren jetzt weiter«, bestimmte Herr Dierksen und wandte sich an Lena: »Bitte entschuldige. Meine Frau meint es nicht so. Bei uns allen liegen die Nerven manchmal blank. Vielleicht sehen wir uns später auf dem Festplatz. Tschüss.«

»Tschüss«, erwiderte Lena und nickte nachdenklich. Natürlich! Die Leute wollten weiterleben, als wäre ihre Welt nie erschüttert worden, aber sie blendeten aus, dass die Gefahr nicht vorbei war. Irgendwo hier in der Gegend gab es einen Mörder, der Jagd auf junge Frauen machte. Er konnte jederzeit wieder zuschlagen.

9

Lena wusste bereits, wer ihr die ersten Antworten liefern würde.
Ihr Herz schlug schneller, als sie im Handelshafen parkte und

sich zu den Boxenplätzen begab. Das abgestorbene Plankton und die toten Algen verbreiteten den modrigen Geruch nach Vergänglichkeit. Die Möwen kreischten alarmiert.

Unruhig lief Lena über den Steg, an dem Kielboote mit bis zu zwei Metern Tiefgang anlegten und bei Ebbe im Schlick trockenfielen. Auch Mickel machte hier seine Segelyacht manchmal fest. War er da?

Für Lena war er mehr als ihr bester Freund, er war für sie wie ein Bruder. Gemeinsam hatten sie den Kindergarten und die Schule besucht. Als seine Mutter ihn und seinen schwermütigen Vater verließ, um in Süddeutschland ein neues Leben anzufangen, wurde Mickel praktisch von Lenas Familie adoptiert. Er bekam sogar einen eigenen Haustürschlüssel.

Lenas Mutter fing ihn auf, damit er den Verlust verarbeiten konnte. Mit Jette verband ihn eine besondere Beziehung, denn beide liebten die Natur und streiften durch den Außendeich, um die Zugvögel zu beobachten. Und auch mit Lena stimmte die Chemie. Sie hatten sich immer was zu erzählen und meistens eine Idee, was sie anstellen konnten.

Später entdeckten sie eine gemeinsame Leidenschaft: die Rockmusik! Kurt Cobain und Dave Grohl wurden ihre ersten Idole, denen sie nacheiferten. Jeden Cent, den sie beim Stallausmisten, Rasenmähen und Zeitungaustragen verdienten, steckten sie in ihre Instrumente. Mit Schlagzeug und Gitarre spielten sie bekannte Songs nach. Eine Zeit lang gehörten sie einer Schülerband an, bis sie irgendwann die ScheunenROCKer gründeten.

Auch danach blieben sie füreinander da. Als Mickels Vater sich in seiner Tischlerwerkstatt aufhängte, gingen sie tagelang spazieren und redeten viel. Später war er es, der sie gewissenhaft auf die Aufnahmeprüfungen an den Musikhochschulen vorbereitete. Er begleitete sie quer durch Deutschland und tröstete sie, wenn es wieder nicht geklappt hatte.

Aus beruflichen Gründen sahen sie sich nicht mehr so oft. Lena war nach Hannover zum LKA gegangen, Mickel war in Freiburg geblieben und arbeitete im hiesigen Dachdeckerbetrieb. Trotzdem reichten ihnen normalerweise ein paar Worte, um die alte Vertrautheit wiederherzustellen.

»Ey, Sicherheit«, sagte sie und merkte, wie sie von einer Welle von Zuneigung erfasst wurde. Den Spitznamen »Sicherheit« trug er, weil er sich von allen in der Band am besten mit Elektronik auskannte. Vor Auftritten verfiel er regelmäßig in Panik, dass einer von ihnen einen tödlichen Stromschlag erleiden könnte. Erst wenn er das Equipment geprüft hatte, erklang sein erlösender Ruf »Sicherheit«, und sie konnten beginnen.

Mit seinen dunkelblonden Stoppelhaaren, dem sonnenverbrannten Nacken und den breiten Schultern kniete er auf dem Deck seines Bootes und spannte die Wanten. Als er den Kopf hob, bemerkte sie sofort, wie elend er aussah. Sein Blick flackerte, die Wangen waren ausgehöhlt, als würde er von innen aufgezehrt. An seinem Handgelenk trug er das Armband, das Jette ihm zu seinem fünfzehnten Geburtstag geschenkt hatte. Auch Lena hatte ihm ein Freundschaftsband geschenkt, aber offenbar hatte er es nicht mehr.

»Du?«, sagte er und stemmte sich hoch. »Bist du ... bist du das wirklich?«

»Begrüßt man so seine älteste Freundin?«, erwiderte sie, kletterte aufs Boot und drückte ihn an sich.

»Ich ...«, murmelte er und erwiderte ihre Umarmung halbherzig, bis er sich grob losmachte. »Wo warst du? Ich bin fast durchgedreht. Warum hast du nicht auf meine Anrufe reagiert? Oder auf meine Mails? Ich wusste überhaupt nicht, was los ist. Ich habe mir Sorgen gemacht. Und dann schickst du mir diese komische Nachricht, teilst mir so nebenbei mit, dass du eine Auszeit nimmst. Kein Wort darüber, wann du zurückkehrst oder wie es dir geht.«

»Ich war auf der Vogelinsel.«

»Auf welcher Vogelinsel?«

»Na, Scharhörn. Du weißt doch, dass Jette immer hinwollte. Ich habe mich als Umweltpraktikantin beworben und ihren Traum verwirklicht.«

»Moment mal. Kapier ich nicht. Nee, das kapier ich nicht.

Vor drei Monaten kommst du her. Hast einen neuen Ermittlungsansatz. Bist aufgekratzt. Und dann verschwindest du von einem Tag auf den anderen, um Austernfischer zu zählen?«

»Sorry. Klingt vielleicht seltsam. Aber ... aber jetzt bin ich ja wieder hier und muss unbedingt –«

»Kannst du vergessen«, unterbrach er sie hart und kniete sich wieder hin. »Ich will nix hören. Hab Wichtigeres zu tun.«

Lena stand betroffen da. Erst die seltsame Begegnung mit Frau Dierksen und jetzt Mickels Reaktion. Beide warfen ihr etwas vor, an das sie sich nicht erinnern konnte. Was bei ihrem letzten Aufenthalt in Freiburg geschehen war, war wie weggeblasen. In ihrem Gedächtnis klafften dunkle Löcher. Und wenn sie sich anstrengte, Licht hineinzubringen, spürte sie nur eine wachsende Unruhe.

Fürchtete sie sich vor dem, was sie entdecken könnte? Wollte sie es überhaupt wissen? War es relevant? Sie war – verdammt noch mal – hier, um den Mord an ihrer Schwester aufzuklären, nicht um Nabelschau zu betreiben. Ihr Kopf hatte gefälligst zu warten. Sie musste jetzt nach vorne blicken, zielorientiert handeln.

Wenigstens begriff sie, warum Mickel so fertig aussah. Ihretwegen! Erst verlor er seine Eltern, dann Jette und schließlich sie. Wahrscheinlich hatte er die Schuld bei sich gesucht, sich verlassen gefühlt. Sie fragte sich, warum sie ihn nicht eingeweiht hatte. Er wäre normalerweise der erste Ansprechpartner gewesen. Fang nicht schon wieder an, ermahnte sie sich.

»Du hast ja recht«, begann sie. »Ich verstehe, wenn du sauer bist. Aber es gibt niemanden, der mich so gut kennt wie du. Du weißt, dass ich dich niemals absichtlich verletzen würde. Und schon gar nicht auf diese Weise. Vielleicht hatte ich einen Blackout, einen Nervenzusammenbruch oder eine posttraumatische Belastungsstörung wegen Jettes Ermordung und dem ganzen Mist, der hinterher passiert ist, aber das ist momentan egal.«

»Das solltest du ernst nehmen«, erwiderte Mickel. »Glaub mir, mit der Psyche ist nicht zu spaßen. Ich kenne mich da aus. Irgendwann ist es zu spät.«

»Ich nehme das auch ernst, werde mich darum kümmern. Aber nicht jetzt.«

»Und du bist nicht wegen mir abgehauen?«

»Natürlich nicht, du Dösbaddel.«

»Und ich dachte …«

»Nein. Egal, was du gedacht hast. Streich es aus dem Kopf. Du bist toll. Echt jetzt! Für mich der Mensch Nummer eins. Ohne dich läuft gar nichts.«

Mickel betrachtete sie. »Vor drei Monaten warst du ziemlich durch den Wind. Du wirktest getrieben, machtest Andeutungen.«

»Was für Andeutungen?«

»Keine Ahnung. Das war irgendwie nebulös. Du wolltest nicht damit rausrücken. Am Tag deines Verschwindens habe ich gekocht, aber du bist nicht mehr aufgetaucht.«

»Tut mir leid. Ich mach es wieder gut. Versprochen. Doch jetzt …«

»Ja?«

»Jetzt brauche ich deine Hilfe.«

»Und du haust nicht wieder ab? Plötzlich, meine ich. Noch so einen Arschtritt verkrafte ich nicht.«

»Ich schwöre.«

Mickel blickte ihr tief in die Augen, so als wollte er in ihre Seele vordringen. Hegte er Zweifel an ihrer Aufrichtigkeit? Was ging in ihm vor? Es kostete ihn sichtlich Überwindung, eine Entscheidung zu treffen.

»Also gut«, sagte er. »Dann lass mal hören.«

»Erinnerst du dich an Niels Kröger?«

»Klar. Einer der besten Segler, die mir je begegnet sind. Kannte die Elbmündung in- und auswendig. Mir ist schleierhaft, wie er über Bord gehen und ertrinken konnte.«

»Ist er nicht.«

»Was?«

»Er wurde erschlagen, und ich habe Beweise dafür, dass sein Tod mit Jettes Ermordung zusammenhängt. Du verfügst über wichtige Informationen. Du musst mir jedes Detail über die Nacht erzählen, als er verschwand.«

»Ich? Wieso?«
»Weil ich dir vertraue und weil du bei dem Bootshausabend warst.«

10

Lena zwängte sich hinter Mickel den Niedergang hinunter, der in die dunkle Kajüte führte, wo sie reden wollten. Die hölzernen Stufen knarrten, und mit jedem Schritt abwärts wurde ihr beklommener zumute. Der Himmel verschwand, sie kam sich gefangen vor.

Natürlich wusste Lena, wie viel Mickel diese Yacht bedeutete. Sie war sein Rückzugsort. Mit ihr segelte er auf die Nordsee, wenn ihm an Land alles zu viel wurde. Draußen auf dem Meer war er zu Hause und suchte eine Verbindung. Zu sich selbst, zur Natur und zu den Menschen, die er verloren hatte. Nur ihm zuliebe überwand sie die aufkommende Angst und zwang sich, gleichmäßig zu atmen.

Unter Deck musste sie den Kopf einziehen, ließ ihren Blick über die Navigationsecke und die Pantry schweifen. Auf dem runtergeklappten Esstisch befand sich sein altes Yamaha-Keyboard, das mit unzähligen Aufklebern von Festivals an Hafenorten bepflastert war, die sie gemeinsam besucht hatten. In einem aufgeschlagenen Schreibblock hatte er Noten und Strophen notiert.

Eigentlich lag die Yacht fest im Schlick eingebettet. Trotzdem gab sie mit einem plötzlichen Ruck nach, als Lena zum Tisch hinübertreten wollte. Instinktiv hielt sie sich an einem Staufach fest, um nicht zu stürzen. Mickel drängte sich schnell an ihr vorbei, klappte die Kladde zu und ließ sie verschwinden.

»Du komponierst wieder?«, fragte sie.
»Nichts Weltbewegendes«, erwiderte er.
»Das hast du früher auch gesagt. Trotzdem waren da tolle Melodien und Strophen bei. Lass mal sehen.«

»Nein. Der Song ist schlecht. Nur blindes Geschrammel. Außerdem ist er nicht fertig. Wir sind hier, weil du was wissen willst.«

Lena betrachtete ihn aufmerksam. »Du zeigst es mir später, okay?«, sagte sie und erzählte ihm, was in den vergangenen Tagen passiert war. Auch den Fund der Schmuckstücke sparte sie nicht aus und ließ ihn die Uhr, Armbänder und Ringe untersuchen. Bedenken, polizeiliches Wissen preiszugeben, hatte sie nicht. Mickel war der verschwiegenste Mensch, den sie kannte.

Er identifizierte Jettes Lederkette sofort, betastete den Nonnengans-Anhänger und dann sein eigenes Armband. Ergriffen blickte er hoch und sagte: »Ausgerechnet dir muss so was passieren!«

»Nein«, erwiderte sie. »Es ist keine Prüfung, sondern eine Chance. Ich habe lange gewartet. Und jetzt ist sie da.«

»Ich weiß nicht, Lena. Du bist die Schwester, dir geht das zu nahe. Überleg dir gut, ob du nicht deinen Chef und die Soko einweihen willst.«

»Kommt nicht in Frage. Nur dich weihe ich ein. Du warst für Jette wie ein großer Bruder. Mehr Mitwisser brauche ich nicht.«

»Und warum nicht die Soko?«

»Irgendetwas läuft da schief. Ich weiß nicht, was, aber ich finde es heraus.«

»Dir ist doch klar, dass es gefährlich werden kann? Dir könnte das gleiche Schicksal wie Niels Kröger blühen. Du könntest sterben.«

Lena blickte durch ein Bullauge nach draußen auf das Schlickwatt, das im Tageslicht schimmerte und funkelte, als wollte es über seine wahre Beschaffenheit hinwegtäuschen. »Seit Jettes Ermordung sterbe ich jeden Tag. Ich kann nicht warten, bis nichts mehr von mir übrig ist. Lieber riskiere ich was. Wo ist eigentlich das Freundschaftsband, das ich dir geschenkt habe?«

»Das … das habe ich verloren. Du weißt, wie ausgefranst es war. Ich bin eines Morgens aufgewacht, und da war es weg.«

»Verloren? Echt?«

»Ja, ich habe es überall gesucht, ich habe das ganze Boot auf den Kopf gestellt, aber … Fehlanzeige.«

»Du hast es nicht weggeschmissen, weil du sauer auf mich bist?«

»Nie im Leben. Ich war total fertig, als es weg war. Du weißt selbst, wie lange ich es getragen habe.«

»Okay, dann ist es gut«, sagte sie und zog ein Stück Papier aus ihrer Gesäßtasche. »Hier habe ich eine Liste von Personen, die zum Verschwinden meiner Schwester befragt wurden oder anderweitig mit den Ermittlungen der Soko in Verbindung stehen. Knapp dreißig von ihnen stammen aus Freiburg.«

»Stehe ich auch drauf?«

»Nur der Form halber. Ich möchte wissen, wer mit Niels Kröger bei dem Bootshausabend war. Wir suchen die Schnittmenge. Taucht ein Name zweimal auf, haben wir einen Tatverdächtigen.«

»So einfach?«

»Fürs Erste ja. Dann sehen wir weiter.«

Mickel nahm die Liste zögerlich entgegen, ohne einen Blick darauf zu werfen. Stattdessen griff er nach einem Lappen und polierte ein altes Megafon aus Messing, mit dem er sich mit anderen Schiffsbesatzungen bei heulendem Wind verständigte. Warum sah er sich die Namen nicht an? Was hielt ihn zurück?

»Woher hast du die Liste?«, fragte er beiläufig.

»Woher ich die Liste habe?«, fragte sie und konnte sich beim besten Willen nicht erinnern. Da war sie wieder, die Gedächtnislücke. Sosehr sie sich auch abmühte, sie zu füllen, es gelang ihr nicht. Da war nur ein leises Rauschen in ihren Ohren, eigentlich eher ein Wispern, das ihr … Stopp!, dachte sie. Sofort aufhören!

»Ein Freund … ein Freund von der Polizeihochschule war Mitglied der Soko«, erwiderte sie. »Er … er hat mich mit Insiderinformationen versorgt.«

»Kenne ich ihn?«

»Du bist ihm auf meiner Geburtstagsparty in Hannover begegnet. Ole. Ole Ohnhäuser. Cleverer Typ. Mittelgroß. Achtet sehr auf sein Äußeres. Wenn er jemanden nicht kennt, ist er eher zurückhaltend.«

»Ich glaube, ich weiß, wen du meinst. Ziemlich arrogant, der Knabe, oder?«

»Na ja.«

»Als ich ihm erzählt habe, dass ich auf Reetdächer spezialisiert bin, ist er einfach gegangen.«

»Vielleicht hatte er Durst.«

»Also meinetwegen«, sagte Mickel und entfaltete das Blatt Papier. »Das ist doch deine Handschrift, oder?«

»Wirklich? Äh, ja. Das stimmt wohl. Dann … dann habe ich die Liste eben selbst geschrieben. Ich weiß wirklich nicht, warum du so darauf herumreiten musst. Ist doch egal, wer die Namen festgehalten hat.«

»Hmh«, machte er, blickte sie mit gerunzelter Stirn an und ging dann Zeile für Zeile durch. »Zwei waren bei dem Bootshausabend, aber ich kann mir nicht vorstellen, dass sie Jette getötet haben. Andererseits …«

»Was?«

»Wenn es sich so zugetragen hat, wie du vermutest, und Niels Kröger geflohen ist, dann muss ihm jemand gefolgt sein. Und dieser jemand muss ihn eingeholt haben. Mit einem Segelboot dürfte das schwierig gewesen sein.«

»Aber?«

»Hier im Hafen liegen so gut wie keine Motoryachten, aber das Bergungsboot der DLRG … Das wäre geeignet. Hat einen Hundert-PS-Motor. Und es ist so leicht, dass es übers Wasser fliegt. Mit dem Scheinwerfer kannst du in der Dunkelheit die See absuchen. Du kannst sogar auf Scharhörn anlanden, ohne den Rumpf zu beschädigen. Eine Sache kommt mir aber komisch vor.«

»Erzähl!«

»Warum hat der Täter den Leichnam in den Dünen vergraben? Wenn er ihn ins Wasser geworfen hätte, wäre der Tote verschwunden. Und wenn er doch angespült wird, wäre er frei von Spuren.«

»Mit der Frage beschäftigen wir uns, wenn es so weit ist. Wie heißen die Männer?«

»Es sind Vater und Sohn. Carsten und Torsten Bering. Stammen nicht von hier, aber du bist beiden schon begegnet. Im Dorf nennen sie den Junior Toddi.«

Lena wusste, dass Carsten Bering ein Hamburger Pharmaunternehmer war, der sich vor fünfzehn Jahren ein Gestüt in der Nähe von Freiburg gekauft und es aufwendig modernisiert hatte. Mit dem Erbgut eines hiesigen Stempelhengstes, des berühmten Weltmeyers, baute er eine Zucht auf. Zusammen mit seinem Sohn Torsten, der mittlerweile ebenfalls für die Firma arbeitete, verbrachte er die Sommer und freien Wochenenden auf dem Landsitz. Obwohl sie zum Hamburger Geldadel gehörten, hielten sie sich nicht für etwas Besseres. Standesdünkel lag ihnen fern. Stattdessen suchten sie Anschluss im Dorf, traten Vereinen bei und unterstützten das Gemeinwesen finanziell.

»Hatte einer von ihnen Zugang zum Bergungsboot?«

»Toddi schon. Er ist ja ein richtig guter Segler und hat früher auch bei der DLRG mitgemacht.«

Lena nickte nachdenklich.

»Ich weiß sogar, wo du sie findest«, fuhr Mickel fort. »Beide sind in der Schützengilde. Heute Abend sind sie auf dem Festplatz, aber …«

»Was, aber?«

»Warum stehen sie auf der Liste?«

»In der Nacht, als Jette verschwand, waren sie auf dem Altstadtfest.«

»Da waren du und ich auch, da waren viele Freiburger. Außerdem sind die beiden dafür bekannt, dass sie an den Wochenenden ausgehen. Es gibt wohl keinen Clubball, kein Ansegeln und keine Scheunenparty, wo sie nicht aufkreuzen.«

»Toddi wurde gesehen, wie er sich mit meiner Schwester unterhielt.«

»Kein Wunder. Jette kannte ihn. Er und sein Vater haben den Vogelkieker-Doppeldeckerbus mitfinanziert. Da ist es nur natürlich, wenn sie ein paar Worte wechseln.«

Lena erinnerte sich, dass ihre Schwester in der fahrbaren Vogelbeobachtungsstation Vorträge für Schulklassen gehalten und zusammen mit Mickel das Infomaterial verfasst hatte. »Damals wurden sie von der Soko nur als Zeugen befragt. Toddi hat behauptet, dass die Begegnung auf dem Altstadtfest zufällig erfolgt sei.«

»Und du glaubst ihm nicht?«

»Ich habe zumindest Zweifel, ob er die Wahrheit sagt. Wir müssen uns an die Fakten halten. Und Fakt ist, dass er und sein Vater die Schnittmenge sind. Sie waren in Otterndorf und beim Bootshausabend.«

11

Vor einem knappen Jahr, 29. Juli, abends

Über Otterndorf wölbte sich eine Lichtkuppel. Es sah aus, als würden Häuser brennen und Flakscheinwerfer den Himmel absuchen. Die Technobeats klangen wie Bombenexplosionen. Die Szenerie erinnerte an einen Fliegerangriff.

Jette war froh, dass sie den Abstand zu diesem Inferno mit jedem Schritt vergrößerte. Ihre Schwester hatte sie zwar vorbereitet und auf der Herfahrt erzählt, dass die Verantwortlichen das Volksfest abgespeckt hatten, aber für sie war es immer noch viel zu groß.

Sie brauchte jetzt Eiscreme. Viel Eiscreme. Die Score-Tankstelle in der Stader Straße hatte keinen Nachtschalter, also lief sie zur Team-Tankstelle, die auf der Strecke Richtung Cuxhaven lag.

»Jette«, rief da jemand. »Jette, bist du das? Das ist ja ein Zufall.«

Auf der Medembrücke erblickte sie Torsten Bering, der die Arme ausbreitete und mit großen Schritten heraneilte. Er wollte sie doch nicht an sich drücken?

Glücklicherweise blieb er in sicherem Abstand stehen, ließ die Hände sinken. Puh! Das Auffälligste an ihm war nicht seine rotbraune Samthose, nicht sein rosa Hemd oder die mit Gel zurückgekämmten Haare, sondern seine blauen Augen, die von einer fast künstlichen Färbung waren und seltsam leuchteten. Immer wenn sie ihm begegnete, fragte sie sich, ob er Kontaktlinsen trug.

»Hallo!«, sagte sie zurückhaltend, ließ ihren Blick an ihm hoch- und runterstreifen, fragte sich, warum er sie immer so nervös machte. War es sein Mundgeruch? Sicherheitshalber trat sie ein Stück zurück.

»Toll siehst du aus«, sagte er. »Neuer Look, oder?«

»Stimmt.«

»Wo kaufst du ein? Könnte wetten, dass wir im gleichen Laden shoppen.«

»Hmh.«

»Weißt du, Jette, es ist echt schön, dass wir uns aussprechen können. Letztes Mal ist es irgendwie blöd gelaufen.«

»Was ist blöd gelaufen?«

»Na, das Treffen zwischen dir und meinem Vater. Er meinte, dass es nichts schadet, wenn wir uns mal unterhalten. Wir sind ja gleich alt. Gleiche Generation. Vielleicht haben wir einen besseren Draht zueinander.«

»Dann ist es Absicht?«

»Wie bitte?«

»Eben hast du gesagt, dass diese Begegnung Zufall sei.«

»Das ist doch nur so eine Redensart. Ich –«

»Stopp! Nicht weitersprechen. Dein Vater verfügt über Wissen, das er nicht haben darf. Jemand aus dem Institut muss es ihm gesteckt haben. Bei einem Verstoß gegen die gute wissenschaftliche Praxis muss die Ombudsperson benachrichtigt werden. Weitere Kontakte sind bis zur Klärung des Sachverhalts verboten. Diese Unterhaltung endet jetzt!«

»Warte! Nun –«

Aber sie hatte sich bereits abgewandt, marschierte Richtung Team-Tankstelle. Schaute über die Schulter zurück und begriff, dass Torsten sie verfolgte. Er verfolgte sie tatsächlich.

»Jette«, rief er. »Bleib mal stehen. Mein Vater bewundert dich. Ich bin ein großer Fan. Wo liegt eigentlich das Problem?«

»Geh endlich weg«, schrie sie, winkelte die Arme an und rannte los. Dabei atmete sie viel zu schnell, hechelte, verschluckte sich an der eigenen Spucke. Sie musste aufpassen, dass sie nicht hyperventilierte. Ihr Herz hämmerte gegen die Rippen. Das Pflaster unter ihren Füßen bebte – oder waren es die Beine?

Es ist nichts passiert, sagte sie sich. Alles in Ordnung. Ganz ruhig. Morgen geht's zu den Säbelschnäblern in den Außendeich, und jetzt gibt's erst mal ein Eis.

Sie malte sich die Kühltruhe mit dem bunten Sortiment aus. Wenn es keine Familienpackungen gab, würde sie ein Magnum Mandel nehmen. Und ein Cornetto Nuss. Und ein Nogger.

Sie fokussierte sich so stark auf den vor ihr liegenden Genuss, dass sie nicht mitbekam, wie auf der anderen Straßenseite ein ungefähr sechzigjähriger Mann aus dem Schatten trat und an ihr dranblieb. Er trug sein langes silbergraues Haar zurückgekämmt und hatte es am oberen Hinterkopf zu einem kleinen Haarknoten, einem sogenannten Man Bun, gebunden. Ansonsten war er glatt rasiert, unauffällig gekleidet. Athletische Figur. Gummisohlen, die vollkommen lautlos waren.

Es war weder Torsten Bering noch sein Vater.

12

Gegenwart

An Mickels Seite fühlte Lena einen Anflug von Leichtigkeit, fast so wie früher, wenn sie mit ihm zu einer After-Show-Party aufbrach. Aber eben nur fast. Die unbeschwerten Zeiten waren vorbei. Heute ging sie zum Schützenfest, um zwei Männer zu befragen, die möglicherweise ihre Schwester ermordet hatten.

Energisch überquerte sie die Spülschleuse, die den Hafen

vom seeartigen Bassin trennte. Das Wasserreservoir füllte sich bei Flut. Alle paar Tage wurde die Sperre geöffnet, um das Hafenbecken von Schlick zu befreien. Auch Lena wollte den Dreck wegspülen. Aus ihrem Leben, aus diesem Dorf. Endlich hatte sie die Chance dazu.

»Ganz ruhig«, meinte Mickel. »Die laufen uns nicht weg.«
»Das sagst du so leicht«, erwiderte sie.
»Sind ihre Aussagen überhaupt verwertbar?«
»Heute Abend nicht. Ich klopfe auf den Busch. Aber so schrecke ich sie auf.«

Aus einem der Gärten wehte ein betäubend süßer Robiniengeruch herüber. Ein Fahrgeschäft tönte in einigen hundert Metern Entfernung so schrill wie ein Einsatzfahrzeug, das durch die Straßen jagte. Einige Betrunkene schrien, als ängstigten sie sich vor der hereinbrechenden Nacht.

»Hier«, sagte Mickel und gab ihr ein Bier. »Zum Runterkommen. Schadet nichts. Du willst ja nur ein paar Nebelkerzen zünden.«

»Ich trinke nicht im Dienst«, entgegnete Lena. »Und wo hast du die Flasche überhaupt her? Ich habe gar nicht gesehen, wie du sie eingesteckt hast.«

»Es ist schon spät, Lena. Du hast bestimmt Dienstschluss. Außerdem ist es lange her, dass du auf dem Schützenfest warst. Der Pegel liegt inzwischen sicher schon bei zwei bis vier Promille. Carsten und Toddi sind längst abgefüllt. Du glühst besser vor.«

»Die Trinkerei war mir früher schon zu viel.«
»Es ist deine Entscheidung. Ich bereite dich nur gewissenhaft vor. Prost!«

Lena zögerte und betrachtete das Astra-Etikett. »Na gut«, sagte sie schließlich und nahm zwei winzige Schlucke, die ungewöhnlich bitter schmeckten. Es war keine Überzeugungstat, sondern ein Zugeständnis an ihren besten Freund, den sie nicht schon wieder verletzen wollte.

Wenig später erreichten sie den Festplatz. Das Karussell zog Lenas Aufmerksamkeit auf sich. Die bunten Pferde drehten sich im Kreis und übten eine hypnotische Wirkung aus. Ihr Blickfeld weitete und verengte sich – im Takt ihres Pulsschlages. Wie lange schaute sie? Sie musste sich losreißen. Was war nur los? Konzentrier dich gefälligst, dachte sie. Du hast einen Job zu erledigen.

Vor der Würstchenbude und am Bierstand drängelten sich die Festbesucher. Einige Männer und Frauen trugen Uniformen der Schützengilde und des Trommler- und Pfeifercorps. Es wurde gescherzt, gelacht und geflirtet. Eine Mädchenbande flitzte umher und erbettelte Geld. Vielleicht wollten sie zur Losbude, um die glitzernde Discokugel zu gewinnen. Ihre Gesichter waren vom Ketchup und vom roten Zucker der kandierten Äpfel verschmiert. Sie waren übermüdet, aufgekratzt, albern, glücklich, so wie nur Kinder es sein konnten, die nicht ahnten, dass manchmal sogar im Bekanntenkreis Gefahren lauerten.

Obwohl Lena nur an der Bierflasche genippt hatte, fühlte sie sich taumelig. Sie schaffte es gerade so, sich auf den Beinen zu halten.

»Alles okay?«, fragte Mickel. Er vermied es, sie direkt anzusehen. »Du hast eben das Karussell schon so komisch angeschaut.«

»Auf der Insel habe ich keinen Tropfen getrunken. Anscheinend vertrage ich nichts mehr.«

»Dann gib die Pulle lieber her. War eine blöde Idee.«

»Trotzdem danke«, erwiderte sie und stellte sich breitbeinig hin, um einen festen Stand zu haben und sich weiter umschauen zu können. Sie kannte gut die Hälfte der Versammelten mit Namen und ein weiteres Viertel vom Sehen. Nur einige Jüngere konnte sie nicht zuordnen. Es war gut, dass ihre Ankunft nicht auffiel. Feindselige Blicke würden nur die Aufmerksamkeit auf sie lenken, und sie wollte Carsten und Torsten Bering unauffällig befragen. »Hier sind sie nicht.«

»Versuch's im Zelt«, erwiderte Mickel und zog sein Smartphone aus der Tasche. »Ich muss was erledigen.«

»Jetzt?«

»Bin nur kurz weg, nicht drei Monate so wie du.«

»Oder hast du Hemmungen, dich mit mir zu zeigen?«

»Nee, bestimmt nicht. Du bist die Kommissarin, du ermittelst. Das ist alles.«

Mickel begab sich auf den Weg zum Sportplatz, wo er sich eine ruhige Ecke suchen würde. Er tippte auf dem Display und hielt sich das Telefon ans Ohr.

Lena glaubte ihm. Er würde sich jederzeit schützend vor sie stellen, wenn ihr jemand krumm kam. Das hatte er früher getan, und sie sah keinen Grund, warum sich etwas geändert haben sollte. Außerdem hatte er recht. Bei einer polizeilichen Maßnahme war er fehl am Platz.

Also holte sie tief Luft und stapfte ins Festzelt, wo ihr eine schwüle Atmosphäre und der Geruch nach schalem Bier entgegenschlugen. Der Dielenboden federte unter ihren Schritten. Die Sitzbänke waren gut gefüllt. Auf der Bühne tanzte der DJ und Harmonika-Artist Enno Petersmann, der mit seiner Quetschkommode »Auf der Reeperbahn nachts um halb eins« spielte und ältere Zuhörer zum Schunkeln brachte.

Lena stellte sich auf die Zehenspitzen, um Ausschau zu halten, aber sie konnte die Männer nicht entdecken. Stattdessen stolperte ein betrunkener Jungspund in sie hinein, den sie noch nie gesehen hatte. Er trug ein ärmelloses Basketballtrikot und stank nach Schweiß. Mit der Schulter streifte er ihren Oberarm und stützte sich »versehentlich« an ihrem Hintern ab.

»'tschuldigung«, lallte er. »Ich ... ich mach es wieder gut. Willst du 'nen Sekt? Oder 'nen Schlüpferstürmer? Haha.«

»Dein Humor ist so unkoordiniert wie deine Hände«, erwiderte Lena.

»Hä?«

Sie ließ den verdutzten Kerl stehen. Als sich eine kleine Gruppe von Schützenbrüdern auflöste, erblickte sie Carsten und Torsten Bering. Die beiden lehnten am Tresen. Offenbar hatten sie schon ein paar Schnäpse gekippt. Ihre Wangen glühten, von der uniformierten Brust baumelten Orden. Damit endeten die Gemeinsamkeiten. Vater und Sohn könnten kaum unterschiedlicher aussehen.

Der Pharmaunternehmer erinnerte mit dem grauen Lockenkopf und der silbernen Rundglasbrille an einen zerstreuten Professor, der seinen Studenten nie richtig zuhörte, weil er mit den Gedanken woanders war. Was sofort auffiel, war sein Mangel an Mimik. Der freundlich zurückhaltende Gesichtsausdruck war so starr wie eine Maske.

Sein Sohn Torsten war ebenfalls eher klein, musste ansonsten jedoch nach der Mutter kommen. Er trug einen modischen Kurzhaarschnitt und war braun gebrannt. Seine ozeanblauen Augen strahlten so intensiv wie zwei Taschenlampen. Die Umstehenden bedachte er mit intensiven Blicken, die besonders von den weiblichen Empfängerinnen hingebungsvoll erwidert wurden. Äußerlich war er ein Hingucker. Nur seine breiten Lippen muteten feminin an und standen in einem seltsamen Kontrast zu seinem muskulösen Oberkörper.

»Guten Abend«, sagte Lena und bemerkte erst jetzt, dass Frau Dierksen nebenan wartete und offenbar eine Bestellung aufgeben wollte.

Die ältere Dame drehte sich um. »Fängst du schon wieder an, Lena? Wann lässt du uns endlich in Ruhe?«

»Sobald alle Fragen geklärt sind«, erwiderte sie.

»Also nie!« Verärgert suchte sich Frau Dierksen einen anderen Tresenplatz.

»Guten Abend«, erwiderte Carsten Bering monoton.

»So förmlich, Lena?«, antwortete Torsten. »Erinnerst du dich nicht an mich? Die Scheunenkonzerte! Ich bin Toddi, dein treuer Fan.«

Lena runzelte die Stirn. Ach ja! Jetzt fiel es ihr ein. Damals hatten sie in der Scheune von Eimis Eltern geprobt und die ersten Konzerte gegeben, daher auch der Bandname ScheunenROCKer. Torsten war ein Zugezogener aus Hamburg, sie hatte ihn kaum beachtet.

»Ist ein förmlicher Anlass«, erwiderte sie. »Ich bin die leitende Ermittlerin in einer Todessache und muss Erkundigungen einholen. Wir können die Befragung in der Polizeiinspektion Stade durchführen, oder ich besuche Sie morgen früh auf dem Gestüt. Was ist Ihnen lieber?«

»Wer ist tot?«, fragte Carsten.

»Niels Kröger. Ein Segler aus Glückstadt, den Sie kennen. Wir haben Grund zu der Annahme, dass er nicht über Bord fiel, sondern gewaltsam ums Leben kam.«

»Ist ja schrecklich!«, sagte Torsten. »Aber was hat das mit uns zu tun?«

»Es gibt Hinweise, dass Sie über ermittlungsrelevante Informationen verfügen.«

»Was für Hinweise?«, fragte Carsten.

»Mehr möchte ich zum derzeitigen Zeitpunkt nicht sagen.«

»Sind wir Zeugen oder Beschuldigte?«, hakte Carsten nach.

»Zeugen, aber das kann sich ändern. Wenn Sie möchten, können Sie einen Anwalt hinzuziehen.«

Lena hatte den Köder ausgeworfen. Jetzt wartete sie auf eine Reaktion. Normalerweise konnte sie Gesichter gut lesen, aber die Miene des Vaters gab nichts preis. Da war kein Blinzeln, keine Vermeidung des Blickkontaktes, keine Veränderung der Gesichtsfarbe, kein unnatürliches Lächeln, keine zitternde Unterlippe. Nichts! Entweder hatte er sich gut unter Kontrolle, oder sein Gefühlsleben war dürftig.

»Morgen früh«, sagte Carsten. »Um neun Uhr auf dem Gestüt. Eine halbe Stunde – mehr Zeit haben wir nicht.«

»Wir helfen der Polizei gerne«, fügte Torsten an und warf seinem Vater einen fragenden Blick zu. Wollte er sich absichern, dass er sich richtig verhielt?

Carsten Bering nickte kaum merklich und vertiefte sich anschließend in sein Bierglas. Der Sohn schien durch die Reaktion des Vaters beruhigt zu sein. Er schaltete die Scheinwerferaugen wieder ein und strahlte seine weiblichen Fans an.

Lena fragte sich, was diese stille Kommunikation bedeutete. Offenbar gab es bestimmte Regeln, an die sich der Junior zu halten hatte. Sie musste Torsten dazu bewegen, die Grenzen zu überschreiten, sie musste seine Selbstbeherrschung ins Wanken bringen. Erst dann würde sie authentische Aussagen erhalten. Für die morgige Befragung musste sie sich eine Strategie überlegen.

»Hier haben Sie meine Visitenkarte. Ich brauche jetzt Ihre Mobilnummern«, sagte sie, tippte die Zahlenreihen ein und führte einen Kontrollanruf durch. »Bis morgen dann.«

»Ja«, erwiderte Torsten und strich über das kleine, rechteckige Pappstück. »Ich freu mich schon.«

**

Lena zwängte sich zum Ausgang. Bei der Befragung war sie sachlich geblieben. Das war notwendig, denn Hinweise erkannte sie nur, wenn sie nicht ständig an Jette dachte. Jetzt, mit etwas Abstand, ließ sie auch Gefühle zu.

Beide Männer bereiteten ihr Unbehagen. Nicht nur wegen der Emotionslosigkeit des Vaters oder des glatten Verhaltens des Sohnes. Da war noch etwas anderes, etwas Bedrohliches, das sich bei ihr in einer Ahnung niederschlug. Die Männer hatten Geheimnisse, die sie verteidigten.

Aus den Augenwinkeln bemerkte Lena, wie der Jungspund mit dem Basketballtrikot herantorkelte. In der Hand hielt er zwei kleine Likörfläschchen mit einer bräunlich goldenen Flüssigkeit. Schlüpferstürmer!

Sie wusste nur zu gut, dass alkoholisierte Kerle uneinsichtig sein konnten. Wer nicht hören wollte, musste fühlen. Schon hatte sie ein paar derbe Kommentare parat, die ihn für alle Zeiten kurieren würden – da stellte er sich zu einer anderen Frau, die ihn offenbar erwartet hatte. Bei ihr hatte seine Masche möglicherweise verfangen.

Lena setzte ihren Weg fort. Dabei fiel ihr eine Gruppe gleichaltriger Frauen auf, die sich schnell wegdrehten. Sie unterhielten sich eifrig und taten so, als hätten sie Lena nicht bemerkt.

Dieses Verhalten kam ihr seltsam vor. Besonders, weil sie die Mädels aus dem Konfirmandenunterricht, vom Leichtathletiktraining und aus der Nachbarschaft kannte. Mit allen hatte sie ein freundschaftliches Verhältnis verbunden. Sie hatte ihnen nichts getan. Störten sie sich daran, dass Lena hier Ermittlungen durchführte?

Sie überlegte, ob sie die Frauen zur Rede stellen sollte. Doch sie wollte keinen Streit; er würde sie nur stärker ausgrenzen. Wenn sie hier etwas erreichen wollte, brauchte sie Verbündete. Außerdem war das Dorf Teil ihres Lebens, und sie wollte es sich erhalten mit all seinen Menschen, dem Hafen, den Deichen, den Wanderwegen, der Elbe und den Zugvogelschwärmen.

Schnurstracks marschierte sie zum Tresen und gab eine Bestellung auf. Mit einem Tablett Sektgläser kehrte sie zurück. »Hallo, Mädels«, sagte sie. »Lange nicht gesehen. Darauf gebe ich einen aus!«

Frauke, eine Einzelhandelskauffrau aus dem hiesigen Edeka-Supermarkt, war mit Jette befreundet gewesen. Auf dem Otterndorfer Altstadtfest hatten die beiden sich zufällig getroffen und miteinander geredet. Hinterher war sie über die Begegnung von der Soko befragt worden.

»Hallo, Lena«, sagte Frauke und griff als Erste zu. »Du hast es bestimmt schon gemerkt ... deine Rückkehr ... sie ist für viele Leute ein Ereignis. Ich find's jedenfalls schön, dass du wieder da bist.«

Jetzt bedienten sich auch die anderen Frauen. Lena hielt sich mit dem Trinken zurück. Schnell war das Eis gebrochen, und es entwickelte sich eine lockere Unterhaltung. Es wurde rumgealbert, so als wären die schlimmen Dinge nie geschehen. In ihr erwachte ein Gefühl von Zugehörigkeit. Die spröde norddeutsche Herzlichkeit rührte sie, und sie merkte, wie sehr sie sich nach etwas Zuwendung gesehnt hatte.

»Frau Dierksen ist nicht mehr die Alte, oder?«, fragte Frauke.

»Ich weiß gar nicht, was sie hat«, erwiderte Lena. »Früher war sie so nett und hat Pflaumenkuchen gebacken.«

»Nimm's dir nicht zu Herzen. Svenja und Toddi waren mal ein Paar. Alte Geschichten.«

»Und was hat das mit mir zu tun?«

»Vor drei Monaten hast du Fragen gestellt. Fragen über die Berings. Frau Dierksen hat Träume, weißt du? Sie hält den Junior für eine gute Partie. Für Svenja wünscht sie sich ein besseres Leben.«

Lena massierte ihre Schläfen, aber sie konnte sich nicht erinnern. Wahrscheinlich hatte sie wirklich einen Nervenzusammenbruch oder so was gehabt. Da musste sie nachhaken – später.

»Wie geht's Svenja eigentlich? Ich habe sie noch gar nicht gesehen.«

»Ist alles nicht leicht für sie.«

»Was denn?«

»Na ja, du kennst das Dorf, hier bekommt jeder alles mit. Für dich wäre das nichts gewesen. Deine Eltern sind nach Cuxhaven gezogen, richtig? Wie läuft es bei ihnen so? Ich habe lange nichts mehr von ihnen gehört.«

»Weißt du es nicht? Meine Mutter ist im Februar gestorben.«

»Oh, tut mir leid. Wie dumm von mir. Tut mir wirklich sehr, sehr leid.«

»Sie ist mit Jettes Tod, dem Umzug und der ganzen Situation nicht klargekommen.«

»Hat sie ...?«

»Nein, nein. Sie hat getrunken. Viel getrunken. Ihr Herz hat gestreikt, und sie ist nicht mehr aufgewacht.«

»Eine liebe Frau, irgendwie verloren, aber sehr lieb. Für jeden hatte sie ein gutes Wort. Und dein Vater? Du besuchst ihn bestimmt häufig, oder?«

»Er ...«, fing Lena stockend an. Wie sollte sie das Verhältnis zu ihm beschreiben? Er hatte eine wissenschaftliche Karriere angestrebt und war gescheitert. Deshalb wurde er Lehrer für Biologie und Chemie. Über Jette wollte er seine Träume verwirklichen. Er förderte sie und platzte vor Stolz über ihre Erfolge. Ihn traf der Tod seiner Lieblingstochter hart. Und in seiner Verzweiflung machte er nicht den Mörder, sondern Lena verantwortlich. Sie hatte Jette überredet, den ScheunenROCKer-Auftritt beim Otterndorfer Altstadtfest anzusehen. Sie hatte die Schwester im Auto mitgenommen. Und anstatt Jette wohlbehütet nach Hause zu fahren, hatte sie mit den Bandkollegen gefeiert. In seinen Augen war Lena schuld, und es nutzte nichts, mit ihm zu sprechen. Der Tod seiner Frau und ihrer Mutter hatte alles nur noch schlimmer gemacht. Bei der Beerdigung hatten sie wie Fremde nebeneinandergestanden. »Momentan haben wir wenig Kontakt.«

Frauke bedachte sie mit einem mitfühlenden Blick, drückte ihre Hand und blieb an Ort und Stelle stehen. Sie zog sich nicht unter einem Vorwand zurück, und sie blickte sich auch nicht nach einem lustigeren Gesprächspartner um.

Das rechnete Lena ihr hoch an. Trotzdem wurde ihr bewusst, dass sie über keinen familiären Rückhalt mehr verfügte. Plötzlich sehnte sie sich nach Mickel. Er war bestimmt nicht perfekt, aber er bedeutete ihr mehr als jeder andere Mensch. Wo steckte er überhaupt? Warum war er nicht ins Festzelt gekommen? Was trieb er da draußen?

Als eine andere Frau mit einem Tablett voller Sektgläser herankam und ihr eines in die Hand drückte, zögerte Lena nur kurz. Auch wenn sie Alkohol zurzeit nicht vertrug, wollte sie nicht ablehnen. Wenigstens heute Abend wollte sie keine Außenseiterin sein, wenigstens heute Abend wollte sie dazugehören.

»Auf Jette«, sagte sie, stieß mit Frauke an und nahm einen tüchtigen Schluck. Schon nach wenigen Sekunden merkte sie, wie mit ihr etwas geschah. Sie konnte nicht mehr richtig sehen. Ihr Blick verschwamm. Die Worte der Frauen ringsum klangen verlangsamt, zogen sich in die Länge.

Lena wurde schwindlig und …

***

… und im nächsten Moment fand sie sich auf einer Bierbank tanzend wieder. Sie hatte keine Ahnung, wie viele Minuten oder Stunden verstrichen waren oder wie sie hergekommen war. Sie sah nur die Gesichter der anderen Frauen, die sich in die Länge und Breite verzerrten.

Auf der Bühne sang der DJ und Harmonika-Artist Enno Petersmann ein Lied von Die Atzen: »Hey, das geht ab …«

Lena antwortete mit den anderen Frauen im Chor: »Wir feiern die ganze Nacht … die ganze … Hey, das geht ab …«

»Ihr wart noch ein bisschen zu leise«, rief Enno Petersmann in die Menge. »Hey, das geht ab …«

»Wir feiern die ganze Nacht … die ganze … Hey, das geht ab …«, schmetterte Lena, verlor das Gleichgewicht und kippte nach hinten. Die beiden Frauen links und rechts von ihr fingen sie auf und hievten sie zurück auf die Bierbank.

Frau Dierksen, die am Tresen stand, beobachtete die Szene genau. Gegenüber einer anderen älteren Dame, deren Name Lena gerade nicht einfiel, machte sie eine Bemerkung. Beide lachten gehässig. Gleich daneben stand Herr Dierksen mit Frauke. Sie steckten die Köpfe zusammen, redeten miteinander und wirkten besorgt.

Wegen mir?, fragte sich Lena. Was haben denn alle? Sie war seltsam stumpfsinnig, aber ansonsten fühlte sie sich super. So ausgelassen wie lange nicht mehr. Seit wann durfte man auf dem Schützenfest nicht mehr feiern?

Lena schüttelte ihre Locken: »Hey, das geht ab …«, sang sie. »Wir feiern die ganze Nacht … die ganze …«

※※※

Lena schlug die Augen auf.

Es war Nacht.

Sie begriff, dass sie in Mickels Arm hing, der sie über die Schleusenbrücke schleppte.

Halb wurde sie getragen, halb lief sie. Wieso war sie nicht im Festzelt? Wo waren die anderen Frauen, mit denen sie eben noch gefeiert und gesungen hatte?

Sie fühlte sich wacklig, aber sie wollte sich nicht die Laune verderben lassen und klammerte sich an die Hochstimmung. Etwas Vergleichbares hatte sie schon lange nicht mehr erlebt, und der Moment sollte nicht vergehen.

»Hey, das geht … ab«, sang sie zäh und brachte die Worte kaum über die Lippen. »Wir feiern … die ganze … Nacht … die ganze …«

»Lena«, sagte Mickel. »Ich war nur eine gute Stunde weg.

Was ist passiert? Als ich ging, warst du noch okay. So viel zu trinken, das ist nicht gut, das bekommt dir nicht.«

»Hab ich nicht. Nur ... nur zwei Schlucke Bier und ein halbes ... halbes Glas Sekt.«

»Schwer zu glauben. Aber weißt du was? Ich habe dir auch nicht die Wahrheit gesagt.«

»Was?« Lena blieb abrupt stehen und schwankte bedenklich. Ihr Mageninhalt schwappte, die Beine zitterten und drohten einzuknicken. Sie musste aufpassen, dass sie nicht ins Hafenbecken fiel. Die schwarze, glitzernde Wasseroberfläche übte eine magische Anziehungskraft aus.

»Die Situation ist nicht leicht. Ich weiß gar nicht, wo ich anfangen soll.«

»Wovon redest du?«

»Vorsicht!«, rief er plötzlich und packte sie um die Taille.

»Lass mich los«, murmelte sie, stieß mit der Hüfte vor und zurück, um sich zu befreien. Dabei gaben ihre Knie nach. Sie stürzte. Sie stürzte in die Dunkelheit.

***

Als Lena die Augen wieder öffnete, befand sich über ihr ein blauschwarzer Nachthimmel. Eine Graugans flog mit lautem Geschrei vorbei und kreuzte die silberne Scheibe des Mondes. Links und rechts ragten Fahrwassermarkierungen wie dunkle Wächter auf. Auf der anderen Flussseite schimmerte die helle Kuppel des Atomkraftwerks Brokdorf, das stillgelegte Wahrzeichen einer Energiequelle, die Tod und Zerstörung bringen konnte.

Lena hatte Kotzegeschmack im Mund. Stinkende Bröckchen klebten an ihrem Kinn. Während sie ausspuckte, begriff sie allmählich, dass sie in einem Boot auf dem Hafenpriel war. Wasser plätscherte gegen den Rumpf, der Motor röhrte leise. Sie hing quer über der Sitzducht und fühlte sich krank. Ihre Haut glühte, Schweiß stand ihr auf der Stirn.

Am Ruder ragte Mickels Silhouette düster empor. Über den Bug peilte er das Elbfahrwasser an.

»Was … was ist passiert?«, fragte sie heiser.
Er antwortete nicht.
»Mickel«, krächzte sie. »Sprich mit mir. Wo bringst du mich hin?«
»Es tut mir leid«, erwiderte er. »Ich wusste nicht, was ich glauben soll. Ich weiß es immer noch nicht, aber irgendetwas ist auf dem Schützenfest passiert. Ab jetzt passe ich auf dich auf. Geh unter Deck und leg dich hin. Da kannst du nicht über Bord fallen.«

13

Vor einem knappen Jahr, 29. Juli, abends

In der Team-Tankstelle stürzte Jette zur Langnese-Gefriertruhe. Ihre Rettung! Sie schob die Glasabdeckung auf und prüfte das Sortiment. Fast ausverkauft. Dann begnügte sie sich eben mit dem Rest.

Schnell packte sie sich die Arme voll, bezahlte und setzte sich nach draußen, neben die orangen Autosauger. Sie verdrängte den Benzingestank, den Geruch der metallischen Zapfhähne und riss die Verpackung vom ersten Eis, einem Magnum Caramel & Nuts, auf. Natürlich wusste sie, wie schädlich Zucker war, aber kurzfristig senkte er den Stresshormonspiegel, und genau darauf zielte sie ab.

Noch immer dröhnte die Musik in ihrem Kopf, als würde ein Presslufthammer ihre Trommelfelle bearbeiten. Den ranzigen Fettgeruch der Frittenbude würde sie tagelang nicht loswerden. Hätte sie auf ihre Schwester hören sollen? Sie brauchte jetzt Zeit, um alles zu verarbeiten. Die Süßigkeiten halfen ihr, dem Erlebten einen Anstrich in wärmeren Farben zu geben.

Knackend biss sie in die mit Erdnüssen und Keksstücken angereicherte Milchschokolade. Als das Vanilleeis und die Karamellsoße auf ihrer Zunge zerliefen, konnte sie fast spüren, wie ihr Gehirn Dopamin ausschüttete. Ihre Stimmung hellte sich auf. Sie vertilgte den Riegel und wollte sich einem »Riesenhappen« widmen, der nicht zu ihren Favoriten zählte, aber trotzdem wirken würde.

»Ey, Lady. Wie du aussiehst, hast du bestimmt auf mich gewartet.«

Vor Jette baute sich ein Mann mit Basecap, einem Over-Ear-Kopfhörer und mehreren Silberketten um den Hals auf. Er blickte an ihr hoch und runter, grinste, entblößte seine Zunge, mit der er sich langsam über die Lippen leckte. Seine Unterschenkel waren mit einer Kompassrose, einem Dreimaster und einem brüllenden Bären tätowiert. In seinen Händen hielt er einen Sechserträger Bier und eine Flasche Wodka.

»Lady ist eine englische Bezeichnung für eine adelige oder vornehme Frau«, erwiderte sie. »Solche Damen sind hier selten anzutreffen.«

»Und was ist mit den Ladys und Gentlemen auf den Klotüren?«

»Außerdem kann man nur jemanden erwarten, den man kennt oder sich vorgestellt hat. Du hast drei Silberringe an den Fingern, sieben Armreife ums linke Handgelenk und dreiundzwanzig Querstreifen auf dem T-Shirt. Das sind alles Primzahlen.«

»Prim… was?«

»Ey, Digga. Lass ma gut sein«, sagte ein zweiter Mann, der heranschlenderte und ähnliche Tattoos trug. Auf dem Kopf saß ihm ein Strohhut, ein Pork-Pie, den er lässig aus der Stirn geschoben hatte. Er hatte sich ebenfalls an der Tankstelle mit Alkohol eingedeckt. »Die ist total gestresst, Bro. Checkst du das nicht? So 'n Arschhobbit wie dich braucht die jetzt nicht. Lass die mal in Ruhe.«

»Oh. Entschuldige, Lady. Wollte Ihnen nicht zu nahe treten, wollte nur meine tiefe Ehrerbietung ausdrücken.«

»Komm, Alda. Lass mal nach Hause. Lass mal richtig schön abschädeln.«

Beladen mit zahlreichen Flaschen schlenderten die beiden breitbeinig Richtung Altstadt.

Jette riss die Eisverpackung auf, klebte mit den Fingern an dem dünnen Plastikpapier fest, schüttelte es ab und verschlang den »Riesenhappen«. Während sie auf die Wirkung wartete, weiteten sich plötzlich ihre Augen.

Oh nein!

Bitte nicht!

Da kamen die nächsten Störenfriede.

Es waren Carsten und Torsten Bering. Sie näherten sich auf dem Bürgersteig und gestikulierten wild. Der Ältere mit aggressiv vorgeschobenem Kinn, so als würde er jeden Moment zubeißen, der Junior mit hochrotem Kopf, als müsse er gleich weinen. Sie reckten die Hälse, spähten in alle Hauseinfahrten. Wirkten rastlos, frustriert.

Suchen die etwa nach mir?, dachte sie.

Ihr Herz setzte einen Schlag aus. Sie sprang auf. Schwankte. Schaute sich hektisch um. Da! Ein Versteck! Geduckt stürmte sie an dem orangen Mietanhänger vorbei, um hinter die Lkw-Waschanlage zu flüchten, wo sie sich an die Ziegelsteinmauer presste.

Ihre Augenlider flatterten, sie wagte es kaum zu atmen, presste die Hand auf den wogenden Brustkorb. Hatte sie sich nicht klar ausgedrückt? Sie hatte zuerst dem Vater abgesagt, dann dem Sohn. Was wollten die Männer noch? Warum gaben sie keine Ruhe?

14

Gegenwart

Lena erwachte durch das Klappern ihrer Zähne. Sie hatte Schüttelfrost, konnte nichts sehen, es war dunkel. Wo bin ich?, fragte sie sich.

Beunruhigt tastete sie umher, auf der Suche nach einem Gegenstand, den sie kannte. Ihre Finger verfingen sich im feuchten Laken. Mit dem Knie stieß sie gegen die Wand. Ruckartig setzte sie sich auf und schlug sich den Kopf an. Au! Es war so eng hier! War sie eingesperrt?

Am Fußende entdeckte sie einen Streifen Licht, jetzt spürte sie auch einen Luftzug. Mit dem Handrücken rieb sie sich die verklebten Augen frei. Allmählich konnte sie mehr erkennen. Der schmale und niedrige Raum spitzte sich am Kopfende zu; gegenüber befand sich ein Ausstieg mit Lüftungsgitter und Schiebeluke.

Jetzt begriff sie, wo sie war. Auf einem Boot, in einer Vorschiffskoje. Was suchte sie hier?

Bruchstückhaft stellten sich Erinnerungen ein. Sie war auf dem Freiburger Schützenfest gewesen; sie hatte mit den Frauen getanzt und irgendwann die Besinnung verloren. Der Jungspund mit dem Basketballtrikot fiel ihr ein. Hatte er ihr etwas ins Sektglas geschüttet?

Sie war lange genug Kommissarin, um zu wissen, warum Täter K.-o.-Tropfen einsetzten. Sofort fasste sie nach unten, aber sie spürte keine Schmerzen. Alles fühlte sich normal an. Mal abgesehen davon, dass der Schüttelfrost aufhörte und ihr heiß wurde.

Mickel!, dachte sie. Sie war bei ihm gewesen, er hatte sie über die Spülschleuse geschleppt und ihr später an Bord versichert, dass er auf sie aufpassen werde. Ja, sie befand sich auf seinem Boot.

Sie hasste enge Räume, sie musste hier raus. Mühsam zwängte sie sich aus dem Kabuff. In der Kajüte richtete sie sich auf, hier war es schon besser. Kühler! Frische Luft!

Sonnenlicht schien in den Niedergang. Steckschott und Schiebeluk waren geöffnet, sodass sie den blauen Himmel sehen konnte. Seltsamerweise nahm sie kein Krängen, kein Schaukeln und kein Stampfen wahr. Die Yacht lag vollkommen bewegungslos da.

»Mickel!«, rief sie. »Wo bist du?«

Eine Antwort blieb aus. Nur der Wind strich heulend über das Oberdeck, die Fallen klackten metallisch gegen den Mast, der Rumpf knarrte.

Dann musste sie sich eben selber helfen. Ihre Zunge fühlte sich an wie ein trockenes Stück Holz. Sie brauchte Wasser. Am Esstisch hangelte sie sich zur Pantry, wo sie die Staufächer absuchte und auf Bierflaschen stieß. Der Anblick bereitete ihr Übelkeit.

Also suchte sie weiter, öffnete die Klappen über den Seitenkojen. Ein Abteil war randvoll gefüllt mit Platinen, Grafikkarten und anderem Computerzeug. Mickel war schon immer ein Tüftler und Technikfreak gewesen.

Daneben mehrere Bücher in einer Reihe. Nach den Titeln zu urteilen, handelte eines von Hypnose, ein anderes vom Gedächtnis. Sie hatte nicht gewusst, dass er sich für solche Themen interessierte, und es kam ihr seltsam vor.

Einen Band nahm sie heraus und überflog den Klappentext. Ein dänischer Psychiater hatte einer Frau falsche Erinnerungen eingepflanzt, was zu einem juristischen Fehlurteil geführt hatte. Das Buch arbeitete die rechtlichen und wissenschaftlichen Konsequenzen auf und ...

Es gelang ihr nicht, sich länger zu konzentrieren. Die Buchstaben verschwammen, ihr wurde wieder schlecht, und sie ließ das Buch fallen, das auf den Boden krachte.

»Mickel«, rief sie. »Ich brauche dich. Mir geht's nicht gut. Wo steckst du?«

Sie kämpfte sich den Niedergang hoch. Das grelle Sonnenlicht blendete sie und stach ihr in die Augen. Eine aufkommende Brise kühlte ihre glühenden Wangen.

Jetzt erkannte sie, dass die Yacht im Watt trockengefallen war. Deshalb gab es keine Bewegung. Zwischen den braungrünen Schlickflächen glitzerten Rinnsale, die in silbernen Pfützen mündeten. Weit und breit war keine Menschenseele zu sehen.

Warum hatte Mickel sie hergebracht? Gestern hatte er gesagt, dass er nicht die ganze Wahrheit erzählt hätte. Was verbarg er? Welches Geheimnis hütete er?

Auch er zählte zur Schnittmenge. Die Polizei hatte ihn zu Jettes Verschwinden befragt; er war bei dem geselligen Bootshausabend gewesen; und er hatte Zugang zu dem DLRG-Bergungsboot gehabt. Jahrelang war er für die Rettungsgesellschaft als Ausbilder tätig gewesen. Außerdem war er als Gitarrist der ScheunenROCKer bei drei Volksfesten aufgetreten, nach denen junge Frauen verschwunden waren.

Passte er ins Profil eines Serientäters? Er war selbstgenügsam, mitfühlend, oft unsicher. Eine feste Freundin hatte er nie gehabt. Vermutlich hatte es Sexpartnerinnen gegeben, aber er hatte sie diskret abgeschirmt. Manche Leute hielten ihn für eigenbrötlerisch, das stimmte, doch er war bestimmt kein Soziopath. Ganz im Gegenteil. Oft genug hatte sie erlebt, wie er eigene Bedürfnisse zurückgestellt und selbstlos gehandelt hatte. Früher hatte sie ihn immer wieder daran erinnern müssen, auch an sich selbst zu denken. Steckte er unfreiwillig in der Verbrechensserie mit drin? Wurde er erpresst?

Ihr Magen verkrampfte sich. Sie würgte sauren Schleim hoch und spuckte ihn aus. Dann wurde ihr wieder kalt, ihre Zähne klapperten. Woher kamen diese Temperaturschwankungen? Litt sie unter Entzugserscheinungen? Ihre Hände zitterten wie bei einem Junkie.

Sie konnte nicht klar denken. Ihrem Urteil durfte sie momentan nicht trauen. Vielleicht übersah sie etwas. Zuerst musste sie weg von hier. Weg von diesem Boot. Weg von Mickel. Sie musste die Kontrolle zurückgewinnen und vernünftige Schlussfolgerungen ziehen.

Mit pochendem Schädel stolperte sie durch die Plicht, hielt sich am Ruder fest und hob ein Bein über die Seereling, um die Badeleiter zu erreichen. Dabei verhedderte sich ihr Fuß. Sie verlor das Gleichgewicht, kippte kopfüber nach unten und landete im kalten, aufspritzenden Schlick, der ihr ins Gesicht klatschte. Sie erwartete den Schmerz, aber er blieb aus. Offenbar war sie unverletzt.

Schwankend rappelte sie sich hoch und erkannte im Watt Fußspuren, die mit Wasser vollgelaufen waren und wahrscheinlich von Mickel stammten. War er zur Insel mit dem eckigen Leuchtturm gestapft? War das Neuwerk?

Um sich zu orientieren, drehte sie sich im Kreis. Am Horizont entdeckte sie einen flirrenden weißen Küstenstrich. Winzige Baumgruppen wechselten sich mit weißen Quadern ab, bei denen es sich um Häuser oder Hotels handelte. An ihr Ohr drangen Rufe, die vom heulenden Wind zerschnitten wurden.

»Le...na«, schrie Mickel. »Le...na!«

Wo kam er plötzlich her? Hatte er sie die ganze Zeit beobachtet? Verfolgte er sie? Sie torkelte weiter, zwischen ihren Zehen quoll Schlamm hervor. Sie suchte die Landschaft ab, aber sie war leer und öde, ein Spiegelbild ihrer Seele. Sie blickte zurück, das Segelboot verschwamm schon wie eine ferne Erinnerung. Der Grund wurde fester. Harter Sand, der unter den Fußsohlen wehtat.

Plötzlich trat sie ins Leere, hing kurz in der Luft, bis sie nach vorn absackte und einen Abhang hinunterstolperte. Da war ein Priel.

Hier geht's nicht weiter, dachte sie schwerfällig. Ich muss woanders lang.

Beim Versuch einer Richtungsänderung geriet sie ins Straucheln, fiel seitlich hin, spürte noch, wie sie sich um die eigene Achse drehte, wie sie immer schneller abwärtsrollte. Zuerst klatschte ihr Arm ins Wasser, dann tauchte sie mit dem Kopf unter. Sie sah nichts mehr, hörte nichts mehr, und es wurde still, ganz still.

**

Über Lena jagten die Wolken dahin. In ihren Augen brannte das Salz, im Mund hatte sie den Geschmack der Nordsee, und ihre Haare baumelten nass hinunter. Sie spürte die Erschütterungen von Schritten. Es waren nicht ihre, sondern Mickels, der sie auf seinen Armen trug.

»Mensch, Lena«, sagte er. »Was machst du für Sachen? Du wärst fast ertrunken. Warum hast du nicht gehört? Warum bist du weggelaufen?«

Vor dem Himmel wirkte sein Gesicht überdimensional groß.

Ihr Kopf wackelte hin und her. »Jemand hat mich betäubt«, brachte sie heraus.

»Und du glaubst, dass ich das war?«

»Ich weiß nicht, was ich glauben soll. Du gehörst zur Schnittmenge.«

»Meinst du das ernst? Ich bin's, Mickel! Im Kindergarten haben wir unsere Milchschnitten geteilt, nächtelang haben wir im Keller gejammt.«

»Tut mir leid. Ich ... Mit meinem Kopf stimmt was nicht.«

»Wenn ich dir was tun wollte, dann hätte ich dich über Bord geworfen und behauptet, dass du gesprungen wärst. Beim Schützenfest gestern ... da warst du völlig weggetreten. Niemand hätte an meinen Worten gezweifelt.«

»Warum hast du es nicht getan?«

»Was? Dich über Bord schmeißen? Ach, Lena.«

»Dann erkläre mir bitte, warum du mich ins Watt gebracht hast. Ich versteh es nicht. Und wo warst du eben?«

Er blickte ungewöhnlich finster drein, und da war noch etwas anderes, eine Entschlossenheit, die selten bei ihm vorkam. »Zuerst schaffe ich dich aufs Schiff. Ich mache dir Tee, dann reden wir.«

***

Abwartend kauerte Lena im Niedergang; hier saß sie windgeschützt und konnte gleichzeitig den Himmel sehen. Sie fröstelte wieder. Um ihre Schultern lag eine warme Decke, in der Hand hielt sie einen heißen, dampfenden Becher, und in Reichweite befand sich eine Schüssel mit Keksen, von denen sie noch keinen hinunterbekommen hatte.

»Jetzt erzähl«, sagte sie.

Mickel wanderte durch die Kabine, knetete nervös seine Finger. Abrupt blieb er stehen, in leicht gebückter Haltung, damit er sich nicht den Kopf stieß. »Du hast gestern Andeutungen gemacht«, sagte er. »Andeutungen über die Polizei. Und über deine Kollegen bei der Soko. Ich wusste nicht, wie ernst du es meinst. Deshalb sind wir im Watt. So werden wir nicht im Hafen registriert, verstehst du? Dann bin ich nach Neuwerk gelaufen. Ich kenne eine Frau, die im Informationszentrum arbeitet. Anneke. Ich kann ihr vertrauen. Sie ist Seglerin, hat ein eigenes Boot und hat mich auf vielen Törns begleitet.«

»Sie hat dich begleitet? Das wusste ich nicht. Du hast nie was erzählt.«

»Jedenfalls habe ich bei ihr weiterrecherchiert ...«

»Wieso weiter?«

»Als du gestern ins Festzelt gegangen bist, habe ich mir beim Sportplatz eine ruhige Ecke gesucht und damit angefangen. Dein Auftritt gestern, das alles kam mir komisch vor. Ich meine – vor drei Monaten hast du nichts anderes im Kopf, als den Mörder deiner Schwester zu fassen. Plötzlich verschwindest du, tauchst irgendwann mit den Beweisen wieder auf und tischst mir diese abenteuerliche Geschichte auf.«

»Von der jedes einzelne Wort wahr ist!«

»Lena, ich glaube dir, dass du sie für wahr hältst, aber ich habe gestern ziemlich viel telefoniert und gegoogelt. Heute habe ich noch deinen Vorgesetzten, Kriminalrat Bruns, angerufen. Ich wusste ja, dass du ein Vertrauensverhältnis zu ihm hast.«

»Dann weißt du jetzt Bescheid.«

»Das tue ich. Lena, was ich dir nun sage, ist nicht leicht zu verdauen. Manchmal kostet es Kraft, sich der Realität zu stellen. Niemand versteht das besser als ich ...«

»Was meinst du damit?«

»Der derzeitige Umweltpraktikant heißt Till Rademacher, er studiert Umwelttechnik, hat sich ein Urlaubssemester genommen und ist seit April auf der Insel. Von dir hat er noch nie gehört. Der Verein Jordsand, der die Schutzgebiete betreut, kennt dich nicht. Auf Scharhörn hat es definitiv keinen Polizeieinsatz gegeben. Laut Kriminalrat Bruns bist du nicht in den Dienst zurückgekehrt. Zuletzt hat er vor fünf Monaten von dir gehört.«

»Das ist unmöglich. Du ... ihr alle irrt euch. Das muss ein Missverständnis sein.«

»Bitte glaub mir. Den VW Passat hast du nicht bei der Polizeiinspektion Stade, sondern bei einer Autovermietung abgeholt. Du hast mit Kreditkarte bezahlt. Du kannst die Belege einsehen.«

»Du willst mir weismachen, dass ich mir das alles nur eingebildet habe?«

»Tut mir leid.«

»Nein, dazu war es zu echt. Ich war auf Scharhörn, ich habe nackt im Meer gebadet. Das Salzwasser ist auf meiner Haut getrocknet und hat gespannt.«

»Vielleicht bist du woanders geschwommen. Überleg doch mal. Du und dein Chef, ihr seid Beamte des Landeskriminalamtes Niedersachsen. Scharhörn gehört zu Hamburg. Wenn auf der Vogelinsel ein Toter gefunden wird, wird die Polizei der Hansestadt tätig. Deine Geschichte kann nicht stimmen.«

In Lena stieg Panik auf. Sie hatte das Bedürfnis, loszurennen. Weg von Mickel, weg von den Enthüllungen und weg von sich selbst, von dieser kranken Irren, der sie nicht mehr über den Weg trauen konnte. Mickel musste recht haben. Sie konnte die Fakten nicht leugnen. Die polizeiliche Zuständigkeit war klar geregelt. Daran gab es nichts zu rütteln. »Aber woher weiß ich von Niels Kröger?«

»Auf Scharhörn wurde kein Leichnam in den Dünen gefunden«, erwiderte er. »Es wurde auch nicht gegraben. Das hätte der Umweltpraktikant mitbekommen. Ich weiß nicht, warum du Kröger erwähnt hast. Wahrscheinlich hast du dir den Fund ebenfalls eingebildet, und falls es so ist, haben wir ein Problem.«

»Echt? Noch eins? Ist ja nicht so, dass wir nicht schon genug haben.«

Mickel nahm seine Wanderschaft durch die Kabine wieder auf. Er knetete und verbog seine Finger so stark, dass es wehtun musste. »Die Beweisstücke, Lena. Ich habe deinem Vorgesetzten Fotos geschickt. Die kriminaltechnische Untersuchung steht noch aus, aber es scheint so, als wären sie echt. Die Ermittler werden sich fragen, wo du sie herhast.«

»Kröger hatte sie im Anorak!«

»Ja, das glaubst du, aber sein Leichnam existiert wahrscheinlich nur in deinem Kopf, und wenn das stimmt, wird die Soko sich fragen, ob du die Schmuckstücke schon die ganze Zeit bei dir hattest.«

Lena schaute auf ihren Tee. Der Dampf hatte sich verzogen.

»Jetzt verstehe ich, warum wir im Watt sind. Du wolltest mich vor einer Verhaftung schützen.«

»Ich habe uns in alle Richtungen abgesichert. Es kann genauso gut sein, dass du den Gezeitenmörder aufgespürt hast. Vielleicht hast du ihm die Beweise abgenommen. Jetzt ist er auf der Suche nach dir. Vielleicht war er es, der dir etwas in den Sekt geschüttet hat.«

»Dann wäre er gestern auf dem Schützenfest gewesen.«

»Vielleicht. Vielleicht aber auch nicht.«

Lena zog die Decke enger um ihre Schultern. Sie spürte, wie sich vor ihr ein Abgrund auftat. War sie bereit hineinzuspringen? Welche Erkenntnis erwartete sie unten? Würde sie die ganze Wahrheit verkraften?

Mickel stützte sich mit den Händen auf der Pantry ab. »Freiheit ist etwas, das man sich erarbeiten muss. Ich weiß, wovon ich rede. Ich bin so oft aufs Meer hinausgesegelt, dass ich … Ach, egal. Am liebsten würde ich mit dir verschwinden, einfach abhauen und nie zurückkommen, aber so einfach ist das nicht.«

»Worauf willst du hinaus?«

»Du hast den Berings was vorgespielt, und auch die Schmuckstücke könnten unecht sein. Wie weit bist du gegangen, Lena? Wie weit hast du dich von dir selbst entfernt? Das sind für mich die wichtigen Fragen. Und für die Antworten brauchen wir Hilfe. Vor drei Monaten hatte ich schon mal Kontakt mit deinem Vorgesetzten. Damals und heute hatte ich den Eindruck, dass er dein Bestes will.«

»Er ist Polizist. Das darf man nie vergessen, wenn man mit ihm zu tun hat.«

»Meinetwegen. Wenn er alles dransetzt, den Gezeitenmörder zu schnappen, dann ist dir auch geholfen.«

»Er wird mich von den Ermittlungen fernhalten, verstehst du? Ich habe so viel Arbeit reingesteckt. Ich habe –«

»Das weiß ich doch, Lena, aber am wichtigsten ist, dass du wieder gesund wirst. Außerdem darf dir nichts passieren. Da draußen läuft ein Irrer rum. Gestern konntest du dich kaum auf den Beinen halten. Du wärst eine leichte Beute für ihn. Bitte lass dir helfen …«

»Nein«, sagte Lena hart. »Gerade weil der Kerl noch rumläuft, kann ich nicht aufgeben. Es gibt niemanden, der so gut Bescheid weiß wie ich. Es gibt niemanden, der …«

In diesem Augenblick ertönte Hubschrauberlärm, der schnell lauter wurde.

»Ist das …? Mickel, was hast du getan?«

Mickel nahm ihr den Teebecher ab, griff nach ihren Händen und hielt sie fest umfangen. »Lena, sieh mich an und hör mir jetzt gut zu. Die nächsten Wochen werden hart, vielleicht verzweifelst du und fragst dich, ob ich noch auf deiner Seite stehe. Dann denke dran: Es geht mir nur um dich. Ich will dir helfen, ich will, dass es dir wieder besser geht. Bitte vertrau mir, auch wenn es gerade schwerfällt.«

Lena begriff im Moment nur eines: Der Helikopter würde gleich landen. Sie wollten sie mitnehmen und aus dem Verkehr ziehen, damit die Wahrheit nie ans Licht kam.

15

Vor einem knappen Jahr, in der Nacht vom 29. auf den 30. Juli

Jette stapfte zwischen Otterndorf und Belum am Elbdeich entlang. Schwarz und geheimnisvoll glitzerte hinter ihr der Hadelner Kanal, ein Schifffahrtsweg, der die Flüsse Elbe und Weser verband. Ein Nachtvogel flog rauschend über sie hinweg, stieß Laute aus, als flüstere er eine Warnung. Vor ihr ragten Bauernhöfe wie germanische Grabhügel in das bläulich dunkle Firmament.

Sechs Stunden würde sie zu Fuß brauchen, um ihr Elternhaus zu erreichen. An der Team-Tankstelle hatte sie sich mit Proviant eingedeckt: Wasser und Müsliriegel, die in einer Plastiktüte von ihrem Handgelenk baumelten und gegen ihr Bein schlugen, doch sie merkte es nicht, dachte an Mickels Ultimatum, das ihr keine Wahl mehr ließ. Wollte sie über ihre Zukunft selbst entscheiden, musste sie handeln.

Aber was war die richtige Herangehensweise? Sie brauchte Zeit, um nachzudenken, Zeit, um sich auf das schlimmste Szenario vorzubereiten, auf eine Welt im Chaos, auf ein Leben voller Unsicherheiten.

Da neigte sie lauschend den Kopf. Das Brummen war zunächst nur so leise, dass sie nicht feststellen konnte, aus welcher Richtung es kam. Doch mit jeder Sekunde schwoll es an, wurde zu einem heiseren Röhren, einem beunruhigenden Knurren, das den nächtlichen Frieden störte.

Konnte man denn nirgends seine Ruhe haben! Schwer atmend drehte sie sich um, beobachtete, wie ein Auto auf die schmale Straße am Deich einbog, wie die Scheinwerfer hungrig die Gegend abtasteten, schließlich ein Ziel erfassten und nicht mehr losließen. Sie!

Das Fernlicht war so grell, schmerzte wie ein Messerstich in ihrer Netzhaut. Schützend hob sie die Hand vors Gesicht. Warum blendete der Fahrer nicht ab? Sah er nicht, dass sie hier stand? Oder ... oder machte er das absichtlich?

16

Gegenwart

Lena lief in der winzigen Zelle auf und ab. Die Mauern waren so dick, dass kein Laut zu ihr durchdrang. Es gab keine Fenster, nur eine Belüftungsanlage. Wenn die ausfiel, würde sie ersticken.

Sie wollte hier raus, die Wände einreißen, damit sie endlich wieder frei atmen konnte, damit sie einen Baum oder einen Strauch sehen konnte.

Es war so verdammt ungerecht, dass man sie eingesperrt hatte! Ihre Verdienste für die Polizei galten nichts mehr. Man behandelte sie wie eine verrückte Straftäterin, die eine Gefahr darstellte.

Regelmäßig schaute ein Pfleger durch die Luke, um ihren Zustand zu prüfen. Es war ihm egal, ob sie auf dem Klo saß oder sich umzog. Man gestand ihr keine Intimsphäre zu. Das machte sie wütend. Sie kämpfte mit ihrer Platzangst und verstand nicht, was eigentlich mit ihr los war.

Die Stille war am schlimmsten. Wenn nichts geschah, malte sie sich aus, dass man sie in diesem Gefängnis vergaß, dass sie für immer bleiben musste und dass sie bei lebendigem Leib verrottete. Der Gedanke war unerträglich!

Um die Panik zu bekämpfen, machte sie Liegestütze, Sit-ups und Planks, bis ihr der Schweiß von der Nasenspitze tropfte. Grimmig schaufelte sie den Haferschleim in sich hinein, leerte die Thermoskanne mit Hagebuttentee und überflog die drögen Wissenschaftsmagazine, die man ihr gestattet hatte, weil sie keine psychisch belastenden Artikel enthielten.

Nur die Playlist, die Mickel ihr beim Abschied auf seinem alten MP3-Player mitgegeben hatte, verschaffte ihr Erleichterung. Sie enthielt zwei Dutzend Balladen, Liebeslieder und Hymnen, die viel ernsthafter und emotionaler waren als das wilde Geschrammel, das sie mit den ScheunenROCKern rausgerotzt hatten. Wenn sie sich aufs Bett legte und den Stimmen von Roberta Flack, Nick Cave, Nina Simone und Leonard Cohen lauschte, fühlte es sich an, als würde ein Freund sie trösten.

Doch sobald der letzte Song verklungen war, sprang sie auf und rannte los, immer auf und ab. Sie war so zornig, dass der Mörder ihrer Schwester auf freiem Fuß war und dass sie nichts zu seiner Ergreifung beitragen konnte.

Obwohl sie die Beweise geliefert hatte!

Obwohl die Soko ohne sie gar nichts erreicht hatte!

Das war unfair!

Als sich die Zellentür öffnete und ihr Vorgesetzter, Kriminalrat Bruns, mit einem schlichten »Moin!« eintrat, platzte ihr der Kragen.

»Ihr habt keine Handhabe«, brüllte sie. »Du vergisst, wer ich bin. Ich kenne das Gesetz. Die Trophäen reichen für die Anordnung der Untersuchungshaft nicht aus. Der Richter weiß nicht, wie die Schmuckstücke in meinen Besitz gelangten. Vielleicht habe ich sie gefunden, vielleicht wurden sie mir zugesteckt. Damit entfällt die Grundlage für die einstweilige Unterbringung. Allenfalls könnt ihr mich in eine normale Psychiatrie schaffen, aber ich bin in der Forensischen – mitten unter diesen kranken Gewalttätern. Ich mache einen Riesenwirbel, wenn ich nicht rauskomme. Mit Presse, mit Rechtsanwalt, mit Schmerzensgeldforderungen, mit allem Drum und Dran. Darauf kannst du dich verlassen!«

Bruns tupfte sich die Schweißperlen von seinem breiten puterroten Gesicht, ließ sich auf den Schemel plumpsen und bot ihr eine offene Papiertüte an, aus der es verführerisch duftete. »Nich upregen, mien Deern. Lieber zugreifen! Das sind die besten Zimtschnecken der Welt.«

Lena gab ein verächtliches Schnauben von sich. »Du bist doch nur hier, um dein Gewissen zu beruhigen. Ich will deinen Kuchen nicht. Du hast mich gehört.«

»Dat versteiht sik doch von sülvst.« Bruns griff nach unten und wollte den Hocker verrücken. Für seine Leibesfülle bot er nicht genügend Abstand zum Tisch. Aber er mühte sich vergebens ab. Der Schemel war festgeschraubt, damit er nicht als Waffe eingesetzt werden konnte. Schließlich gab er es auf. »Mag sein, dass du es noch nicht mitbekommen hast, aber du bist freiwillig hier. Du kannst jederzeit gehen. Allerdings wäre das eine Riesendummheit.«

»Freiwillig? Ich hatte Wahnvorstellungen, als ihr mich eingeliefert habt. Ich war nicht willensfähig. Wahrscheinlich konntet ihr mir alles erzählen.«

»Lena, du glaubst nicht, was ich angestellt habe, um dich in dieser Einrichtung unterzubringen. Hier kannst du betreut werden. Gleichzeitig bist du sicher. Draußen läuft ein Irrer rum. Der will dir ans Leder.«

»Hier drin ist es kein Stück besser! Zwei von diesen Psychos habe ich selber hinter Gitter gebracht. Die warten nur drauf, mir eine Gabel in den Rücken zu rammen.«

»Deshalb werden die Männer abgeschirmt, deshalb wird deine Zelle abgeschlossen. Das Personal weiß um deine Situation und passt auf. Halte durch. Nur ein paar Tage. Bitte! Dann weiß ich, was passiert ist. Dein Auftauchen und die Auswertung der Beweise lassen zu viele Schlussfolgerungen zu.«

»Klartext!«

»Wir haben an den Schmuckstücken Spuren sichergestellt. Sie stammen eindeutig von den Opfern. An dem Nonnengans-Anhänger waren Fingerabdrücke deiner Schwester. Es handelt sich um die echten Trophäen.«

»Hab ich doch gesagt.«

»Ja, aber wie sind sie in deinen Besitz gelangt? Von Niels Krögers Leichnam fehlt jede Spur.«

»Aber ich habe ihn gesehen. Ganz klar und deutlich. Das musst du mir glauben.«

»Du hast auch mich gesehen, ebenfalls ganz klar und deutlich, doch an dem Tag habe ich Schach gespielt. Im Park. Hinterher gab's Meeresfrüchte beim Italiener. Auf Scharhörn war ich in meinem ganzen Leben noch nicht.«

Lena wollte ihm widersprechen und einen Beweis für die Richtigkeit seiner Aussagen fordern. Möglicherweise war er gar nicht der wohlwollende Vorgesetzte, für den er sich ausgab. Aber im nächsten Moment hatte sie ein Einsehen. Auch Mickel hatte ihr klargemacht, dass sie unter Wahnvorstellungen litt. Natürlich blieb noch die Möglichkeit, dass die beiden sich verschworen hatten, aber das konnte sie sich beim besten Willen nicht vorstellen.

»Ich habe das alles nicht nur gesehen, sondern auch gespürt«, sagte sie. »Den Sand zwischen meinen Fingern, die Sonne auf der Haut. Meine Nase hat sich gepellt. Ich … ich … ich kapier es nicht. Vielleicht hat diese verdammte Suche nach dem Gezeitenmörder mich kaputtgemacht. Ich wollte ihn unbedingt schnappen, hab alle körperlichen und seelischen Warnsignale verdrängt, immer wieder ignoriert, wie schlecht es mir ging, vielleicht … vielleicht bin ich darüber verrückt geworden.«

Obwohl es ziemlich kühl in der Zelle war, schwitzte Bruns immer stärker. Mit dem Taschentuch wischte er sich den Hals und den Nacken aus. Sein hellblauer Hemdkragen hatte sich bereits dunkel verfärbt.

»Denk das nicht«, sagte er sanft. »Du bist stark, du kannst das wegstecken, und du wirst es überstehen. Es gibt eine Erklärung, da bin ich mir sicher. Wir haben deine Haar- und Blutproben ins Labor geschickt. Sie werden mit oberster Priorität behandelt. Nach den Ergebnissen sind wir schlauer. Hoffentlich.«

»Und wenn nicht?«

»Daran verschwenden wir keinen Gedanken. Ich muss das fragen: Hast du Drogen genommen?«

»Du weißt genau, dass ich so ein Zeug nicht anrühre. Ich brauche kein Koks. Ich habe genug Energie. Sag mir lieber, was ihr sonst rausgefunden habt.«

»Wir haben das Handy ausgewertet, das du bei dir hattest. Da war eine Fitness-App, die deine Aktivitäten gespeichert hat. Mit ihrer Hilfe konnten wir einen letzten Standort lokalisieren. Das war vor drei Monaten.«

»Wo war ich da?«

»Auf der Straße am alten Elbdeich, zwischen Krummendeich und Balje. Erinnerst du dich?«

Lena kniff die Augen zusammen. »Da klingelt nichts. Gar nichts. Hast du die Anlieger gecheckt?«

»In der Nähe steht eine Reetdachkate, die von einem Hamburger Paar als Wochenendhaus genutzt wird. Sie sind in der Werbebranche und waren auf einer Preisverleihung in Berlin. Es gibt Fotos. Etwas weiter entfernt wohnen Eheleute. Die Frau Mitte achtzig, er über neunzig. Beide haben nichts gesehen oder gehört.«

»Dann habt ihr keine Zeugen.«

»Bisher nicht, aber das kann sich ändern. Heute Nachmittag sprichst du mit einer Ärztin. Einer Gedächtnisforscherin. Absolute Koryphäe auf dem Gebiet. Ich möchte, dass du mit ihr kooperierst. Sie wird dir helfen, dich zu erinnern.«

»Und was wirst du tun?«

»Ich treffe mich gleich mit Staatsanwalt Hofmann. Er prüft, ob er Ermittlungen gegen dich einleitet. Wegen mittelbarer Täterschaft oder wegen Strafvereitelung.«

»Hofmann? Wenn der irgendwas prüft, bedeutet das noch gar nichts.«

»Ich will auch nur sicherstellen, dass er keinen Wirbel macht. Zuerst brauchen wir Klarheit. An deiner Integrität zweifele ich nicht. Im Grunde bieten sich zwei Ansätze an: Wir schauen in deinen Kopf und suchen Antworten. Oder wir benutzen dich als Lockvogel. Meiner Meinung nach fangen wir mit der sicheren Variante an. Okay?«

Lena blickte ihn lange an. »Geht's dir eigentlich gut?«, fragte sie.

»Wieso?«, erwiderte er.

»Ich weiß, dass du eine Ernährungsberaterin aufsuchst. Trotzdem hast du stark zugenommen. Rund um deine Augen haben sich gelbliche Ablagerungen gebildet. Die deuten auf extreme Cholesterin- und Zuckerwerte hin. Du sagst immer halb im Spaß, halb im Ernst, dass du ein kolossaler Stressesser bist. Also bist du angespannt. Zudem läuft dir der Schweiß runter. Du siehst so müde aus, als hättest du seit Tagen nicht geschlafen. Ich frage mich, was los ist.«

»Deine direkte Art ist mal wieder erfrischend.«

»Wirklich? Du wirst immer ironisch, wenn du von dir ablenken willst oder dich in die Enge gedrängt fühlst. Darf ich dich noch was fragen?«

»Ich war schon beim Arzt – keine Sorge. Ich bin da quasi Stammkunde. Jeden zehnten Besuch krieg ich umsonst.«

»Nein, das meine ich nicht. Es geht um mich. Etwas stimmt nicht mit mir, das muss ich zugeben. Zum ersten Mal in meinem Leben kann ich mich nicht alleine rauskämpfen. Ich bin auf andere angewiesen. Auf Hilfe. Ich frage mich, ob du auf meiner Seite stehst. Kann ich dir vertrauen?«

Er zuckte so heftig zusammen, als hätte ihn ein Schlag getroffen. Ihrem Blick wich er aus und senkte den Kopf. »Lena, ich … ich werde alles tun, wirklich alles, um dir zu helfen. Darauf gebe ich dir mein Wort.«

17

Als Lena sich im Behandlungszimmer auf der Liege ausstreckte, raschelte das medizinische Krepppapier unter ihr. Das penetrante Geräusch strapazierte ihre ohnehin angespannten Nerven. Sie verkrampfte die Schultern und musste ihre ganze Willenskraft aufbieten, um nicht aufzuspringen und über die langen Flure abzuhauen.

Du willst das hier, redete sie sich zu. Du willst Antworten. Du willst endlich wissen, wo du in den letzten drei Monaten gewesen bist.

Während sie wartete, versuchte sie sich abzulenken, indem sie sich auf die Einrichtung konzentrierte. Das Arztzimmer war fast vollständig weiß und hätte sich in jeder Klinik befinden können, abgesehen von den vergitterten Fenstern.

Sie hätte gerne behauptet, dass sie ruhiger wurde, aber die Buchrücken der psychiatrischen Fachbücher machten ihr erneut bewusst, dass man ihr die Kontrolle entzogen hatte. Sie war eine Patientin, und die Therapeutin stellte eine Diagnose, die über die Rückkehr in den Dienst entschied. Sie hasste Situationen, auf die sie keinen Einfluss nehmen konnte. Man wusste nie, was am Ende herauskam.

Die Ärztin war Ende fünfzig und trug einen Kurzhaarschnitt und einen Kittel. Sie beendete die Eingabe am Computer, stieß sich energisch mit den Füßen ab und rollte auf dem Hocker heran. Eine einschüchternde körperliche Präsenz ging von ihr aus. Ihre muskulöse, gedrungene Figur ließ vermuten, dass sie über große Kraft verfügte. Dieser Eindruck war bestimmt von Vorteil, wenn man hier arbeitete und übergriffige Patienten abschrecken musste.

»Guten Tag«, sagte sie. »Wie geht's uns denn heute, Frau Kosnick?«

Lena brauchte einen Moment, bis sie begriffen hatte, dass sie gemeint war. »Das ist ein Irrtum. Ich heiße nicht Kosnick. Mein Name ist Funk. Lena Funk.«

»Soso. Heute sind Sie also die Lena.«

»Nicht nur heute. Immer. Ich bin Hauptkommissarin Lena Funk vom Landeskriminalamt Niedersachsen. Mein direkter Vorgesetzter ist Kriminalrat Bruns, er hat für meine Unterbringung gesorgt. Ich bin hier, damit ich sicher bin und angemessen medizinisch betreut werde.«

»Ah! Natürlich. Jetzt erinnere ich mich. Ich habe Ihr Aufnahmeprotokoll gelesen und mit Ihrem Vorgesetzten gesprochen. Dieser Termin war eigentlich für eine andere Neupatientin reserviert. Na ja, dann fangen wir am besten noch mal von vorne an. Guten Tag, ich bin Ihre behandelnde Ärztin. Mein Name ist Marina Hornschuh. Wie geht's uns denn heute?«

»Guten Tag«, erwiderte Lena und merkte, wie sie sich verspannte. Was konnte sie von einer Therapeutin erwarten, die schlecht vorbereitet war und die zu ihr sprach, als wäre sie ein Kind? »*Mir* geht's jeden Tag besser.«

»Hmh. Jetzt schauen wir mal, ob wir auch die Wahrheit sagen.« Marina Hornschuh rollte zurück hinter ihren Schreibtisch, klickte mehrmals mit der Mouse und schaute auf den Monitor. Auf ihrem Brillenglas spiegelte sich die aufgerufene Seite. »In Ihren Haaren wurden Rückstände von Stoffen nachgewiesen, die in Psychopharmaka und Alzheimermedikamenten verwendet werden. Sie sind verschreibungspflichtig. Die Wirkung lässt mit der Zeit nach. Insofern wird Ihr subjektives Empfinden durch die Untersuchungsergebnisse bestätigt. Waren wir denn in letzter Zeit in Behandlung?«

»*Ich* nicht. Jedenfalls soweit ich weiß.«

»Soso. Soweit Sie wissen. Sie müssen die Arzneien über mehrere Monate in einer hohen Dosis genommen haben. Bei Ihren Aussetzern während des Schützenfestes und danach dürfte es zu einer Reaktion mit Alkohol gekommen sein.«

»Das würde erklären, warum mir so komisch zumute war. Also gibt es eine Ursache. Das ist gut, oder? Aber warum erinnere ich mich nicht an die Pillen? Und warum habe ich mir eine so seltsame Geschichte ausgedacht?«

Marina Hornschuh rollte hinter dem Schreibtisch hervor, indem sie sich kraftvoll mit den Beinen abstieß. Anscheinend bereitete ihr diese Fortbewegungsart Freude, vielleicht hielt sie sich damit fit. »Der menschliche Geist ist ein Meister im Entwerfen von Überlebensstrategien. Unser Verstand kann extreme Rettungsmaßnahmen ergreifen. Ich kenne zahlreiche Fälle, die ähnlich gelagert sind. Viele Patienten werden vollständig geheilt.«

»Sie brauchen mich nicht in Watte zu packen. Es muss einen Auslöser geben, richtig?«

Dr. Hornschuh betrachtete sie besorgt, aber auch prüfend und abwägend. An ihrer Miene war abzulesen, in wie viele Abgründe sie schon geblickt hatte. Vermutlich überlegte sie, ob sie der Patientin die Wahrheit zumuten konnte und ob die Offenlegung Einfluss auf den Therapieerfolg haben würde.

»Richtig«, erwiderte sie schließlich. »Ihnen ist etwas Einschneidendes passiert. Aus irgendeinem Grund schaffen Sie es nicht, sich dem Erlebten zu stellen. Deshalb gaukelt Ihnen Ihr Geist vor, auf der Vogelinsel gewesen zu sein und dort die Schmuckstücke gefunden zu haben.«

»Reden wir über ein Trauma?«

»Ja.«

»Was für eins?«

»Das finden wir heraus. Wenn Sie einverstanden sind, führe ich Sie an den Ort und die Uhrzeit zurück, als Sie verschwanden. Wir arbeiten Stück für Stück auf, was passiert ist. Eine Herausforderung für Sie, das mag stimmen. Aber auf lange Sicht eine Befreiung.«

Lena schluckte hart. Es hörte sich an, als hätte ihr Geist krasse Maßnahmen ergriffen, um sie vor der Konfrontation mit dem Bösen zu bewahren. Was war geschehen? Hatte sie herausgefunden, was mit ihrer Schwester passiert war? Oder war sie selbst in der Gewalt des Gezeitenmörders gewesen?

Es klingelte, und die Ärztin griff nach dem Telefon. »Ja? … Ich habe doch gesagt, dass ich nicht gestört werden will … Hmh … Hmh … Das ist das letzte Mal … Hmh … Ich werde sie fragen.«

Marina Hornschuh deckte den unteren Teil des Hörers ab. »Das ist der Empfang. Ihr Vater ist eingetroffen, er hat sich ausgewiesen und möchte mit Ihnen reden. Als Ärztin stehe ich einer solchen Begegnung mit gemischten Gefühlen gegenüber. Manchmal trägt der Anblick eines Familienangehörigen zum Heilungsprozess bei, manchmal führt er zur Verschlechterung des Zustands. Ich weiß nicht, in welchem Verhältnis Sie zu ihm stehen. Außerdem gelten für Sie andere Regeln als für die übrigen Insassen. Deshalb möchte ich die Entscheidung mit Ihnen besprechen. Wollen Sie ihn sehen?«

Auch das noch, dachte Lena. Ihr alter Herr hatte ihr gerade noch gefehlt. Andererseits konnte sie ihn nicht einfach wegschicken. Er war immerhin ihr Vater und hatte sich den ganzen Weg herbemüht. »Ist gut«, sagte sie. »Ich treffe ihn.«

Dr. Hornschuh nickte ernst, gab die Info weiter und beendete das Telefonat.

Nachdem sie den Hörer zurück auf die Ladestation gestellt hatte, fuhr sie an Lena gewandt fort: »Sie haben Glück, dass Sie sich in dieser Einrichtung befinden. Falls wir ein belastendes Ereignis aufdecken, stehen ich und die Kollegen zu jeder Tages- und Nachtzeit bereit, um Sie aufzufangen und Soforthilfe zu leisten.«

Lena dachte dankbar an ihren Vorgesetzten. Kriminalrat Bruns hatte vorausschauend gehandelt und ihr Bestes gewollt, aber ob die Behandlung erfolgreich sein würde, würde sich erst noch herausstellen.

»Heute führen wir lediglich ein Vorgespräch«, sagte die Ärztin. »Bevor wir mit der Therapie beginnen, brauche ich Ihr Einverständnis.«

»Wenn Sie mich in Zukunft mit meinem richtigen Namen anreden, dann bekommen Sie es.«

»Damit wäre das geklärt«, antwortete Marina Hornschuh und erhob sich vom Hocker. »Ich werde nichts von Ihnen verlangen, und Sie müssen mir nichts beweisen. Sie sind hier, damit Sie schnell genesen und in Ihr vertrautes Umfeld zurückkehren können. Wir werden schon miteinander zurechtkommen, nicht wahr?«

»Davon gehe ich aus«, erwiderte Lena und stand ebenfalls auf.

»Ohne Ihre Unterstützung kann ich nichts bewirken. Wir müssen diesen Weg gemeinsam gehen. Haben Sie noch Fragen zum Ablauf? Gibt es Vorbehalte oder Bedenken, die Sie ansprechen möchten?«

»Ich will nur, dass dieser Alptraum endet.«

»Versprechen kann ich Ihnen nichts, aber Sie sind bei mir in guten Händen. Meistens ähneln sich die Ursachen für ein Trauma. Es kann behandelt werden. Ich verfüge über jahrzehntelange Erfahrung, und ich habe nur selten schlimme oder verstörende Wendungen erlebt.«

18

Die Aussicht, ihrem Vater zu begegnen, bereitete Lena Bauchschmerzen. Obwohl sie heute kaum etwas gegessen und eigentlich Hunger hatte, war ihr der Appetit gründlich vergangen.

Sie wurde in das Besucherzimmer geführt und alleine gelassen. Das Mobiliar war so funktional und kühl wie in den anderen Räumen der Forensischen Psychiatrie. Von der niedrigen Decke rieselte das eisige Licht der Neonröhren. Desinfektionsmittel hatten die betongrauen Fliesen stumpf werden lassen und verbreiteten einen scharfen Geruch.

Als Lena sich auf einem der beiden festgeschraubten Stühle niederließ, hörte sie einen Insassen hysterisch schreien. Er wollte Schwester Beate sehen. Er wollte ihr den Kittel runterreißen, um sie und das Kleidungsstück zu bügeln, wie er sich ausdrückte.

Nervös zupfte sie an ihren Locken, an denen ihr Vater ständig herummäkelte, weil sie sich nicht zu einer vernünftigen Frisur schneiden ließen. Die schlabbrige Jogginghose und das sackartige Sweatshirt strich sie mehrmals glatt. Die Sachen hatte man ihr bei der Einlieferung ausgehändigt; sie genügten seinen Ansprüchen auch nicht.

Früher hatte sie unter seiner Geringschätzung gelitten. Wenn sie sich an den Mittagstisch setzte, stand er demonstrativ auf, um mit seinem Teller woanders Platz zu nehmen. Ihr Schlagzeug bedachte er bei jeder Gelegenheit mit bissigen Kommentaren. In seiner Vorstellung trommelten nur Jungs; Mädchen sollten Querflöte, Klavier oder Geige lernen. Nach der Ablehnung durch die Musikhochschule sagte er nur, dass er es ja immer gewusst habe. Als sie Beamtin wurde und quasi in seine Fußstapfen trat, kritisierte er, dass sie sich den Polizeidienst ausgesucht hatte – in seinen Augen ein Männerberuf.

Lena hatte es ihm nie recht machen können, aber es hatte auch schöne Tage gegeben. Eine Zeit lang hatte er das Schwimmen für sich entdeckt und war regelmäßig mit seinen Töchtern ins Meerwasserbrandungsbad nach Cuxhaven gefahren. Hinterher gab es zur Stärkung eine Kutterscholle für ihn und für den Nachwuchs Waffeln mit heißen Kirschen und Vanilleeis. Diese Ausflüge zählten zu ihren schönsten Kindheitserinnerungen, und vielleicht besuchte er sie heute, weil er sich sorgte und weil ihm etwas an ihr lag.

Die Tür öffnete sich knarrend, und er trat mit unbewegter Miene ein. Er stellte seine Aktentasche ab und richtete sie an der Bodenfliese aus, bis sie parallel zur Längskante positioniert war. Mit durchgestrecktem Rücken setzte er sich.

Er war einmal ein attraktiver Mann gewesen: mittelgroß, schlank, mit breiten Schultern und vollem Haar. Aber sein Äußeres hatte gelitten. Seine Klagen über berufliche Benachteiligungen, über die Verschlagenheit der Schüler und die mangelnde

Anerkennung durch die Gesellschaft hatten Spuren hinterlassen. Ihn umgab eine Aura der Freudlosigkeit. Die Mundwinkel hingen herab. Gleichzeitig zog er ständig die Augenbrauen hoch, so als müsse er in ihrer Gegenwart besonders wachsam sein.

Doch für einen Neuanfang war es nie zu spät. Lena war bereit, alte Verletzungen zu vergessen und nach vorne zu blicken. Es gab immer einen Weg, um aufeinander zuzugehen und Frieden zu schließen. Er war nun Witwer, sie sein einziges Kind, und vielleicht wollte er sie endlich kennenlernen. Sie konnten sich gegenseitig helfen und unterstützen. Gemeinsam die schweren Verluste verarbeiten. Sie waren die einzige Familie, die sie noch hatten.

»Hallo, Vater«, sagte sie.

»Hallo«, erwiderte er, korrigierte seinen Krawattenknoten und vermied den Blickkontakt.

»Ich freue mich, dass du mich besuchst.«

»Ja, prima hier. Wie in den Ferien.«

»Wie war der Verkehr? Bist du gut durchgekommen?«

»Stau. Überall Stau in Richtung Hannover. Ich habe mindestens einen halben Tag verschenkt. Für nichts und wieder nichts.«

»Tut mir leid. Vor der Rückfahrt wartest du besser den Feierabendverkehr ab, dann geht's schneller.«

»Das weiß ich selber.«

Lena merkte, wie sich ihr der Hals zuschnürte. Wie oft hatte sie sich in einer vergleichbaren Situation befunden? Erwartungsvoll vor diesem Mann sitzend. Wie oft hatte sie auf ein anerkennendes Wort oder einen anteilnehmenden Blick gehofft? Wie oft hatte sie sich selbst aufgegeben, um eine emotionale Reaktion zu erhalten? Und wie oft war sie enttäuscht worden? Sie musste aufpassen, dass sie sich von ihren Gefühlen nicht überwältigen ließ.

Bei ihm war weder ein Entgegenkommen noch ein Interesse feststellbar. Es hatte sich nichts verändert, es war alles beim Alten. Da war nur diese unterschwellige Feindseligkeit, die ihm schon seit Jahrzehnten anhaftete.

»Wie hast du erfahren, dass ich hier bin?«, fragte sie.

»Mickel hat mich angerufen und es mir erzählt«, antwortete er.

»Mickel? Hat er sonst noch was gesagt? Sollst du mir was ausrichten?«

»Nein. Was auch?«

»Schade.« Sie beobachtete, wie er die Beine übereinanderschlug und sich zur Seite wegdrehte. Weg vom Tisch, weg von ihr. Deutlicher hätte er seine Verweigerung kaum ausdrücken können. So langsam verlor sie die Geduld. »Warum bist du hier?«

Jetzt schob er das Gesicht vor. »Das frag ich mich auch. Du bist nicht am Tropf, du trägst keinen Gips, eine Wunde hast du auch nicht. Dir geht's gut. Ich weiß gar nicht, was Mickel hat. Sein Anruf kam zu einem denkbar ungünstigen Zeitpunkt.«

»Das konnte er ja nicht ahnen.«

»Nein, natürlich nicht. Mickel ist ein guter Junge. Er weiß, was sich gehört. Ganz im Gegenteil zu anderen Personen.«

»Damit meinst du mich, oder? Ich bin eine dieser Personen. Weil ich Jette zum Otterndorfer Altstadtfest mitgenommen und nicht nach Hause gefahren habe.«

»Du sagst es ja selbst. Dem ist nichts hinzuzufügen.«

»Vater, ich –«

»Hör bloß auf mit den Lügen. Du weißt genau, was du getan hast. Da hilft auch kein Rausreden.«

Plötzlich merkte Lena, wie ihr die Tränen kamen. Schnell stand sie auf und machte einen Schritt in den Raum, sodass sie ihm den Rücken zukehrte. Er sollte nicht sehen, wie ihre Lippen bebten, wie ihr Kinn zitterte und wie sie um ihre Fassung rang.

Sie verstand nun, warum er hier war. Es war ganz einfach. Ihr Vater war nicht ihretwegen, sondern wegen Mickel aufgetaucht.

Mickel war der einzige Mensch außerhalb der Familie, der es je geschafft hatte, eine enge Bindung zu Jette aufzubauen. Ihre Freundschaft war echt. Beide liebten die Natur und machten bei ihren Streifzügen durch den Außendeich faszinierende Entdeckungen. Jette war eine Außenseiterin, die von anderen Kindern gehänselt wurde. Ihr Vater war Mickel für seine Zuneigung unendlich dankbar. Außerdem bewunderte er insgeheim, mit welcher Kreativität und spielerischen Leichtigkeit sich der Junge die Gesetze der Biologie erschloss. Ihr Vater hätte es niemals zugegeben, aber Mickel war ideenreicher als er selbst. Und wer ihn übertraf, musste schon ein phänomenales, ja ein herausragendes Talent sein – das war zumindest seine Sicht der Dinge. Deshalb stellte er den Jungen auf einen Sockel, gleich neben die hochbegabte Tochter.

Als Mickel eine Lehre zum Dachdecker begann, weil er unter freiem Himmel arbeiten und etwas mit den Händen schaffen wollte, verstand ihr Vater nicht, wie man seine wissenschaftlichen Gaben so vergeuden konnte. Die Wertschätzung bekam Risse, aber er wollte vom kongenialen Gefährten seiner Lieblingstochter nach wie vor respektiert werden. Auf keinen Fall wollte er von diesem für einen schlechten Vater gehalten werden und in seiner Achtung sinken. Deshalb war er hier.

»Was ist denn jetzt schon wieder los?«, fragte er. »Hab ich was Verkehrtes gemacht?«

»Du sagst es ja selbst.«

»Frech bist du immer noch. Dann kann es nicht so schlimm sein. Früher schlug mein Vater sofort zu, wenn ich patzig wurde. Mit der Reitgerte, mit dem Schürhaken, mit allem, was er zwischen die Finger bekam. Damals wurden die Kinder noch erzogen. Du hast Glück, dass du in die heutige Zeit geboren wurdest. Dein Opa hätte dir –«

»Schon klar. Ich kenne die Geschichten«, erwiderte sie, ballte die Hände zu Fäusten und setzte sich zurück an den Tisch.

»Dann ist ja gut«, meinte er. »Vielleicht können die Ärzte dir das Selbstmitleid austreiben. Dann würde dieser Kuraufenthalt wenigstens Sinn ergeben. Vielleicht –«

»Du hast gesagt, dass du dein Leben neu ordnest. Was hast du vor?«

»Jetzt nehme ich mir mal die Zeit und gebe dir ein paar Ratschläge. Und was machst du?«

»Du musst mir nichts von deinen Plänen erzählen, wenn du nicht willst.«

»Doch, doch. Das ist wichtig.«

»Also?«

»Solange ich für euch und eure Mutter sorgen musste, bin ich zu nichts gekommen. Das dürfte dir bekannt sein. Jetzt schreibe ich wieder an meiner Dissertation. Ich habe eine Doktormutter gefunden, die gründliche Arbeit zu schätzen weiß. Sie hat genug von all den jungen Möchtegerns und Aufschneidern, die nur an der Oberfläche kratzen. Sie sucht Arbeiten mit Substanz. Arbeiten wie meine. Endlich mal jemand, der begreift, worum es geht. Sie erinnert mich an deine Schwester. Jetzt habe ich wieder jemanden, mit dem ich reden kann. Auf Augenhöhe, verstehst du? Ach, nein. Das kannst du nicht begreifen. Ich habe mir die Latte immer hoch gelegt, zu hoch für die Leute, die mich früher beurteilt haben. Die haben nichts, wirklich gar nichts kapiert. Was hätte ich alles erreichen können, wenn ich diese Frau früher getroffen hätte? Was hätte aus mir werden können, wenn ich …?«

Lena bemühte sich, die abwertenden Spitzen zu ignorieren. Stattdessen schlussfolgerte sie aus seinen Worten, warum er bei seinem Eintreffen so beleidigt gewesen war. Dieser Besuch hielt ihn von seinen Forschungen ab, die jedoch nicht neu waren. Seit fünfunddreißig Jahren arbeitete er an seiner Doktorarbeit; sie war sein bevorzugtes Gesprächsthema und umfasste mittlerweile fünfhundert Seiten. Zusammen mit den Fußnoten und dem Literaturverzeichnis kam sie auf den doppelten Umfang. Mit dieser Arbeit wollte er der Wissenschaftswelt beweisen, was für ein großer Geist er war. Bisher hatten die Universitäten kein Interesse gezeigt. Ihrem Vater fehlte es nicht an Fleiß oder Einsatzbereitschaft. Das Problem war seine These. Von Anfang an war sie nicht innovativ gewesen, und mit den Jahren war sie vollends überholt worden, genauso wie ihr Verfasser.

Lena kam es verdächtig vor, dass er eine positive Rückmeldung erhalten hatte. Wieso ausgerechnet jetzt? Am Ende seines Berufslebens? Kurz vor der Pensionierung? Sie verkniff sich die Frage, bei welchem Institut er untergekommen war.

Während sie still dasaß, redete er darüber, wie er die Doppelbelastung der berufsbegleitenden Promotion meisterte und wie hoch die Hürden waren, die er bravourös bewältigte. Sie bestärkte ihn nicht, sie erkundigte sich nicht nach Einzelheiten, und sie heuchelte kein Interesse. Derartige Bemühungen gehörten der Vergangenheit an und führten zu nichts.

Sie hatte die Hintergründe seines Besuchs in Erfahrung gebracht. Jetzt wollte sie ein paar Minuten überstehen, um den Anstand zu wahren. Sie glaubte ernsthaft, dass sie die Situation im Griff hatte, doch je länger sie sich in seiner Gesellschaft aufhielt, je mehr verächtliche Kommentare auf sie einprasselten, desto wertloser und schuldiger fühlte sie sich, bis sie wieder in alte Denkmuster verfiel.

Auf Jettes Bedürfnisse war er immer eingegangen. Ihre frühkindlichen Äußerungen zu den Zugvögeln verehrte er wie Heiligtümer und zitierte sie vor Fremden, um mit der Brillanz seiner jüngeren Tochter zu prahlen. Seine ältere hätte er am liebsten im Keller eingesperrt, wenn sich wichtiger Besuch ankündigte.

Verdammt, was stimmte nicht mit ihr? Und was stimmte nicht mit ihm?

Früher hatte Lena viel über ihre schwierige Beziehung, über seine Persönlichkeit und seine Eigenheiten nachgedacht. Auf der Polizeihochschule hörte sie Psychologievorlesungen, um ihn besser zu verstehen und mit ihm klarzukommen. Stattdessen lernte sie, dass seine Ich-Bezogenheit, der Geltungsdrang, sein Ehrgeiz, die Angebereien, der Mangel an Einfühlungsvermögen und seine Selbstüberschätzung sich eindeutig einem Täterprofil zuordnen ließen.

Irgendwann schaltete sie auf Durchzug und zählte die Sekunden, bis er endlich nach seiner Aktentasche griff und verschwand.

19

In der Nacht starrte Lena in die Dunkelheit, die Fäuste geballt unter der Bettdecke. Die enge Psychiatriezelle, die Gedächtnislücken und die Kälte ihres Vaters würden sie nicht stoppen.

Ein ums andere Mal rief sie sich in Erinnerung, dass sie Qualitäten besaß, dass sie nicht allein war und dass es Menschen gab, die sie schätzten. Mickel und Kriminalrat Bruns standen ihr bei, entfernte Bekannte wie Frauke oder Herr Dierksen verhielten sich anständig.

Es stimmte, dass in der Welt schlimme Dinge geschahen, aber sie war kein schlechter Ort. Wie Lena ihr Umfeld wahrnahm, hing von ihr ab. Besann sie sich auf ihre Stärken, war sie von lieblosen Menschen nicht abhängig, dann konnte der Aufenthalt hier einen Wendepunkt zum Guten markieren.

***

Am nächsten Morgen wurde sie ins Behandlungszimmer geführt. Sie hatte kaum geschlafen, die grelle Deckenbeleuchtung reizte ihre übermüdeten Augen. Doch ein feines Lächeln umspielte ihren Mund. Sie hatte den inneren Kampf für sich entschieden und war nun für die erste Sitzung bereit.

»Bitte schließen Sie die Tür«, sagte die Ärztin und blätterte in verschiedenen Papieren. Jetzt konnte man erkennen, dass ihre Haare gefärbt waren; der Ansatz wuchs grau nach. Vielleicht war Marina Hornschuh doch älter, als Lena zunächst geschätzt hatte. Anfang oder Mitte sechzig?

Die Medizinerin wirkte fahrig. Fehlte ihr die Lust, sich mit bürokratischen Angelegenheiten rumzuschlagen, oder gab es andere Gründe für ihren Unmut? Sie atmete geräuschvoll aus, packte die eng bedruckten Bögen und reichte sie mit einem ungeduldigen Wedeln über den Schreibtisch.

»Hier, Frau Kosnick. Die Formalien«, sagte sie und hielt erschrocken inne, die Augen weit aufgerissen. »Entschuldigen Sie. Ich weiß natürlich, wie Sie heißen. Sie sind Frau ... Frau ... äh ... Frau Funk. Nur eine Verwechslung. Eine frühere Assistenzärztin hieß so. Sie erinnern mich an sie.«

Zögerlich nahm Lena den Stapel entgegen. »Gestern sprachen Sie von einer anderen Patientin.«

»Jaja. Die heißt auch Kosnick. Kurios, oder? Aber jetzt zu

dem Kleingedruckten. Sie müssen der freiwilligen Unterbringung und der ärztlichen Behandlung zustimmen. An Ihrer Willensfähigkeit besteht kein Zweifel. Es fehlt nur die Unterschrift. An den Stellen mit dem roten Kreuz bitte.«

Lena dachte an ihre Großmutter, die an Demenz erkrankt war. Auch wenn sie am Anfang nur schusselig gewirkt hatte, hatte ihre Vergesslichkeit fatale Folgen. Einmal brannte die Küche ab, ein anderes Mal ließ sie die dreijährige Lena in einer Einkaufspassage stehen, um in einer Konditorei Kuchen zu essen und sich mit einer älteren Dame über Backrezepte auszutauschen.

Abgesehen von der Namensverwechslung hatte die Therapeutin gestern einen kompetenten Eindruck hinterlassen. Zeigten sich bei ihr Symptome eines geistigen Verfalls, oder hatte sie nur stressbedingte Aussetzer?

Lena biss sich auf die Unterlippe. Sollte sie dieser Fremden vertrauen? Eine gewissenhafte Entscheidung fiel bei der dürftigen Faktenlage schwer, trotzdem wollte sie keinen Rückzieher machen. Sie war dem Mörder ihrer Schwester auf der Spur, vielleicht würde sie ihn schon heute entlarven. Die Aussicht war zu verlockend.

Sie griff nach dem Füller. Was tust du?, fragte sie sich noch. Normalerweise las sie jedes einzelne Wort, bevor sie irgendetwas unterschrieb, aber dies war keine gewöhnliche Situation. Das war die Ausnahme von der Regel. Sie unterzeichnete an den Markierungen, schob die Kanten zusammen und reichte die Papiere zurück.

»Heute früh habe ich mir die Untersuchungsergebnisse noch mal angeschaut«, sagte Dr. Hornschuh. »Auch die von Ihrer Erstaufnahme. Ich war überrascht, wie gut Ihr Allgemeinzustand ist. Vielleicht sind Sie etwas untergewichtig, aber Sie essen gut, und die Figur ist auch eine Typfrage, nicht? Dafür, dass Sie sich womöglich über einen längeren Zeitraum in Gefangenschaft befanden, ist Ihre körperliche Verfassung erstaunlich.«

»Sie meinen, erstaunlich gut?«, fragte Lena und beobachtete Dr. Hornschuh genau.

»Richtig. Die meisten Entführungsopfer müssen nach ihrer Befreiung intensivmedizinisch behandelt werden. Bei Ihnen konnten wir keine Mangelerscheinungen, keine Verletzungen, kein Narbengewebe und keine Entzündungswerte feststellen. Auch keine Anzeichen von Verwahrlosung. Stattdessen sind Sie sonnengebräunt.«

»Klingt so, als wäre ich im Urlaub gewesen. Ein Urlaub ist erholsam, nicht wahr?«

»Nein, nein. Das wollte ich damit nicht ausdrücken. Ich kann mir nur vorstellen, welche Horrorszenarien Sie sich ausmalen. Ich will Ihnen nicht zu viel Hoffnung machen, aber ich kann Ihnen versichern, dass Ihnen keine physische Gewalt angetan wurde, von der Sie sich nicht vollständig erholen werden. Vielleicht sind die zurückliegenden drei Monate sogar anders verlaufen, als wir annehmen.«

»Erklären Sie mir bitte, worauf Sie hinauswollen.«

»Eine Hypnosetherapie funktioniert nur, wenn sich der Patient darauf einlassen kann. Daher möchte ich Ihnen Ihre ärgsten Ängste nehmen.«

»Ach so!« Lena entspannte sich etwas. Die Ausführungen der Ärztin klangen vernünftig. »Mal angenommen, ich bin tatsächlich von roher Gewalt verschont geblieben, dann bleibt die Frage offen, warum mir mein Verstand den Zutritt zu meinem Gedächtnis verwehrt.«

»Das ist der springende Punkt. Das haben Sie treffend ausgedrückt. Gleich wissen wir mehr. Wie fühlen wir uns … ich meine … wie fühlen Sie sich heute?«

»Gut.«

»Wie war die Begegnung mit Ihrem Vater?«

»Er ist eine Herausforderung, das war er schon immer, aber ich bin kein Kind mehr. Mit etwas Abstand kann ich ihn und seine Äußerungen einordnen.«

Die Ärztin wartete, ob sie noch etwas anfügen wollte.

»Mit mir ist alles okay«, sagte Lena. »Wirklich! Ich bin nur ungeduldig und möchte anfangen.«

»Ihr Mut ist bewundernswert, aber wir müssen behutsam

vorgehen. Zu viel Mut kann auch gefährlich sein.« Dr. Hornschuh stieß sich mit den Füßen ab und rollte dynamisch auf ihrem Hocker heran. Körperlich baute sie jedenfalls nicht ab. »Machen Sie es sich auf der Liege bequem«, sagte sie.

Lena begab sich in die Waagerechte und merkte augenblicklich, wie sich ihr Herzschlag beschleunigte. In ihren Hirnwindungen steckten Erinnerungen, die darauf warteten, entdeckt zu werden. Sie konnten beängstigend, erschütternd oder verstörend sein. Vielleicht führten sie zum Gezeitenmörder. Ja, es bestand eine Chance, dass die heutige Sitzung zu einem Durchbruch führen würde.

»Ich bin Hauptkommissarin Lena Funk!«, sagte sie. »Vor drei Monaten bin ich entführt worden. In dieser Sitzung wollen wir uns auf die Spur des Täters begeben. Wir kehren zurück an die Straße am alten Elbdeich. Zwischen Krummendeich und Balje.«

Umwölkte sich der Blick der Ärztin gerade? Wurde er diffus?

Marina Hornschuh öffnete den Mund, als wollte sie zu einer Erwiderung ansetzen. Schließlich schloss sie die Lippen wieder und enthielt sich eines Kommentars.

Die Medizinerin positionierte sich neben der Liege und verströmte dabei einen muffigen Geruch, der möglicherweise in der Kleidung hing. Die Schreibtischlampe beleuchtete sie von hinten, sodass sich ihr Schatten bedrohlich über die Behandlungsliege senkte, als sie nach Lenas Handgelenk griff und ihren Puls maß, indem sie mitzählte und auf ihre Armbanduhr schaute. Dann legte sie den Arm zurück.

»Es wird sich anfühlen«, sagte sie, »als wären Sie mitten in der Situation. Sie bekommen nicht mit, wie Sie mir die Ereignisse schildern. Alles verstanden?«

»Ja, aber bringen Sie mich bitte wieder zurück. Ich will nicht verloren gehen. Das ist mir als dreijähriges Mädchen mit meiner Oma in einer Einkaufspassage passiert. Eine meiner ersten Erinnerungen überhaupt. Es war schrecklich.«

»Keine Sorge. Es wird alles gut gehen. Hören Sie jetzt genau auf meine Stimme. Ich möchte, dass Sie Ihre Augen schließen und ruhig ein- und ausatmen. Ein und aus. Und ein und aus. Spüren Sie, wie die Luft Ihre Lungen füllt und wie sie durch Ihren Mund entweicht? Atmen Sie ein und aus. Und ein und aus. Stellen Sie sich nun einen Bilderrahmen vor, in den Sie die Landschaft Ihrer Kindheit projizieren. Sehen Sie die tiefen Furchen auf den Äckern, den dunklen, aufgewühlten Marschboden, sehen Sie die goldenen Weizenähren, die sich im Wind wiegen, und die hochstehenden Maispflanzen, in die man hineinlaufen kann, um zu verschwinden. Atmen Sie ein und aus. Und ein und aus. Mit jedem Luftholen laufen Sie tiefer in das Maisfeld, tiefer in das ...«

***

Lena öffnete die Beifahrertür. In dem Moment, als sie sich in den Wagen setzte, sah sie die Spritze kommen. Instinktiv riss sie den Arm hoch. Sie wollte sich wehren, kämpfen, aber sie war zu langsam.

Bis zum Knochen bohrte sich die Nadel in ihren Oberschenkel. Es tat weh. Höllisch weh. Rasend schnell verteilte sich das Mittel in ihrem Körper.

Aus ihrem Mund entwich kalter Atem, die Muskeln erschlafften, ihr Kopf kippte zur Seite. Sie schrie. Ja, in ihrem Kopf hallte ihre Stimme wider, aber über ihre Lippen kamen nur schwerfällige Laute: »Hawawa... wawaf... hawawa...«

Trotzdem blieb sie klar, auch die Lider konnte sie öffnen. Sie wusste, dass es solche Betäubungsstoffe gab. Verdammte Forschung! Verdammte Biochemie!

Der silberne Löwe auf dem Lenkrad! Er war ein Emblem. Ein Firmenemblem! Sie befand sich in einem Peugeot.

Speckige Armaturen, ein altes Radio, kein Display. Ein älteres Modell.

Da sah sie seine Hand. Nein, dachte sie. Fass mich nicht an! Wag es bloß nicht!

Auf dem Kopf trug er eine grüne Baseballmütze, darunter lange, strohige Haare. Ein Vollbart bedeckte sein Gesicht. Die Augen blau.

Maskerade!
Nichts als billige Maskerade!
Er griff über sie hinweg, zog die Beifahrertür zu. Danach tastete er sie ab, stieß sie hin und her wie ein Ding, rollte sie auf die Seite wie eine ... wie eine Sexpuppe.
Finger weg!
Sie spürte nichts, merkte nur, dass er wieder von ihr abließ, dass er sie zurückrollte.
In seinen Händen ein Smartphone.
Ihr Smartphone!
Jetzt verstand sie. Er hatte sie abgetastet und gefunden, was er haben wollte.
Keine Erleichterung bei ihm. Seine Mimik starr, vollkommen ausdruckslos. Er nahm den Gehäusedeckel ab.
Woher wusste er, dass sie ein Handy mit Wechselakku benutzte?
Er entfernte die Batterie, dann die SIM-Karte. Die Einzelteile verstaute er in einem kleinen beschrifteten Plastikbehältnis. Keine Anzeichen von Eile. Beinahe zärtlich schloss er den Deckel, lauschte auf das Klicken. Dann kletterte er auf die Rückbank, griff nach etwas.
Ein Strick? Wollte er sie erdrosseln? Wollte er ...?
Da legte er ihr einen Gürtel über die Brust, führte ihn unter den Achseln durch, zurrte ihn hinterm Sitz fest, sodass ihr die Luft wegblieb – nur kurz.
Er fasste ihr an die Halsschlagader, prüfte ihren Puls, prüfte sein Spielzeug, wollte es nicht beschädigen.
Er legte ihr eine Decke über den Oberkörper. Für andere Autofahrer sah es aus, als hätte sie es sich gemütlich gemacht.
Er war vorbereitet.
Ja, sie war kein Zufallsopfer.
Er zwängte sich hinters Lenkrad, drehte den Zündschlüssel. Die Vibrationen des Motors schüttelten sie. Hartes Tuckern und Geschepper. Ein Dieselmotor!
Als er losfuhr, kippte ihr Kopf vor, beim Kuppeln zurück, bis er seitlich zum Liegen kam.

Er brachte sie ins Versteck, um …

Reiß dich zusammen, ermahnte sie sich. Du bist geschult. Du weißt, was zu tun ist.

Sie erinnerte sich an die Ausbildung. Ja, sie musste einen Kontakt herstellen, mehr als ein Objekt werden, eine gemeinsame Ebene finden, sich als Mensch zeigen. Aber sie brachte nur dieses Gestammel hervor. »Hawawa… wawaf… hawawa…«

So kam sie nicht weiter, sie brauchte Hilfe. Draußen flogen dunkle Gräben vorüber. Säulenpappeln, die in bleierne, bedrohliche Wolken ragten. Dann eine abgelegene Scheune. Das Tor weit offen, dahinter lauernde Finsternis. Die Gegend war wie ausgestorben; nirgends Anwohner.

Viel Zeit blieb ihr nicht mehr. In seinem Versteck gab es bestimmt Sicherheitsvorkehrungen: Schlösser, Riegel, Schallschutztüren, Betonwände. Vermutlich auch Fesselgurte, Schnüre.

Sie musste handeln – jetzt.

Los! Nun mach schon! Deine Hand. Benutz sie. Greif ins Lenkrad, verursache einen Unfall.

Sie wollte den Arm heben, die Finger krümmen, zupacken, aber sie konnte nicht. Die Nervenverbindung … sie war gekappt.

Streng dich an!

Stärker!

Noch stärker!

Sie zitterte, zuerst am Arm, dann am ganzen Körper. Schweiß brach ihr aus, tropfte von ihren Augenbrauen. Doch es half nichts. Sie konnte die Lähmung nicht überwinden.

Es war zum Heulen. Sie wollte nicht sterben. Nicht so, nicht jetzt, nicht durch diesen Mann. Sie wollte raus aus diesem Wagen, raus aus diesem Alptraum.

»Ich … will … hier … raus«, schrie sie, schlug die Augen auf und starrte in das grelle Deckenlicht des Behandlungszimmers.

20

Die aktivierten Erinnerungen waren beängstigend, aber sie bewiesen, dass Lena zur Ergreifung des Täters beitragen konnte. Am nächsten Tag trainierte sie mit neuer Energie. Mit einer flüssigen Bewegung sprang sie aus dem Liegestütz hoch, landete stabil auf beiden Füßen und machte Kniebeugen. Nachdem sich herausgestellt hatte, dass Staatsanwalt Hofmann keine Anklage erheben würde, hatte sie Änderungen durchgesetzt. Sie war freiwillig in dieser Zelle, sie war willensfähig, demnach konnte sie die Regeln selbst bestimmen.

Die Pfleger durften nur noch durch die Metallluke schauen, wenn sie vorher klopften und ihr einen angemessenen Zeitraum gewährten, sich zu bedecken. Ein Tablet-PC und ein neues Mobiltelefon standen ihr jetzt – auch dank Kriminalrat Bruns – zur freien Verfügung. Außerdem hatte er Drumsticks für sie hinterlegt, ohne dass sie ihn darum gebeten hatte.

Beim Anblick der Hölzer schossen ihr Tränen in die Augen. Sie war es nicht gewohnt, dass jemand so aufmerksam war, und sie rechnete es ihm hoch an.

Als es klingelte, nahm sie den Anruf sofort entgegen. »Hallo?«

»Moin«, erwiderte ihr Vorgesetzter. »Frau Dr. Hornschuh hat mir gestern die Audiodateien geschickt. Mit deiner Zustimmung – richtig? Warum keuchst du so?«

»Ich treibe Sport. Muss wieder fit werden.«

»Kiek mol an! So 'n Ehrgeiz habe ich nur beim Kuchenessen.«

»Übrigens danke für die Zimtschnecken. Ich habe sie später verdrückt, und danke für die anderen Hinterlassenschaften. Jetzt fühle ich mich wieder wie ein Mensch. Du denkst an alles!«

»Eigennutz. Nichts als Eigennutz. Du bist schließlich meine beste Spur. Und …«, seine Stimme war leiser geworden, »… und so langsam sollte ich ihn mal erwischen.«

»Na, wenn das so ist, brauche ich ein Update. Ist die Soko informiert? Was unternimmt sie?«

»Nicht der richtige Zeitpunkt, mien Deern. Eins nach dem anderen. Ich bin vorhin die Gegend abgefahren. Ich schicke dir gleich Fotos. Ähneln sehr deiner Beschreibung. Vielleicht fällt dir noch was ein.«

Lenas Smartphone piepte. Sie öffnete die Aufnahmen und erblickte die norddeutsche Marschlandschaft. Knorrige, verkrüppelte Weiden und windschiefe Pappeln. Eine alte Scheune aus grauen Latten, die vom Wurmfraß durchlöchert waren. Auf einer Warft, einer Anhöhe zum Schutz vor Hochwasser, erhob sich ein dunkles Gebäude. Es wirkte wie ein Mahnmal, das an die letzte todbringende Sturmflut und an die Schreie der Ertrinkenden erinnerte.

»Das ist der Ausgangspunkt für die Suche nach dem Versteck«, fuhr Bruns fort. »Achte bei der nächsten Sitzung drauf, wie lange du im Auto sitzt. Ich muss einen Radius festlegen. Am besten schaust du auf die Uhr am Armaturenbrett. Ich brauche auch mehr Details zum Entführer. Haarfarbe, Größe und so weiter.«

»Die Ärztin lenkt mich. Ich werde es ihr ausrichten. Sag mal …«

»Ja?«

»Es gibt da etwas, was mir keine Ruhe lässt. Ist dir an Frau Dr. Hornschuh etwas aufgefallen?«

»Nee. Wieso?«

»War sie verwirrt, oder hat sie was durcheinandergebracht?«

»Gestresst. Sie war gestresst. So wie wir alle. Aber die Zeiten sind so. Medien, Handys, Computer. Ständige Bereitschaft und ständige Informationen. Man kommt einfach nicht mehr zur Ruhe. Mach dir mal keinen Kopf, Lena. Renkt sich alles ein. Wann ist der nächste Termin?«

Sie schaute auf die Armbanduhr. »In einer halben Stunde werde ich abgeholt. Hast du was von Mickel gehört?«

»Von deinem Freiburger Freund? Nein.«

»So langsam mache ich mir Sorgen. Ich bin seit Tagen hier. Normalerweise hätte er sich längst gemeldet oder mich besucht. Wenn ich ihn anrufe, geht nur die Mailbox ran. Auf meine Nachrichten reagiert er nicht.«

»Es ist bestimmt alles in Ordnung.«

»Meinst du? Ich könnte es ihm nicht verübeln, wenn er nichts mehr mit mir zu tun haben will. Ich mache ihm nichts als Ärger.«

»Das ist nicht deine Schuld, Lena. Außerdem kann ich mir nicht vorstellen, dass er dich im Stich lässt. Als er mich anrief, wollte er das Richtige tun. Er wirkt sehr gewissenhaft, sehr anständig, der Junge. Wahrscheinlich liegt ihm mehr an dir, als du annimmst.«

»Wie kommst du darauf?«

»Ach, nur so ein Eindruck. Brauchst du sonst noch was?«

»Meine Freiheit! Dieses Rumsitzen, dieses Psychologisieren, das ist nichts für mich. Ich muss endlich wieder raus und handeln.«

»Das klingt nach der Lena, die ich kenne. Warte mal ab! Vielleicht klappt es schneller, als du denkst.«

21

»Lena«, sagte die Ärztin. »Lena, wachen Sie auf! Sie befinden sich in der Forensischen Psychiatrie. Sie sind in Sicherheit. Ich bin Ihre behandelnde Ärztin, Dr. Marina Hornschuh. Kehren Sie ins Behandlungszimmer zurück und öffnen Sie die Augen.«

Einem ersten Impuls folgend wollte Lena sich aufsetzen, aber sie merkte sofort, dass ihr schwindlig wurde. Es war besser, liegen zu bleiben.

Sie sank zurück auf das medizinische Krepppapier und blinzelte. Vor ihrem Blick verschwamm alles. Das flackernde und summende Licht an der Decke. Das waren die Neonröhren. Allmählich stellte sich ihr Sehnerv scharf. Jetzt erkannte sie auch das übrige Mobiliar.

»Hat es geklappt?«, fragte sie. »Haben wir relevante Infos?«

»Das schon«, sagte Dr. Hornschuh zurückhaltend.

»Aber?«

»Sie sind noch nicht voll da. Warten wir noch einen Augenblick.«

»Nein, ich bin bereit.«

»Außerdem weiß ich nicht recht, wie ich es ausdrücken soll.«

»Einfach los. Meistens die beste Methode.«

»Also gut. Seit über drei Jahrzehnten arbeite ich mit traumatisierten Menschen. Ich wurde schon mit einem Füller attackiert, beinahe erstochen. Manchmal kann ich nicht verhindern, dass sich eine junge Frau oder ein junger Mann das Leben nimmt. Aber eine Patientin wie Sie ... die hatte ich noch nie.«

»Inwiefern?«

»Ihre Kooperation ist präzise. Unglaublich präzise. Ich kann Sie mühelos steuern. Ich kriege exakt die Informationen, die wir brauchen. Die Antworten kommen wie aus der Pistole geschossen, so als lägen sie auf Abruf bereit. Ich weiß nicht, wie ich es anders benennen soll. Sie sind perfekt, die perfekte Patientin.«

»Wünschten Sie, ich wäre weniger kooperativ?«

Die Ärztin kratzte sich am Kopf. »Nein, natürlich nicht. Ich frage mich nur, ob es zu glatt läuft, ob wir etwas Entscheidendes übersehen, ob ich etwas übersehe, etwas, das Sie später vielleicht einholen könnte.«

»Sie sorgen sich um mich?«

»Nun, ich bin verantwortlich. Bei der Hypnose ist es ein bisschen so, als würden wir gemeinsam durch den Nebel spazieren. Meine Fragen geben die Laufrichtung vor. Wenn ich sie anders formuliere, nehmen wir einen anderen Weg, kommen woanders raus und werden mit neuen Aspekten konfrontiert. Vielleicht ist da eine Klippe, die aus dem Nichts vor unseren Füßen auftaucht, oder ein Abgrund, der sich plötzlich hinter uns auftut.«

Lena dachte über die Worte nach. »Ich weiß nicht, ob ich Sie verstehe.«

»Tut mir leid. Ich will Sie nicht überfordern. Normalerweise rede ich nicht so offen, normalerweise bestimme ich den Ablauf, aber Sie sind keine normale Patientin. Sie sind Ermittlerin, und ich wurde mehrfach von Ihrem Vorgesetzten daran erinnert, die besonderen Umstände zu berücksichtigen. Ich stecke in einem Zwiespalt, Lena. Ich will Ihnen helfen. Und zwar nicht nur der Polizistin, sondern auch der Frau.«

»Wenn ich eins in meinem Beruf gelernt habe, dann ist es, dass man nicht alles gleichzeitig haben kann. Man muss Prioritäten setzen. Der Reihe nach vorgehen und mit dem Wichtigsten anfangen. Hier ist die Abfolge klar. Da draußen läuft ein Irrer rum. Zuerst erzielen wir Ergebnisse, dann kümmern wir uns um den Rest.«

»Tja, wenn Sie es so sehen, habe ich Neuigkeiten.«

»Ich hoffe, gute?«

»Kann man so sagen. Die Therapie hat zu weiteren Erkenntnissen geführt. Zu sehr, sehr bedeutsamen Erkenntnissen.«

Lena spürte einen kalten Schauer, der ihren Rücken hinunterrieselte. Ein körperliches Symptom, das sich immer dann einstellte, wenn sie kurz vor der Aufklärung eines Falls stand. Sie musste sich zusammennehmen, damit sich ihre Stimme nicht überschlug, sondern klar artikuliert klang. »Dann möchte ich die Audiodateien jetzt hören.«

»Machen Sie sich auf was gefasst«, sagte Dr. Hornschuh und griff nach dem Aufnahmegerät. »Ich spule am besten zu den entscheidenden Stellen vor ...«

***

Sie würde nicht betteln, nicht flehen, auch nicht heulen. Den Gefallen tat sie ihm nicht. Lieber biss sie sich die Zunge ab. Ihr Plan war einfach. Sie würde tun, was sie am besten konnte. Sich zusammenreißen, kämpfen, bei der erstbesten Gelegenheit zurückschlagen.

Und es ging bereits los. Jetzt. In diesem Moment. Jedes Detail war wichtig, jede Beobachtung nützlich.

Noch wähnte er sich in Sicherheit. Vielleicht war ihm nicht klar, wie leichtsinnig er war. Das war ihre Chance. Die musste sie nutzen.

Sie beobachtete alles: die gefahrene Route, technische Besonderheiten, sein Aussehen und die Kleidung. Sie speicherte jedes Detail ab und würde sich bis zu dem Tag daran erinnern, an dem sich das Blatt wendete, an dem sie die Informationen gegen ihn einsetzen konnte.

Der Wagen fuhr über das Ostesperrwerk. Unter ihr der glitzernde Fluss. Eine Segelyacht, festgemacht. Zwei Vierer mit Steuermann, Richtung Neuhaus rudernd.

Eine Unebenheit katapultierte sie hoch, bei der Landung im gepolsterten Sitz stauchte es sie zusammen. Ihr Kopf kippte nach vorn, schlenkerte hin und her.

Grob packte er ihr Gesicht.

Da!

Die Kuppe des kleinen Fingers – sie fehlte. Die restliche Hand ölverschmiert und schwielig. Er drückte ihren Kopf gegen die Lehne.

Sie sah die Uhr. Neonorange Zahlen. Dreiundzwanzig Uhr dreiunddreißig.

Konnte nicht stimmen, es war noch taghell.

Draußen der Parkplatz des Natureums. Touristen auf dem Weg zum Eingang.

Sie wollte schreien, auf sich aufmerksam machen. »Wawawaf... wawawaf... wawawaf.« Sosehr sie sich anstrengte – sie war zu leise, zu unverständlich.

In der Kurve kippte ihr Kopf wieder nach vorn. Dieses Mal griff er nach hinten, löste den Gürtel. Sie knickte mit dem Oberkörper ein. Er packte ihren Nacken, presste sie runter. Ihre Nase platt auf dem Knie.

Er zog die alte Decke aus ihrem Schoß, breitete sie über ihren Leib. Es wurde dunkel, sie konnte nichts mehr sehen. Staub, der ihre Augen verklebte, der sich in ihrem Hals festsetzte. Ihr Herz raste, überschlug sich beinahe.

»Ganz ruhig«, sagte er.

Er hatte gesprochen! Wieder gesprochen!

Vorhin, als er sie zum Einsteigen überredet hatte, kam ihr seine Stimme bekannt vor. Jetzt regte sich nichts, keine Erinnerung. Vielleicht, weil der Klang gedämpft war.

Es wurde heiß unter der Decke. Konnte sie die Temperatur spüren? Ließ die Wirkung des Betäubungsmittels nach?

Sie krümmte die Finger, hob den zitternden Arm, nur ein winziges Stück. Erst einen Zentimeter, dann zwei. Mach weiter!, feuerte sie sich an. Noch ein bisschen! Vielleicht kannst du ins Lenkrad greifen, vielleicht ...

»Ich habe doch gesagt: ganz ruhig. Glaub mir, es ist sinnlos. Die Dosis hätte einen Zuchtbullen umgehauen. Für vierundzwanzig Stunden. Vierundzwanzig Stunden, in denen wir uns besser kennenlernen können. Du wirst sehen: Ich bin gar nicht so übel. Du musst nur tun, was ich verlange. Nicht so wie eben«, sagte er und presste ihr Gesicht in die Jeans, sodass sie keine Luft mehr bekam.

Sie konnte sich nicht wehren, nicht atmen. Ihr Brustkorb schmerzte, sie musste pinkeln, wollte sich befreien, um sich schlagen, schreien, aber brachte nur ein »Hmpf!« heraus.

Tränen platzten aus ihren Augen.

Es war vorbei, sie erstickte, starb mit Jeansfusseln in den Bronchien ...

Da ließ er sie los.

Luft! Sauerstoffhaltige, lebensrettende Luft strömte in ihre Lunge. Sie atmete ein, atmete aus. Das pulsierende Klopfen in ihren Ohren nahm ab.

Nach und nach hörte sie, wie er leise einen Achtziger-Jahre-Hit von Mike Oldfield mitsang, der gerade im Radio gespielt wurde. »Moonlight Shadow«. Seine Stimme klang rein, fast schön. Er war musikalisch, traf jeden Ton.

Sie konnte es nicht fassen! Während sie fast krepierte, hatte er den Apparat eingeschaltet und trällerte ein Lied. Der Moderator kündigte das nächste Stück an: »I Just Died In Your Arms Tonight« von Cutting Crew.

Das kannst du vergessen, du krankes Schwein!, dachte sie. In deinen Armen krepiere ich nicht.

Das Auto wurde langsamer, nahm Kurven, hielt mit quietschenden Bremsen an.

Waren sie am Ziel?

Der Mann ließ den Motor laufen, stieg aus. Etwas Schweres rollte über eine Schiene.

Ein Tor vielleicht!

Dann setzte er sich wieder hinters Lenkrad, fuhr vor, nur ein paar Meter, stoppte den Motor. Stieg erneut aus. Draußen erklang zum zweiten Mal dieses schwere metallische Geräusch. Wieder das Tor, jetzt hinter ihnen!

Die Welt war ausgesperrt. Sie allein mit ihm. Niemand ahnte, dass sie hier war. Niemand würde sie suchen. Sie würde ohne Hilfe auskommen müssen.

Er öffnete die Beifahrertür, griff unter ihre Beine und Achseln und hob sie aus dem Wagen.

Sie wollte zutreten, ihn verletzen, ihm wehtun, aber ihre Füße schwangen nur etwas vor und zurück.

Ihr Kopf hing im Nacken, baumelte hin und her. Sie erinnerte sich an ihren Plan, begann die Umgebung abzuspeichern. Die Decke war hoch und gewölbt. Leuchtstoffröhren flackerten. War das eine Montagehalle?

Vorsichtig legte er sie auf den Betonboden, war ganz behutsam, ganz sanft, wollte sein Spielzeug nicht beschädigen. Jedenfalls noch nicht.

»Bin gleich zurück«, sagte er. »Ruh dich ein bisschen aus. Wird eine lange Nacht heute.«

Sie ließ sich nicht beirren, folgte ihm mit Blicken. Seine Schritte hallten wider. Und da sah sie es aufragen – das unfertige Gerippe eines Holzbootes. Sie war nicht in irgendeiner Werkstatt, sie befand sich in einer Werft.

22

Lena klemmte sich eine Haarsträhne hinters Ohr. Ihre Gedanken rasten. Sie beobachtete genau, wie Dr. Hornschuh nach dem Recorder griff und auf die Stopp-Taste drückte. Vom Stationsflur her drang ein hohes, pfeifendes Geräusch. Der Staubsauger. Wahrscheinlich hatte einer der Patienten sein Zimmer verwüstet, das geschah öfter.

»Im weiteren Verlauf kehrt der Entführer zurück und trägt Sie in eine dunkle Kammer«, sagte die Therapeutin. »Dort regen Sie sich so auf, dass ich die Sitzung beende und Sie aus der Hypnose hole.«

In Lenas Kopf blitzte ein Bild auf: schwarze Wände, schimmernde Metallhaken zum Aufhängen von … Sie verdrängte es sofort wieder. »Es könnte sich bei der Halle auch um einen Bootslagerschuppen handeln«, sagte sie. »Misst man die Entfernung an zwei oder drei Popsongs, sind es vielleicht zehn Autominuten vom Ostesperrwerk. Eigentlich kommt nur Neuhaus in Frage.«

»Ich kenne die Gegend nicht. Soll ich die Audiodatei wieder Ihrem Vorgesetzten schicken?«

»Dieses Mal nicht.«

»Nein? Habe ich Sie richtig verstanden?«

»Gibt es Kopien?«

»Nur dieses Original.«

»Dann muss ich das Gerät jetzt an mich nehmen. Sie bekommen es zurück.«

»Moment mal! Was haben Sie vor?«

»Ich bin freiwillig hier. Heute entlasse ich mich«, sagte Lena und erhob sich.

»Stopp!«, sagte Marina Hornschuh, stemmte die Füße in den Linoleumboden und rollte auf ihrem Hocker hinter dem Schreibtisch hervor. Zwischen Lena und der Tür bremste sie ab und richtete sich zu ihrer vollen Größe auf. Sie war eine beeindruckende Frau. Schultern wie eine Schwimmerin, Oberschenkel wie eine Kugelstoßerin.

»Davon muss ich Ihnen dringend abraten«, sagte sie. »Wir wissen nicht, wie Ihr Unterbewusstsein reagiert. Es ist möglich, dass Sie plötzlich alle Ereignisse präsent haben und sie nicht verarbeiten können. Ihr Verstand – er hat die Erinnerungen nicht grundlos abgekapselt. Vielleicht haben Sie Flashbacks. Verstörende Flashbacks, verstehen Sie? Wenn Sie jetzt gehen, ist niemand für Sie da. Bleiben Sie in dieser Einrichtung, lassen Sie sich helfen. Wir sind auf solche Situationen vorbereitet.«

Lena taxierte die Ärztin. Diese war ein Hindernis zwischen ihr und der Freiheit, zwischen ihr und den Ermittlungen. Eine körperliche Auseinandersetzung würde sie zweifellos gewinnen. Sie wusste, wo sie hinschlagen musste, um eine Wirkung zu erzielen, aber so weit durfte es nicht kommen. Marina Hornschuh war ihr nicht feindlich gesinnt, sie war nur besorgt und wollte das Richtige tun.

»Leider unmöglich«, sagte Lena.

»Wollen Sie denn nicht wissen, was in der Kammer passiert ist?«

»Vielleicht ist es besser, wenn ich es nicht erfahre. Unwissen ist oft der beste Schutz.«

»Ich bitte Sie! Seien Sie vernünftig. Es nützt nichts davonzulaufen. Früher oder später holen die Erlebnisse Sie ein. Glauben Sie mir, die kontrollierte Aufarbeitung ist der einzige Weg, um Therapieerfolge zu erzielen.«

»Der Kerl hat meine Schwester ermordet. Ich kann nicht tatenlos zusehen, wie er wieder zuschlägt.«

»Dann lassen Sie Ihren Vorgesetzten seine Arbeit tun. Eine ganze Soko wartet auf diese Audiodatei und brennt darauf, endlich loslegen zu dürfen. Was wollen Sie denn da draußen tun? Sie sind nicht bereit für eine Konfrontation. Sie gehören in ein betreutes Umfeld. Wollen Sie das nicht verstehen, Frau Kosnick?«

Wenn Lena nur den geringsten Zweifel gehabt hätte, so wäre er nun beseitigt. Sie zwängte sich an Dr. Hornschuh vorbei.

23

Auf dem Psychiatrieflur horchte Lena noch kurz, ob die Therapeutin sie zurückhalten wollte, doch nichts geschah. Sie zückte ihr Smartphone, bestellte ein Uber-Taxi zum Eingang und ging in Begleitung zweier Pfleger, die draußen gewartet hatten, zu ihrer Zelle. Dabei informierte sie die Männer über ihre Abreise. Sie wirkten neutral und baten sie, sich zu gedulden. Eilig entfernten sie sich, um zu prüfen, ob alles seine Richtigkeit hatte.

Sollten sie doch!

Bei ihrer Einlieferung hatte Lena keine Tasche dabeigehabt. Hygieneartikel und Unterwäsche waren ihr gestellt worden. Deshalb musste sie nicht lange packen, sondern konnte einfach ihre gereinigte Kleidung überstreifen.

Vorm Spiegel band sie ihr Haar zusammen und sah sich lange in die Augen: Die Pupillen waren ...

schwarz ...

tief ...

unergründlich.

Es kündigte sich mit einem Kribbeln an. Zuerst auf der Kopfhaut, dann ihren Nacken hinab, am Rücken, schließlich überall. Es wurde stärker, überwältigend, riss sie mit sich. Sie versank immer tiefer in sich und ...

... und erblickte sich selbst.

Es war seltsam, ihren Leib aus der Distanz zu beobachten. Ihre Arme und Beine waren festgeschnallt. Gerade riss sie an den Fesseln, wollte sie lockern, sich befreien. Sie schrie, doch in ihrem Mund steckte ein Knebel. Was tat der Entführer ihr an?

Genug!

Sie hatte genug gesehen, wollte keine weiteren sadistischen Details erfahren. Die brutalen Einzelheiten ihrer Gefangenschaft waren irrelevant. Ja, irrelevant. Sie hatte alle Informationen, die sie brauchte. Jetzt musste sie das Schwein schnappen, einen Schlussstrich ziehen. Dafür musste sie bei Verstand bleiben, durfte auf keinen Fall durchdrehen.

Hör auf!, schrie es in ihr.

Mit aller Macht drängte sie die Bilder zurück, konzentrierte sich auf ihre Hände, die den kühlen, glatten Metallrand des Waschbeckens umklammerten.

Du packst das, sagte sie sich.

Sie drehte den Hahn auf, schmiss sich kaltes Wasser ins Gesicht, warf den Kopf hin und her, so als könnte sie die letzten Erinnerungsfetzen durcheinanderrütteln, bis sie keinen Sinn mehr ergaben.

Wie lange ging das so? Wie lange stand sie da, spritzte sich nass und zappelte herum?

Sie wusste es nicht, sie wollte sichergehen, dass die Erinnerungen an die Torturen nicht zurückkehrten, verlor das Gefühl für Zeit und Raum. Irgendwann griff sie nach den Drumsticks, trommelte auf dem Tisch, trommelte sich die filmartige Sequenz mit Paradiddles aus dem Schädel. Erst altbekannte Muster, dann immer neue Kombinationen, bis ihre Augenlider nicht mehr flatterten, bis ihr Atem ruhig wurde und bis der Pulsschlag abflachte.

Schwitzend schaute sie auf die Uhr. Eine Dreiviertelstunde war vergangen. Das war wohl einer dieser Flashbacks gewesen, vor denen die Ärztin gewarnt hatte. Sie durfte ihr nichts erzählen, ansonsten käme sie hier nie raus. Gleichzeitig musste sie aufpassen, dass so etwas nicht wieder passierte. Es machte sie angreifbar, verwundbar.

Sie wollte nicht länger nachdenken über sich, über ihren gesundheitlichen Zustand. Die Warterei nervte. Wo blieben die Pfleger? Warum dauerte das so lange?

Am liebsten würde sie abhauen, aber so einfach ging das nicht. Abgeschlossene Türen und Schleusen versperrten den Weg nach draußen. In dieser Einrichtung herrschten klare Regeln und Hierarchien. Hier geschah nie etwas ohne Absegnung durch einen Vorgesetzten, für jedes Stück Seife brauchte man ein unterschriebenes Formular, für eine Entlassung einen ganzen Aktenordner voller Papiere. Die Sicherheitsmaßnahmen sorgten für einen geregelten Ablauf.

Anscheinend hakte es irgendwo im Getriebe. Lag es wirklich an der Bürokratie? Oder arbeitete Dr. Hornschuh an einer Zwangsunterbringung? Wollte sie Lena hierbehalten, um sie vor sich selbst zu beschützen?

Als die Männer endlich zurückkehrten und sie – ohne eine Erklärung – zum Mitkommen aufforderten, war sie misstrauisch. Ihre Trommelstöcke packte sie wie Waffen. Sie war bereit, einen Aufstand anzuzetteln, wenn man sie gegen ihren Willen festhalten würde.

Auf den langen Fluren war es still. Verdächtig still. Kein Jammern aus den Zellen, kein Flehen, kein Wüten – nichts. Wo steckten die Insassen?

Während der Schlüsselbund klirrte und verschiedene Gittertüren öffnete, während Lena Stationen passierte und den betonierten Innenhof überquerte, mahlten ihre Kiefer. Noch am Ausgang rechnete sie damit, dass jemand aus dem Schatten trat, eine Hand auf ihre Schulter legte und sie zurückhielt.

Erst als sie den Entlassungsschein unterschrieb, erst als sie nach draußen trat und das schwere Metalltor in ihrem Rücken ins Schloss fiel, glätteten sich die steilen Falten zwischen ihren Augenbrauen.

Einen Moment stand sie da, sog die milde, leicht würzige Sommerluft ein. Sie hielt ihr Gesicht in die wärmende Sonne und lauschte einer zwitschernden Vogelschar, die in der Baumkrone umherflatterte.

Sie war frei.
Sie konnte wieder selbst entscheiden.

24

Vor der Forensischen Psychiatrie stieg ein Pakistani oder Inder aus einem alten, gepflegten Toyota Corolla und winkte Lena zu. Das musste der Uber-Fahrer sein.

Sie winkte zurück, erntete ein strahlendes Lächeln. Mit seinem bartlosen Gesicht wirkte er so jung, als könnte er unmöglich im Besitz einer gültigen Fahrerlaubnis sein.

Lena kannte mal einen Mafiakiller, gerade sechzehn Jahre alt, mit arglosem Babyface. Zügig ging sie hinüber und nahm auf der Rückbank Platz. »Entschuldigen Sie, bin aufgehalten worden. Zum Landeskriminalamt bitte«, sagte sie und verfolgte noch, wie er den Wagen wendete. Dann wählte sie die eingespeicherte Nummer. Ein Freizeichen erklang.

»Bruns«, meldete sich ihr Vorgesetzter. »Bist du das, Lena?«

»Wo steckst du?«, antwortete sie.

»Man beantwortet die Frage seines Chefs nicht mit einer Gegenfrage, aber ich will heute nicht so streng sein. Ich bin eben aus dem Büro und fahre nach Hause. Die letzten Tage waren aufreibend. Muss dringend duschen. Gibt's was Neues? Warum meldest du dich?«

»Kehr um. Kannst du die Soko zusammentrommeln?«

»Nach dem Fund der Trophäen arbeitet sie wieder unter Hochdruck. Wieso?«

»Sag auch Ole Ohnhäuser Bescheid.«

»Kriminalhauptkommissar Ohnhäuser ist nicht mehr Mitglied der Soko. Er hat vor einiger Zeit seine Versetzung nach Varel beantragt. Dem Ersuchen wurde stattgegeben.«

»Warum? Er war einer deiner Topleute. Das hättest du verhindern können.«

»Differenzen. Wir hatten Differenzen. Du wirst verstehen, dass ich nicht ins Detail gehen kann.«

Mist, dachte Lena. Sie kannte Ole von der Polizeihochschule. Ihn als Freund zu bezeichnen, würde zu weit reichen, aber er war ein Kollege, mit dem sie im Studium und im Dezernat gut harmoniert hatte. Er hatte sie mit Insiderinformationen aus der Soko versorgt. Mit ihm hätte sie einen Vertrauten an ihrer Seite gehabt.

»Jetzt sag mir schon, wieso du anrufst«, fuhr Bruns fort.

»Ich bin auf dem Weg ins LKA. In meinem Besitz befinden sich die nötigen Informationen, um den Gezeitenmörder zu identifizieren.«

»Wirklich?«

»Ich bin mir sicher, ja.«

»Also war die zweite Sitzung erfolgreich. Du musst nicht extra herkommen. Schick mir einfach die Audiodateien, wir werten sie aus.«

»Nein.«

»Nein? Wieso nicht?«
»Bevor du die Aufnahmen bekommst, will ich eine Zusicherung.«
In der Leitung wurde es still.
»Was für eine?«, fragte Bruns dann. Er klang nicht mehr fordernd. Eher nachgiebig, fast weich.
»Ich will einbezogen werden, und ich will dabei sein, wenn ihr den Kerl schnappt.«
»Natürlich willst du das.«
»Und?«
»Lena, du bist befangen. Auf der einen Seite ist da der Strafverfolgungsauftrag der Behörde, auf der anderen Seite hast du persönliche Ziele. Beim kleinsten Fehler wird dir ein Interessenkonflikt unterstellt. Ein Rechtsanwalt … der könnte die Arbeit der ganzen Soko ins Wanken bringen. Das willst du doch nicht, oder? So gerne ich dir den Wunsch erfüllen würde – es geht nicht.«
»Du hast mich missverstanden. Ich will nicht in die Soko aufgenommen werden, ich will auch nicht mitbestimmen, ich will nur an den Besprechungen teilnehmen und beim Zugriff dabei sein.«
»Warum?«
»Ich muss dem Mörder meiner Schwester ins Gesicht sehen, wenn er abgeführt wird. Ich brauche diesen Moment, um abzuschließen.«
»Und wenn nicht?«
Lena seufzte. »Muss ich deutlich werden?«
»Sieht so aus.«
»Ich habe meiner Therapeutin untersagt, Informationen an Dritte weiterzugeben. Sie unterliegt der ärztlichen Schweigepflicht. Und von mir erfahrt ihr nichts. Gar nichts.«
»Du würdest ihn entwischen lassen?«
»Soll das ein Witz sein? Wenn ihr mich ausgrenzt, kümmere ich mich allein um ihn.«
»Lena, der Kerl ist ein Tier, und du steckst mitten in einer Therapie.«

»Er ist so menschlich und verwundbar wie jeder andere Straftäter. Und ich bin eine erfahrene Polizistin.«
»Vertraust du mir nicht mehr?«
»Darum geht's nicht.«
»Um was geht's dann? Ich verstehe es nämlich nicht.«
Ich will sicherstellen, dass die Soko keinen Mist baut, dachte Lena. Ich will sicherstellen, dass der Kerl geschnappt wird. Aber sie sagte nur: »Haben wir einen Deal?«
»Überleg's dir noch mal.«
»Muss ich nicht. Ich will das. Und ich spreche keine leeren Drohungen aus.«
»Dann lässt du mir keine Wahl.«
»Du hast es kapiert. Bis gleich.«
Lena drückte schnell auf das rote Symbol und merkte erst jetzt, wie verschwitzt ihre Handinnenflächen waren. Hatte sie geblufft oder es ernst gemeint? Hätte sie den Gezeitenmörder tatsächlich alleine gejagt? Natürlich. Sie hatte es schon einmal gewagt. Trotzdem war sie erleichtert, dass es nicht so weit gekommen war.

Sie schaute aus dem Seitenfenster. Neben ihnen auf der mehrspurigen Bundesstraße – etwa eine Wagenlänge zurückversetzt – fuhr ein dunkler Audi und hielt den Abstand exakt ein. Eine Limousine des gleichen Typs war ihr vor der Forensischen Psychiatrie aufgefallen. War es dasselbe Fahrzeug? Wurde sie verfolgt? Charakteristische Merkmale wie Aufkleber, verchromte Außenspiegel oder Blechschäden fehlten. Deshalb wusste sie es nicht mit Sicherheit. Trotzdem blieb ein mulmiges Gefühl.

»Biegen Sie mal rechts ab«, sagte sie zum Fahrer.
Der blickte in den Rückspiegel, die Augen strahlten nicht mehr, sondern waren dunkel wie zwei Tunnelschächte. »Manchmal braucht man einen Umweg, um ans Ziel zu gelangen.«
»Was?«
»Ach, nichts weiter.«
»Dann los! Nun machen Sie schon.«
Gehorsam setzte er den Blinker, wechselte auf die rechte Spur und bremste sachte ab. Der Audi blieb in der Mitte und über-

holte sie mit gleichbleibender Geschwindigkeit. Hinter dem Lenkrad saß ein älterer Mann mit einem silbergrauen Haarknoten, einer dezenten Sonnenbrille und einem ebenso dezenten weißen Hemd. Bis auf seine Frisur verfügte er über so wenige besondere Merkmale wie sein Fahrzeug, und trotzdem fragte sich Lena, ob sie ihn kannte. Hatte sie ihn auf dem Freiburger Schützenfest gesehen? Das Gesicht etwas verschattet unter dem Schirm eines Käppis? Oder kam er ihr nur vertraut vor, weil er wie der Prototyp eines erfolgreichen Kreativen aussah? Vielleicht aus der Film- oder Werbebranche?

Der Audi überquerte die Kreuzung und verschwand auf Nimmerwiedersehen im Verkehrsdickicht. Litt sie unter Verfolgungswahn? Jetzt bereute Lena, dass sie wertvolle Zeit vergeudet hatte.

25

Nachdem Lena den Recorder an ihren Vorgesetzten übergeben hatte, betrat sie zögerlich den Besprechungsraum im Landeskriminalamt. Er lag noch still und verlassen da. So verlassen, wie sich die Opfer des Gezeitenmörders gefühlt haben mochten, als ihnen das Leben genommen wurde. Ihr seid nicht vergessen, dachte Lena und trat aus einem plötzlichen Bedürfnis heraus an die Wand mit den Fotos der jungen Frauen, so als könnte sie ihnen beistehen, so als könnte sie ihnen irgendwie mitteilen, dass der Urheber ihrer Qualen bald gefasst und seiner Bestrafung zugeführt werden würde.

Die Aufnahmen waren in verschiedenen Lebenssituationen geknipst worden. Einige Opfer versprühten so viel Kraft und positive Energie, dass ihr Tod kaum vorstellbar erschien. Andere schauten ernst und verletzlich drein. Fast könnte man meinen, dass sie bereits ahnten, was ihnen bevorstand. Insgesamt handelte es sich um neun Frauen im Alter zwischen sechzehn und einunddreißig Jahren. Am Ende der Reihe befanden sich die Porträts der Erzieherin Ayleen Adanir, der Studentin Rosa Neumann und schließlich von Jette.

Abrupt wandte Lena den Kopf ab und unterdrückte die aufsteigenden Tränen. Wenn sie jetzt heulte, würde man sie gleich wieder rausschmeißen. Aber das Bild ihrer Schwester wühlte sie auf, auch weil es eine Geschichte hatte. Es war nur wenige Tage vor ihrem Verschwinden für einen neuen Versichertenausweis aufgenommen worden. Sie hatte ihn nie erhalten. Er hatte in ihrem Briefkasten gelegen, bis Lena ihn fand und wochenlang mit sich herumschleppte. So viele Dinge verloren ihren Wert, wenn ihre Besitzer starben. Die Hinterbliebenen mussten entscheiden, was sie behalten wollten und was sie weggaben oder entsorgten. Das tat oft weh.

Lena wischte sich über die Augen, strich ihr krauses Haar glatt und konzentrierte sich auf eine Karte der niedersächsischen und schleswig-holsteinischen Nordseeküste. Rote Nadeln markierten Plätze oder Ausfallstraßen, an denen die Opfer zuletzt gesehen worden waren. Gelbe Nadeln wiesen die Orte aus, wo der Gezeitenmörder Holzkreuze aufgestellt hatte, die Namen, Geburtsdatum, Todestag und Blutspuren der Frauen zeigten. Weil an den jeweiligen Schleusen, Zuflüssen oder Prielen die Gezeiten stark wirkten, vermutete die Soko, dass die Leichname an diesen Stellen vom ablaufenden Wasser aufs Meer gezogen wurden. Blaue Nadeln steckten in den Fundstellen, wo menschliche Überreste von der Flut wieder an Land gespült wurden.

Bald kennen wir deinen Namen, bald sitzt du hinter Gittern, dachte Lena, griff sich einen Stuhl und stellte ihn in die hinterste Ecke. Sie merkte sofort, dass sie es hier nicht aushalten würde. Ihr fehlte jede Zugriffsmöglichkeit, falls sich die Dinge in die falsche Richtung entwickelten. Sie schaute sich um, wählte einen Platz an der Längsseite der hufeisenförmigen Tafel, genau in der Mitte. Hier konnte sie zwischen ihren Nachbarn untertauchen und gleichzeitig die Aufmerksamkeit auf sich lenken, wenn es nötig wurde. Vor allem würde sie mitbekommen, ob einer der Beamten die Ermittlungen sabotierte oder sich anderweitig auffällig verhielt.

Sie setzte sich, schlug die Beine übereinander und beobachtete die Angehörigen der Soko, die nach und nach eintrafen. Mit den meisten hatte sie schon vor der Ermordung ihrer Schwester an verschiedenen Fällen zusammengearbeitet. Sie hatten sich größtenteils korrekt verhalten, als Lena auf Versäumnisse hingewiesen hatte. Andere Kollegen hatten sie belächelt und als »arme Irre« abgetan.

Der Sänger der Polizeiband Kaliber, in der Lena manchmal trommelte, grüßte sie mit der »Metalhand«, indem er Zeigefinger und kleinen Finger von der Faust abspreizte. Manches überraschte oder freudige Nicken erwiderte sie lächelnd; die skeptischen Blicke ignorierte sie.

Die Dezernatssekretärin schob einen klirrenden Servierwagen mit Bechern, Thermoskannen, Milchkartons und Streuselkuchen herein und positionierte ihn neben dem Eingang, sodass sich die Beamten bedienen konnten, bevor sie Platz nahmen. Sofort war der Besprechungsraum von Kaffeeduft und süßem Teiggeruch erfüllt.

Johanna Koch war Ende vierzig, drall und klein. Sie stellte sich auf Zehenspitzen, um in alle Richtungen auszuspähen, bis sie Lena entdeckte. Schnell schaufelte sie zwei Stücke Streuselkuchen auf einen Teller und begrub sie unter einem Berg aus Sprühsahne. Energisch kämpfte sie sich durch und blieb zwei Schritte vor ihr stehen.

»Warum hast du mich vorhin ignoriert?«, fragte Johanna und drückte ihr den Teller in die Hand. »Ich habe gesehen, wie du aus dem Chefbüro raus bist und Reißaus genommen hast. Habe ich dir was getan?«

Lena erhob sich und nahm wahr, wie die Szene beobachtet wurde: teils grinsend, teils augenrollend. Auch die Kollegen hatten die Launen der Dezernatssekretärin schon abbekommen.

»Ein Missverständnis, Johanna«, sagte sie. »Du warst nicht am Platz, und ich wusste nicht, wann du zurückkehrst.«

»Und da lässt du mich einfach links liegen? Erst bist du monatelang weg, und dann sagst du nicht mal Hallo.«

»Johanna, für ein solches Gespräch ist jetzt nicht der richtige Zeitpunkt …«

»Überall heißt es: Johanna hier, Johanna da. Da gibt's nie den richtigen Zeitpunkt, und trotzdem muss ich springen. Hast du eine Ahnung, wer den Laden am Laufen hält, wenn ihr alle weg seid?«

»Du natürlich. Das weiß doch jeder. Ich komme später vorbei, dann reden wir in Ruhe. Einverstanden?«

»Nicht nötig. Ich kann nicht ständig schlichten, wenn ihr euch zankt. Das müsst ihr schon selber erledigen. Aber jetzt iss erst mal was. Du bist dünn geworden. Viel zu dünn.«

Obwohl Lena nicht den geringsten Hunger verspürte, nahm sie einen Gabelbissen. »Lecker.«

»Der Kirschstreusel ist ganz frisch. Ich habe ihn erst gestern gebacken. Und jetzt lass dich mal drücken. Es ist schön, dass du wieder da bist.«

Lena ließ sich umarmen. »Du, Johanna, ich glaube, es geht los. Da kommt der Chef. Vielen Dank für den Kuchen.«

Die Atmosphäre in dem Besprechungsraum hatte sich schlagartig verändert. Nicht nur, dass die Anwesenheit von über vierzig Erwachsenen für einen spürbaren Temperaturanstieg sorgte, auch das Gemurmel war verstummt und einer gespannten Erwartung gewichen.

Während Kriminalrat Bruns zum Kopfende des Raumes stampfte, schwankte er wie ein führerloser Dampfer in aufgewühlter See. Auf dem Servierwagen klirrten die Becher bei jedem seiner Schritte.

Die Dezernatssekretärin begab sich zum Ausgang, und Lena atmete erleichtert auf. Der Umgang mit ihr war eine Herausforderung. Man wusste nie, in welche Richtung sich ein Gespräch entwickelte.

Kriminalrat Bruns baute sich keuchend hinter dem Rednerpult auf. Er hielt den Kopf gesenkt. »Jeder …«, begann er stockend, »… jeder weiß, dass man in einer Drucksituation Entscheidungen trifft, die sich hinterher als falsch erweisen können. Wir sind menschlich und damit fehlbar. Unsere Aufgabe muss es sein, nicht im Vergangenen zu stochern, nicht mit dem Finger auf andere zu zeigen, auch nicht anzuklagen, sondern nach vorne zu schauen …«

Lena folgte der Rede aufmerksam und wunderte sich, dass ihr Vorgesetzter mit einer Rechtfertigung begann. Zollte er dem Druck der Öffentlichkeit Tribut, die der Polizei seit Jahren ein Versagen vorwarf? Mittlerweile hatte er den Kopf gehoben und suchte den Augenkontakt mit seinen Mitarbeitern. Nur ihrem Blick begegnete er nicht. Entweder hatte er sie nicht bemerkt, oder er wich ihr aus.

»Es gibt neue Erkenntnisse«, fuhr er fort. »Wie Sie wissen, tauchte KHK Funk vor einigen Tagen in ihrem Heimatdorf auf. Bei sich führte sie die Trophäen des Gezeitenmörders. Sie konnte sich nicht erinnern, wie die Schmuckstücke in ihren Besitz gelangten. Die Hypnosetherapeutin Dr. Marina Hornschuh nahm sich ihrer an und fand heraus, dass sie sich in der Gewalt eines Entführers befunden hatte. Handelt es sich um den Gezeitenmörder? Angesichts der derzeitigen Beweislage müssen wir davon ausgehen. Ich möchte Ihnen nun Mitschnitte der Sitzungen vorspielen, die ich vorhin von KHK Funk erhalten habe. Sie geben uns Hinweise auf die Identität und den möglichen Aufenthaltsort.«

Kriminalrat Bruns trat hinter dem Pult hervor und legte den Recorder auf einen Tisch, der mitten in den Raum gestellt worden war. Sein Blick war tief, ging nach innen. Der fleischige Zeigefinger kreiste über der Wiedergabetaste. Offenbar zögerte er, den Knopf zu drücken.

Die anderen Beamten wurden unruhig, raschelten mit Papieren, drückten klickend auf den Kugelschreiber. Sie fragten sich, was ihren Vorgesetzten zurückhielt. Seit Jahren fahndeten sie nach dem Gezeitenmörder. Sie hatten unbezahlte Überstunden geleistet, zu viel Kaffee getrunken und Kindergeburtstage verpasst. Ihre ganze Kraft hatten sie aufgewendet, und dementsprechend fieberten sie den neuen Hinweisen entgegen.

Als Lenas Stimme blechern aus dem kleinen Lautsprecher drang, zuckte sie zusammen. Schlagartig wurde ihr bewusst, welche Dimensionen die Veröffentlichung hatte. Die Kollegen ringsum verfolgten gebannt, wie der Angreifer sie betäubte, wie sie ihm schutzlos ausgeliefert war und welche Ängste sie durchstand. Die Aufnahmen präsentierten sie wehrlos und verletzlich. Unter normalen Umständen zeigte sie nicht mal einen Bruchteil dieser Angriffsfläche. Sie wollte in dieser Männerwelt als starkes Individuum und nicht als Freiwild wahrgenommen werden. Am liebsten würde sie im Boden versinken!

Nach der Beendigung der Wiedergabe war sie klatschnass geschwitzt. Von den Mienen der Anwesenden las sie ab, wie diese sich ausmalten, was in der dunklen Kammer geschehen war. Bislang war Lena »nur« die Schwester eines Mordopfers gewesen. Ab dem heutigen Tag würde sie auch noch die entführte und vergewaltigte Kollegin sein. Man würde sie bemitleiden, sich in ihrer Gegenwart geschmacklose Witze verkneifen und über sie tuscheln, sobald sie den Raum verließ. Bald würde das ganze LKA Bescheid wissen.

Von Kriminalrat Bruns kam kein mitfühlender oder aufmunternder Blick, keine Geste des Beistands. Er schaute einfach über sie hinweg, auf einen Punkt, der weit über ihrem Kopf zu liegen schien.

»Wir suchen einen Mann«, sagte er, »der am Tag der Entführung eine grüne Baseballmütze, lange, strohige Haare und einen Vollbart trug. Er hatte blaue Augen. Vielleicht ist alles nur Verkleidung. Diese Möglichkeit müssen wir im Hinterkopf behalten. Mit Sicherheit fehlt ihm die Kuppe des kleinen Fingers. Er hatte schwielige Hände und muss mit Öl oder einer vergleichbaren Substanz hantiert haben. Was gibt's sonst? Einen älteren Peugeot-Diesel. Ein hallenartiges Gebäude. Ungefähr zehn Autominuten vom Sperrwerk entfernt. Mit gewölbtem Dach und vielleicht einem Rolltor. Am Westufer der Oste gibt es Werften und Bootslagerschuppen. In Betracht kommen Neuhaus, Neuhäuserdeich und die nähere Umgebung. Durchsuchen Sie das Netz nach aussagekräftigen Bildern. Ergibt sich kein Treffer, erweitern wir den Radius und beziehen Belum und Geversdorf ein. Gibt's noch Fragen?«

Einige Hände schossen in die Höhe.

Bruns zeigte auf einen älteren Beamten mit grau melierten Haaren, markanten Gesichtszügen und einer sehnigen Statur. »Michael?«

»Sind die Aufnahmen gerichtlich verwertbar?«, fragte dieser.

»Frau Dr. Hornschuh gilt als Expertin, aber wir sind nicht von den Mitschnitten abhängig, wenn wir die Angaben verifizieren können. Ja, bitte schön?«

»Ist es notwendig, dass KHK Funk an der Besprechung teilnimmt?«, fragte eine junge Kriminalkommissarin. »Sie ist möglicherweise traumatisiert. Die Ermittlungen könnten sich zu einer weiteren seelischen Belastung auswachsen.«

Kriminalrat Bruns erschlaffte, er fiel beinahe in sich zusammen. Matt fuchtelte er mit der Hand. »Danke«, sagte er schließlich. »Danke, dass Sie an unsere Kollegin denken, aber sie fühlt sich stabil und wird nicht mitentscheiden. Ihre Anwesenheit ist jedoch erforderlich, weil … Ach, fragen Sie sie am besten selbst.«

Plötzlich stand Lena im Mittelpunkt. Vierzig Augenpaare richteten sich auf sie. Warum setzte Kriminalrat Bruns sie der Aufmerksamkeit aus? Rächte er sich, weil sie ihre Teilnahme erpresst hatte? Bei der Vorbesprechung in seinem Büro war er professionell und fürsorglich gewesen. Irgendetwas hatte seine Haltung verändert.

Also gut, dachte sie. Zeig ihnen, dass du nicht kaputt bist.

Sie erhob sich vom Stuhl, schwankte kurz, straffte sich wieder. »Die Hypnosetherapeutin hält es für möglich«, sagte sie, »dass ein Verarbeitungsprozess in Gang gesetzt wurde, der weitere Erinnerungen an die Oberfläche spült. Diese könnten ermittlungsrelevant sein. Deshalb bleibe ich in der Nähe und informiere Sie sofort über neue Erkenntnisse. Natürlich nur so lange, wie mein Zustand es zulässt, und natürlich nur so lange, bis wir eine Zielperson –«

»Damit wäre das geklärt«, wurde sie von Bruns hart unterbrochen. »Wenn Sie keine weiteren Fragen haben, teilen Sie sich in die bewährten Gruppen auf. Wir brauchen Bildmaterial, Daten und Fakten. Handfestes, das ich bei der Staatsanwalt-

schaft vortragen kann. Mit diesen Vorgaben sollten Sie schnell vorankommen. Wir treffen uns in drei Stunden wieder, um die ersten Ergebnisse zu sammeln. Los geht's.«
Beinahe fluchtartig verließ er das Besprechungszimmer.

26

Lena drängte sich zügig an den Kollegen vorbei, die in Grüppchen zusammenstanden und Organisatorisches besprachen. Sie wollte ihren Vorgesetzten zur Rede stellen. Ein Gespräch würde vielleicht klären, warum er sie ignoriert hatte, aber sie konnte ihn nirgends finden. Weder auf dem Dezernatsflur noch in den Sanitärräumen noch im Sekretariat noch in seinem Büro. Er war verschwunden. Versteckte er sich etwa?

Lena begab sich in die Kantine, die letzte Hoffnung, aber auch hier entdeckte sie ihn nicht. Frustriert kaufte sie sich ein belegtes Brötchen und setzte sich an einen Fenstertisch. In der Luft hing der Geruch nach ranzigem Bratfett, der ihr den Appetit verdarb.

Sie wusste genau, wie konzentriert die Mitarbeiter der Soko ans Werk gingen. Zu gerne hätte sie sich an den Recherchen beteiligt. Neuhaus und Umgebung kannte sie gut. Es lag nur wenige Kilometer von ihrem Heimatort entfernt. Eine frühere Mitschülerin betrieb dort ein Café. Bestimmt hätte sie einen Beitrag leisten können …

Sie merkte es zuerst an den Unterarmen. Die blonden Härchen richteten sich auf. Ein kalter Schauer zog über den Ellenbogen zu ihrer Schulter hoch und über den Rücken hinab.

Der nächste Flashback!

Dieses Mal war sie vorbereitet. Dieses Mal würde sie den grausamen Bildern keine Chance geben, sich in ihr Bewusstsein zu drängen. Die Soko stand haarscharf vor der Identifizierung des Täters. Lena musste verfolgen, ob alles korrekt ablief. Wenn sie jetzt ausrastete, würde man sie vielleicht noch anhören, dann aber nach Hause schicken. Das musste sie verhindern. Später würde genug Zeit bleiben, um die brutalen Details der Gefangenschaft aufzuarbeiten.

Sie sprang auf, rannte aus der Kantine, hörte dabei auf das Quietschen ihrer Sneakers. Über die rutschigen Fliesen schlidderte sie in eine Toilettenzelle, knallte die Tür zu, spürte den Widerstand des Drehriegels, als sie abschloss. Zugleich zog sie die Drumsticks unter ihrem Gürtel hervor und legte mit den Paradiddles los. Sie trommelte zuerst auf der Holzwand links, dann auf den Fliesen rechts und immer wieder auf ihre Oberschenkel. Bis sie die Erinnerungen abgewehrt hatte, bis sie überzeugt war, dass sie klar blieb. Mit dem Handrücken wischte sie sich über die schweißnasse Stirn.

Aufgewühlt zog sie ihr Smartphone aus der Tasche und kontrollierte, ob Mickel auf ihre SMS, WhatsApps, E-Mails oder Sprachnachrichten geantwortet hatte. Fehlanzeige! Sie drückte auf die Aufnahmetaste.

»Hey, Sicherheit!«, sagte sie. »Ich bin ziemlich durch den Wind. Versteck mich auf dem Damenklo, damit niemand mitkriegt, wie ich drauf bin. Du fehlst mir! Warum meldest du dich nicht? Mir würde schon reichen, wenn ich wüsste, dass es dir gut geht. Bist du sauer, weil ich dich da reingezogen habe? Trete gerade von einem Fettnäpfchen ins nächste. Kriminalrat Bruns hat auch irgendwas gegen mich. Vielleicht liegt es daran, dass mir der Überblick fehlt. Mit meinem Kopf stimmt was nicht. Die Ärztin sagt, dass er repariert werden muss. Hoffentlich bin ich nicht kaputt, hoffentlich renkt sich das ein. Melde dich! Ich will nur wissen, ob alles in Ordnung ist. Das ist so untypisch! Sonst reagierst du immer sofort! So langsam mach ich mir Sorgen. Hör zu! Wenn ich in den nächsten vierundzwanzig Stunden keine Nachricht bekomme, gehe ich zu den Kollegen. Alles klar? Ich gehe zur Polizei. Gib mir ein Lebenszeichen, ansonsten melde ich dich als vermisst.«

27

Kurz vor Ablauf von Bruns' Drei-Stunden-Frist trat Lena im Sanitärbereich ans Waschbecken, trank Wasser aus dem Hahn und betrachtete sich im Spiegel.

»Bereit?«, fragte sie.

Der Täter hatte nicht nur ihre Schwester ermordet. Er hatte auch dafür gesorgt, dass ihre Mutter sich zu Tode trank, dass das Verhältnis zu ihrem Vater zerrüttet war und dass sie sich zu einem psychischen Wrack entwickelt hatte. Wie würde es sich anfühlen, wenn er nach so langer Zeit eine Identität bekam? Was würde in ihr vorgehen, wenn sie ihn ohne Maskierung sah und ihn vielleicht sogar erkannte?

»Egal, was passiert«, murmelte sie. »Du musst ruhig bleiben! Darfst nicht austicken! Nur wenn du ruhig bleibst, lassen sie dich dabei sein.«

Mit einem Papierhandtuch rieb sie sich über die nassen Hände, auch dann noch, als ihre Finger längst trocken waren. Sie nickte ihrem Spiegelbild zu, warf das Knäuel in den Mülleimer und marschierte los.

Als sie den Besprechungsraum betrat, setzte die mobile Klimaanlage aus. Das Rauschen des Luftstroms stotterte und ging in mechanische Quietscher über. Sie klangen rau, schrill, abgerissen. Wie das Echo von Schreien.

Lena glaubte nicht an Stimmen aus dem Jenseits oder ähnlichen Unsinn. Trotzdem war ihr unbehaglich zumute. Ihre Finger wurden kalt.

Während sie sich auf ihren alten Platz setzte, pustete sie sich eine Strähne aus dem Gesicht. Die Kollegen schossen förmlich herein. Ihre Augen glänzten. Hektische Flecken bedeckten Wangen und Hälse. Es war unverkennbar, dass sie sich auf der Jagd befanden.

Auch Kriminalrat Bruns hatte eine Wandlung vollzogen. Im Gegensatz zu seinen aufgeputschten Mitarbeitern war er wieder der Alte: körperlich plump, gemütvoller Blick, ab und zu listig lächelnd, aber verbindlich im Auftreten und im Gespräch. Er erteilte Anweisungen, begab sich zu Lena und griff sich einen Stuhl.

»Entschuldige meinen Auftritt vorhin«, sagte er. »Hatte nichts mit dir zu tun. Du hast nichts falsch gemacht.«

»Ich also nicht? Wer dann?«

»Das war eine Entschuldigung, Lena. Die nimmt man einfach an. Du sollst keine Befragung draus machen.«

»Ich will es nur verstehen.«

»Ist kompliziert.«

»Kompliziert ist mein Spezialgebiet. Ich könnte eine Diplomarbeit darüber schreiben.«

Bruns seufzte und drehte den Ehering am Finger. Immer im Kreis, immer in die gleiche Richtung. »Meine Frau ...«

»Ja?«

»Sie hat sich von mir getrennt.«

»Oh!«

»Sie sagt, sie will ihr Leben auskosten. Ohne mich. Damit muss ich erst mal klarkommen. Manchmal denkst du, du tust das Richtige. Trotzdem geht alles schief. Und am Ende stehst du allein da. Das ist ein großer Mist, sag ich dir.«

»Was meinst du mit ›das Richtige‹? In deiner Rede vorhin hast du Entscheidungen erwähnt, die man treffen muss. Hängt das zusammen?«

Bruns rückte von ihr ab und betrachtete sie. Plötzlich hellwach. »Ich vergesse manchmal, was für eine gute Ermittlerin du bist.«

»Ich habe vom Besten gelernt. Von dir.«

Normalerweise hätte er für eine solche Schmeichelei einen launigen Spruch parat gehabt, mit dem er sich selbst oder sie auf die Schippe genommen hätte, aber er blickte sie nur wie ein verletzter Hundewelpe an. Dann verzog sich sein Gesicht zu einer Grimasse.

»Dieser verdammte Ring«, fluchte er. »Ich krieg ihn einfach nicht ab. An mir ist er festgewachsen, und meine Frau hat ihn eingeschmolzen. Ein symbolischer Akt, sagt sie. Das muss man sich mal vorstellen.«

Lena nickte. Das war hart.

»Konzentrieren wir uns jetzt auf die Fahndung«, sagte Bruns. »Alles klar?«

Die letzten Worte waren als Frage formuliert, aber als dienstliche Anweisung gemeint. Sie duldeten keinen Widerspruch. Dementsprechend wartete er ihre Antwort auch nicht ab, sondern zeigte auf einen jungen Soko-Mitarbeiter und bedeutete ihm durch Gesten, die Gardinen zuzuziehen.

Lena beobachtete ihren Vorgesetzten. Sein Schmerz wirkte authentisch. Eine schwierige persönliche Situation konnte zu einem irritierenden Verhalten führen. Das war nachvollziehbar, aber wo lag die Verbindung zwischen dem Scheitern seiner Ehe und der Missachtung ihrer Person? Der Zusammenhang war ihr nicht klar. Hatte er in ihr eine weitere Frau gesehen, die ihn enttäuscht hatte und die er bestrafen wollte, indem er sie ignorierte?

Die beleidigte Leberwurst passte nicht zu ihm. Er war ein Profi. Sein Privatleben hatte nie eine Rolle gespielt; seit sie ihn kannte, hatte er es eben zum ersten Mal freiwillig thematisiert. Was beschäftigte ihn so, dass er sogar intime Details für ein Ablenkungsmanöver opferte?

Der Beamer wurde angeknipst, und ein sirrendes Geräusch erklang. Der ausgeworfene Lichtstrahl traf den linken unteren Leinwandrand. Das Gerät wurde neu ausgerichtet, und schon erschien das Satellitenfoto einer Ortschaft, die von Feldern und Flüssen eingerahmt wurde. Das dunkle Band der B 73 zerschnitt die Häuseransammlungen in zwei Hälften. Es sah aus wie eine Ader, in der schwarzes Blut floss, wie eine Ader, die das umliegende Land mit dem Bösen vergiftete.

»Fang an, Michael«, rief Kriminalrat Bruns.

Dem dienstältesten Beamten KHK Michael Hardt waren die Ergebnisse zugetragen worden. Er hatte eine Vorauswahl getroffen und würde nun einen Überblick geben. Er stand hinter dem Pult und kreiste mit einem roten Laserpointer die Ortschaft ein.

»Das ist Neuhaus«, sagte er. »Die Oste fließt vorbei, kurz

bevor sie in die Niederelbe mündet. Der historische Hafen liegt zurückversetzt an der Aue, einem ehemaligen Priel, und an der Rönne. Beide speisen die Oste. Es gibt viel Wasser, der Schiffsbau hat Tradition. Die Werft Neuhaus ist noch aktiv. Gleich daneben befindet sich die Bootslagerung Lühmann. Wir konnten die Mitarbeiter beider Betriebe als Entführer ausschließen.«

»Warum die Karte?«, rief Kriminalrat Bruns.

»Im Ort gab es einen weiteren Schiffsbauer. Hardy Schulte. Verstarb im Jahr 1989 überraschend. Das Firmengelände befindet sich in der Baumgruppe, die ich hier einkreise. Es hat über die Slipanlage und den Anleger einen direkten Wasserzugang. Seit damals liegt das Grundstück brach, aber im Internet haben wir ein Foto der Werkstatthalle gefunden. Der Dorfchronist hat es auf seiner Homepage veröffentlicht. Daher wissen wir, dass das Gebäude über ein Rolltor verfügt.«

»Ein Rolltor! Klingt schon mal gut. Wer ist der heutige Eigentümer?«

»Jetzt wird's interessant. Erbin war die Ehefrau Christine Schulte. Nach ihrem Tod ging das Eigentum auf den gemeinsamen Sohn Arndt Schulte über. Ich … also wir sind davon überzeugt, dass er unser Mann ist.«

»Habt ihr ein Foto? Wir brauchen ein Foto.«

»Ja, haben wir. Er versteckt sich nicht, er zeigt sich gerne in verschiedenen Posen. Dieses Profilbild stammt aus den sozialen Netzwerken.«

Lena blieb keine Zeit, um sich vorzubereiten. Im nächsten Moment starrte sie auf das Gesicht eines ungefähr vierzig Jahre alten Mannes, der mit einer verfilzten Wollmütze, einer sonnenverbrannten Nase und einem dunkelblonden Vollbart in die Kamera grinste. Er trug einen Segleranorak, darunter einen Fleecepulli. Im Hintergrund wogte und schäumte die graue See.

Arndt Schulte sah aus wie ein erfahrener Segler, der auch schwierigste Bedingungen meisterte. Er strahlte eine Verwegenheit aus, die ihn sicherlich für viele Frauen attraktiv machte.

Lena kaute auf ihrer Unterlippe und verglich das Foto mit

ihrer Erinnerung an den Entführer. Angenommen, beide Männer waren identisch, dann stammte das strohige Haar nicht von einer Perücke, sondern war auf den Einfluss von Salzwasser, Wind und Sonne zurückzuführen. Auch die blauen Augen und der Bart wären echt.

Seltsamerweise löste die Aufnahme nichts in ihr aus. Weder positive noch negative Assoziationen. Kein Gefühl! Verdrängte sie, was er ihr angetan hatte? Blockierte ihr Gedächtnis emotionale Regungen, um einen Schock zu verhindern?

Als sie merkte, dass die Kollegen sie anstarrten und auf eine Reaktion warteten, sagte sie: »Zu neunzig Prozent, aber irgendetwas ist komisch …«

»Neunzig Prozent?«, sagte Bruns. »Also besteht die Chance, dass er es nicht ist?«

»Das war noch nicht alles«, rief KHK Michael Hardt und klickte zur nächsten Aufnahme, die Arndt Schulte beim Flicken einer Fischreuse zeigte. Er trug einen Norwegerpulli, hantierte mit einer dicken Nadel und grobem Garn. »Hat er ebenfalls in den sozialen Medien gepostet. Wir haben seine Hände auf das Zwanzigfache vergrößert. Hier das Ergebnis.« Es erschien das nächste Bild.

»Ja«, rief Lena sofort. »Ich erkenne den Stumpen des kleinen Fingers wieder. Diese schräge Narbe! Sie befand sich nur wenige Zentimeter von meinen Augen entfernt. Kein Zweifel! Dieser Mann hat mich betäubt und entführt.«

Ein Beamter, der vor Anspannung den Kopf vorgereckt gehalten hatte, ließ sich mit einem Seufzen zurück in die Stuhllehne sinken.

Kriminalrat Bruns erhob sich mit einem Ruck. Er nickte so heftig, dass seine Wangen und das Doppelkinn in Bewegung gerieten. Mit glänzenden Augen blickte er die Anwesenden an. »Das war die positive Identifizierung einer Beamtin des Landeskriminalamtes, einer Kollegin. Wir müssen alles über Arndt Schulte in Erfahrung bringen. Kindheit, Beruf, Aufenthaltsort, Gewohnheiten, Verwandte und Bekannte. Schließen Sie die Ermittlungslücken und fassen Sie die Ergebnisse zusammen. Ich setze mich umgehend mit dem Staatsanwalt und dem SEK in Verbindung.«

Die Soko-Mitglieder strömten hinaus.

Lena blieb allein zurück. Sie hatte Arndt Schulte wiedererkannt, er war zweifellos der Entführer, aber ihre Reaktion irritierte sie. Sie verstand nicht, warum sie emotional so unbeteiligt blieb.

28

In der Nacht zog eine Regenfront über Scharhörn. Lena stand vor dem Wohncontainer, draußen auf dem Laufgitter, und stemmte sich gegen die Böen, die sie gegen das Stahlgeländer drückten. Tropfen klatschten auf ihren Kopf und liefen in Rinnsalen über ihr Gesicht.

Sie störte sich nicht an der Nässe, es interessierte sie auch nicht, dass sie fror. Stattdessen lauschte sie in die Finsternis, wo sich in das Prasseln und Heulen ein anderes Geräusch mischte. Es war so leise, dass sie sich vorbeugen musste, um es zu verstehen.

Da!

Ein anschwellendes Flüstern. Zuerst sanft und lockend, dann immer fordernder. Auch spürte sie eine dunkle Präsenz. War da jemand?

Eigentlich unmöglich. Als Umweltpraktikantin hauste sie allein auf der Vogelinsel. Wahrscheinlich hatte das Wispern und Raunen einen natürlichen Ursprung. Sollte sie trotzdem an die Wasserkante laufen?

Sie würde nur orientierungslos umherstolpern, ohne etwas zu erkennen. Ohne künstliche Lichtquelle war es stockduster am Strand.

Nein, da draußen wartete nichts als das Meer, mit seiner tödlichen Tiefe und mit dem Leichnam ihrer Schwester, der sich im Gezeitenstrom wälzte. Oder war es Jette, die ihr etwas mitteilte?

Schluss damit!, rief sich Lena zur Ordnung.

Wenn sie irgendeinen Hinweis hätte, dass sie keinem Hirngespinst aufsaß, würde sie nicht zögern und der Wahrheit auf den Grund gehen. Aber da war nichts.

Wütend stapfte sie zurück in die Behausung. Ihre Schwester war tot, sie konnte niemanden mehr rufen. Was für einen Unsinn fabulierte sie da zusammen?

Das Wasser lief an ihr herunter und hinterließ Pfützen auf den Feinsteinfliesen. Moment! Das war doch merkwürdig! In dem Wohncontainer gab es einen PVC-Belag. Der Boden musste ausgetauscht worden sein. Eine andere Erklärung fiel ihr nicht ein.

Suchend blickte sie sich nach etwas um, um die Lache aufzuwischen. Dabei bemerkte sie ihr Handy. Mit leuchtendem Display vibrierte es. Sie griff nach dem Apparat und nahm den Anruf entgegen. Am anderen Ende der Leitung war Kriminalrat Bruns.

»Wir sind so weit«, sagte er. »Wir können losschlagen. In einer halben Stunde kommt der Wagen. Mach dich bereit. Dieses Mal klappt es. Das verspreche ich dir.«

»Ihr wollt mich abholen?«, erwiderte sie. »Das geht nicht. Es ist Flut. Der Trecker kommt nicht durchs Watt.«

»Trecker? Hast du einen Clown gefrühstückt oder …? Lena, du bist nicht auf Scharhörn. Du bist in Hannover. Das ist dir doch klar, oder?«

»Ich dachte …«

»Hör zu! So geht das nicht weiter. Du wirst immer dünner, du musst regelmäßig essen, damit du zu Kräften kommst. Ich kann dir nicht immer Zimtschnecken mitbringen, du musst selber einkaufen.«

Wo soll ich hier einkaufen?, fragte sie sich verwirrt und sah sich um.

Sie erkannte eine gläserne Eckdusche. An der Wand befand sich ein Heizkörper mit weißen Rohren, zwischen denen Frotteehandtücher klemmten. Unter ihren nackten Fußsohlen spürte sie die rauen Fugen.

Wo bist du?, fragte sie sich. Hat er recht, oder redet er dir was ein?

Auf Scharhörn waren die Sanitäranlagen simpler – zumindest in ihrer Einbildung. Dieses Mobiliar ordnete sie ihrer Wohnung in der niedersächsischen Landeshauptstadt zu. Auch sonst sah sie allmählich klarer. Das Geräusch, das sie für trommelnden Regen gehalten hatte, stammte von dem prasselnden Brausestrahl. Der pfeifende Wind war nichts weiter als das Gebläse der Lüftung. Sie war die ganze Zeit hier gewesen und nicht im Wattenmeer. Offenbar hatte sie von Scharhörn geträumt und war dabei durchs Badezimmer gelaufen.

»Lena, bist du noch da?«, fragte Bruns. »Geht's dir gut? Willst du lieber zu Hause bleiben?«

»Nie und nimmer«, erwiderte sie und stoppte den Brausestrahl. »Und sei bloß pünktlich. Du weißt ja, wie ich bin, wenn ich rumsitze und warte«, sagte sie und beendete die Verbindung, bevor ihm weitere Zweifel an ihrem Geisteszustand kamen.

Sie massierte sich die Schläfen. Das war kein Flashback gewesen, aber normal war ihre Desorientierung auch nicht. Wahrscheinlich sollte sie die Therapie fortsetzen, doch Frau Dr. Hornschuh machte keinen vertrauenerweckenden Eindruck. Sie litt unter Aussetzern und verwechselte Namen.

Mit den Händen stützte Lena sich auf den Kanten des Waschtischs ab, schaute in den Spiegel und zuckte zusammen. Das durfte doch nicht wahr sein!

Jemand hatte eine Nachricht auf der beschlagenen Fläche hinterlassen; mit dem Finger hatte er Buchstaben in die feinen Tröpfchen geschrieben. Die Linien und Bögen verliefen bereits, aber noch waren sie entzifferbar.

»Mach die Augen auf«, las sie. »Dann erkennst du es. Jette.«

Lena spürte, wie ihr ein kalter Schauer den Rücken hinunterrieselte.

Für einen kurzen irrationalen Moment glaubte sie, dass sie es begriffen hatte. Es war ganz simpel. Die flüsternde Stimme aus ihrem Traum und diese Nachricht gehörten zusammen.

Sie stammten von ein und derselben Person. Ihre Schwester schickte ihr eine Nachricht aus dem Jenseits!

***

Fünfzehn Minuten später saß Lena angekleidet und mit feuchten Haaren am Küchentisch. Sie kontrollierte die Uhr. Ein Uhr morgens.

Grimmig schob sie das fünfte Knäckebrot mit Schokocreme in sich hinein. Sie würde so lange weiteressen, bis sie geerdet war. Sie war eine Vollblutrealistin und musste vernünftig bleiben. Für Jette! Sie war in dieser Welt umgebracht worden, in dieser Welt lief ihr Mörder frei herum, und in dieser Welt würde Lena ihn zur Rechenschaft ziehen.

Niemand außer ihr hielt sich in der Altbauwohnung auf – das hatte sie gecheckt. Die Nachricht musste also von ihr selbst stammen. Allein die Idee, dass ihr Unterbewusstsein mit ihrer toten Schwester kommunizierte und diese ihr eine Botschaft schickte, klang abstrus.

Trotzdem war die Mitteilung ein Fakt. Wie sollte sie mit ihr umgehen, wie sie verstehen? Als geistige Verirrung, als Denkanstoß oder als ernst zu nehmenden Hinweis?

Ihr Smartphone gab einen Signalton von sich. Lena vermutete, dass ihr Vorgesetzter die Ankunft des Wagens meldete, aber die Sprachnachricht stammte von Fischbek, dem Bassisten der ScheunenROCKer. Lena hatte ihn gebeten, bei Mickels Boot nach dem Rechten zu sehen.

Fischbek hieß eigentlich Markus Krause und war schon auf dem Gymnasium Warstade in ihrer Schülerband gewesen. Nicht weil er die Rockmusik so liebte oder den Rhythmus im Blut hatte, sondern weil er sich Chancen bei den Mädels ausrechnete. Die Gleichung ging nicht auf, seine Anziehungskraft blieb bei null. Trotzdem ließ er nicht locker. Seine heutige Frau lernte er bei einem Werkspraktikum kennen; er machte gleich Nägel mit Köpfen. Im Rekordtempo heiratete er sie und zeugte drei Söhne. Mittlerweile arbeitete er als Ingenieur bei Airbus.

Lena rief ihn an. »Moin«, sagte sie.

»Auch Moin«, erwiderte Fischbek. »Du bist wach? Und ich dachte, ich wäre der Einzige, der unter der Woche so spät noch unterwegs ist.«

»Hast du ihn getroffen?«

»Ich nicht, aber Eimi. Beim Tanken. Mickel hat ihm erzählt, dass er sich Urlaub nimmt. Mit seiner alten Triumph will er die Küste runterbrettern. Bis nach Holland, vielleicht sogar zu den Franzosen. Ist echt ein Ding, dass er die Maschine flottgekriegt hat. Die hat fünf Jahre im Schuppen gestanden. Mindestens. Ich habe ihm hundertmal gesagt, dass er die Originalteile nicht braucht, dass wir was schweißen können, aber …«

Sie redeten noch ein paar Minuten. Oder besser gesagt: Fischbek redete. Lena hatte ganz vergessen, wie viel er zu erzählen wusste, wenn er erst einmal in Fahrt kam. Das war einer der Gründe, weshalb er früher mit den Mädels Probleme hatte. Sie waren nicht zu Wort gekommen und hatten sich irgendwann nach einem anderen Gesprächspartner umgesehen.

Lena war sein Monolog ganz recht, so konnte sie mit einem Ohr zuhören und gleichzeitig die Information verarbeiten. Im Moment war sie einfach nur erleichtert, dass es für Mickels Abwesenheit eine Erklärung gab und ihm nichts passiert war. Trotzdem mussten sie miteinander sprechen, wenn er wiederauftauchte – so viel stand fest.

Als die Türklingel schellte, wollte sie sich bei Fischbek bedanken. Sie unternahm mehrere Versuche, ihn zu unterbrechen. Vergeblich! Sie kannte das schon, musste hartnäckig bleiben. Irgendwann klappte es.

»Tschüss, Fischbek. Und grüß mir deine Frau und die Rabauken«, sagte sie, steckte das Telefon weg und griff nach ihrer Jacke. Die Fahrt nach Neuhaus würde maximal drei Stunden dauern. Wahrscheinlich erfolgte der Zugriff in den frühen Morgenstunden.

29

Der Polizeitransporter rauschte durch die Nacht, als säße Lena in einer Raumkapsel. Sie war die Strecke schon zu so vielen Anlässen gefahren, dass Erinnerungen aufblitzten und vorüberzogen wie die beleuchtete Autobahntankstelle draußen. Es waren Erinnerungen an Fischbek, Eimi und Mickel, an die Auftritte der ScheunenROCKer, an die Weihnachtsfeiertage zu Hause, an die stillen Momente mit ihrer Mutter, an die Reibereien mit ihrem Vater und an das Verschwinden ihrer Schwester.

»Was habt ihr rausgefunden?«, fragte Lena.

Bruns saß ihr gegenüber, mit dem Rücken in Fahrtrichtung. Auf seinem Schoß hielt er ein aufgeklapptes Laptop und studierte das Foto eines Mordopfers, das sich in den Gläsern seiner Lesebrille spiegelte. Der Leichnam lag in einem Graben. Blutbefleckt und mit verdrehten Gliedmaßen. Zögernd legte Bruns einen Keks, in den er gerade beißen wollte, zurück in die Schachtel.

»Chef«, hakte sie nach. »Ich bin hier. Ich bin beim Zugriff dabei und bekomme sowieso alles mit. Dann kannst du es mir auch gleich erzählen.«

»Wir sind schon ziemlich weit mit der Recherche, aber es gibt noch einige Lücken in seiner Biografie«, erwiderte er und überlegte kurz. »Lücken in der Biografie – wie sich das anhört! Könnte ich auch gebrauchen.«

»Kommt sowieso alles raus. Das solltest du am besten wissen.«

»Damit muss man sich wohl abfinden, aber ein Geheimnis bleibt.«

»Jetzt machst du mich neugierig.«

»Es ist egal, wie alt du wirst. Es ist auch egal, wie viel Erfahrungen du sammelst. Am Ende ist man sich selbst das größte Rätsel.«

Ihr Vorgesetzter gab in letzter Zeit öfter solche Weisheiten von sich, das war auffällig. Lena überlegte, ob sie nachhaken sollte, aber sie wusste bereits, dass er ausweichend antworten würde. »Habt ihr Zeugen?«

»Seine frühere Lebensgefährtin. War sehr hilfreich. Ich habe über drei Stunden mit ihr telefoniert.«
»Und sie hinterher zum Stillschweigen verdonnert?«
»Erklärst du mir gerade meinen Job?«
»Oh! Ist mir rausgerutscht. Stammt aus meiner Zeit als Teamleiterin. Müsste dich doch freuen, dass ich so aufpasse. Glaubwürdig?«
»Mehr als das. Eine Bilderbuchzeugin. Sie ist Grundschullehrerin, mit einem Polizisten verheiratet und Mutter zweier Kinder. Spricht in grammatikalisch einwandfreien Sätzen, keine Einträge im Strafregister, leistet ehrenamtliche Telefonseelsorge. Besser geht's nicht.«
»Was hat sie über den Tatverdächtigen erzählt?«
»Geboren im Mai 1982. Beim Tod seines Vaters sieben Jahre alt. Seine Mutter überschüttete ihn mit Liebe, schenkte ihm ihre ganze Aufmerksamkeit, gleichzeitig fand er unter Gleichaltrigen keinen Anschluss. Ein Einzelgänger, der viel Zeit auf seiner Jolle und bei den Tieren auf der Weide verbrachte. In der Schule wurde er gehänselt. ›Schafsficker‹ und so was. Wir wissen, dass die Erhöhung durch die Mutter und Außenseitertum draußen eine Spannung erzeugen. Manche Menschen spornt sie zu Höchstleistungen an, bei anderen schlägt's ins Gegenteil um.«
»Und bei Arndt Schulte?«
»Er fiel vermehrt durch rücksichtsloses und destruktives Verhalten auf. Entwickelte sich zu einem Schulschwänzer und wurde bei der Polizei aktenkundig. Anfänglich waren es Ruhestörungen, Beleidigungen und Ladendiebstähle. Später kamen Sachbeschädigung, Körperverletzung und Brandstiftung hinzu. In Cadenberge klaute er ein Auto und verursachte einen Unfall. Eigentlich hätte er in den Jugendknast gemusst, er hatte schon einiges auf dem Kerbholz, aber bei der Verhandlung beschwatzte er den Richter. Seine Strafe wurde zur Bewährung ausgesetzt, und er kam mit Sozialstunden davon.«
»Typische kriminelle Karriere. Er hat sich gesteigert, stärkere Reize gebraucht. Mit der Verhandlung gab es einen möglichen

Wendepunkt, aber ich nehme mal an, dass er ihn nicht genutzt hat, oder?«

»Sieht so aus, ja.«

»Wie steht's um seine Intelligenz? Er muss clever sein, wenn er so lange unentdeckt bleibt.«

»Besuchte das Otterndorfer Gymnasium bis zur zehnten Klasse. Seine frühere Lehrerin bescheinigte ihm eine schnelle Auffassungsgabe, künstlerisches und musikalisches Talent. Er soll verstörende Aquarelle gemalt haben. Das Abitur hätte er bestanden, wenn die Fehlzeiten, sein zunehmender Jähzorn und andere Verfehlungen nicht zum Problem geworden wären.«

»Was für Verfehlungen?«

»Die Lehrerin ging nicht ins Detail, aber in der Pubertät entwickelte er sich vom verhätschelten und sozial ausgegrenzten Einzelkind zu einem Teenager, der Hanteln stemmte, anderen Prügel androhte und Mitschüler manipulierte. Das Kollegium betrachtete ihn als Anstifter verschiedener Vergehen. Auf einer Klassenfahrt kam es zum Eklat. Eigentlich sollte er von der Schule fliegen, aber er ging freiwillig. Man vereinbarte Stillschweigen, im Gegenzug wurde ihm die Mittlere Reife zuerkannt.«

»Da solltet ihr nachhaken. Wäre interessant, was da passiert ist.«

»Sind wir dran, und wir haben uns auch sonst umgeschaut. Im Sommer 1998 war Arndt Schulte sechzehn. In Belum, dem Nachbardorf von Neuhaus, wurde die gleichaltrige Julia Wächter nach dem Schützenfest erdrosselt und vergewaltigt aufgefunden. Der Täter hinterließ keine DNA-Spuren. Der Fall schlug hohe Wellen. Im Fokus der Ermittlungen stand ihr Freund, ein achtzehnjähriger Jungbauer. Wurde mehrmals vernommen, aber es gab Zweifel an seiner Schuld. Für eine Anklage reichten die Indizien nicht aus.«

»Jetzt erinnere ich mich wieder. Ich habe was über den Fall gelesen. Irgendwann brachte die Ermittlungsgruppe den großen Unbekannten ins Spiel und veranlasste eine Öffentlichkeitsfahndung.«

»Genau. Die blieb ohne Erfolg, obwohl zahllose Hinweise

eingingen. Vielleicht bekommt der Unbekannte nun ein Gesicht. Julia Wächter besuchte nämlich das Otterndorfer Gymnasium und ging in Arndt Schultes Parallelklasse. Wir können davon ausgehen, dass sie sich kannten.«

»Ach nee!«

»Damals könnte er zum ersten Mal eskaliert sein«, fuhr Bruns fort. »Vielleicht geschah es spontan, vielleicht testete er, wie weit er gehen konnte. Wenn Schulte es war, dann hat er in jungen Jahren gelernt, dass er mit einem Mord davonkommt.«

»Passt Julia Wächter ins Opferschema?«

»Warte mal!«, erwiderte Bruns, schaltete die Lampe im Dachhimmel an und zog aus der neben ihm liegenden Mappe ein Bild, um es ihr herüberzureichen.

In den Seitenfenstern spiegelten sich seine weißen Hemdsärmel und näherten sich ihr, in der Windschutzscheibe spiegelten sich die ausgestreckten Arme des Fahrers.

Lena sah plötzlich Männer. Männer, die ihre Hände nach ihr ausstreckten, sie packten, die Ellenbogen und Knie runterdrückten, sie fesselten und knebelten. Das war nicht der Entführer, nicht Arndt Schulte, das war in einer Einrichtung, vielleicht einer Psychiatrie, das war …

Sie schüttelte heftig den Kopf, atmete schnell, viel zu schnell, hyperventilierte fast. Das sind Spinnereien, sagte sie sich. Quatsch, der dir das Gehirn vernebelt. Du halluzinierst! Er hat allein gehandelt. Allein, allein, allein. Das waren seine Hände. Dutzendfach. Hundertfach. Überall auf …

Hektisch fasste sie nach den Drumsticks, aber sie steckten nicht im Gürtel. Sie hatte sie in der Wohnung gelassen.

Verdammt!

Bruns sprach zu ihr, aber sie verstand ihn nicht, konnte nur sehen, wie er die Lippen bewegte.

Sie durfte nicht zusammenklappen, musste Gegenmaßnahmen ergreifen, darauf pfeifen, was die anderen dachten.

Also sang sie aus voller Kehle »Song 2« von Blur: »Woo-hoo / Woo-hoo / Woo-hoo / Woo-hoo / I got my head checked / By a jumbo jet …« Sie spielte in der Luft Schlagzeug, malte sich den scheppernden Gitarrensound aus, nickte die Bass-Melodie am Ende des Refrains mit. Sie kämpfte darum, in den Flow zu kommen, klammerte sich an Takt und Rhythmus.

Sie wollte nicht abdriften ...
sie wollte hierbleiben ...
hierbleiben ...
hierbleiben ...

30

Als Lena das Lied beendet hatte, befand sie sich immer noch im Polizeitransporter, der durch die Nacht rauschte. Wegen des Gesangs schnappte sie nach Luft, aber ihr Atem flachte bereits ab. Sie hatte sich wieder im Griff. Im Rückspiegel traf sie auf die Augen des Fahrers. Er starrte sie an.

Kriminalrat Bruns hielt den Kopf zurückgezogen, so als wollte er den Abstand zu ihr vergrößern. Sein Mund stand so weit offen, dass man die Abriebspuren an den unteren Backenzähnen ausmachen konnte.

So fassungslos hatte sie ihn noch nie gesehen. »Nun guck nicht so«, sagte sie. »Ist wieder gut. Das war nur ... Ich bin wieder in Ordnung.«

»Mien Deern! Lena!«, brachte er heraus.

»Kann ich die Kekse haben? Ich muss regelmäßig essen. Das hat mir mein Chef empfohlen.«

»Jaja. Bediene dich! Brauchst du sonst irgendwas? Ich meine ...«

»Das Foto von Julia Wächter. Ich möchte prüfen, ob sie ins Opferschema passt. Gibst du es mir?«

»Weißt du, manchmal kommt man an einen Punkt, da geht es nicht weiter, da muss man ehrlich zu sich sein und das einzig Richtige tun.«

»Sobald wir den Kerl haben, setze ich die Therapie fort. Das verspreche ich dir. Gibst du mir jetzt das Bild?«

Endlich reichte er es herüber. Lena konzentrierte sich mit aller Kraft auf ein schlankes Mädchen, das am gedeckten Frühstückstisch stand. Sie trug einen Kopfhörer mit einem schmalen Stahlbügel über ihrem glatten braunen Haar. In den Händen hielt sie einen CD-Walkman. Ein strahlendes Lächeln ließ ihr Gesicht leuchten.

»Das Foto zeigt sie am Morgen ihres sechzehnten Geburtstags im April 1998, zwei Monate vor ihrem Tod«, sagte Bruns und schluckte mehrmals. »Der CD-Player war ein Geschenk ihrer Eltern. Sie ist von zierlicher Statur, hat einen dunklen Teint und wirkt jung. Sie soll sehr lebhaft und extravertiert gewesen sein. Damit erfüllt sie die wesentlichen Kriterien.«

»Zwischen dem Mord an Julia und dem Beginn der Serie vergingen gut zwanzig Jahre. Eigentlich legen Serientäter nach der ersten Tat alle Hemmungen ab und töten weiter. Warum war er so lange untätig?«

»Bist du wirklich okay? Die Gesangseinlage ... die war ... die war schräg. Ich meine, so kenne ich dich gar nicht, so habe ich eigentlich noch niemanden erlebt.«

»So kenne ich mich auch nicht, aber ich lass mir helfen. Versprochen! Das hängt mit meinem Kopf zusammen, sagt die Ärztin. Momentan geht's mir gut. Glaub mir bitte.«

Bruns räusperte sich. »War das ein Flashback? Bei der Besprechung hast du gesagt, dass du möglicherweise neue Erkenntnisse beisteuern kannst. Was hast du gesehen?«

Lena stutzte. »Mehrere Männer, die mich auf eine Bahre niederdrückten, um ...«

»Um was?«

»Ob es ein Flashback oder etwas anderes war, weiß ich nicht, aber solche Eingebungen sind mit Vorsicht zu genießen. Der Wahrheitsgehalt schwankt.«

»Sonst hast du nichts gesehen?«

»Nein.«

»Ich weiß nicht, was du mit deiner Trommelei bezweckt hast, aber du darfst diese Bilder nicht unterdrücken. Wir brauchen die Informationen.«

»Dir ist schon klar, dass ich dann … Ich meine, es ist überhaupt nicht abzusehen, wie ich in einem solchen Zustand drauf bin.«

»Na und? Dann verlierst du eben die Kontrolle.«

»Und du fängst mich auf?«

Im Zwielicht des Fonds nickte er. »Ich und die Ärzte.«

Lena schnaufte. Sie wollte sich gar nicht ausmalen, was sie für ein Bild abgeben und wie die Reaktion der Kollegen ausfallen würde. »Okay. Aber lass mich nicht hängen, ja?«

»Werde ich nicht. Du wolltest wissen, warum Arndt Schulte so lange untätig war. Das ist eine der Lücken, die wir füllen müssen. Momentan können wir nur spekulieren. Vielleicht erschrak er über sich selbst, vielleicht verfügte er über genügend Selbstbeherrschung, um die polizeilichen Ermittlungen abzuwarten. Auf jeden Fall wissen wir, dass er sich ab 1999 in verschiedenen lockeren Beziehungen befand. Das ging mehrere Jahre so. Vielleicht lebte er sich so weit aus, dass er seinen Trieb kontrollieren konnte.«

»Dann war unsere Zeugin, die Lehrerin, seine erste feste Partnerin?«

»Genau.«

»Was hat sie erzählt?«

»Sie war sechsundzwanzig, als sie ihn kennenlernte. Sie hatte ihr Studium gerade abgeschlossen und war neu an der Schule. Oft fühlte sie sich einsam, deshalb suchte sie Anschluss. Er soll charmant gewesen sein und sie mit Geschenken umworben haben. Auch nahm er sie zu Segeltörns nach Helgoland und Dänemark mit. Zuerst wusste sie nichts von den Gerüchten. Als eine Bekannte sie warnte, hielt sie die Geschichten für übertrieben. Damals dachte sie, dass die Frau eifersüchtig war. Sie konnte sich nicht vorstellen, dass ein so netter Mann gefährlich werden könnte. Außerdem vertrat sie die Ansicht, dass jeder eine zweite Chance verdient hätte. Heute bezeichnet sie sich als naiv und wirft sich vor, dass sie nicht früher durchschaut hat, wie er ihre Bedürftigkeit ausnutzte.«

Kriminalrat Bruns trank einen Schluck Kaffee aus einem

Thermobecher und verzog den Mund. Offenbar war er kalt und bitter geworden.

Lena zermahlte einen Cookie nach dem anderen zwischen den Zähnen. Informationen hin oder her. Die Soko hatte eine Zielperson identifiziert, und sie wollte beim Zugriff dabei sein. Deshalb musste sie sich erden, das hatte heute schon einmal mit Hilfe von Knäckebrot und Schokocreme geklappt.

»Zu Beginn der Beziehung gab es nicht die geringsten Anzeichen von Gewalttätigkeit«, fuhr Bruns fort, »bis Arndt Schulte zum ersten Mal mit der Faust zuschlug. Natürlich tat es ihm leid. Wir kennen das. Er weinte, schwor, dass er es nie wieder tun würde, aber mit der Zeit wurde er immer brutaler. Auch sonst nahm er sich, was er wollte. In jeder Hinsicht. Allmählich zeigte sich, worauf es ihm ankam.«

»Worauf?«

»Er wollte sie demütigen. Stundenlang musste sie nackt auf einem Küchenstuhl sitzen. Aufstehen, essen und trinken verboten. Konnte sie ihre Notdurft nicht halten, bestrafte er sie auf eine Weise, die sie nicht erläutern wollte. Anscheinend verdeutlichte er so, dass er sie kontrollierte. Er genoss es, ungestraft böse zu sein. Seine Dominanz führte dazu, dass sie sich immer wertloser fühlte.«

»Das beantwortet wohl die Frage, warum sie sich die Behandlung gefallen ließ.«

»Ja, wir wissen, welche Dynamiken in solchen Beziehungen entstehen. Hinzu kam, dass er ihr drohte, sie umzubringen, falls sie ihn verlassen sollte. Die Liaison dauerte vier Jahre, und dreieinhalb verbrachte sie in Todesangst.«

»Wie kam sie da raus?«

»Eines Morgens stieß sie in seiner Tasche auf eine schwarze Sturmhaube, ein langes Bowiemesser und ein Herrenmagazin. Er hatte die Gesichter der Nacktmodelle zerkratzt, die Gliedmaßen abgeschnitten und zu scheußlichen Collagen zusammengeklebt. Auf die Haut malte er klaffende Wunden. Der Anblick machte ihr klar, wovon er phantasierte und was sie erwartete, wenn sie mit ihm zusammenblieb. Noch am selben Tag ging sie zur Polizei. Dort lernte sie ihren heutigen Mann kennen, der sie vor Arndt Schulte beschützte.«

»Das hat er sich gefallen lassen?«

»Ihr Mann ist Polizist und kann sehr überzeugend auftreten. Aber sie hat immer noch Alpträume. Wenn sie alleine unterwegs ist, sucht sie mit den Augen die Büsche ab. Sie fürchtet, dass Schulte ihr auflauert und sie bestraft.«

»Hat sie noch etwas Belastendes ausgesagt?«

»Sie hat bestätigt, dass ihm die Kuppe des rechten kleinen Fingers fehlt. Er hat sich die Verletzung bei einem Segelunfall zugezogen.«

»Ein Lebenslauf wie aus dem Lehrbuch.«

»Ja. Er ist unser Mann. Er ist der Gezeitenmörder. Davon bin ich überzeugt«, sagte Bruns und wandte sich dem Laptop zu, dem Bild vom Fundort des Mordopfers, das sich in seiner Brille spiegelte. War es Julia Wächter? Was faszinierte ihn so an der Darstellung, dass er sie minutenlang anstarrte?

Lena rechnete es ihm hoch an, dass er alle Informationen mit ihr teilte. Wenn sie an seiner Stelle wäre und als Einsatzleiterin die Verantwortung trüge, hätte sie an einer Raststätte oder Tankstelle halten lassen und die »Irre« rausgeworfen. Mit ihrer Gesangseinlage hatte sie bewiesen, dass sie ein Sicherheitsrisiko darstellte. Die Informationen aus ihren Flashbacks ließen sich auch in der Forensischen Psychiatrie gewinnen. Warum durfte sie weiter im Transporter sitzen?

Grübelnd schaute sie aus dem Seitenfenster und sah die vorbeifliegende Leitplanke. Dahinter lauerte die Dunkelheit. Es war unmöglich, zu erkennen, was sich auf den finsteren Weiden verbarg.

31

Bei der Einsatzbesprechung fühlte sich Lena wie ein ungebetener Zaungast. Die SEK-Beamten würdigten sie keines Blickes, redeten um sie herum, als wäre sie ein Pfosten, der gerade im Weg stand. Unmissverständlich wurde ihr signalisiert, dass sie nur das Anhängsel des Leitenden war. Ohne Nutzen für den Erfolg des Zugriffs.

Gut, dass bei diesem schummrigen Licht niemand sah, wie gekränkt sie war. Ahnten die Kerle nicht, wie viel Kraft es sie kostete, hier zu sein? Sie wollte kein Mitgefühl, aber Respekt.

Normalerweise hätte sie ein paar saftige Bemerkungen vom Stapel gelassen, aber es ging um die Festnahme des Gezeitenmörders. Alles musste sich der Erreichung dieses Ziels unterordnen. Deshalb stellte sie ihr persönliches Empfinden zurück und schluckte ihre Enttäuschung hinunter.

Es war vier Uhr morgens. Die Einsatzkräfte hatten sich an einer sichtgeschützten Stelle versammelt, die in Neuhaus zwischen dem Adventure Fungolfpark und der Oste lag. Der Fluss wälzte sich bleiern vorüber. In dem benachbarten winzigen Waldstück zwitscherte, piepste und jubilierte es. Die Vögel sangen so hingebungsvoll, als wüssten sie, dass ihre Zeit bald ablief.

In der dünnen Windjacke fror Lena, aber sie unterließ es, sich über die Arme zu reiben oder auf der Stelle zu treten. Sie war aus gutem Grund hier.

In der Vergangenheit waren Fehler gemacht worden. Und die letzten Stunden hatten sie in dem Verdacht bestärkt, dass es bei den Ermittlungen nicht mit rechten Dingen zugegangen war. Anders konnte sie es sich nicht erklären, warum die Soko Gezeitenmörder – eine so große, qualifizierte und mit erheblichen finanziellen Mitteln ausgestattete Truppe – nicht früher auf Arndt Schulte gestoßen war.

Als Lena von einem solariumsgebräunten, muskelbepackten SEK-Beamten – absichtlich oder unabsichtlich – einen Schubs erhielt und einen Ausfallschritt nach hinten unternehmen musste, presste sie die Lippen zusammen und zwängte sich sofort zurück an den Lagetisch, der von zwei Rotlichtlampen erhellt wurde. Sie würde sich kein Detail entgehen lassen, sie würde jedes Wort registrieren, damit sie später einschätzen konnte, ob die richtigen Entscheidungen getroffen wurden.

Vor ihr ausgebreitet lag ein großformatiges Satellitenbild. Auf ihm waren der Hafen, die alte Werft und das umliegende Gelände abgebildet. Mit farbigen Filzstiften waren Linien, Pfeile und Kreuze eingezeichnet, die Positionen, Laufrichtungen und Schussfelder markierten.

»Schultes Pkw, ein blauer Peugeot 307 SW, parkt mindestens seit gestern Abend auf dem Rangierplatz vor der Halle«, sagte der Kommandoführer. Er war Ende vierzig, hatte die drahtige Figur eines Langstreckenläufers und das schmale, starre Gesicht eines Fanatikers. Die blauen Augen blickten stechend drein. Seine Worte betonte er präzise. »Ob sich die Zielperson derzeit in den Räumlichkeiten aufhält, konnten die Späher nicht feststellen.«

»Gibt es Anzeichen dafür, dass sich noch weitere Männer auf dem Gelände befinden?«

»Wie kommen Sie darauf?«

»Wir haben einen Hinweis, dessen Wahrheitsgehalt aber unklar ist.«

Lena fragte sich, ob er damit ihre Vision von den Männerarmen meinte, die sie fixiert hatten. Es sprach für Bruns, dass er das in Betracht zog.

»Höchstwahrscheinlich nicht«, antwortete der Kommandoführer, »aber zum jetzigen Zeitpunkt ist noch alles möglich.«

Bruns nickte nachdenklich. »Arndt Schulte verfügt weder über einen Waffenschein noch über eine Waffenbesitzkarte. Allerdings könnte er sich illegal ein Schießeisen besorgt haben. Außerdem haben Armbrüste und Bögen mittlerweile eine vergleichbare Durchschlagskraft. Auch Tretfallen sind denkbar ...«

»Tretfallen?«, fragte der Kommandoführer skeptisch.

»Ja, genau. Ich sage das so ausdrücklich, weil ich will, dass Sie vorsichtig und auf alles vorbereitet sind. Das Gefährdungspotenzial ist hoch. Auf den Mann wartet eine lebenslange Freiheitsstrafe. Plus Sicherungsverwahrung. Er hat viel zu verlieren und wird uns nicht mit Handschlag begrüßen. Sie müssen mit erheblicher Gegenwehr rechnen.«

»Okay. Verstanden.«

»Erkennbare Überwachungsvorkehrungen?«

»Vier kabellose Flutlichtkameras mit integrierter Sirene im Außenbereich«, erwiderte der Kommandoführer und deutete auf die Karte. »An der Halle, hier; am Wohnhaus, hier; am Lagerschuppen, hier; und leicht versteckt an einem Baum, hier. Alle Himmelsrichtungen sind abgedeckt. Werden durch Bewegung aktiviert. Die Sirenen schrillen wahrscheinlich nicht. Auf dem Areal sind Wildtiere unterwegs, die übers Wasser kommen, und er will unnötige Aufmerksamkeit vermeiden. Allerdings wird garantiert ein Alarm auf dem Steuergerät ausgelöst. Kann sein, dass er sofort über unser Eindringen informiert wird.«

»Gegenmaßnahmen?«

»Der Techniker schaltet den Hausstrom ab, aber das wird nicht viel bringen. Die Kameras verfügen über Akkus, ihre Steuerung erfolgt übers Handy. Deshalb schlage ich vor, dass wir die Liveaufnahmen durch gezielte Schüsse beenden, dann kann er nicht verfolgen, wie viele wir sind und aus welcher Richtung wir kommen. Wir nutzen das Überraschungsmoment.«

»Wie sieht der Zugriffsplan aus?«

»Drei Einheiten. Team Alpha, Beta und Gamma. Ich führe das erste Team an. Wir nähern uns aus nördlicher Richtung, hier an dieser Stelle; aus westlicher Richtung, hier; und aus östlicher Richtung, hier. Das Grundstück ist durch einen drei Meter hohen Maschendrahtzaun geschützt. Wir verschaffen uns Zugang zu dem Gelände und durchkämmen gleichzeitig das Wohnhaus, die Montagehalle und das Materiallager. Unser Vorgehen wird abgesichert durch zwei Präzisionsschützen, die sich hier und hier postieren. Beiden bietet sich ein Schussfeld von hundertachtzig Grad.«

»Zu risikoreich«, sagte Lena.

»Was?« Der Kommandoführer drehte ihr ruckartig den Kopf zu und stierte sie mit schmalen Lippen an. Dann wandte er sich an Kriminalrat Bruns. »Muss das sein? Das ist kein Kaffeekränzchen. Wir müssen zuschlagen, solange es noch dunkel ist.«

Bruns blieb unbeeindruckt. »Nur zu«, ermunterte er Lena.

»Ich kenne die Gegend. Auf diesem Satellitenbild sieht man

nicht, dass entlang der Aue und entlang des Hafens ein Deich verläuft. Wenn sich das Team an der eben gezeigten Stelle aus nördlicher Richtung dem Werftgelände nähert, kann es möglicherweise vom Wohnhaus aus bei der Überquerung gesehen werden.«

»Ach so?«, sagte Bruns und beugte sich tiefer über die verpixelte Satellitenaufnahme.

Der Kommandoführer verschränkte die Arme über der Brust. »Wir sind keine Anfänger.«

»Nein«, bestätigte Bruns. »Sie sind sehr erfahren, aber den Deich sieht man tatsächlich nicht. Und wenn die Topografie so ist, wie die Kollegin sagt, sollte sich das Team Gamma nicht so nah am Zielobjekt exponieren. Suchen Sie sich einen anderen Weg zur Annäherung. Einen Weg, der mehr Deckung bietet.«

»Jawohl«, sagte der Kommandoführer hart.

»Danke für den Hinweis«, sagte Bruns an Lena gewandt.

Die nickte nur und spürte die feindseligen Blicke der SEK-Beamten. Sie hatte es gewagt, die Expertise des Anführers in Frage zu stellen. Zwei der Männer blickten neutral drein. Sie hatten vielleicht begriffen, dass sie auf ihrer Seite stand und nur zum Gelingen beitragen wollte.

»Was ist mit dem Wasserweg?«, fragte Bruns.

»Riegeln wir mit dem Festrumpfschlauchboot ab«, erwiderte der Kommandoführer. »Das wäre dann Ihr Part, Herr Kriminalrat. Zusammen mit einem Präzisionsschützen im Bug und dem Bootsführer beziehen Sie im Schilf Stellung.«

»Hmh«, sagte Bruns und fasste sich ans Kinn. »Solide. Gefällt mir. So machen wir es. Unser Ziel ist es, Arndt Schulte lebend in Gewahrsam zu nehmen und das Gelände zu sichern, aber ich sag es klar und deutlich: Die Gefährdungslage ist hoch, ich will keinen Mann verlieren. Im Zweifelsfall gehen Sie kein Risiko ein.«

»Jawohl«, erwiderte der Kommandoführer und entfernte sich umgehend mit den anderen SEK-Beamten.

»Du fährst mit mir«, sagte Bruns zu Lena. »Wir treffen uns gleich am Ufer. Ich muss vorher noch die beiden Notarztteams einweisen. Sie wissen noch nicht, wo sie den Zugriff abwarten sollen.«

»Ja, mach nur«, erwiderte Lena und lief über das Gelände, um vielleicht bei den Kriminaltechnikern einen warmen Tee zu erbeuten.

Auf dem Boden knieten die beiden Präzisionsschützen vor aufgeklappten Gewehrkoffern und setzten mit geübten Handgriffen die Waffen zusammen. Die Angehörigen der Einsatzteams versammelten sich vor den offenen Türen der schwarzen Mercedes-Vans, die sie hergefahren hatten und gleich zu den Ausgangspunkten bringen würden. Ein Mann schenkte aus einer Thermoskanne eine dampfende Flüssigkeit in verschiedene Becher, andere wickelten ein belegtes Brot aus der Frischhaltefolie.

Der Kommandoführer befand sich unter seinen Leuten. Als er Lena bemerkte, drehte er sich demonstrativ weg.

32

Der Morgen dämmerte bereits, als das Festrumpfschlauchboot raschelnd in den Schilfgürtel glitt und auf Grund stieß. Ein steter Westwind raute die Wasseroberfläche auf, sodass der Schwimmkörper etwas schaukelte. Leise tuckerten die Außenbordmotoren im Leerlauf. Im Fußraum roch es nach Benzin, beim Tanken war ein Schwall danebengegangen.

Lena presste den linken Arm eng an den Oberkörper, um neben Kriminalrat Bruns genügend Platz auf der Sitzducht zu finden. Unter ihrer Achsel kniff die Schutzweste, die sie nur ungern trug, weil sie so schwer und unbequem war. Im Bug kauerte ein Präzisionsschütze in Kampfmontur. Er hielt den Lauf des Gewehrs auf das Werftgelände gerichtet, das sich hinter der Biegung verbarg.

Lena hasste die Rolle der Beobachterin. Sie hatte schon viele Zugriffe des SEKs miterlebt. Dreimal war sie selbst an der Erstürmung beteiligt gewesen. Auch heute fühlte sie sich in der Lage, eine Rolle zu spielen, aber die Gegenargumente wogen schwer. Zerknirscht fand sie sich mit der Situation ab. Zumindest vorerst!

»Hier Leitung«, raunte ihr Vorgesetzter ins Funkgerät. »Der Fluchtweg übers Wasser ist abgeriegelt. Nehmen Sie jetzt die Ausgangspositionen ein.«

»Hier Alpha eins. Verstanden.«

Auch die Anführer der beiden anderen Teams bestätigten. Drei Einheiten näherten sich aus unterschiedlichen Richtungen dem Grundstück. Die Präzisionsschützen meldeten, dass sie auf dem Weg zu ihren Verstecken waren.

Kriminalrat Bruns zwinkerte Lena zu. Er wollte souverän wirken, aber sein linker Fuß wippte unablässig auf und ab, verriet seine Anspannung.

»Hat er eigentlich ein Boot?«, flüsterte Lena.

»Was?«, erwiderte Bruns.

»Eine Hypothese lautet, dass der Gezeitenmörder auf dem Wasser unterwegs ist, weil er die Opfer nach Volksfesten in Hafenstädten aufliest. Arndt Schulte wohnt auf einem stillgelegten Werftgelände, aber hat er aktuell auch ein Boot?«

»Er besitzt sogar zwei. Eine Segelyacht liegt im Hafen an der Oste, und ein Kajütmotorboot, die ›Christine‹, ist am Steg auf dem Werftgelände festgemacht. Mit der ›Christine‹ war er in einer Wilhelmshavener Marina registriert, als das Wochenende an der Jade stattfand und die Erzieherin Ayleen Adanir verschwand.«

»Das ist kein Zufall!«

»Nein. Wir checken gerade alle relevanten Häfen für die anderen Zeiträume.«

»Wie finanziert er seinen Lebensunterhalt?«

»Früher war er Türsteher.«

»Das ist ja der ideale Job! Er entscheidet, wer reindarf und wer draußen bleibt. Eine Machtposition, die gleichzeitig seine Anziehungskraft auf Frauen steigert. Wieso nur früher? Eine solche Stellung schmeißt der garantiert nicht hin.«

»Vielleicht ist was vorgefallen. Seinen Arbeitgeber, einen Discobetreiber aus Bremerhaven, können wir nicht mehr fragen. Er hat Ecstasypillen wie Fruchtdrops gelutscht und leidet an einer chronischen Psychose. Aber wir bleiben dran. Seit einigen Jahren verdient Arndt Schulte sein Geld, indem er Segelboote überführt. Soll lukrativ sein, wenn man über ein Netzwerk verfügt.«

»Hier Gamma drei«, meldete sich eine knisternde Stimme aus dem Funkgerät. »Ich habe soeben den Hausstrom abgeschaltet und begebe mich jetzt zum Einsatzteam.«

»Hier Leitung«, erwiderte Kriminalrat Bruns. »Verstanden.«

Lena hatte noch viele Fragen zu Arndt Schulte, unterließ aber weitere Nachforschungen. In wenigen Minuten würde der Zugriff erfolgen. Was die Männer erwartete, konnte niemand voraussehen. Bei der Lagebesprechung waren einige Punkte offengeblieben. Die SEK-Beamten würden situationsabhängig agieren. Es war besser, wenn sich alle Beteiligten, auch Kriminalrat Bruns, mental vorbereiteten.

Sie atmete die Morgenluft tief ein und beobachtete, wie sich der Himmel zartrosa färbte. Flirrendes Gold umrahmte einige Wolken, die ostwärts trieben.

»Hier Alpha eins«, meldete sich der Anführer des ersten Teams über Funk. »Haben ein Loch in den Maschendrahtzaun geschnitten. Können losschlagen.«

»Hier Beta eins. Sind ebenfalls fertig.«

»Hier Gamma eins. Sind vollzählig und einsatzbereit.«

»Hier Präzisionsschütze eins, Stellung bezogen. Bereit, um zwei Überwachungskameras auszuschalten.«

»Hier Präzisionsschütze zwei, ebenso.«

»Hier Leitung«, sagte Kriminalrat Bruns. »Hiermit autorisiere ich den Zugriff. Alpha eins bestimmt den Ablauf und den Startzeitpunkt.«

»Hier Alpha eins. Verstanden. Präzisionsschützen eins und zwei: Feuer frei.«

»Hier Präzisionsschütze eins, zwei Treffer.«

»Hier Präzisionsschütze zwei, Überwachung ausgeschaltet.«

»Hier Alpha eins an die Teams. Bereit machen zum Zugriff.«
Lena spürte, wie ihr Herz schneller schlug. Aus eigener Erfahrung wusste sie, was in den Männern vorging. Sie blendeten alles Störende aus, konzentrierten sich auf den nächsten Handgriff. Routiniert führten sie die vollen Magazine in die Waffenschächte und luden die Pistolen, die Maschinenpistolen und die Repetierflinten, die zur Öffnung der Holztüren dienten, fertig. Die Tätigkeiten wurden von metallischem Scharren und Klicken begleitet. Die vertrauten Geräusche signalisierten ihnen, dass ein Einsatz bevorstand, für den sie hart trainiert hatten. Mit Daumen und Zeigefinger bildeten sie einen Kreis, um den Abschluss ihrer Vorbereitungen zu signalisieren.

»Hier Beta eins«, erklang es knisternd aus dem Funkgerät. »Team Beta ist so weit.«

»Hier Gamma eins. Team Gamma auch.«

»Hier Alpha eins. Bleibt auf den Laufwegen. Kreuzt nicht die Schussfelder. Ich zähle von drei runter. Zugriff startet auf mein Kommando. Verstanden?«

»Hier Beta eins. Verstanden.«

»Hier Gamma eins. Verstanden.«

»Stellen wir den Scheißkerl kalt, Jungs. Drei ... zwei ... eins ... Los!«

Der Funkkontakt brach ab, und die eintretende Stille zehrte an Lenas Nerven. Sie erinnerte sich an das Satellitenbild und verfolgte die Laufwege im Geiste.

Kriminalrat Bruns deutete auf das Paddel, und sie griff danach, um das Schlauchboot vom Ufer abzustoßen. Am Bug teilten sich die raschelnden Schilfhalme, einige brachen knackend um. Der schwarze Schwimmkörper glitt auf den Wasserlauf der Aue. Am gegenüberliegenden Ufer stand ein Graureiher und beäugte sie. Einige Blässhühner und Schnatterenten suchten das Weite. Über der Besatzung kreisten Lachmöwen, deren aufgeregtes Geschrei über die Landschaft tönte.

Mit einem Klicken legte der Bootsführer den Vorwärtsgang ein, und sie nahmen Fahrt auf. Lena spürte den frischen Luftzug am Hals und zog den Reißverschluss ihrer Jacke zu. Von der schmalen Straße, die nördlich verlief, erklang Motorenlärm. Durch die abseitige Lage der Werft bestand jedoch keine Gefahr für Zivilisten.

»Hier Alpha eins«, meldete sich der Anführer des ersten Einsatzteams. »Wir haben die Montagehalle erreicht, das Rolltor ein Stück weit geöffnet. Ich schalte jetzt um auf die VOX-Funktion.« VOX stand als Abkürzung für »Voice Operated Exchange«. Die Übertragung wurde aktiviert, sobald die Stimme einen bestimmten Pegel erreichte. »Alpha zwei und drei! Ihr sichert ab. Alpha vier! Du bist die Vorhut, rückst auf das Kontor vor. Marsch, marsch!«

Lena konnte sich genau vorstellen, wie die schnellen Schritte auf dem trockenen Betonboden hallten, wie die Teammitglieder mit ihren Nachtsichtgeräten in alle Ecken des riesigen Raums spähten. Ein heiseres Krachen ertönte, als Alpha vier den Eingang mit der Repetierflinte aufschoss.

»Scheiße«, rief Alpha eins. »Was ist das denn? ... Zur Seite! ... Weg da! ... Feu...«

Der Funkkontakt brach ab, doch trotz des laufenden Außenbordmotors hörte Lena, wie mehrere Gewehrsalven die morgendliche Stille zerrissen.

»Alpha eins, bitte kommen!«, schrie Kriminalrat Bruns. »Einen Lagebericht! Ich will sofort einen Lagebericht!«

Eine Antwort blieb aus.

33

In der Montagehalle hatte es Feindkontakt gegeben, der den Einsatz einer oder mehrerer Maschinenpistolen notwendig gemacht hatte. Ob ein Personenschaden entstanden war und ob die Gefährdungslage anhielt, war ungewiss.

Lena war hellwach, alle Sinne angespannt. Sie spielte im Geist Möglichkeiten durch, und insgeheim fragte sie sich, ob der Anschein trog. Was war wirklich geschehen?

»Worauf wartest du? Gib Gas. Wir müssen ihnen helfen«, rief sie dem Bootsführer zu.

Der blickte den Einsatzleiter fragend an.

Kriminalrat Bruns erteilte seine Zustimmung durch ein Nicken und sprach ins Funkgerät: »Hier Leitung. Alpha eins, bitte kommen. Geben Sie einen Statusbericht durch.«

Der Anführer des ersten Teams antwortete nicht.

»Hier Leitung«, rief Kriminalrat Bruns. »Wenn Sie nicht reden können, drücken Sie dreimal auf die Sprechtaste, damit ich weiß, dass Sie mich hören.«

Tatsächlich erklang in der Leitung ein Rauschen, das durch Interferenzen unterbrochen wurde. Außerdem ertönte ein leises Knacken und wiederholte sich in regelmäßigen Abständen. Das Geräusch stammte nicht von der Push-to-Talk-Taste, dazu war es zu sphärisch, zu klopfend und monoton. Auch erklang es nicht dreimal, sondern dauerte länger an, bis es vollkommen still in der Leitung wurde.

Unterdessen hatte der Bootsführer den Gashebel nach vorn geschoben. Die beiden vierhundertvierzig PS starken Motoren röhrten heiser. Das verdrängte Wasser rauschte, der Rumpf stampfte hart auf die Oberfläche. Ein Geräuschinferno!

Kriminalrat Bruns brüllte ins Funkgerät, damit die anderen Teamführer und die Präzisionsschützen ihn verstanden. Die Antworten drangen nur fetzenweise an Lenas Ohr, aber Beta eins und Gamma eins meldeten, dass aus den anderen Gebäuden keine Gefahr drohe. Sie stellten die Sicherheit her. Die Präzisionsschützen berichteten, dass sie auf dem Gelände nichts Ungewöhnliches beobachtet hätten. Die Notärzte gaben durch, dass sie einsatzbereit seien und sofort losfahren könnten.

Lena wurde durch die Sprünge und Erschütterungen zusammengestaucht und klammerte sich an den kleinen eisernen Festmacherring. Der Fahrtwind blies ihr Haar zurück, Wassertropfen klatschten ihr ins Gesicht.

Trotz der allgemeinen Hektik blieb sie klar. Sie hatte das Verhalten des Kommandoführers bei der Lagebesprechung nicht vergessen. Vielleicht hatte er sich so irrational betragen, weil er etwas verbarg. Vielleicht hatte er das Feuergefecht vorgetäuscht und den Funkkontakt absichtlich unterbrochen. Die Möglichkeit bestand. Und es war gut, dass sie hier war. Dieses Mal konnte sie die Initiative ergreifen und alle Zweifel ausräumen.

Hinter der Biegung tauchte das Werftgelände mit der Montagehalle auf. Was auch immer darin geschah – Lena würde nicht zulassen, dass der Gezeitenmörder davonkäme. Mehr denn je wollte sie dieses Monster fassen und unschädlich machen.

Mit hoher Geschwindigkeit raste das Boot auf die Slipanlage zu. Für Außenstehende musste es aussehen, als stände eine Kollision bevor, aber Lena kannte die Technik. Der Jetantrieb ermöglichte es, das Boot innerhalb von fünfzehn Metern abzustoppen. Der in die Fahrtrichtung gelenkte Wasserstrahl wirkte wie eine Schubumkehr, welche gleichzeitig die Passagiere nach vorne katapultierte.

Lena bereitete sich auf das Manöver vor, indem sie die Füße in den Boden stemmte und sich kleiner machte. Als der Bremsvorgang einsetzte, gelang es ihr, die Fliehkräfte abzufangen.

Eine weniger souveräne Figur machte ihr Vorgesetzter, der Befehle ins Funkgerät brüllte. Er rutschte von der Sitzducht, fing sich zuerst mit den Knien ab und prallte dann mit dem Gesicht auf den schwarzen Gummischwimmkörper.

Lena wusste längst, was sie zu tun hatte, und nutzte die Situation aus, indem sie die Pistole aus seinem Hüfthalfter zog. »Verzeih mir«, raunte sie und sprang über Bord ins kalte Wasser. Bis zu den Knien tauchte sie ein. Über die abschüssige Slipanlage watete sie zum Rangier- und Stellplatz hoch, der mit grauen Betonplatten belegt war.

Das Geschrei in ihrem Rücken ignorierte sie. Sie wusste, dass Kriminalrat Bruns niemals den Überblick verlor. Er würde sich in Sekunden fassen und die Einsatzteams und Präzisionsschützen über ihr Vorgehen informieren. So würde er verhindern, dass das Feuer auf sie eröffnet wurde.

Lena rannte mit quatschenden Schuhen über die freie Fläche und fühlte sich so lebendig wie lange nicht mehr. Wenn sie früher hinter dem Schlagzeug saß, stellte sie sich vor, wie sie die Bühne und das Publikum mit ihrer Trommelei überrollte. Welle auf Welle, Wirbel auf Wirbel, Salve auf Salve. Auch jetzt war sie bereit.

Sie sprintete an den Gleisen entlang, die in gerader Linie auf die Montagehalle zuführten. Rechts von ihr befand sich das Materiallager, seitlich dahinter das Wohnhaus, das teilweise durch Trauerweiden, Brombeersträucher und rankendes Efeu verdeckt war. Nirgends konnte sie die Angehörigen der anderen Einsatzteams entdecken, möglicherweise teilten sie sich gerade auf, um ihr Zielobjekt zu sichern und den Kameraden vom Alpha-Team zu Hilfe zu eilen.

Im Zickzack hetzte Lena weiter, zog den Verschluss der Pistole zurück und ließ ihn vorschnappen. Nun befand sich eine Kugel im Lauf.

Das Rolltor stand einen guten Meter auf. Neben der Öffnung drückte sie sich mit dem Rücken gegen die Wand, rang nach Atem und warf einen schnellen Blick ins Innere. Sie erkannte etwas grauen Boden, der durch das Licht des anbrechenden Tages erhellt wurde. Dahinter lauerte die Dunkelheit. Auch links und rechts war es so finster, dass nichts zu sehen war.

Sie winkte ihrem Vorgesetzten zu, der sich wacklig im Boot auf den Füßen hielt, zeigte auf den Eingang und bedeutete ihm, dass sie jetzt reingehen würde.

Er antwortete, indem er wild mit den Armen gestikulierte und etwas rief, was sie nicht verstehen konnte oder besser: nicht verstehen wollte.

Jetzt, dachte sie und rückte vor.

34

Lena rannte in die Montagehalle und bemerkte einen Schatten, der sich aus gebückter Haltung aufrichtete. Blitzschnell fuhr sie herum.

»Ich bin's«, sagte die hagere Gestalt. »Alpha eins. Lage unter

Kontrolle. Nehmen Sie die Waffe runter, sofort.« In seiner Faust hielt er das taktische Kampfmesser. Eine Drohung? An der schwarzen Klinge klebten Reste einer glänzenden Flüssigkeit. »Wie ist die Lage im Materiallager und im Wohnhaus?«, fragte er.

Lena schluckte hart. Das Adrenalin jagte durch ihren Körper. »Die Teamführer haben gemeldet, dass die Gebäude durchkämmt sind.«

»Gut.« Alpha eins klappte das Nachtsichtgerät hoch, das an seinen Titanhelm geschraubt war. Eine Sturmhaube bedeckte sein Gesicht, aber im Sehschlitz schimmerten seine stechenden Augen. »Sie bleiben hier, wo ich Sie im Blick habe. Nicht vom Fleck rühren. Verstanden?«

»Sie haben mir gar nichts zu befehlen.«

»Das ist mein Einsatz, und Sie tun, was ich sage. Ansonsten gibt es ein Nachspiel.«

»Das gibt es sowieso.«

»Ein vorlautes Mundwerk, das ist alles, was ich bislang von Ihnen mitbekommen habe.«

Er wartete ihre Antwort nicht ab, begab sich nach draußen und machte ein Handzeichen, indem er Daumen und Zeigefinger zu einem Kreis formte. So signalisierte er Kriminalrat Bruns, dass keine Gefahr drohte. Danach sprach er in sein Funkgerät, das anscheinend wieder funktionierte, und informierte die anderen Teamleiter.

Er trat zurück in die Montagehalle und legte einen alten Bakelit-Kreuzschalter um, der sich neben dem Eingang befand. Von ihm führte ein schwarzes Kabel senkrecht nach oben. Ein gläsernes Klirren erklang, das von zuckenden Lichtblitzen begleitet wurde, bis die Deckenröhren herabstrahlten und auch die dunklen Ecken ausleuchteten.

Lena erkannte drei schwarze, längliche Körper, die unregelmäßig verteilt auf dem Betonboden lagen. Offenbar handelte es sich um Hunde. Große Hunde! Blutlachen breiteten sich unter ihnen aus. Zwei Tiere regten sich nicht mehr, offenbar tot, der noch lebende Vierbeiner gab ein Hecheln von sich. Mehrmals versuchte er aufzustehen, aber der breite Schädel war zu schwer, und er konnte ihn nur kurz anheben, ehe er zurücksackte.

»Was ist passiert?«, fragte Lena. »Der Funkkontakt brach ab. Wir waren in Sorge.«

Alpha eins starrte sie eisig an.

»Warum so feindselig? Ich bin hier, um Sie zu unterstützen.«

»Das lassen Sie mal schön sein. Auf Ihre Hilfe kann ich verzichten.«

»Wie bitte?«

»Der Fahrer Ihres Transporters gehört zu meinem Kommando. Er hat sehr anschaulich berichtet, wie Sie ausgeflippt sind. Mit dieser Impulskontrolle haben Sie an einem solchen Ort nichts zu suchen. Weiß der Teufel, was Ihnen als Nächstes einfällt. Sie sind eine Gefahr. Für sich selbst, für meine Männer und für den Zugriff.«

»Ich habe mich nicht unter Kontrolle, weil ich drei Monate in der Gewalt dieses Psychopathen war. Das hat Ihnen Kriminalrat Bruns doch erzählt, oder? Manchmal setzt in meinem Kopf was aus.«

»Moment mal! Sie waren hier? Hier eingesperrt, meine ich. In dem Kontor da drüben?«

»Ich kann mich nicht an alles erinnern, aber davon geht die Soko aus, ja.«

»Flippen Sie gerade wieder aus, oder ist das wahr?«

»Glauben Sie, dass ich so was zum Spaß erzähle?«

»Scheiße.«

»Ja, Scheiße. Endlich haben Sie es kapiert.«

Alpha eins schüttelte den Kopf. Zum ersten Mal trat ein anderer Ausdruck in seine Augen. Nachsichtig, beinahe mitfühlend.

Mit schweren Schritten kam Kriminalrat Bruns herein und stellte sich schnaufend neben sie. Er sagte nichts, sondern streckte nur die wulstige Hand aus.

Lena wusste sofort, was er wollte, und legte ihm die Waffe hinein. Sie machte sich auf eine Standpauke gefasst, aber er kommentierte ihren Alleingang mit keiner Silbe.

Stattdessen wandte er sich an den Kommandoführer: »Die Verbindung ist abgebrochen.«

»Nicht nur zur Einsatzleitung«, antwortete Alpha eins. »Auch zu den anderen Teams. Vermutlich ein strategischer Störsender. Auf dem Stell- und Rangierplatz gibt es keine Funkprobleme. Deshalb könnte er sich im Kontor befinden und eine begrenzte Reichweite von vielleicht zwanzig Metern haben.«

»Was ist mit den Hunden?«

»Rottweiler. Haben uns angegriffen, als Alpha vier die Tür zum Kontor öffnete. Einen Köter haben wir durch Salven getötet, die beiden anderen haben wir erstochen. Eigentlich mag ich Hunde, auch Rottweiler. Ich habe lange mit ihnen gearbeitet. Wenn man sie richtig erzieht, sind sie die besten Gefährten, aber diese Tiere waren Killermaschinen. Sind uns sofort an die Kehle gesprungen.«

»Verletzte?«

»Bisswunden an Armen und Beinen. Nichts, was nicht verheilt.«

»Warum hat die Wärmebildkamera die Tiere nicht erfasst?«

»Die Kriminaltechniker sollten die Decke des Kontors und das Hallendach unter die Lupe nehmen. Die Wärme-Camouflage hat in den letzten Jahren Fortschritte gemacht. Im Internet tummeln sich Anbieter, die hauchdünne schwarze Folien oder silberbeschichtete Stoffe anbieten, die eine Infrarotaufklärung erschweren.«

»Und warum haben die Hunde nicht gebellt?«

»Konnten sie vermutlich nicht. In den USA ist ein chirurgischer Eingriff sehr verbreitet, der sich Debarking nennt. Dabei werden Tieren die Stimmbänder ganz oder teilweise entfernt.«

»Großer Aufwand!«

»Für Arndt Schulte hat er sich ausgezahlt. So stellte er sicher, dass Eindringlinge von den Tieren kalt erwischt wurden. Genau wie wir. Niemand sollte dem Kontor zu nahe kommen.«

Lena konnte nicht anders, als den schuhkartonförmigen Verschlag anzustarren. Er zwängte sich in den hintersten Winkel der Halle und war früher ein Büro gewesen, in dem die Schiffe gezeichnet und berechnet wurden. Trotz der stattlichen Größe von ungefähr acht mal fünf Metern beanspruchte er nur einen überschaubaren Teil der Grundfläche. Die Fensteröffnungen waren mit Platten verschlossen, die Außenwände verputzt und mit schwarzer Farbe angestrichen.

Lena ging los, um das Kontor zu inspizieren, aber der Kommandoführer hielt sie zurück.

»Nicht«, sagte Alpha eins. Seine Stimme klang fürsorglich. Kein Wunder, dass seine Männer ihm loyal ergeben waren. »Schenken Sie sich das.«

»Wieso?«, erwiderte Lena.

»Ich war nur ein paar Sekunden drin, aber das reicht. Wenn Sie sich nicht erinnern können, nehmen Sie es als Segen. Der Kerl war gestört. Es ist gut, dass er hinüber ist.«

»Er ist tot?«

»Jedenfalls haben wir da drin einen männlichen Leichnam gefunden. Die Tiere haben nicht viel von ihm übrig gelassen.«

»Sie haben ihn aufgefressen?«

»Die Hunde waren mit ihm eingesperrt und hatten kein Futter, aber ich gehe davon aus, dass er nichts gespürt hat. War wahrscheinlich schon tot. Zwischen seinen Rippen steckte ein Stichwerkzeug.«

Jetzt nahm Lena den feinen Verwesungsgeruch wahr, der sich in der Halle ausbreitete. »Ich muss ihn trotzdem sehen.«

»Nein«, sagte der Kommandoführer und hielt sie zum zweiten Mal zurück. »Da drin finden Sie nur kranken Scheiß, den Sie nicht mehr loswerden. Sie haben genug durchgemacht. Fahren Sie nach Hause, vergessen Sie diesen Ort und fangen Sie ein neues Leben an.«

»Jedenfalls jetzt noch nicht«, mischte sich Kriminalrat Bruns ein. »Zuerst muss die Spurensicherung rein. Danach schauen wir weiter.«

35

Im Nachhinein fand Lena die Sorge des Kommandoführers rührend. Leider war sie noch nie gut darin gewesen, Ratschläge zu befolgen, die im Widerspruch zu ihrem Gefühl standen.

Draußen, auf der Stell- und Rangierfläche, schnappte sie sich einen weißen Ganzkörperanzug. Kriminaltechniker liefen mit Metallkoffern vorbei. Die Mitglieder des Alpha-Teams ließen von den Sanitätern ihre Bisswunden versorgen.

»Ich kann mir das Kontor auch alleine anschauen«, sagte Kriminalrat Bruns, der sich in eine Sonderanfertigung der Schutzbekleidung zwängte. Noch immer hatte er mit keiner Bemerkung durchblicken lassen, dass er von ihrem Alleingang enttäuscht war.

Lena zog klare Verhältnisse vor. »Bringen wir es hinter uns«, sagte sie. »Ich weiß, dass mein Vorgehen nicht mit dir abgestimmt war und dass ich deine Autorität untergraben habe. Wenn es zu einer Anhörung kommt, werde ich den Sachverhalt wahrheitsgemäß darstellen. Du hast dich korrekt verhalten, und du sollst wissen, dass du ein toller Chef und Einsatzleiter bist. Ich habe es nicht getan, weil ich dich nicht respektiere, sondern … sondern weil ich nicht anders konnte.«

»Du glaubst, dass ich sauer bin?«, erwiderte ihr Vorgesetzter und zog den Reißverschluss bis zum Kinn zu.

»Was sonst?«

»Ach, Lena. Manchmal musst du über den eigenen Tellerrand schauen. Ich bin so still, weil ich mich schuldig fühle. Nach allem, was deiner Schwester passiert ist, und nach allem, was du erlebt hast, hätte ich dich niemals mitnehmen dürfen.«

»Moment mal! Wenn jemand Mist gebaut hat, dann ich.«

»Das siehst du falsch. Du hast schlimme Dinge hinter dir und befindest dich in einem emotionalen Ausnahmezustand. Deshalb werde ich dafür sorgen, dass dir niemand einen Vorwurf macht. Die Verantwortung liegt bei mir, und ich werde die Konsequenzen ziehen.«

»Du willst zurücktreten? Wegen dieses Vorfalls? Aber es ist

doch nichts passiert! Niemand ist zu Schaden gekommen, es wurden keine Beweise vernichtet. Ich habe mich nur über die Befehlskette hinweggesetzt. Insofern wäre es legitim, meine Eignung in Frage zu stellen und mich disziplinarisch zu maßregeln, aber dabei geht es um meine und nicht um deine Verfehlungen.«

»Ich bringe diesen Fall zu Ende, und dann trete ich in den Ruhestand. Das hätte ich schon längst tun sollen. Die Zeit ist reif.«

»So selbstkritisch?«

»Mit unseren Ressourcen hätten wir den Kerl früher schnappen müssen. Einige seiner Opfer wären noch am Leben. Vielleicht auch deine Schwester.«

Das Eingeständnis kam für Lena völlig überraschend und brachte sie aus dem Konzept. Zuerst wusste sie nicht, wie sie reagieren sollte. Trotzdem begriff sie, dass sie mit ihrer Einschätzung richtiggelegen hatte. Die Soko hatte geschlampt.

»Mit unserem heutigen Kenntnisstand wissen wir«, fuhr Bruns fort, »dass es genügend Ermittlungsansätze gegeben hätte. Ich war zu inkonsequent. Die vielen Jahre im Dienst, die ständigen Reibereien, das Getöse der Presse, das alles hat mich ausgelaugt. Ich bin alt, und mir fehlt die Power, um den Laden zu schmeißen. Auch jetzt sollte ich dich am Betreten dieses Kontors hindern, aber …«

»Aber was?«

Bruns winkte ab.

Lena verstand seinen Zwiespalt. Einerseits wollte er seine Untergebene vor einer weiteren psychischen Belastung schützen, andererseits erhoffte er sich wertvolle Informationen von ihr. Ihre Begehung würde möglicherweise neue Ansätze liefern. Sie war die einzige Überlebende. Die Spurenauswerter und Forensiker konnten Schlussfolgerungen ziehen, die der Realität nahekamen, aber in ihrem Gedächtnis waren die Ereignisse gespeichert. Deshalb würde nur sie für eine vollständige Aufklärung der Verbrechensserie sorgen können.

»Früher hast du es mit jedem Schlamassel aufgenommen.

Dieses Wegducken, das passt nicht zu dir«, sagte Lena und zog die Kapuze übers Haar. Danach tauchte sie den Zeigefinger in eine Dose mit mentholhaltiger Erkältungscreme und schmierte sich diese gegen den Verwesungsgeruch unter die Nase.

Sie wartete auf eine Erwiderung, auf irgendein Aufbäumen, auf die Wiederauferstehung des alten Schlitzohrs, aber er guckte sie nur traurig an.

»Ich weiß wirklich nicht, was mit dir los ist«, sagte sie. »Wir wollen doch beide, dass ich da reingehe. Also tun wir es endlich.«

36

Die Tür, die in das Innere des Kontors führte, war halb aus den Angeln gerissen und stand offen. Lena zog den Kopf ein und betrat den Vorraum, der anderthalb Meter breit und vier Meter lang war. Das kalte Licht der Leuchtstoffröhre blendete sie. Vor ihren Augen tanzten bunte Flecke, bis sie ihre Umgebung wieder klar wahrnehmen konnte.

Von mehreren Kleiderhaken hingen Latexmasken, Lederpeitschen, Ketten und Stricke herunter. An der gegenüberliegenden Wand befanden sich zwei geschlossene Schiebeluken. Lena wollte sie inspizieren, als eine schmale und gepolsterte Tür aufgestoßen wurde, durch die sich eine Kriminaltechnikerin zwängte.

»Nichts anfassen«, sagte die Frau. Sie trug eine weiße Haube mit Plastikvisier, das bei jedem Atemzug beschlug. »Hinter den Schiebeluken sind Scheiben. Auf dieser Seite durchsichtig, auf der anderen verspiegelt. So konnten die Täter ...«

»Die Täter?«, fragte Lena sofort. »Mehrzahl?«

»Bitte nicht wörtlich nehmen. Ist mir rausgerutscht, weil der Mann erstochen wurde und weil es zwei Gucklöcher gibt. Wahrscheinlicher der Singular. Jedenfalls konnte der mutmaßliche Täter seine Opfer beobachten, ohne selbst gesehen zu werden.«

»Können wir rein?«, fragte Kriminalrat Bruns.
»Ja, aber nochmals: Bitte nichts anfassen. Auch mit Handschuhen nicht.«
»Tanja, bitte.«
»Ich meine ja nur. Bei dem Horror da drinnen vergisst man schon mal seine Ausbildung«, erwiderte die Kriminaltechnikerin und machte den Durchgang frei.

***

Lena bückte sich und schob sich in den Hauptraum des Kontors. Der Verwesungsgeruch war so intensiv, dass er die Erkältungssalbe unter ihrer Nase überlagerte. Sie atmete flach durch den Mund.

Sowohl der Kommandoführer als auch die Kriminaltechnikerin hatte sie vorgewarnt, und die beiden behielten recht. Es war schrecklich hier drinnen. Beklemmend, finster. Genau so, wie Lena es erwartet hatte. Aber etwas anderes irritierte sie. Etwas, das sie noch nicht in Worte fassen konnte. Suchend blickte sie sich um.

Vor ihr befand sich auf Hüfthöhe eine massive Marmorplatte. Die Fläche war etwas ausgehöhlt. Reliefs, die schaurige Szenen darstellten und möglicherweise selbst gemeißelt waren, zierten die Seiten. Die Konstruktion wurde von Säulen getragen. Vom Fuß- und Kopfende baumelten Fesselgurte.

Über den Leichnam von Arndt Schulte stolperte sie beinahe. Die Überreste lagen in Embryohaltung auf dem Fliesenboden. Zwischen seinen Rippen steckte ein Messer, das so tief in den Brustkorb eingedrungen war, dass es das Herz oder wichtige Gefäße getroffen hatte. Die Verletzung dürfte zum sofortigen Tod geführt haben.

Schade, dachte sie. Er hätte ein qualvolleres Ende verdient gehabt. Besonders, wenn sie sich die Kontorwände anschaute, die von oben bis unten mit Fotos, Aquarellen und Zeichnungen tapeziert waren, bei deren Anblick ihr übel wurde.

Die Darstellungen hatten keinen dokumentarischen Charakter, sondern mussten als emotionale und »künstlerische« Aufarbeitung des Geschehens betrachtet werden. Sie gaben einen Einblick in die Gefühlswelt der Beteiligten. Es würde Monate dauern, alle Spuren auszuwerten.

Und plötzlich begriff sie, was sie so irritierte. Es waren nicht die Werkzeuge in den Längsregalen, es hing mit ihrer Reaktion zusammen. Aufmerksam horchte sie in sich hinein. Löste ihre Rückkehr hierher irgendetwas aus? Wahrscheinlich hatte der Entführer sie in dieser Kammer gefangen gehalten, aber in ihr regten sich weder Ängste noch Flashbacks. Vielmehr begutachtete sie die Ausstattung so sachlich und nüchtern wie eine Kriminalistin jeden x-beliebigen Tatort. Sie blieb emotional unbeteiligt. Das war doch seltsam! Erst als ihr bewusst wurde, dass auch ihre Schwester diesen Torturen ausgesetzt gewesen war, reagierte sie mit einem deutlichen Gefühl.

»Oh, Jette«, sagte sie und spürte, wie ihre Augen überliefen und die Tränen über die Wangen rannen.

Kriminalrat Bruns griff nach ihrer Hand. »Brauchst du eine Pause?«

Lena machte sich los. »Guck nicht so. Ich weiß genau, was du denkst, und ich weiß auch genau, was alle anderen denken werden, aber dieser Ort …«

»Ja?«

»Dieser Ort hat nichts mit mir zu tun. Ich war nicht hier. Mir ist nichts geschehen, ich bin vollkommen unversehrt. Verstehst du?«

»Natürlich, Lena. Das verstehe ich gut.«

37

Sein Körper war ein einziger dumpfer Schmerz. Mit hängenden Schultern schleppte sich Niels Kröger durchs Watt. Nur wenn er ins Stolpern geriet, wenn seine gebrochenen Rippen knirschend gegeneinanderrieben und er mit der zerschmetterten

Hand ausholte, um nicht das Gleichgewicht zu verlieren, nur dann konnte er seine Qualen genau lokalisieren.

Ansonsten war er blind gegen die Sonne, die über die schleswig-holsteinische Küste kroch und gleißende Strahlen aussandte. Er war taub gegen die Schreie der Silbermöwen, die über ihm kreisten und niederstießen, um in dem schlickig grünen Matsch nach Nahrung zu picken. Er spürte auch nicht die nasse Unterwäsche, die unter dem grellorangen Segleranorak und der Latzhose wie Pergament über seine Haut scheuerte.

»Ihr kriegt mich nicht«, murmelte er.

Genügend Kraft, um sich umzublicken und nach seinen Verfolgern auszuspähen, brachte er nicht mehr auf. Er wandte seine ganze Energie auf, um einen Fuß vor den anderen zu setzen und den Kurs beizubehalten.

Schwankend platschte er durch Pfützen, zertrat die schlangenförmigen Haufen der Würmer und hinterließ seine Abdrücke in dem morastigen Grund, bis er plötzlich auf etwas Festes trat.

Sand!

Heller Sand!

Er riss den Kopf hoch, erkannte einen breiten goldgelben Strand. Der Spülsaum war gespickt mit Miesmuscheln, Blasentang und Krebspanzern. Da waren auch Dünen und ein Kliff, das mit Gräsern bewachsen war. Nur ein paar Steinwürfe entfernt wogten Vogelschwärme wie schwarze Wolken auf und ab. Er entdeckte einen Wohncontainer auf Stelzen.

Die Unterkunft des Umweltpraktikanten!

Das musste Scharhörn sein!

Er brauchte einen Moment, um die Bedeutung zu realisieren, aber dann packte die Erkenntnis ihn mit solcher Wucht, dass er in krampfartiges Schluchzen verfiel.

Er hatte es geschafft!

Er hatte es wirklich geschafft!

Hier konnte er sich verstecken, Hilfe holen. Er ließ sich auf die Knie fallen, stöhnte wegen des Stechens in seinem Brustkorb, krümmte sich, spürte den bohrenden Schmerz erneut.

Da bemerkte er einen Schatten.

Einen Schatten, der sich neben seinem eigenen dunklen Umriss auf dem Sand abzeichnete. Seitlich hinter ihm musste jemand stehen, eine andere Person.

Mit letzter Kraft warf er den Kopf herum, wurde geblendet durch die tief stehende Sonne, blinzelte heftig und erkannte eine Gestalt, die hoch über ihm aufragte. Sie hielt etwas in der Hand. Einen Hammer!

Einen Hammer, um ihn zu erschlagen, um ihn zum Schweigen zu bringen. Endgültig!

Er war zu geschwächt, um sich zu wehren. Schaffte es nicht auf die Beine, schaffte es nicht zu kämpfen. »Bitte«, flehte er. »Bitte, Lena. Tu das nicht.«

Aber sie hörte nicht auf sein Jammern, holte aus. Und schlug mit aller Kraft zu.

***

»Nein«, schrie Lena und setzte sich steil im Hotelbett auf. Zitternd betrachtete sie ihre Hand. Da war kein Hammer! Die Szene war nicht echt. Sie hatte sich nie auf Scharhörn aufgehalten. Deshalb hatte sie Niels Kröger auch nicht erschlagen. Sein Leichnam war verschollen.

Oder übersah sie etwas?

Ganz ruhig, sagte sie sich. Du hast geträumt. Nur geträumt. Du bist in der »Strandperle«, an der Nordsee, du erholst dich. Sie fasste nach dem Wasserglas, das auf dem Nachttisch stand, und leerte es in einem Zug.

Seit dem Zugriff in Neuhaus waren zwei Tage vergangen. Alleine hätte sie es in ihrer Wohnung nicht ausgehalten. Deshalb mietete sie sich ein Auto, fuhr nach Cuxhaven-Duhnen und checkte in dem Sternehaus ein. Es lag direkt an der Promenade, war bekannt für den guten Service und die exzellente Küche. Seit ihrer Ankunft verschlang sie alles, was ihr schmeckte, und so langsam bekam sie etwas Speck auf die Rippen.

In Tanktop und Slip tappte sie durch das Zimmer, öffnete

die Balkontür und wurde von einer Brise empfangen, die ihre schweißfeuchte Haut kühlte.

Vor ihr breitete sich die Helgoländer Bucht aus. Das Watt glitzerte in der Morgensonne. In der Ferne galoppierten Reiter an der Flutlinie. Am Horizont flimmerten Containerschiffe. Über allem prangte ein leuchtend blauer Sommerhimmel.

Angesichts dieser endlosen Weite, angesichts dieser totalen Entgrenzung war es durchaus vorstellbar, dass sich irgendwo auch Abartiges entwickelte. Nur dass dieser Soziopath ausgerechnet aus dem idyllischen Neuhaus kam, erschien ihr irgendwie unwirklich.

Lena atmete tief durch und umfasste das glatte Geländer. Am Basar auf der Strandstraße wurden Schaufeln und bunte Plastikbälle verkauft. Am Coffeebike, einer mobilen Heißgetränkebar auf drei Rädern, hatte sich eine Schlange aus Urlaubern gebildet, die auf ihren Espresso oder Cappuccino warteten.

Ein ganz normaler Ferientag!

Sie seufzte und fragte sich, warum sie immerzu von Niels Kröger träumte. Seit zwei Tagen suchte der Segler sie heim, sobald sie einnickte. Mal flüchtete er im Elbmündungsgebiet auf seinem Boot, mal kämpfte er sich verletzt durchs Watt, und mal wurde er am Strand oder in den Dünen erschlagen.

Von anderen Alpdrücken unterschieden sich diese Szenen durch ihre Plausibilität. Die Handlung baute sich stringent auf und hätte sich in der Realität so zutragen können. War es möglich, dass das Unterbewusstsein logische Traumbilder formte?

Selbst wenn sie annahm, dass sich das Geschehen irgendwo und irgendwann abgespielt hatte und deshalb so authentisch wirkte, schloss sich die nächste Frage an: Warum sollte ausgerechnet sie von Niels Krögers gewaltsamem Tod wissen oder ihn gar erschlagen haben?

Sie erinnerte sich nicht, jemals mit ihm geredet zu haben oder auf seiner Yacht gewesen zu sein. Durch Mickel hatte sie zwar von der Havarie erfahren, aber sie hatte nicht länger darüber nachgedacht oder den Mann betrauert. Sein Schicksal nahm sie als Randnotiz zur Kenntnis. Mehr nicht.

Auch die stimmige Rolle Scharhörns erschloss sich ihr nicht. Wieso bildete Lena die Insel korrekt ab? Warum gab es nie eine traumtypische topografische Abweichung?

Sie klemmte sich eine Locke hinters Ohr. Nach Arndt Schultes Tod ging es ihr besser. Sie fühlte sich nicht mehr so getrieben, auch konnte sie wieder essen und schlafen, aber vollständig erholen würde sie sich erst, wenn auch die letzten Ungewissheiten ausgeräumt waren.

Die offenen Fragen als rätselhafte Verirrungen abzutun, reichte ihr nicht. Deshalb musste Lena ihnen auf den Grund gehen. Und ihr fiel nur eine Person ein, die ihr helfen konnte: die Ärztin aus der Forensischen Psychiatrie.

Mittlerweile war es Lena egal, ob Dr. Marina Hornschuh Anzeichen einer Demenzerkrankung zeigte oder nur überarbeitet war. Die Medizinerin hatte sie erfolgreich hypnotisiert, und ihr würde es wieder gelingen.

Lena begab sich ins Hotelzimmer, griff nach dem Handy und rief sie an. In der Leitung ertönte ein Freizeichen.

»Ja?«, erklang es.

»Frau Dr. Hornschuh?«

»Hmh.«

»Hier spricht Kriminalhauptkommissarin Lena Funk. Ich war bis vor Kurzem bei Ihnen in Behandlung. Sie wissen, wer ich bin?«

»Sie sind die junge Dame, die meine Mobilnummer herausgefunden hat und mich in den letzten achtundvierzig Stunden dreizehn Mal angerufen und fünf Sprachnachrichten hinterlassen hat.«

»Entschuldigen Sie, aber es ist wichtig.«

»Wichtig sind alle meine Patienten, aber Sie … Sie hielten es für angebracht, die Therapie zu beenden und die Einrichtung gegen meine ausdrückliche Empfehlung zu verlassen.«

»Da draußen lief ein Serienmörder rum. Von ihm ging eine erhebliche Gefahr für junge Frauen aus. Ich musste aus der Klinik raus und ihn finden.«

»Soweit ich weiß, war dieser Serienmörder bei Ankunft der

Polizei bereits tot. Von einer erheblichen Gefahr kann also nicht die Rede sein. Vielleicht können Sie es sich nicht vorstellen, aber ich habe hier ein paar stark traumatisierte Menschen, die dringend meine Hilfe brauchen. Ich kann sie nicht vernachlässigen, nur weil es Ihnen gerade passt.«

»Ja, das verstehe ich natürlich. Ich will mich auch nicht vordrängeln, aber mit meinem Kopf, da ... da stimmt was nicht. Meine Träume sind nicht normal, auch meine Erinnerungen ... die sind irgendwie ... seltsam.«

»Haben Sie Flashbacks?«

»Seit zwei Tagen nicht mehr. Nur wenn ich gestresst bin, laufen Filme ab. Verstörende Filme, die extrem sind. Aber ich kann sie zurückdrängen.«

»Sie meinen, kontrollieren?«

»Ja ... nein. Nicht so richtig. Ich konzentriere mich auf was anderes, dann hören sie auf. Meistens trommele ich Paradiddles ...«

»Paradiddles? Was ist das? Ach, egal. Denken Sie manchmal daran, sich etwas anzutun?«

»Nein.«

»Ehrlich?«

»Ja. Hundertprozentig. Ich bin nicht suizidgefährdet.«

»Gibt es jemanden, dem Sie vertrauen? Eine Person, bei der Sie unterschlüpfen können? Nur für ein paar Tage.«

»Nein. Ich bin alleine in einem Hotel. In Cuxhaven.«

»Ich muss sehen, was ich tun kann. Vielleicht kann ich Sie dazwischenschieben. Mehr kann ich Ihnen momentan nicht versprechen.«

38

Die Abendsonne stand als glühender Feuerball über dem Wattenmeer. Lena hockte am Strand und leerte die dritte Flasche Bier. Sie fühlte sich angetrunken und dachte an glückliche Zeiten zurück.

Aus ihrer Cloud lud sie ein Porträtfoto ihrer Mutter herunter. Mit den Fingerspitzen strich sie über die hellbraunen Locken, die blauen Augen, über das schmale Gesicht, das dem ihren so ähnlich sah.

Sie vermisste ihre Mutter jeden Tag. Sie war so lieb und einfühlsam gewesen. Stets klammerte sie sich an das Gute. Niemals ließ sie sich auf einen Streit mit der rebellischen Erstgeborenen ein, niemals verlor sie die Geduld mit der neunmalklugen Zweitgeborenen. Den selbstmitleidigen Klagen ihres Ehemanns hörte sie stundenlang zu, ohne ihn jemals an der Schulter zu packen und zu rütteln. Nur wie es in ihr aussah, wenn sie sich mit einer Flasche Rotwein und einem Buch auf ihre Veranda zurückzog, das behielt sie für sich. Irgendwie passte es zu ihrem Wesen, dass sie dem Tod im Schlaf begegnete.

Am liebsten würde Lena sich in ihren Schoß kuscheln, so wie sie es als Mädchen oft getan hatte, wenn sie erschöpft von ihren Abenteuern war. Sie würde sich übers Haar streicheln lassen und ihrer Mutter zuhören, wenn sie die Gedichte von Ingeborg Bachmann, Hermann Hesse oder Mascha Kaléko vorlas. Den tieferen Sinn würde Lena nicht verstehen, aber sie würde sich sicher fühlen und beruhigt einschlafen. Und wenn sie wieder aufwachte, wären alle Sorgen vergessen.

»Ich vermisse dich«, murmelte Lena und wusste sofort, was ihre Mutter antworten würde.

»Dein Vater wohnt nur einen Spaziergang entfernt«, würde sie sagen. »Er ist auch einsam.«

»Er will mich nicht sehen. Er hasst mich. Außerdem glaubt er, dass ich Jette umgebracht habe.«

»Ist nur sein Schutzschild. Lass ihn reden und die ersten Angriffe abprallen, danach tut es ihm leid, dann wird er ganz lieb und fürsorglich, dann will er es wiedergutmachen.«

»Das kann ich nicht. Ich muss mich wehren.«

»Er hatte keine leichte Kindheit.«

»Und was ist mit mir?«

»Du bist stärker, unabhängiger und mutiger. Du kämpfst

für das, was du willst. Darum beneidet er dich. Für ihn ist das Leben komplizierter.«

»Kann alles sein, aber deshalb muss er die anderen nicht ständig runtermachen.«

»Er verteidigt seinen Traum, er hat keine Wahl, er muss an ihm festhalten.«

»Welcher Traum?«

»Wenn er es nicht schafft, dann ist er gescheitert, dann ist er der Versager, für den ihn sein Vater immer gehalten hat.«

»Mama, du hast tausend Erklärungen für sein Verhalten. Mit Kindern ist man nicht so nachsichtig. Kann er sich nicht einfach mal zusammenreißen?«

Lena war so in ihr Selbstgespräch vertieft, dass sie ihr vibrierendes Smartphone erst mit Verspätung wahrnahm. Als sie es inspizierte, hoffte sie auf eine Nachricht von Mickel. Sie wünschte sich so sehr, dass er sich meldete. Er brauchte ihr nichts zu erklären; sie wollte auch keine Entschuldigungen hören. Es würde ihr reichen, ein paar Worte mit ihm zu wechseln. Aber die WhatsApp stammte nicht von ihm, sondern von Kriminalrat Bruns.

»Hallo, Lena«, schrieb er. »Ich hoffe, dass es dir gut geht. Bist du noch in Cuxhaven oder wieder in Hannover? Die Pressekonferenz findet morgen früh um neun Uhr statt und wird im Livestream übertragen. Vorgestellt werden Ermittlungsergebnisse, die du noch nicht kennst. Schau bitte rein. Du solltest vorbereitet sein, wenn die Journalisten deinen Namen rauskriegen und an deiner Wohnungstür klingeln …«

Zuerst war Lena gerührt, dass es jemanden gab, der sich um sie sorgte, aber im nächsten Moment rief sie sich ins Gedächtnis, dass diese Nachricht einen dienstlichen Hintergrund hatte. Sie war Beamtin des Landeskriminalamtes. Jede unbedachte Bemerkung fiel auf die Behörde zurück und konnte dieser schaden. Ihr Vorgesetzter war ein toller Chef, ihr Umgang war vertraut, aber ihre Gespräche drehten sich um berufliche Themen. Eberhard Bruns konnte sie weder trösten, noch konnte er ihr ein privates Umfeld bieten, dafür musste sie selbst sorgen.

Kurz entschlossen trank sie die Bierflasche in einem Zug aus. Im Internet suchte sie eine Nummer heraus und wählte sie. Während die Verbindung aufgebaut wurde und das Freizeichen erklang, ließ sie den Blick über das weite Watt schweifen.

Der Abendhimmel färbte sich in allen erdenklichen Rottönen, die von goldenen Schlieren durchsetzt waren. In diesem Meer aus warmem Licht wirkte die Insel Neuwerk wie ein dunkler Fremdkörper, wie ein schwarzes Geschwür, das unkontrolliert wucherte und den Tod brachte.

»Striebeck«, meldete sich eine männliche Stimme.

»Moin, Eimi. Gut, dass ich dich zu fassen kriege. Ich bin's. Lena.«

»Ach nee. Die Frau am Mikro.«

Ulf Striebeck war der Schlagzeuger der ScheunenROCKer. Ein Bauernsohn, der den elterlichen Hof übernommen hatte. Eimi wurde er gerufen, weil er früher geprahlt hatte, dass er einen vollen Milcheimer an seine Morgenlatte hängen könnte. Als einziges Mädchen in einer Männertruppe musste man sich Dinge anhören, die man nicht erfahren wollte.

»Ich habe mit Fischbek gesprochen«, sagte sie. »Er hat erzählt, dass du –«

»Ach, der alte Schnacker. Musst nicht alles glauben, was der quasselt. Der soll sich mal an die eigene Nase fassen. Ich habe nichts getan. Das ist die Wahrheit.«

»Äh, er hat mir erzählt, dass du Mickel beim Tanken getroffen hast und dass er davon gesprochen hat, mit seinem Motorrad loszufahren.«

»Ach so! Jaja, das stimmt. Mickel und seine Triumph. Die unendliche Geschichte! Ist echt krass, dass er die Kiste flottgekriegt hat. Hatte einen satten Sound beim Starten. Warte mal kurz! Ich treibe gerade eine Kuh auf die Weide. Ist mir ausgebüxt und ...« Er stieß laute Rufe aus, die wohl beruhigend auf das Tier wirken sollten. »So, da bin ich wieder. Jemand hat das Gatter aufgemacht. Zum fünften Mal. Ich weiß echt nicht, wer auf solche Schnapsideen kommt. Hab überlegt, eine Kamera zu installieren.«

»Ich versuche Mickel schon die ganze Woche zu erreichen, aber er meldet sich nicht. Ist dir irgendetwas an ihm aufgefallen oder komisch vorgekommen?«

»Nö. Alles wie immer.«

»Was war wie immer?«

»Na, Fischbek labert dir 'ne Frikadelle ans Bein, und Mickel muss man jedes Wort aus der Nase ziehen. Sag mal, lallst du?«

Lenas Blick fiel auf die drei leeren Pullen neben ihr.

»Passt nicht zu dir«, fuhr Eimi fort. »Früher hast du nie getrunken. Aber nicht so schlimm. Willenlose Frauen finde ich geil. Wenn du in der Nähe bist, dann schau mal vorbei. Wir machen es uns gemütlich und –«

Erst jetzt wurde Lena klar, dass Eimi offenbar nichts von den jüngsten Entwicklungen wusste. Mickel musste sich ihm gegenüber zurückhaltend geäußert haben.

»Wann suchst du dir endlich eine Frau?«, unterbrach sie ihn. »Dann musst du alte Freundinnen nicht blöd von der Seite anquatschen.«

»Hier aufm Hof hält es keine aus.«

»Weil das Landleben so öde ist? Oder weil die körperliche Arbeit so anstrengt?«

»Nee, weil ich zu oft will. Ich brauche es mindestens –«

»Tschüss, Eimi«, sagte Lena schnell und unterbrach die Verbindung. Eigentlich war er ein guter Kumpel, sehr unternehmungslustig, hilfsbereit, manchmal skurril und witzig, aber wenn er anzüglich wurde, dann war es besser, ihn zu ignorieren. Ansonsten fand er kein Ende.

39

Schon am Morgen hatte Lena ein komisches Gefühl. Eigentlich wollte sie vor der Pressekonferenz nur ein schnelles Frühstück einnehmen, aber irgendetwas stimmte im Speisesaal nicht. War es der Kellner, der hinter ihr den Tisch deckte und nicht fertig wurde? War es die Frau am Nebentisch, die immer wieder verstohlen zu ihr herüberblickte, um ihrem Begleiter hinterher etwas zuzuraunen?

»Was ist das?«, fragte eine helle Stimme.

Lena zuckte zusammen, drehte den Kopf zur Seite. »Hast du mich erschreckt!«

Neben dem Tisch stand ein Mädchen. Vielleicht neun Jahre alt. Mit der blau gefärbten Haarsträhne und dem zitronengelben Sommerrock wirkte es eigenwillig, verwegen.

»Das sind Drumsticks«, erklärte Lena. »Für ein Schlagzeug. Damit kannst du richtig Krach machen. Wilder sein als jeder Junge.«

Ihre eigenen Hölzer hatte Lena in Hannover vergessen und war deshalb beim Musikhaus Kopp vorbeigefahren, um sich neue zu besorgen. Sie war nie ohne Stöcke unterwegs. Eine alte Angewohnheit. Doch schon beim Bezahlen hatte sie gespürt, dass die alte Magie verflogen war.

»Mein großer Bruder heißt Mats«, sagte das Mädchen. »Der ist überhaupt nicht wild, der sagt oft, dass er immer auf mich aufpasst.«

Lena schluckte hart. Ihr wurde ganz schwer zumute. »Manchmal kann man das nicht. Manchmal verliert man auch einen Menschen.«

»Zeigst du es mir?«

Lena verstand zuerst nicht, was die Kleine meinte. »Ach so. Ja, kann ich machen, aber ich trommele ganz leise, damit wir die anderen Gäste nicht stören.«

Je länger sie die Tischplatte bearbeitete, desto mehr griff der Rhythmus auf das Mädchen über. Zuerst wackelte es mit den Schultern, dann klatschte es in die Hände. Mit einem Strahlen in den Augen.

»Du kannst sie haben«, sagte Lena und hielt sie dem Mädchen hin. »Aber du musst gut auf sie aufpassen. Das alles hat mir mal viel bed–«

»Toll«, rief das Mädchen, schnappte sich die Drumsticks und hüpfte mit ihrer Beute davon. »Danke!«

Lena sah ihr nach, und der Kloß in ihrem Hals wurde größer. Die Hölzer standen für eine Zeit, als ihre Schwester noch gelebt hatte. Mit Schallschutzkopfhörern hatte sie in ihrem Zimmer gesessen und Experimente durchgeführt, während Lena im Keller ihr Drumset bearbeitet hatte.

Mit einem Mal wurde sie von dem Gefühl überwältigt, dass sie aus einer Laune heraus die letzte Verbindung zu Jette hergegeben hatte.

***

Als Lena wenig später ihr Hotelzimmer betrat, hatte sie nicht nur das Gefühl, dass etwas nicht stimmte, sie wusste es. Höchstens zwanzig Minuten war sie weg gewesen. Unterdessen hatte sich die Atmosphäre verändert.

»Hallo?«, rief sie.

Sie ließ die Tür offen stehen, sodass andere Hotelgäste sie hören und ihr notfalls zu Hilfe eilen konnten. Vorsichtig machte sie einen Schritt in den Flur und blickte zum Bett. Laken und Decke waren zerwühlt. Auf dem Tisch eine zerknüllte Chipstüte, außerdem der dreckige Teller und das benutzte Glas. Alles von ihrem Filmabend gestern. Auch sonst war es unaufgeräumt. Selbst wenn die Putzfrau hier wäre, hätte sie sich mittlerweile bemerkbar gemacht.

Lena klemmte den Zimmerschlüssel so in die Faust, dass die Metallspitze zwischen Zeige- und Mittelfinger herausragte. Mit gezielten Hieben konnte sie einem Angreifer erheblichen Schaden zufügen.

»Kommen Sie raus«, sagte sie und schob die Badezimmertür lautlos auf. »Wir können in Ruhe reden.«

Blitzschnell streckte sie den Kopf hinein, spähte in alle Richtungen. Weder in der Dusche noch in der Toilettenecke noch unter dem Waschbecken versteckte sich jemand.

Zurück im Flur spannte sie wieder die Muskeln an, machte sich bereit, um mit aller Kraft zuzuschlagen. Schlich weiter Richtung Wohn- und Schlafraum.

»Sicher ein Missverständnis«, sagte sie. »Hab mich auch schon im Zimmer geirrt.«

Lena sprang um die Ecke in die Schranknische, riss die Holztüren auf, rannte ums Bett herum, legte sich flach auf den Boden, um unter der Matratze nachzuschauen.

Nichts!

Verwirrt kam sie auf die Füße und blickte sich ratlos um. Die Balkontür stand einen Spaltbreit auf. Hatte sie heute Morgen gelüftet? Sie erinnerte sich nicht genau.

Warum war sie so überzeugt gewesen, dass eine Person eingedrungen war? Warum hatten alle Alarmglocken geschrillt? Was erklärte ihre Reaktion?

Die Antwort stellte sich ein, als ihr Adrenalinspiegel sank, als sie wieder normal atmete und allmählich einen Geruch wahrnahm, der in der Luft hing.

Es war kein Deodorant.

Auch kein Parfüm.

Es war der herbe, aufdringliche Duft eines Rasierwassers.

40

Acht Uhr dreiundfünfzig. Noch sieben Minuten bis zum Beginn der Übertragung.

Lena schnappte sich ihr Smartphone und legte sich aufs Hotelbett. Was hatten die Kriminaltechniker bei der Durchsuchung der Werft gefunden? Sie öffnete die Homepage des Landeskriminalamtes und startete den Player.

Den Podiumshintergrund bildete eine blaue Niedersachsenkarte mit den Polizeisternen und den weißen Wappenrössern. Vier Personen saßen nebeneinander an einem Tisch. Namensschilder informierten, dass es sich um Staatsanwalt Torben Hofmann, Kriminalrat Eberhard Bruns, Oberkommissar Nemanja Pavlovic und den Präsidenten Philip Kahrmann handelte. Sie blätterten in Papieren und steckten die Köpfe zusammen, um letzte Absprachen zu treffen. Dabei ging ein Blitzlichtgewitter auf sie nieder.

»Herzlich willkommen«, sagte der Pressesprecher Pavlovic pünktlich und schaute dabei über ein dünnes schwarzes Mikrofon hinweg. Der dreiunddreißigjährige Brillenträger hatte die Stelle kürzlich angetreten. Er sprach übertrieben akzentuiert. Man merkte ihm den Eifer des Neulings an. »Ich danke Ihnen, dass Sie so zahlreich erschienen sind. Wir haben Sie heute eingeladen, weil wir einen Durchbruch bei der Fahndung nach dem Gezeitenmörder erzielen konnten und Sie über die Hintergründe informieren möchten.«

Nach der formellen Einleitung stellte er die Beteiligten vor. Er skizzierte den Ablauf der Veranstaltung und betonte, dass am Ende genügend Zeit bliebe, um auf Fragen einzugehen. Schließlich kündigte er den Präsidenten als ersten Redner an.

Mit dem dunklen Kurzhaarschnitt, dem glatt rasierten Gesicht und der schlanken Gestalt wirkte Philip Kahrmann jünger als neunundfünfzig. Sowohl im Ministerium für Inneres als auch unter seinen Leuten genoss er den Ruf eines Machers. Seine Karriere hatte er im mittleren Dienst begonnen und sich mit Einsatzwillen an die Spitze hochgearbeitet. Man schätzte ihn, weil er auch zu schwierigen Themen Stellung bezog. Jahrelang setzte er sich für die Vorratsdatenspeicherung, die Online-Durchsuchung und die Quellentelekommunikationsüberwachung ein.

»Meine Damen und Herren, auch von mir ein herzliches Willkommen«, sagte Kahrmann. »Ich gebe Ihnen gleich einen Überblick über die Ereignisse der vergangenen Tage. Zuerst möchte ich aber die Angehörigen der Opfer ansprechen: Liebe Hinterbliebene, endlich ist es so weit. Wir haben den mutmaßlichen Täter gefunden. Nichts kann Ihren Verlust gutmachen, aber ich und alle Mitarbeiter des LKA wünschen Ihnen, dass Sie jetzt ruhiger schlafen und vielleicht ein wenig Frieden finden.«

Er legte eine wohldosierte Pause ein. »Die Morde haben nicht nur in Niedersachsen, sondern in der ganzen Bundesrepublik Wellen von Betroffenheit, Mitgefühl und Entsetzen ausgelöst«, fuhr er fort. »Die Angst und Verunsicherung in der Bevölkerung waren groß. Doch genauso groß war die Bereitschaft der Polizei, jede Spur ernst zu nehmen und zu verfolgen. Hunderte unserer besten Beamten waren mit dem Fall beschäftigt, wir haben mit zahllosen Dienststellen aus dem In- und Ausland kooperiert, unermüdlich Hinweise gesammelt, ausgewertet und Hypothesen aufgestellt. Damit schufen wir das Fundament, das diesen Erfolg ermöglichte. Mit einer solchen Vorleistung verwundert es nicht, dass wir heute hier sitzen …«

Lena hatte schon an vielen Pressekonferenzen teilgenommen und mehrere Eröffnungsreden des Präsidenten verfolgt. Deshalb erfasste sie genau, was er bezweckte. Er unterstrich die Einsatzbereitschaft seiner Leute, um das bevorstehende Kreuzfeuer abzuschwächen. Denn die gefährlichste Frage würde bald gestellt werden: Warum war Arndt Schulte nicht früher ins Netz gegangen?

Erschwerend kam für den Behördenleiter hinzu, dass der Täter nicht als Blitzableiter dienen konnte. Man konnte ihn weder vorführen noch über ihn zu Gericht sitzen noch ihn öffentlichkeitswirksam abstrafen. Mit ein paar Daten und Fakten würde sich die Journaille nicht zufriedengeben, vielmehr würde sie schnell einen stellvertretenden Prügelknaben suchen. Kahrmann musste aufpassen, dass er nicht selbst in die Kritik geriet.

Im weiteren Verlauf enthüllte er die Identität des Gezeitenmörders, gab Details zu den Lebensumständen preis und erreichte schließlich den Höhepunkt seiner Rede, vor dem er erneut eine wirkungsvolle Pause machte.

»Über drei Monate lang befand sich eine Kollegin in seiner Gewalt«, begann er so leise, dass er kaum zu verstehen war. Nach und nach steigerte er die Lautstärke effektvoll. »Drei Monate, in denen sie schrecklicher Gewalt ausgesetzt war. Niemand vermag sich vorzustellen, was in ihr vorgegangen sein muss, niemand vermag sich vorzustellen, wie viele Schmerzen sie ertragen musste, aber sie gab nicht auf. Weder sich selbst noch ihren Auftrag als Kriminalpolizistin.«

Pause.

»Schließlich glückte ihr die Flucht«, fuhr Kahrmann fort. »Ihre Hinweise, zusammen mit der jahrelangen Kleinarbeit der Soko, führten auf die richtige Spur.«

Im Publikum war längst Unruhe entstanden. Stühle wurden gerückt, Füße scharrten über den Boden, Gemurmel wurde laut. Vermutlich gab es mehrere Wortmeldungen.

Kahrmann hob beschwichtigend die Hände. »Sicher wollen Sie erfahren, wer die Kollegin ist. Derzeit befindet sie sich in ärztlicher Behandlung und braucht Ruhe. Ihr Anteil an dem Erfolg kann nicht hoch genug bewertet werden. Für ihren selbstlosen Einsatz sind wir ihr zu großem Dank verpflichtet. Intern werden wir sie würdigen. Sie hat Unvorstellbares geleistet, aber Sie, meine Damen und Herren, werden sicher verstehen, dass wir ihre Identität nicht preisgeben können …«

Lena hatte Kahrmann durchschaut. Was sich wie eine Lobeshymne anhörte, verfolgte ein anderes Ziel. So ein scheinheiliges Arschloch, dachte sie.

Er lenkte von den gefährlichen Fragen ab, indem er eine geheimnisvolle Unbekannte ins Spiel brachte. Schon jetzt war klar, dass die Journaille nichts unversucht lassen würde, um den Namen und Einzelheiten ihres Martyriums herauszufinden. Die Medienvertreter wussten genau, dass jedes perverse Detail die Auflage und die Einschaltquote erhöhen würde.

Kahrmann hätte Lenas Beteiligung nicht hervorheben müssen, er hätte einfach von der Polizei und von »wir« sprechen können, so wie es gängige Praxis war, aber er wollte die Behörde, die Soko und seinen eigenen Hintern aus der Schusslinie bringen. Dafür opferte er eine beurlaubte Kommissarin, die er für entbehrlich hielt.

Das verschafft dir nur Zeit, dachte sie bitter.

Zum Abschluss erklärte Kahrmann, dass der Leiter der Soko, Kriminalrat Bruns, nun über die Ergebnisse der kriminaltechnischen Untersuchungen referieren werde. Zum ersten Mal sah Lena ihren direkten Vorgesetzten bei einer Liveübertragung auf einem Bildschirm. Sie war bestürzt, wie krank er wirkte.

Sein Gesicht war gräulich, und das kalte Podiumslicht brachte die gelben Fettanlagerungen an den Augenlidern stärker zur Geltung. Alles an ihm hing schlaff herunter. Die ausgedünnten, fettigen Haare, die unrasierten Wangen und das gewaltige Doppelkinn. Bei ihrem nächsten Treffen musste sie sich nach seiner Gesundheit erkundigen. Vielleicht wollte er auch wegen seines körperlichen Zustandes vorzeitig aus dem Dienst ausscheiden.

Bruns verzichtete auf jegliches Vorgeplänkel und kam gleich zur Sache: »In den letzten Tagen wurde das Anwesen von Arndt Schulte auf den Kopf gestellt. Dabei wurde so viel belastendes Material gefunden, dass es für mehrere Indizienprozesse reichen würde. Er hat seine Taten sorgfältig dokumentiert, indem er Fotos und Aquarelle anfertigte. Außerdem führte er ein umfangreiches Tagebuch, das uns eine zeitliche Zuordnung erlaubt. Bislang konnten wir sechs seiner insgesamt neun Opfer zuordnen.«

Lena biss sich auf die Unterlippe und fragte sich, ob auch Jette unter den »zugeordneten« Frauen war. Wollte sie über die Einzelheiten der Folter in Kenntnis gesetzt werden? Vielleicht hatte der Kommandoführer des SEKs recht. Es gab kranken Scheiß, den man besser nicht erfuhr, weil man ihn ansonsten nicht mehr loswurde.

»Wie Sie wissen«, sagte Bruns, »hat der Gezeitenmörder nach jeder Tat ein Holzkreuz gezimmert, in das er den Namen und das Todesdatum des jeweiligen Opfers fräste. Im Anschluss stellte er es an der Küste auf, die Schriftzeichen dem Wasser zugewandt und immer in der Nähe der Hafenorte, wo die jungen Frauen entführt wurden. In der Montagehalle konnten wir sowohl das Material als auch das Werkzeug sicherstellen, das er verwendet hat.«

»Bisher hieß es immer«, ertönte eine weibliche Stimme aus dem Off, »dass er tot oder ums Leben gekommen sei. Mehr wurde nicht bekannt gegeben. Was können Sie uns über die Umstände seines Ablebens sagen?«

Bruns blickte fragend zur Seite und erntete vom Pressesprecher ein kaum sichtbares Kopfschütteln, das dieser sofort beendete, als sich der oberste Vorgesetzte laut räusperte und das Wort ergriff.

»Natürlich wollen wir Ihnen diese Information nicht vorenthalten«, sagte Kahrmann. »Der Täter ist durch eine Stichverletzung gestorben. Wir konnten das Werkzeug kriminaltechnisch untersuchen und Fingerabdrücke sicherstellen, die wir eindeutig unserer mutigen Kollegin zuordnen konnten ...«

Was?, dachte Lena und sprang vom Bett auf. Ich soll ihn erstochen haben? Sie machte einen Schritt auf die Balkontür zu, wollte sie aufreißen, nach Luft schnappen, dann entschied sie sich um und schaute wieder aufs Handy, wo die Pressekonferenz fortgesetzt wurde.

»Sie zählt seit Jahren zu unseren besten Beamtinnen und zu unseren talentiertesten Ermittlerinnen«, sagte Kahrmann gerade. »Bislang konnten wir sie zu den Vorfällen nicht befragen, weil sie sich an nichts erinnert, aber alle bisherigen Erkenntnisse deuten darauf hin, dass es zwischen ihr und ihrem Peiniger zu einem Kampf kam und dass sie ihn in einer Notwehrsituation tötete.«

Mehrere Journalisten riefen sofort durcheinander: »Wie geht es ihr? ... Hat sie sich bei dem Kampf verletzt? ... Leidet sie an einer posttraumatischen Belastungsstörung? ... Wann ist mit ihrer Aussage zu rechnen?«

Der Polizeipräsident lehnte sich zufrieden im Stuhl zurück und nickte dem Pressesprecher Pavlovic zu.

»Ich bitte Sie, meine Damen und Herren«, sagte dieser. »Bewahren Sie die Ruhe. Die meisten Ihrer Fragen werden Kriminalrat Bruns und Staatsanwalt Hofmann schon bei ihren Ausführungen beantworten. Im Anschluss werden dann alle offenen Punkte geklärt.«

Lena hatte genug von diesem Spektakel. Mit schmalen Lippen beendete sie die Übertragung und stellte sich vor, wie sie die Klinge bis zum Heft in Arndt Schultes Brustkorb rammte. Sie wusste, wie viel Kraft dafür nötig war, und sie wusste auch, dass sie genau zwischen die Rippen treffen musste, damit die Spitze nicht stecken blieb. Nach allem, was der Mann ihr angetan hatte, dürfte es ihr an Entschlossenheit nicht gefehlt haben.

Seltsamerweise empfand sie keine Genugtuung über seinen Tod, in ihr regte sich auch keine Befriedigung, dass sie den

Mörder ihrer Schwester zur Strecke gebracht hatte. Moralische Bedenken oder Selbstvorwürfe fehlten ebenfalls. Warum war da kein Gefühl?

Irritiert setzte sie sich an den kleinen Bistrotisch und starrte vor sich hin. Kahrmann fiel ihr wieder ein, wie er sich angesichts der aufgeregten Journalisten entspannt zurückgelehnt hatte. Er hatte es tatsächlich ein zweites Mal getan. Unter dem Deckmantel der lobenden Erwähnung hatte er ihr eine Zielscheibe um den Hals gehängt und die Jagd eröffnet.

Sollte noch herauskommen, dass sich ihre Schwester unter den Opfern befand, würden die Berichterstattungen kein Ende nehmen. Sie sah schon die reißerischen Schlagzeilen vor sich: »Rache oder Gerechtigkeit – ein schmaler Grat des Todes« oder »Stirb, du Schwein! – Das verdiente Ende des Arndt S.«. Ob sie nach einer derartigen medialen Ausschlachtung noch ein normales Leben führen könnte, war ungewiss.

Sie hasste es, benutzt zu werden. Eine Weile malte sie sich aus, wie sie die Initiative übernahm, vor die Presse trat und sich wehrte.

Da vibrierte ihr Handy. Ein Hannoveraner Festnetzanschluss, den sie nicht kannte. Für einen Augenblick fürchtete sie, dass ein Reporter sie ausfindig gemacht hatte. Allerdings gab es nur sehr wenige Menschen, die ihre Nummer kannten und diese weitergeben könnten.

Sie drückte auf die grüne Annahmetaste. »Hallo?«

»Hier ist die Forensische Psychiatrie Hannover. Schreiber mein Name. Anna-Lena Schreiber. Frau Dr. Hornschuh hat mich gebeten, Sie anzurufen. Morgen früh um zehn Uhr dreißig wäre ein Termin frei. Nicht in der Klinik, sondern in ihrer Praxis. Können Sie das einrichten?«

»Das passt«, erwiderte Lena.

Sie klärte letzte Details und legte das Telefon zur Seite. Endlich! Die Suche nach der Wahrheit ging weiter.

41

Das war kein verdammtes Hirngespinst, keine Phantasterei. Das geschah wirklich. Er saß in der Kajüte seines Bootes, schaute aufs Display, saugte jedes Detail der Pressekonferenz in sich auf. Sie redeten über Arndt, über seinen besten Kumpel Arndt, und kapierten gar nichts. Diese Idioten!

An ihren Computern verfolgten Tausende Menschen den Livestream, die Nachricht verbreitete sich auf allen Kanälen, heute Abend würden Millionen vor den Bildschirmen hocken und die »Tagesschau« glotzen. Arndt wurde berühmt. Unfassbar berühmt. Nicht nur in Deutschland, sondern in der ganzen Welt.

Überwältigt legte er das Tablet auf den Kartentisch. Für einen Moment zögerte er. Arndt hatte am Ende geschwächelt. Das stimmte. Er verlor aus den Augen, worauf es ankam, aber er hatte funktioniert. Lange funktioniert. Man musste sein Gesamtwerk betrachten. Und das war einfach übermenschlich, herrlich und würde viele Generationen lang unerreicht bleiben.

Er raufte sich das kurze Haar, konnte es immer noch nicht fassen. Dann kletterte er den schmalen Niedergang hoch zum Oberdeck und hüpfte auf die Sitzducht. Ringsum spiegelglatte silberblaue See.

»Ihr kennt mich nicht!«, schrie er in Richtung der Küste, die nur ein flirrender Strich am Horizont war. Niemand konnte ihn hören, niemand ihn sehen. Weit und breit war kein Schiff. Wie sehr er es hier draußen liebte!

Probeweise drehte er sich mal hierhin, mal dorthin. Es gefiel ihm, wenn die Luft über seine nackte Haut strich, aber es ging nicht der geringste Wind. Totale Flaute.

Früher hatte er allen erzählt, dass es die Weite des Meeres war, die ihn rauszog. Die Grenzenlosigkeit würde ihn frei machen und so weiter und so fort. Sie kauften es ihm ab, weil er ihren Erwartungen entsprach, aber er log ihnen die Hucke voll.

Es war die Tiefe, die ihn faszinierte. Manche Menschen gerieten in Panik, wenn sie den Grund nicht sahen. Für ihn konnte es da unten nicht finster genug sein. All die hungrigen Kreaturen! Er konnte spüren, wie sie im Verborgenen jagten, fühlte sich ihnen verbunden. Daraus zog er seinen Kitzel. Einen dunklen Kitzel, der ihn zu Meisterleistungen anspornte.

Mit großen Schritten rannte er übers Oberdeck, hechtete über die Reling, durchbrach die schillernde Oberfläche und tauchte in die kühle Schwärze ein. Er schwamm ein paar Züge und spürte es wieder: dieses prickelnde Schweben über dem Abgrund.

42

Als Lena die Praxis betrat, wurde sie beinahe umgerannt. Ein breitschultriger Mann drängte sich an ihr vorbei, stürzte ins Treppenhaus. Er trug die Kapuze seines Hoodies tief ins Gesicht gezogen, so als wollte er seine Identität verbergen.

»Wünsche Ihnen auch einen schönen Tag«, rief Lena ihm hinterher und fragte sich, was in ihn gefahren war.

Drinnen war der Empfang verwaist. Eine vertrocknete Blume hatte Staub angesetzt. Hier waren schon lange keine Krankenkassenkarten mehr eingelesen und Termine vereinbart worden. An der Plexiglasscheibe hing ein fleckiger Zettel, auf dem die Patienten gebeten wurden, im Wartezimmer Platz zu nehmen. Lena warf einen Blick hinein. Die schweren Vorhänge waren zugezogen. Es war so schummrig, dass sie kaum erkennen konnte, was sich in den dunklen Nischen verbarg. In der Luft hing ein saurer und modriger Geruch, so als hätten die Altbauwände den Angstschweiß früherer Bewohner konserviert.

Lena fröstelte und nahm sich vor, nicht überkritisch zu sein. Die möglichen Anzeichen einer Demenzerkrankung musste sie ausklammern. Der einzige Weg zu neuen Erkenntnissen führte über das Behandlungszimmer nebenan.

»Bitte kommen Sie herein«, sagte Frau Dr. Hornschuh. Sie

saß in der offenen Tür auf einem Hocker und hielt die Messingklinke in der Hand. Durch die angewinkelten Beine war ihre Hose hochgerutscht, entblößte behaarte Schienbeine und verschiedenfarbige Socken, der eine grau, der andere schwarz. Die Medizinerin stieß sich mit den Füßen ab und rollte zurück ins Innere.

Lena folgte ihr über die alten Dielen, die unter ihren Füßen knarrten und ächzten, als täte ihnen jeder Schritt weh. Auch drüben waren die Vorhänge zugezogen. Die einzige Lichtquelle war eine Schreibtischlampe, die einen schmutzig gelben Kreis auf die Arbeitsfläche warf.

»Ich bin im Eingang mit einem Mann zusammengestoßen«, sagte Lena. »Er kam mir irgendwie bekannt vor. Ein Patient von Ihnen?«

»Genau«, entgegnete die Ärztin und stoppte hinter dem Holzschreibtisch. Geschäftig schlug sie eine Akte auf, vertiefte sich darin, bis sie von den Papieren aufblickte und die Lesebrille abnahm. »Sie sehen wohler aus als bei unserem letzten Treffen. Haben Sie zugenommen?«

»Muss ich wohl, bei der Verköstigung im Hotel«, antwortete Lena und dachte gleichzeitig an den Unbekannten. Spielte er eine Rolle? Sollte sie ihn noch mal ansprechen, oder phantasierte sie sich was zusammen? Wahrscheinlich nur Paranoia, aber ein mulmiges Gefühl blieb.

»Am Telefon haben Sie gesagt«, erwiderte Dr. Hornschuh, »dass mit Ihrem Kopf etwas nicht stimmt, dass Sie ungewöhnliche Träume haben. Können Sie das näher beschreiben?«

»Ich träume von Scharhörn. Von der Vogelinsel im Wattenmeer. Und von einem Segler, der im Herbst letzten Jahres kenterte und seitdem verschollen ist. Alles ist logisch, unnatürlich stringent, und …«

»Ja?«

»Letzte Nacht gab es die erste unrealistische Abweichung. Ich habe geträumt, dass ich den Segler in den Dünen erschlagen habe.«

»Ist doch erstaunlich, wie das Unterbewusstsein auf Verdrängtes hinweist und wie oft es uns auffordert, uns den eigenen Taten zu stellen.«

»Ich verstehe Sie nicht ganz.«

Die Ärztin verzog keine Miene. »Manchmal entdecken wir Abgründe in uns, die wir nie für möglich gehalten hätten. Haben Sie?«

»Was?«

»Diesen Segler umgebracht.«

»Natürlich nicht. Ich bin Kriminalpolizistin, ich kläre Tötungsdelikte auf und begehe sie nicht.«

»Gestern hörte sich das anders an. In der Pressekonferenz war doch von Ihnen die Rede, nicht wahr?«

»Sagen Sie mal – wollen Sie mir was anhängen?«

»Nein, nein. So ist das nicht gemeint. Entschuldigen Sie bitte, ich muss kurz was trinken«, sagte Dr. Hornschuh, griff nach einem gefüllten Glas, trank das Wasser mit zu großen Schlucken aus. Es lief ihr über das Kinn und tropfte auf den Kittel. Mit einem Knall setzte sie das Gefäß zurück auf die hölzerne Tischfläche.

Lena stand noch immer mitten im Raum, kreuzte die Arme vor der Brust. War es wirklich eine gute Idee gewesen herzukommen? Sie wusste es nicht. Jeder Augenblick in der Gesellschaft dieser Frau ließ sie stärker zweifeln.

»Die Notwehrsituation wurde ja vom Polizeipräsidenten ausdrücklich betont«, sagte Dr. Hornschuh. »Durch meine Erkundigungen versuche ich nur Rückschlüsse auf Ihre psychische Verfassung zu ziehen.«

»Auf diese Weise?«

»Auf jede Weise. Erzählen Sie mir nun über Ihre Flashbacks. Wie viele waren es? Wie haben sie sich angekündigt? Und was haben Sie gesehen?«

»Das sind viele Fragen.«

»Ich weiß. Fangen Sie am besten von vorne an.«

Lena runzelte die Stirn. Also gut. Eine Chance gab sie ihr noch. »Drei. Es waren insgesamt drei. Bei den ersten beiden fühlte ich mich gestresst. Sie begannen mit einem Kribbeln am

Kopf und am Arm, griffen auf den ganzen Körper über. Ich habe Szenen gesehen, die sich in meinen Kenntnisstand einfügten, aber der dritte …«

»Ja?«

»Der dritte war anders. Der Auslöser war eine Beobachtung. Eine eigentlich harmlose Beobachtung.«

»Welche?«

»Auf der Fahrt in einem Einsatzfahrzeug bemerkte ich, wie sich die Arme meines Vorgesetzten in den Scheiben spiegelten. Dann erblickte ich die Arme des Fahrers. Lang ausgestreckt, zum Lenkrad hin. In dem fahlen Licht unheimlich. Und dann …«

»Ja?«

»Ich tauchte ab, sah Männer, die mich an ein Bett fesselten. Das waren keine Soziopathen, die ihren Spaß hatten. Nicht wie Arndt Schulte. Das war Personal. Vielleicht Wissenschaftler. Das war etwas Neues.«

»Also sind Sie sowohl in Ihren Träumen als auch bei den Flashbacks abgewichen und auf etwas Unerwartetes gestoßen.«

»Ist das gut oder schlecht?«

»Nur ein Hinweis. In Ihnen arbeitet es. Sie sollten damit rechnen, dass weitere Varianten entstehen. Zudem geben uns die Informationen einen Tipp, wo wir ansetzen müssen.«

»Am Anfang. Wir fangen noch mal von vorne an.«

»Sicher?«

»Absolut. Nicht nur meine Träume und Flashbacks sind seltsam, auch die Gefühle. Bei der Begehung der Folterkammer habe ich nichts gespürt. Ich war unbeteiligt, als gäbe es keine persönliche Verbindung. Erst als mir meine Schwester einfiel, da … da …«

»Die Teilnahmslosigkeit könnte ein Schutzmechanismus sein.«

»Nein, da ist noch mehr. Die Information, dass ich Arndt Schulte umgebracht habe, hat mich völlig kaltgelassen. Ist doch merkwürdig! Kein Triumph, kein schlechtes Gewissen, nichts. Vielleicht bin ich ihm nie begegnet. Verstehen Sie, worauf ich hinauswill? Den Aufenthalt auf Scharhörn habe ich mir eingebildet. Warum soll die Entführung real stattgefunden haben?«

»Angenommen, Sie haben die Entführung erfunden. Dann stellen sich mir die Fragen, wieso Sie das Versteck kannten und die Soko hinführen konnten und warum Ihre Fingerabdrücke auf dem Messer waren.«

»Ja, und wie die Schmuckstücke in meinen Besitz gelangten.«

»Gleich wissen wir mehr. Machen Sie es sich schon mal auf der Chaiselongue bequem.«

»Da drüben?«

»Ja, da drüben«, sagte Dr. Marina Hornschuh, stieß sich von der Schreibtischkante ab und rollte mit dem Hocker ein Stück zurück. Irgendetwas war falsch an der Bewegung, sie war unrund, jedenfalls anders.

Plötzlich stoppte die Ärztin, zog den Vorhang etwas auf und blickte nach draußen, wo Sonnenstrahlen das Blattwerk einer Buche durchdrangen. Im Sommerwind wiegten sich die Äste. Über das Gesicht von Dr. Hornschuh huschten Lichtflecken, dann lag es vollkommen im Schatten. Das ewige Wechselspiel von Hell und Dunkel.

Die Sekunden verstrichen. Sie saß reglos da.

Lena hatte sich auf dem Samtpolster ausgestreckt und beobachtete die Therapeutin, die friedlich wirkte. Es widerstrebte ihr, sie zu stören. Trotzdem fragte sie: »Was sehen Sie?«

»Mein Leben«, erwiderte Marina Hornschuh. »Und wie es mir durch die Finger rinnt. Ich habe klein angefangen. Praktisch mit nichts. Als Aussiedlerkind wurde ich gefördert. Mit meiner Arbeit kann ich was zurückgeben. Dem Staat, den Menschen und Ihnen. Ja, noch kann ich Ihnen helfen.«

Die Ärztin stieß sich wieder mit den Füßen ab und rollte auf dem Hocker heran.

Das Polster unter Lena sollte ihr eigentlich helfen, sich zu entspannen, aber es war zu hart. Sie fand nicht die richtige Position. Mal verlagerte sie ihr Gewicht nach links, dann nach rechts, dann kreuzte sie die Beine übereinander. Endlich legte sie die Hände neben ihrer Hüfte ab und zwang sich, ruhig liegen zu bleiben. Sie musste da jetzt durch, mit allem abschließen. Das war sie nicht nur Jette, sondern vor allem sich selbst schuldig.

»Kann losgehen.«

»Prüfen wir also, ob auch Ihre Erinnerungen Abweichungen aufweisen«, sagte Dr. Hornschuh und griff nach Lenas Handgelenk, um den Puls zu fühlen. »Dazu kehren wir zum Tag Ihrer Entführung zurück. Sie hielten sich am alten Elbdeich auf, zwischen Krummendeich und Balje, und stiegen in ein Auto ...«

***

Lena öffnete die Beifahrertür. In dem Moment, als sie sich in den Wagen setzte, sah sie die Spritze kommen. Instinktiv riss sie den Arm hoch. Sie wollte sich wehren, kämpfen, aber sie war zu langsam.

Bis zum Knochen bohrte sich die Nadel in ihren Oberschenkel. Es tat weh. Höllisch weh. Rasend schnell verteilte sich das Mittel in ihrem Körper.

Aus ihrem Mund entwich kalter Atem; die Muskeln erschlafften; ihr Kopf kippte zur Seite. Sie schrie. Ja, in ihrem Kopf hallte ihre Stimme wider, aber über ihre Lippen kamen nur schwerfällige Laute: »Hawawa... wawaf... hawawa...«

Trotzdem blieb sie klar, auch die Lider konnte sie öffnen. Gab es solche Betäubungsstoffe? Die Forschung machte Fortschritte. Verdammte Biochemie!

Auf dem Lenkrad befanden sich vier ineinandergeschlungene silberne Ringe. Sie waren ein Emblem. Ein Firmenemblem!

Moment mal! Vier Ringe? Sie befand sich in einem ... ja, in einem Audi.

Edle Armaturen. Chromleisten. Nicht nur ein Touchscreen, sondern zwei.

Ein neues Modell! Teure Ausstattung!

Da sah sie seine Hand. Ausgeprägte Venen, die Fingernägel akkurat geschnitten. Keine besonderen Auffälligkeiten.

Nein, dachte sie. Fass mich nicht an! Wag es bloß nicht!

Sein Gesicht näherte sich. Oval, eher schmal, bartlos. Das war definitiv nicht Arndt Schulte! Der Mann war deutlich älter, hatte zahlreiche kaum wahrnehmbare Narben in den Augenbrauen und auf den Wangen. Ein Netz aus feinen weißen Linien. Am Hinterkopf ein silbergrauer Haarknoten.

Ehemaliger Kampfsportler? Vielleicht Kickboxer? Oder Mixed Martial Arts?

Und dieser Geruch.

Kein Deodorant.

Auch kein Parfüm.

Dafür war der Duft zu herb, zu aufdringlich.

Ein Rasierwasser!

Ja, ein maskulines, penetrantes Rasierwasser.

Da riss Lena die Augen auf und begriff es.

Sie hatte den Mann schon gesehen.

Ja, sie erkannte ihn wieder.

43

»Ich habe ihn nicht nur unter Hypnose gesehen«, sagte Lena zwei Stunden später. »Auch in echt. Ich bin mir sicher. Als ich mich von der Forensischen Psychiatrie ins LKA fahren ließ, hatte ich das Gefühl, verfolgt zu werden. Ich bat den Uber-Chauffeur, einen Umweg zu nehmen. Da fuhr ein Audi vorbei. Am Steuer so ein älterer Hipster, wie sie in den Städten tausendfach rumlaufen.«

»Einer von Tausenden sein«, erwiderte Kriminalrat Bruns. »Ein normales Leben haben. Nicht diesen Totalreinfall.«

»Mittlerweile glaube ich, dass er diesen Eindruck nur erwecken wollte. Der hat sich verkleidet. Das war kein Kreativer, das war ein Profi, vielleicht einer von uns. Sag mal, hörst du mir überhaupt zu?«

Sie hatte Kriminalrat Bruns angerufen und um ein Treffen gebeten. Zögerlich hatte er zugestimmt und sich mit ihr am neuen Haupteingang des Stadtfriedhofs Seelhorst in der Garkenburgstraße verabredet. Schon beim Betreten des weitläufigen Geländes hatte Lena sich beklommen gefühlt, die Füße nur vorsichtig aufgesetzt, die Stimme gedämpft, so als könnte sie die Ruhe der Toten stören. Es war so still hier, so respekteinflößend.

Im Schatten der majestätischen Bäume schleppte sie sich durch die Hitze. Wogende Mückenschwärme flogen Angriffe. Lena klatschte sich in den Nacken, erschrak über das laute Geräusch und fuchtelte nur noch mit den Händen.

Ihr Vorgesetzter ließ sich widerstandslos stechen. An seiner Schläfe, am Hals und an den Handgelenken prangten bereits rote Flecke. Offenbar störte es ihn nicht, vielleicht bemerkte er es nicht mal.

An einer Grabstelle griff er nach einer Plastikkanne, füllte sie mit Wasser, goss die Begonien, Fuchsien und Schattenlieschen. Stöhnend ließ er sich auf die Knie nieder und begann, Unkraut zu jäten. Das war eigentlich nicht nötig, denn das Beet machte im Gegensatz zu ihm einen gepflegten Eindruck.

Lenas Blick fiel auf den Granitstein. Die Inschrift lautete:

Sandra Bruns
☆7.1.1985†
Auch wenn deine kleinen Füße die Erde nie berührten,
haben sie tiefe Spuren hinterlassen.
In Liebe Mama & Papa

»Mein einziges Kind«, sagte Bruns, ohne aufzusehen. Er riss ein vertrocknetes Blütenblatt ab. »Sternenkind. Danach wollte meine Frau nicht mehr. Der Schmerz saß zu tief. Ich habe alles verloren, Lena. Erst meine Tochter, dann meine Ehe, zuletzt den Beruf.«

»Von deinem Mädchen wusste ich gar nichts«, erwiderte Lena.

»Wie auch? Hab nie drüber gesprochen. In letzter Zeit komme ich oft her. Rede mit Sandra. Frage sie, wie es ihr da oben geht und was sie den ganzen Tag macht.«

»Und? Antwortet sie?«

»Das ist seltsam. Sie wäre jetzt neununddreißig. Eine erwachsene Frau. In meiner Einbildung sieht sie aus wie du. Manchmal stelle ich mir vor, dass sie genauso unbeugsam wäre.«

Lena schossen die Tränen in die Augen. Wegen der Situation, aber auch wegen seiner Worte, die zu den nettesten zählten, die jemals jemand zu ihr gesagt hatte. Sie war es nicht gewohnt, dass sie so wertgeschätzt wurde. Und sie musste sich zusammennehmen, um dieses positive Bild nicht zu relativieren und sich selbst abzuwerten.

Bruns entfernte weiter verdorrte Pflanzenteile, einen knisternden Zweig hier, einen braunen Trieb dort. Plötzlich packte er ein Schattenlieschen, das noch in voller Blüte stand, zerrte an ihm und riss es komplett aus.

Ächzend stemmte er sich hoch, reckte die entwurzelte Blume vor und schüttelte sie. »Macht keinen Unterschied«, sagte er. »Macht einfach keinen Unterschied, verstehst du?«

Lena verstand es nicht, nickte aber und fragte nicht weiter nach.

Bruns warf die Pflanze etwas zu heftig auf den Kompost und wischte sich die schmutzigen Hände an seinem beigeweißen Polohemd ab. Der Stoff wies schon Kaffeeflecken und rote Tomatensoßenkleckse auf. Da schadeten verschmierte Erdbröckchen auch nichts mehr.

»Verrenn dich nicht, mien Deern«, sagte er. »Wir haben DNA in der Folterkammer entdeckt, die wir deiner Schwester zuordnen konnten. Arndt Schulte hat sie gemalt. Nackt und gefesselt auf diesem Altar.«

»Wie oft eigentlich?«

»Ein Mal.«

»Nur ein Mal? Wie oft die anderen Frauen?«

»Dutzendfach, manche noch mehr, aber das ist nicht der Punkt. Entscheidend ist, dass Jette in dem Raum war. Nachweislich.«

»Und was ist mit dem Mann, den ich gesehen habe?«

»Ein Mann, der dich aus irgendeinem Grund beschäftigt und

der dich nicht loslässt. Mehr nicht. Was meinst du überhaupt damit, dass er einer von uns ist?«

»Vielleicht nicht vom LKA, dann wüsste ich, wer er ist, aber von einem anderen Sicherheitsdienst. Vielleicht ein Zielfahnder oder verdeckter Ermittler. Meinetwegen auch ein Security-Mann von einem privaten Unternehmen. Kennst du ihn?«

»Ach, jetzt verstehe ich, warum du mich treffen wolltest.«

»Und?«

»Nein, da klingelt nichts, überhaupt nichts, aber ... Ich verstehe nicht viel von Hypnose, aber ich kenne mich mit Ermittlungsarbeit aus. Und du hast gegen eine Grundregel verstoßen. Besinne dich auf das, was ich dir beigebracht habe: Überprüfe deine Hypothesen, bevor du mit ihnen hausieren gehst.«

»Ich bin keine Anfängerin.«

»Schon klar.«

»Der Typ war keine Einbildung, der war real.«

»Das mag so sein. Er ist dir aufgefallen und kam dir verdächtig vor.«

»Aber?«

»Ist es nicht möglich, dass er sich wegen dieser Begegnung in dein Unterbewusstsein eingeschlichen hat und dass du ihn wegen deines Verdachts in der Therapiesitzung gesehen hast?«

»Und was ist mit dem Rasierwasser? Ich habe es gerochen. In meinem Cuxhavener Hotelzimmer. Hundertprozentig.«

»Gleiche Erklärung! Überleg mal. Der Duft des Rasierwassers war real, und du konntest ihn dir nicht erklären. Ist es möglich, dass du ihn deshalb in deinem Unterbewusstsein abgespeichert hast und dass du ihn aus diesem Grund unter Hypnose reproduziert hast?«

Stimmt, dachte Lena. Die Verknüpfung von dem herben Geruch mit dem Audifahrer geschah zum ersten Mal in ihrem Kopf. Bislang gab es keine Beweise, dass der Mann dieses Aftershave tatsächlich benutzte. Was, wenn sie sich alles nur eingebildet hatte?

Äußerlich ließ ihr Chef sich gehen, aber sein Verstand arbeitete noch präzise. Seine Einwände waren nachvollziehbar, plausibel.

Warum war sie nicht selbst draufgekommen? Warum vermutete sie immer eine Verschwörung? Sie ärgerte sich über ihren Fehler.

»Laat den Kopp nich hängen«, sagte Bruns. »Kümmt all wedder in't Lot.«

»Darauf kann ich nicht warten. Dazu sind zu viele Fragen offen.«

»Du bist noch jung. Früher konnte ich mich auch nicht gedulden, aber du solltest eins beachten. Das LKA kämpft um sein Ansehen und begibt sich nicht leichtfertig in irgendwelche Grauzonen. Ich kann dir nicht mehr helfen. Hab mir Urlaub genommen, danach geht's in den Ruhestand.«

»Was? Das … das ist schade. Ohne dich kann ich mir das Dezernat gar nicht vorstellen. Es wird ganz anders sein!«

»Anders ja, schlechter nein. Mein Nachfolger wird bereits eingearbeitet. Ist ein fähiger Mann, aber er kennt dich nicht. Bevor du zu ihm gehst, solltest du sehr überzeugende Argumente haben.«

»Danke«, sagte Lena. »Ich habe es wirklich vermisst, mit dir zu reden. Auch wenn du aufhörst, bleiben wir doch in Kontakt, oder? Ich halte dich auf dem Laufenden. Morgen ist die nächste Sitzung bei Frau Dr. Hornschuh. Wir rollen meine Entführung von vorne auf. Ich muss wissen, welche Bedeutung der Audifahrer hat.«

44

»Moonlight Shadow«, der Achtziger-Jahre-Hit von Mike Oldfield, tönte aus den Boxen des Audis. Im Anschluss kündigte der Moderator das nächste Stück an: »I Just Died In Your Arms Tonight« von Cutting Crew.

Das kannst du vergessen, du krankes Schwein!, dachte Lena. In deinen Armen krepiere ich nicht.

Der Mann mit dem silbergrauen Haarknoten bog nicht nach Neuhaus ab, so viel war klar, aber ihr Oberkörper war noch eingeknickt, der Kopf lag an den Oberschenkeln. Sie konnte kaum aus den Fenstern sehen, bekam kaum etwas mit. Wo brachte er sie hin? Was hatte er vor?

Um sechzehn Uhr wurden die Nachrichten verlesen. Sie waren schon eine halbe Stunde unterwegs. Da wurde das Auto langsamer, hielt an. Waren sie am Ziel?

Lena wollte den Mann ansprechen, Kontakt aufnehmen, ihn aushorchen, ihn milde stimmen, irgendwas tun, aber ihre Zunge lag leblos wie ein Stück Fonduefleisch in der Mundhöhle, der Speichelfleck auf ihrer Jeans wurde immer größer.

Der Mann stieg aus, öffnete den Kofferraum. Wind fuhr durch den Innenraum. Ein Faden an ihrem Ärmelende wehte auf, legte sich so sanft nieder, als bettete er sich für die ewige Ruhe. Nein!, schrie es in Lena.

Er öffnete die Beifahrertür, griff unter sie, hob sie heraus. Sie wollte zutreten, ihn verletzen, ihm wehtun, aber ihre Füße schwangen nur etwas vor und zurück.

Ihr Kopf hing im Nacken. Sie sperrte die Augen auf, musste alles registrieren. Ein öffentlicher Parkplatz mit kiesigem Grund. Schlecht besucht. Nur zwei weitere Fahrzeuge. Schilf, dahinter Gewässer und Weiden.

Kannte sie den Ort? Er kam ihr vertraut vor. Aber es musste Jahre her sein, dass sie ihn besucht hatte.

Er setzte sie in einen Rollstuhl. Schnallte ihren Oberkörper an der Rückenlehne fest. Breitete eine Decke über ihren Schoß aus. So ein Mistkerl! Die perfekte Tarnung!

Über eine schmale Straße schob er sie zum Deich. Ein Paar in den mittleren Jahren mit Wollmützen und Funktionsjacken kam ihnen entgegen. Mann und Frau. Hand in Hand.

Ihre letzte Chance! Sie rollte mit den Augen, bewegte die Lider auf und ab, brachte nur diese furchtbaren Stammellaute hervor: »Hawawa... wawaff... hawawawawaff.«

Sichtbares Unbehagen bei den Spaziergängern. Hielten sie für eine Schwerbehinderte. Mieden ihren Blick. Lächelten stattdessen den Entführer an, den »fürsorglichen« Begleiter, grüßten ihn mit: »Moin!«

Plötzlich erkannte sie den Ort!
Sie war tatsächlich hier gewesen.
Mit Mickel.
Das Gebäude da vorne, das war das Café und Bistro »Zur Schleuse« am Sportboothafen in Cuxhaven-Altenbruch.

***

»In beiden Varianten werde ich in einem Auto entführt«, führte Lena im Behandlungszimmer aus und wand sich auf der Chaiselongue. Sie fand einfach nicht die richtige Liegeposition. Schließlich stützte sie den Oberkörper mit den Ellenbogen auf. »Manche Details stimmen überein, andere unterscheiden sich. Was bedeutet das?«

»Was bedeutet was?«, erwiderte Dr. Marina Hornschuh. Ihre Augen waren kaum zu erkennen, lagen versunken in dunklen Schattenteichen. Das hing mit den zugezogenen Gardinen zusammen, auch mit der spärlichen Beleuchtung durch die Schreibtischlampe, aber vor allem mit ihrer Armbanduhr. Sie hielt den Kopf gesenkt, schaute aufs Ziffernblatt, so als könnte sie die Zeiger beschwören, sich zurückzudrehen, in eine längst vergangene Zeit, in eine Phase ihres Lebens, als sie noch vollkommen klar und gesund war.

»Na, die Unterschiede«, sagte Lena.

»Ach so! Dann … dann lassen Sie uns mal etwas Ordnung hineinbringen. Kann es sein, dass sich beides zugetragen hat?«

»Nicht mit mir als Entführungsopfer. Ich müsste parallel von zwei verschiedenen Männern an zwei verschiedene Orte gebracht worden sein.«

»Es gibt Menschen, die sich aufspalten, die sich nach einer traumatischen Erfahrung in verschiedenen Persönlichkeiten verlieren.«

»Äh, das kann natürlich sein, aber das ändert nichts an der physikalischen Unmöglichkeit.«

Endlich ließ die Ärztin von ihrem Zeitmesser ab, streichelte zufrieden das Glas, wie man das Fell eines braven Hundes liebkoste. Jetzt waren ihre Augen zu erkennen. Sie schimmerten feucht, waren von einem seltsamen Licht erfüllt. In ihnen lag eine Entrücktheit, die nicht in diese Praxis gehörte. »Was schließen Sie daraus?«

»Ein Hergang hat sich in meinem Kopf abgespielt, der andere ist tatsächlich passiert.«

»Und welcher von beiden ist Ihrer Ansicht nach real geschehen?«

»Schwierig.«

»Keine Idee?«

»Doch. Die Werft, da hat Arndt Schulte gewohnt. Ein Mann, der Frauen entführt hat. Er könnte mich gezielt ausgewählt haben, weil ich ihm auf die Schliche gekommen bin. Für den Sportboothafen in Altenbruch spricht weniger. Zwar habe ich den Audifahrer in Hannover gesehen, aber das macht ihn noch nicht zum Kidnapper.«

»Beide Optionen werden wir beim nächsten Mal prüfen«, sagte Dr. Hornschuh, erhob sich vom Hocker und strich demonstrativ ihren Kittel glatt. Eine Aufforderung, ebenfalls aufzustehen?

Lena tat so, als hätte sie den Fingerzeig nicht verstanden, und blieb auf der Chaiselongue liegen. »Ist es überhaupt möglich, dass zwei verschiedene Erinnerungen an dasselbe Ereignis in meinem Kopf sind?«

»Sie würden sich wundern, was alles möglich ist und wie stark unser Geist Einfluss nimmt. Das Gedächtnis ist voller ›erinnerter‹ Bilder, die einem Faktencheck nicht standhalten würden.«

»Trotzdem fühlt es sich komisch an.«

»Sie verarbeiten das Geschehen. Nicht ungewöhnlich, dass Sie Alternativen entwerfen, um besser mit dem Erlebten fertigzuwerden. Solange dieser Prozess andauert, solange Sie Ihre Version nicht gefunden haben, dürften die Irritationen anhalten. Das ist ganz natürlich. Und jetzt …«, sagte Dr. Hornschuh und schaute sich um, als würde sie etwas suchen. »Jetzt …«

Lena wandte den Blick ab, wollte die plötzliche Verwirrtheit nicht sehen, konzentrierte sich ganz auf die Therapiestunde.

»Wenn es so wäre, wie Sie sagen, hätten wir ein weiteres Argument dafür, dass ich mir den Audifahrer nur eingebildet habe.«

»Was! Warum?«

»Er tritt weniger gefährlich auf, achtet auf meine körperliche Unversehrtheit, kostet die Situation nicht aus, berauscht sich nicht an seiner Macht, sondern …«

»Ja?«

»Nur ein Eindruck.«

»Eindrücke sind von großer Bedeutung, weil sie uns helfen, neue Informationen einzuordnen.«

»Normalerweise verlasse ich mich lieber auf Fakten.«

Der Blick der Ärztin wurde klar, von durchdringender Intelligenz. »Normalerweise arbeiten Sie als Kriminalpolizistin, da brauchen Sie gerichtstaugliche Beweise, aber momentan sind Sie Patientin in meiner Praxis. Hier kommt anderen Parametern eine Bedeutung zu.«

»Also gut. Ich habe das Gefühl, dass ihn die Entführung nicht berührt. Er erledigt eine Aufgabe. Nicht mehr und nicht weniger. Vielleicht handelt er sogar im Auftrag eines Dritten.«

»Eine nachvollziehbare Interpretation. Allerdings noch kein Hinweis.«

»Wieso nicht?«

»Sie müssen die Dinge trennen. Dürfen nicht vergessen, dass Sie über eine Version reden, die Sie möglicherweise entworfen haben, um sich selbst zu beruhigen. Also über eine vermeintlich falsche Erinnerung.«

Lena dachte über die Worte nach, setzte sie in ein Verhältnis zu den bisherigen Erkenntnissen.

»Sie haben viele interessante Punkte angesprochen«, fuhr Dr. Hornschuh fort. »Das nächste Mal werden wir sie auf ihren Realitätsgehalt prüfen.«

Lena setzte sich auf, ließ die Unterschenkel über die Kante der Chaiselongue baumeln. »Eine Frage habe ich noch, dann lasse ich Sie in Ruhe. Versprochen! Wir reden die ganze Zeit über einen Verarbeitungsprozess und falsche Erinnerungen.

Beides müsste durch Wunschdenken und Ängste beeinflusst werden. Richtig?«

»Ja.«

»Müsste die Erinnerung ... ich meine die ›falsche‹ Erinnerung, die ich verändert habe, um mich besser zu fühlen ... müsste diese nicht irrationaler ausfallen?«

»Worauf wollen Sie hinaus?«

»Ich meine, unberechenbarer, chaotischer, übertrieben besser. Nehmen wir zum Beispiel die Automarke. Einmal ist es ein Peugeot, einmal ein Audi. Das ist ein Detail, das mich überhaupt nicht ängstigt. Welchen Grund sollte mein Unterbewusstsein haben, eine derartige Änderung vorzunehmen?«

»Nun, Sie haben einen Audi in der Realität gesehen, er erregte Ihre Aufmerksamkeit, Sie speicherten ihn in Ihrem Unterbewusstsein ab und integrierten ihn in die falsche Erinnerung.«

Lena begriff, dass sie sich im Kreis drehten. Dr. Hornschuh argumentierte genauso wie Kriminalrat Bruns. Trotzdem blieb ein komisches Gefühl. Vielleicht konnte sie sich nicht verständlich genug ausdrücken, damit eine andere Person begriff, um was es ihr ging.

»Sie lassen mir keine andere Wahl mehr, als deutlich zu werden«, sagte die Ärztin streng und tippte energisch auf das Glas ihrer Armbanduhr. »Höchste Zeit. Zehn Uhr dreiunddreißig. Sie müssen jetzt gehen. Bitte sofort!«

Lena erhob sich, zögerte kurz, wollte eine allerletzte Frage stellen, unterließ es dann aber. Sie hatte ohnehin schon ein schlechtes Gewissen. Vielleicht hatte sie die Frau zu stark beansprucht.

Sie bedankte und verabschiedete sich, doch dieses komische Gefühl beschäftigte sie weiter. Schon im Treppenhaus kam sie ihm auf die Spur, ordnete ihm ein Bild zu. Ein Bild von einem Legohaus, das umgebaut wurde. Einige Plastiksteine wurden durch andersfarbige ersetzt. Die Form blieb erhalten, nur winzige Details wurden ausgetauscht. Wie in ihren Erinnerungen.

Der Verdacht traf sie völlig unvorbereitet, ließ sie auf der Stufe erstarren und sich an den Handlauf klammern. Hatte jemand die Klötzchen in ihrem Kopf verändert? War sie manipuliert worden?

45

Schon als Lena mit dem Wagen in die verkehrsberuhigte Straße einbog, wunderte sie sich, dass alle Parkbuchten besetzt waren. Außerdem stand ein grauer Multivan in der zweiten Reihe. Sie passierte die begrünte Insel, und die Sicht auf ihr Mietshaus wurde frei.

Da blitzte es heftig in ihr Seitenfenster. Vor Schreck verriss sie das Lenkrad, so stark, dass sie beinahe in einen Fiat krachte. Sie brachte ihr Auto gerade noch rechtzeitig zum Stehen und verhinderte einen Blechschaden.

Grelles Zucken, mehrmals hintereinander. Auf der Beifahrerseite entdeckte sie ein Teleobjektiv, das auf sie gerichtet war. Gehalten von einem Mann in einer olivgrünen Funktionsweste. Ein Fotoreporter. Verdammter Aasgeier.

Es klopfte ans Glas. Jetzt auf ihrer Seite. Da stand ein weiterer Mann. Frisch frisiert, Bräunungscreme im Gesicht. Perfekt hergerichtet für einen Livebericht vor der Fernsehkamera. Er beugte sich herab, lächelte freundlich, vollführte mit dem Zeigefinger kreisende Bewegungen, wollte sie wohl dazu bringen, ihr Fenster runterzukurbeln.

Vergiss es, dachte Lena.

Der Wagen war abgesoffen, sie drehte am Zündschlüssel, ließ den Motor anspringen. Da baute sich eine junge Frau vor der Kühlerhaube auf, schaute in eine andere Richtung, tat so, als wäre sie unbeteiligt. Wahrscheinlich die Praktikantin. Musste wohl heute beweisen, dass sie sich für nichts zu schade war. Im Rückspiegel tauchte noch eine Person auf.

Lena war umzingelt, gefangen, sie war ... Schluckend griff sie nach der Flasche, die in der Mittelkonsole stand. Leer! Auch das noch! Sie pfefferte die Pulle in den Fußraum, presste kurz die Lippen zusammen und öffnete dann surrend die Scheibe.

»Netter Versuch, aber das ist Nötigung«, sagte sie und ärgerte sich über das Zittern in ihrer Stimme. Sie musste auf ihre Worte achtgeben, konnte nicht wissen, ob ein Aufnahmegerät mitlief, ob ihre Aussagen gegen sie verwendet werden sollten. Den Typen war alles zuzutrauen.

»Wir wollen doch nur ein bisschen reden«, sagte der Schönling. »Die Öffentlichkeit hat ein großes Interesse an Ihnen, die Menschen möchten mehr erfahren. Ihre Geschichte hören. Das verstehen Sie doch sicher.« Neben ihm baute sich der Fotograf auf, knipste ununterbrochen Bilder.

»Junge Dame«, rief Lena nach vorne. »Machen Sie bitte den Weg frei. Ich möchte die Fahrt fortsetzen.«

Die Praktikantin reagierte nicht, zählte Wolken.

»Herr Öztürk. Hallo, Herr Öztürk«, rief Lena. Ein Mann mit einem beträchtlichen Bauchumfang lief auf dem Bürgersteig vorüber. Er trug einen blauen Arbeitskittel, in seiner Hand hielt er eine Kabeltrommel. Es war ihr Hausmeister, Hamza Öztürk.

»Können Sie mal kurz kommen? Danke. Danke, dass Sie sich kurz Zeit nehmen. Das sind Reporter, die möchten mit mir reden. Ich aber nicht mit Ihnen. Deshalb hindern sie mich an der Weiterfahrt. Besonders die junge Frau da vorne. Ich werde eine Strafanzeige gegen sie stellen und möchte, dass Sie den Sachverhalt bezeugen. Ich werde sie jetzt erneut auffordern, den –«

»Ich?«, sagte die Praktikantin. Offenbar hatte sie ihre Sprache wiedergefunden. »Ich behindere niemanden.« Sie machte den Weg frei.

Lena legte sofort den ersten Gang ein, gab Gas. Im Rückspiegel wurde der verdutzte Herr Öztürk kleiner. Der Kameramann rannte über die Straße, warf das Equipment auf die Ladefläche des grauen Multivans, kletterte ins Führerhäuschen.

Bei der erstbesten Gelegenheit bog Lena ab. Ihre Handinnenflächen klebten am Leder des Lenkrads. Schon nahm sie die nächste Seitenstraße, steuerte eine Weile kreuz und quer durch die Stadt, bis sie sicher war, dass sie mögliche Verfolger abgeschüttelt hatte. Auf einem Supermarktparkplatz hielt sie an, stieg aus und behielt über das Wagendach hinweg die Gegend im Auge.

Sie war davongekommen – vorerst.

Eigentlich hatte sie sich in ihrer Wohnung umziehen, duschen, ein paar Sachen packen wollen. Das konnte sie jetzt vergessen. Wo ein Reporterteam lauerte, war bestimmt noch ein zweites. Auf Interviews war sie nicht vorbereitet. Sie lief Gefahr, Aussagen zu treffen, die sie später bereuen würde. Außerdem sollte das Interesse an ihrer Person abflauen, nicht angeheizt werden.

Wie war die Journaille überhaupt an ihren Namen und die Adresse gekommen? Letztere tauchte in keinem öffentlichen Verzeichnis auf. Sie sah nur eine Möglichkeit. Ein LKA-Mitarbeiter hatte beides durchsickern lassen, vielleicht auch die Info, dass sie sich in Hannover aufhielt. Natürlich im Auftrag des Polizeipräsidenten, der immer noch von den eigenen Versäumnissen ablenken wollte.

»Dann fahre ich eben ungeduscht«, murmelte sie trotzig.

Sie konnte nicht untätig rumsitzen und auf die nächste Therapiestunde warten. Cuxhaven-Altenbruch ging ihr nicht aus dem Kopf. Der Sportboothafen. Sie wollte sich dort umschauen. Vielleicht reagierte sie mit weiteren Erinnerungen.

Bevor sie aufbrach, musste sie jedoch Getränke kaufen. Außerdem einen Anruf erledigen. Sie wählte die Nummer vom Polizeikommissariat Varel, erkundigte sich nach ihrem ehemaligen Kollegen und ließ sich zu ihm durchstellen.

»Ohnhäuser«, erklang eine gepresste Männerstimme. Es rauschte in der Leitung. Entweder die schlechte Verbindung oder der norddeutsche Wind.

Lena kletterte ins Auto, schloss die Tür. Das Gespräch musste niemand mitbekommen. »Hi, Ole, ich bin's.«

Nach dem Austausch einiger Höflichkeiten erzählte er, dass er die Berichterstattung zum Gezeitenmörder verfolgt habe. Er erkundigte sich nach ihrer Beteiligung und gab sich erleichtert, dass sie die Entführung unversehrt überstanden hatte.

»Warum bist du so verhalten?«, fragte er. »Du hast den Kerl geschnappt. Das wolltest du doch immer.«

»Es sind noch Fragen offen. Fragen, die bei der Pressekonferenz nicht thematisiert wurden. Die Geschichte ist noch nicht vorbei.«

»Da bin ich der falsche Ansprechpartner. In die Interna bin ich nicht mehr eingeweiht.«

»Deshalb ruf ich nicht an. Es gibt jemanden, um den ich mir Sorgen mache.«

»Wer?«

»Kriminalrat Bruns. Ist nicht mehr der Alte.«

»Und wennschon! Der ist härter als wir alle zusammen. Wenn ihm was nicht passt, räumt er es gnadenlos aus dem Weg.«

»Klingt fast so, als wärst du selbst betroffen?«

»Ist nur so eine Beobachtung.«

»Was ist eigentlich zwischen euch passiert? Ich meine, du warst so ehrgeizig, hast dich immer voll eingebracht, warst unser aller Held. Ich hätte jede Wette drauf abgeschlossen, dass du Karriere machst. Einen so motivierten Mitarbeiter jagt man nicht einfach vom Hof.«

Ole antwortete nicht. Im Hintergrund hörte man einen Dieselmotor, auch das Kreischen von Möwen. Das Schweigen dehnte sich. Anscheinend arbeitete es in ihm, anscheinend kämpfte er um seine Fassung.

»Sorry«, sagte Lena. »Manchmal bin ich ein Trampel, rede so dahin und sage Dinge, die andere treffen. Gehört wohl irgendwie zu meiner Natur.«

»Du redest nie nur so dahin«, sagte Ole. »Um was geht es dir eigentlich?«

»Hab ich gesagt.«

»Nee. Du hast nur erzählt, dass du dir Sorgen um den Alten machst. Deshalb rufst du nicht an. Wenn es so wäre, würdest du mit ihm einen Kaffee trinken, ihm ein bisschen auf den Zahn fühlen. Ich habe eine andere Vermutung.«

»So?«

»Ich orientier mich mal an deinen Aussagen. Du hast bei ihm

eine Verhaltensänderung festgestellt und glaubst, dass sie mit deinen offenen Fragen im Gezeitenmörderfall zusammenhängt. Mir gegenüber rückst du nicht mit der Sprache raus, weil du seinen Ruf nicht schädigen willst. Korrekt?«

»Bin ich so durchschaubar? Du solltest zurück zum LKA.«

»Mach ich. Sobald der Alte weg ist.«

»Ist er fast.«

»Was?«

»Kriminalrat Bruns befindet sich bereits im Urlaub, danach geht er in den vorzeitigen Ruhestand.«

»Das ist ja ...«

Erneut wurde es still in der Leitung. Die Nachricht hatte ihn unvorbereitet getroffen, eröffnete ihm plötzlich neue Möglichkeiten.

»Ole?«, fragte Lena.

»Ja«, erwiderte er, räusperte sich, hustete sich frei.

»Ist mein Verdacht so abwegig?«

»Dein Verdacht? Keine Ahnung. Du musst mehr preisgeben. Wenn du nichts sagst, kann ich dir nicht helfen.«

»Du darfst nichts davon verwenden.«

»Warum sollte ich auf jemanden Zeit vergeuden, der so gut wie raus aus dem Geschäft ist, der nichts mehr zu melden hat? Der Alte interessiert mich nicht mehr, ist für mich gestorben.«

»Also gut. Er verhält sich untypisch. Irgendetwas belastet ihn, zehrt ihn von innen auf. Und mir hat er alles, wirklich alles durchgehen lassen.«

»Und?«

»Ich gebe dir mal ein Beispiel. Als ich verlangte, beim Zugriff dabei zu sein und ihn mit dem Zurückhalten von Informationen erpresste, kapitulierte er sofort. Obwohl es offensichtlich war, dass ich psychisch instabil war und ein Sicherheitsrisiko darstellte. Meine Beteiligung hätte den ganzen Einsatz zum Scheitern bringen können.«

»Das ist in der Tat ungewöhnlich.«

»Ja, besonders für ihn. Er ist ein Taktiker, ein Fuchs, er kann Gespräche lenken. Früher hätte er an mein Pflichtgefühl appelliert, dann Druck ausgeübt, schließlich offen gedroht, bis ich irgendwann nachgegeben hätte.«

»Was schließt du daraus?«

»Er ist mir gegenüber befangen, und wegen dieser Befangenheit ist er auffällig passiv und lässt ein Übermaß an Nachsicht walten. Glaubst du, dass ich mich verrenne?«

»Nicht am Telefon, Lena.«

»Nicht am Telefon? Okay, Ole. Wenn das so ist, dann reden wir persönlich. In zwei Stunden bin ich bei dir.«

46

Der Audi folgte Lena, seitdem sie von der Autobahn abgefahren war. Es handelte sich um den gleichen Typ und die gleiche Farbe wie bei dem Fahrzeug, das sie in Hannover und unter Hypnose gesehen hatte. Wurde sie observiert?

Sie stellte das Radio aus, damit sie nicht abgelenkt wurde, und testete, ob sich ihr Verdacht erhärten ließ. Beschleunigte sie im Wesertunnel, blieb die Limousine an ihrer Stoßstange dran, wenn sie bei freier Gegenfahrbahn abbremste und nur noch über die Landstraße kroch, überholte der Wagen nicht. Scheiße!

Sie leckte sich über die trockenen Lippen. Im Rückspiegel konnte sie die Insassen nicht erkennen, die Windschutzscheibe blendete zu stark. Sie sah nur zwei Schemen, Fahrer und Beifahrer. Was hatten die Kerle vor? Wollten sie sie verunsichern? Trieben sie ein Spiel mit ihr?

Da hatten sie sich die Falsche ausgesucht! Lena wartete, bis sie das Schweier Moor erreicht hatte. Dann trat sie aufs Bremspedal, schlug das Lenkrad hart ein und brachte den Mietwagen quer zur Fahrtrichtung zum Stehen. Kein Durchkommen mehr!

Schnell sprang sie raus, griff nach hinten unter den Gürtel, verdeckte ihre Hand, so wie sie es in der Polizeiausbildung gelernt hatte. Sie marschierte auf den Audi zu, rechnete damit, dass er wendete und davonraste, aber er stand einfach nur da, mit rauschendem Gebläse.

Ringsum keine Menschenseele. Niemand, der ihr helfen konnte. Der Moorgeruch stieg ihr in die Nase. Ein Geruch nach totem, organischem Material. Es war still hier, grabesstill. Bloß die Grillen zirpten.

Als sie nur noch wenige Meter entfernt war, hörte sie ein mechanisches Klicken. Einmal, zweimal, ein drittes Mal. Da drückte jemand die Zentralverriegelung, wollte ganz sichergehen.

Lena bemerkte eine ruckartige Bewegung. Der Griff nach einer Waffe? Sie stürmte vor, wollte mit der Faust gegen das Seitenfenster hämmern, sah eine Hand mit faltiger Haut, die schützend vor ein Gesicht fuhr, vor das Gesicht eines alten Mannes, der sie mit aufgerissenen Augen anstarrte. Mindestens achtzig Jahre alt. Neben ihm kauerte seine Begleiterin, keinen Tag jünger, ebenfalls mit offenem Mund.

»Warum verfolgen Sie mich?«, fragte Lena, bemühte sich, ihre Stimme ruhig klingen zu lassen.

Der alte Mann rührte sich nicht. Blickte sie nur entgeistert an.

»Bitte steigen Sie aus«, sagte Lena. »Personenkontrolle.«

»Ich ...«, erwiderte der Mann. »Wir haben nichts getan.«

»Sprechen Sie lauter! Durch das Fenster höre ich Sie schlecht.«

»Wir haben Sie nicht verfolgt«, sagte er. »Wir wohnen hier in der Nähe, wir –«

»Ewald!«, ermahnte ihn seine Begleiterin. »Hör auf! Du verrätst noch unsere Adresse.«

Endlich begriff Lena, dass sie die falschen Schlussfolgerungen gezogen hatte. Die beiden Senioren stellten keine Gefahr dar, sie waren harmlos.

Sie schluckte mehrmals, versuchte sich einzukriegen. Verdammte Paranoia! Oder steckte mehr dahinter? Verlor sie langsam die Kontrolle?

»Bitte entschuldigen Sie«, sagte sie und zeigte ihre verdeckte Hand. »Ist alles gut. Sie können die Tür aufmachen. Ich bin Polizeibeamtin.«

»Bestimmt nicht«, meldete sich die Begleiterin. »Motor an, Ewald. Wir fahren. Los, los!«

Der Senior wollte den Startknopf drücken, aber er zitterte zu stark.

»Tut mir wirklich leid, dass ich Ihnen einen solchen Schreck eingejagt habe«, sagte Lena. »Es stimmt, was ich sage. Ich bin Polizeibeamtin. Wenn Sie sich überzeugen wollen, können Sie beim LKA Niedersachsen anrufen und sich meine Dienstnummer bestätigen lassen.«

Lena nannte die Zahlenreihe, bat ein letztes Mal um Verzeihung und entfernte sich. In ihrem Rücken hörte sie den Motor viel zu laut aufbrüllen. Hoffentlich erholen sich die alten Leute schnell.

Für Lena war es glimpflich ausgegangen, aber was wäre geschehen, wenn der Audifahrer sie tatsächlich verfolgt hätte, wenn es zu einer körperlichen Auseinandersetzung gekommen wäre? Sie musste ihre Impulse besser kontrollieren, wieder wie eine Ermittlerin agieren. Sonst machte sie irgendwann einen Fehler, der sie das Leben kostete.

47

Am Wegesrand verwesten Bisamratten, Waschbären und andere Vierbeiner mit schwärzlichem Fell. Ein Kadaverhaufen im Niemandsland. Schmeißfliegen labten sich an dem Aas. In der Luft hing ein süßlicher Geruch, der auf Lenas Zunge einen pelzigen Belag hinterließ.

Obwohl ihr übel wurde, zwang sie sich, näher zu treten und hinzusehen. War wohl eine Berufskrankheit! Einige Beine waren gebrochen wie von einem Metallbügel. Handelte es sich um das Werk eines Kammerjägers, der sich Geld für die fachgerechte Entsorgung sparte, oder um die Arbeit eines Sadisten? Sie wusste es nicht.

Wo steckte Ole nur? Normalerweise war er überpünktlich.

Und warum hatte er sich ausgerechnet hier treffen wollen? Langsam wurde sie ungeduldig. Es war drückend schwül, später sollte ein Schauer niedergehen. Sie wedelte mit den Händen, um die Gewittertierchen zu verscheuchen, die sich kitzelnd auf ihre Haut setzten. Genervt nahm sie einen Schluck aus der Wasserflasche.

Ringsum erstreckten sich brachliegende Äcker und Ödnis. Am Horizont zitterte ein Bauernhof in der flirrenden Hitze. Ansonsten nur Himmel, in dem sich die Wolken zu einer dräuenden, unheilbringenden Masse zusammenschoben.

Als es in ihrem Rücken knackte, zuckte Lena zusammen und wirbelte herum.

Da stand Ole.

»Ich habe dich gar nicht kommen hört«, sagte sie. Er war eher klein als groß, kein Gramm Fett am Körper, Joggingklamotten. Verkniff sein Gesicht, so als würde er andauernd in die Sonne schauen. Hatte er sie absichtlich erschreckt?

»Bin ein Idiot«, erwiderte er gepresst. »Neue Route, hab mich verschätzt.«

»Nettes Örtchen hast du dir ausgesucht.«

»Ja, wenigstens hat die Versetzung einen guten Nebeneffekt: bessere Laufstrecken. Hier kann ich Kilometer abspulen. Nur wenn ich Gefälle brauche, sieht's schlecht aus. Dafür gibt's Wind. Viel Wind.«

Er hatte ihren ironischen Hinweis auf die toten Tiere nicht verstanden. Lena ließ es dabei bewenden.

»Wir können dort lang«, sagte er und zeigte auf einen unbefestigten Weg, der zwischen zwei Kuhweiden verlief, ein Weg, der in die Endlosigkeit führte. Zu beiden Seiten war ein elektrischer Zaun gespannt, der die Tiere an der Flucht hinderte. Eben noch hatten sie geglotzt, jetzt rannten sie über die Weide, drängten sich ein paar Meter entfernt zusammen, bildeten einen schützenden Kreis.

»Was gibt's Neues im schönen Hannover?«, sagte Ole. Er wollte locker klingen, aber seine Stimme kippte, klang dadurch schräger.

»Ich war nur bei einer Sitzung dabei«, erwiderte Lena. »Offiziell bin ich noch im Urlaub. Du hast gesagt, dass du am Telefon nicht sprechen willst. Warum eigentlich nicht?«

Er öffnete den Mund, setzte zu einer Antwort an, schloss die Lippen wieder.

»Komm schon, Ole. Ich bin extra hergefahren. Lass mich jetzt nicht hängen.«

»Du musst mir vorher was versprechen. Wenn das, was ich dir erzähle, zu irgendwas führt, wenn du einen Coup landest, dann vergiss mich nicht. Ich will hier nicht versauern.«

»Dazu muss ich erst mal wissen, was du überhaupt für mich hast.«

»Ist abgemacht, ja?« Ole griff an seinen Trinkgürtel, zog eine Plastikflasche heraus, nahm präzise Schlucke. »Du weißt, dass Jette nicht ins Opferschema passt. Das fanden wir immer seltsam. Sie hatte am Abend ihrer Entführung weder getanzt noch geflirtet, sie war auch nicht sexy gekleidet. Eher unauffällig trifft es wohl. Keiner der anderen Festbesucher konnte eine genaue Beschreibung abgeben. Nur ein paar Frauen erinnerten sich an ihren Businesslook. Du weißt auch, dass ich ihre Andersartigkeit in den Soko-Besprechungen thematisiert habe. Bestimmt fünf oder sechs Mal…«

»Und niemand ist drauf eingegangen.«

»So würde ich das nicht nennen. Der Alte hat die Besprechungen geleitet. Es war seine Entscheidung, ob wir der Spur nachgehen oder nicht.«

»Er hat sich am Profiler orientiert. Und der war der Meinung, dass Jette verwechselt wurde.«

»Oder dass der Täter was Neues ausprobieren wollte. Oder dass er unter Druck stand und spontan handelte. Oder, oder, oder. Nur wilde Spekulationen.«

»Was hätte Bruns sonst tun sollen?«

»Tiefer im Umfeld graben.«

»Stimmt, so haben wir gedacht, aber die Hypothese der Soko war nachvollziehbar. Alle gingen davon aus, dass der Mörder die Frauen zufällig entdeckte. Mutmaßlich waren sie ihm durch ihr extravertiertes Verhalten aufgefallen.«

»Bis auf Jette.«

»Ja, bis auf ... bis auf meine Schwester.«

»Bruns konzentrierte die Ermittlungen auf den Tatabend. Dagegen war eigentlich nichts einzuwenden, du hast schon recht, aber du weißt nicht alles.«

»Wieso? Was hast du mir verschwiegen?«

* * *

Auf dem Feldweg hatte sich Lena nicht nur von ihrem Mietwagen, sondern auch vom nächsten Bauernhof entfernt. Weit und breit befand sich keine menschliche Ansiedlung mehr. Früher hatte sie sich mit Ole nur an belebten Orten getroffen. Es irritierte sie nicht nur, mit ihm allein zu sein, es fühlte sich auch falsch an.

Eine Hochspannungsleitung kreuzte ihren Weg, und die hohen Masten verschwammen am Horizont. Wie die Erinnerung an die Toten, dachte Lena. Sie schaute zum Himmel hinauf, wo sich die Wolken zusammenballten, bereit machten für den großen Sturm. Der aufkommende Wind brachte etwas Abkühlung, aber er trug auch Staub von den Feldern mit sich, der ihr die Augen verklebte und die Sicht nahm.

Ole trank wohldosierte Schlucke aus der Plastikflasche. »Ich habe damals auf eigene Faust Nachforschungen angestellt. Hab es für mich behalten, weil ich dir keine unnötige Hoffnung machen wollte.«

»Wie rücksichtsvoll.«

»In den Ermittlungsakten stand in einer Randnotiz, dass das Laptop deiner Schwester nicht auffindbar war.«

»Kenne ich. Die Notiz stammt von einem Kriminaltechniker. Wahrscheinlich wurde ihr Computer vor ihrem Verschwinden geklaut.«

»In ihrer Wohnung wurden auch Fotos gemacht. Auf ihnen sah es aus, als würden Ordner fehlen.«

»Jette hatte nie viele Sachen, liebte Ordnung. Alles, was sie nicht brauchte, wanderte in den Müllcontainer. Wenn es irgendeine offene Frage gegeben hätte, dann wäre ich ihr sofort ...«

»Sofort was?«

In Lenas Kopf wurde ein Riegel zurückgeschoben, eine Tür öffnete sich, eine Kammer lichtete sich und gab Bilder preis, die lange im Dunkeln gelegen hatten. Frau Dr. Hornschuh hatte so was vorausgesagt.

Jetzt erinnerte sich Lena, dass sie kurz vor ihrer Entführung einer Spur gefolgt war, die mit Jettes Beruf und der Pharmafirma von Carsten und Torsten Bering zusammenhing. Ihre Schwester war in der Alzheimerforschung tätig gewesen, und das Unternehmen stellte Medikamente her. Außerdem war sowohl dessen Produktionsstätte als auch das Deutsche Institut für Hirnforschung, Jettes Arbeitgeber, in Hamburg angesiedelt. Dass bei diesen Voraussetzungen Schnittmengen entstanden, war nicht überraschend, aber irgendein Umstand hatte ihren Verdacht erregt. Irgendetwas hatte sie tiefer nachforschen lassen.

»Was ist?«, fragte Ole.

»Ich weiß es noch nicht. Ich … Erzähl weiter.«

»Jedenfalls machte ich einen Termin im Institut. Wollte eigentlich nur fragen, woran Jette gearbeitet hat. Ich meine: genau gearbeitet hat.«

»Sie war Ärztin, hat aber nie praktiziert. Wollte die Proteinklumpen aus dem Gehirn von dementen Menschen schwemmen. Mit Wirkstoffen und Gammastrahlen. Dazu experimentierte sie mit Mäusen«, sagte Lena und fragte sich plötzlich, ob ihrer Schwester ein Durchbruch gelungen war, ob dieser für die Bering-Werke interessant gewesen war. In der Pharmabranche ging es um irre Summen!

»Aber es kam gar nicht zum Gespräch«, fuhr Ole fort. »Der Alte zitierte mich vorher in sein Büro. Irgendwie hatte er von der Kontaktaufnahme Wind bekommen, war ziemlich sauer.«

»Weil du eigenmächtig gehandelt hast?«

»Ach was. Ist doch nicht schlimm, wenn ein Mitarbeiter in seiner Freizeit einer Spur nachgeht, für die sonst keine Kapazitäten frei sind.«

»Das sah er anders, oder?«

Ole blieb stehen. Der starke Waschmittelgeruch seiner Joggingklamotten war irgendwie aufdringlich. »Bruns befahl mir, die eigenmächtigen Ermittlungen sofort einzustellen. Letzte Warnung, sagte er und schickte mich raus wie einen dummen Jungen.«

»Da kannte er dich aber schlecht«, sagte Lena. »Hat an deinem Ego gekratzt, oder?«

»Ein paar Wochen später habe ich weitergemacht und fing den früheren Chef deiner Schwester ab, zeigte ihm meinen Dienstausweis, befragte ihn. Er äußerte sich zurückhaltend, eigentlich überhaupt nicht. Gleichzeitig betonte er, dass der Leiter der Soko im September bereits alle offenen Fragen geklärt hätte.«

»Meinte er Bruns?«

»Genau den.«

Lena biss sich auf die Lippe. »Im September? Das muss kurz nach Jettes Verschwinden gewesen sein.«

»Genau. Der Alte muss ähnliche Überlegungen wie wir angestellt haben, nur unterrichtete er niemanden darüber. Weder über seine Motive noch über die Ergebnisse.«

Lena massierte sich die Schläfe. »Wie sieht Jettes Chef aus? Warte! Sag's nicht. Schütteres blondes Haar. Überbiss. Perlweiße Zähne. Hält sich für einen Überflieger.«

»Na ja. Wer ist schon ein Überflieger? Früher hielten mich auch alle für einen.«

»Ist er's, oder ist er's nicht?«

»Er hat einen Überbiss, ja.«

»Dann kenne ich ihn, hab ihn wohl getroffen, nur an das Gespräch erinnere ich mich nicht. Noch nicht. Was hat er gesagt?«

»Nichts, dafür Bruns umso mehr. Rief mich hinterher wieder ins Büro. Ohne jede Vorrede sagte er, dass er meinem Versetzungsgesuch, das ich sofort zu stellen hatte, stattgeben würde.«

»Was? Deshalb hat er dich rausgeschmissen! Warum diese Härte? Das passt gar nicht zu ihm«, sagte Lena und fügte in Gedanken hinzu: Es macht nur Sinn, wenn er eigene Interessen verfolgte. Interessen, von denen niemand wissen durfte.

»Ich habe so reagiert wie du«, erwiderte Ole. »War vor den Kopf gestoßen. Du weißt, wie sehr ich mich angestrengt habe, um beim LKA zu landen. Deshalb sagte ich, dass ich nicht die geringste Absicht hätte, das Dezernat zu verlassen. ›Doch‹, erwiderte er, ›haben Sie.‹ Er legte mir einen Verbindungsnachweis über die Telefonate vor, die wir beide, also du und ich, über den Gezeitenmörder und die Ermittlungen der Soko geführt hatten. Er besaß sogar Audiomitschnitte.«

»Das wird ja immer besser. Wie konnte er überhaupt wissen, dass du mich auf dem Laufenden hältst?«

»So hat er es nicht genannt. Er sagte, dass ich Dienstgeheimnisse preisgegeben hätte und dass er ein Disziplinarverfahren einleiten werde, wenn ich nicht ginge und alle weiteren Nachforschungen einstellte.«

»Nicht zu fassen.«

»Jetzt siehst du mal, was das für ein Typ ist.«

»Du hättest ihm den Vogel zeigen sollen.«

»Ich bin nicht so wie du, Lena. Ich will nicht für immer Hauptkommissar bleiben. Außerdem ... Selbst wenn ich herausgefunden hätte, dass Jettes Forschungsergebnisse gestohlen wurden, hätte mein Verrat von Insiderinformationen Bestand gehabt. Es hätte das Ende meiner Karriere bedeutet und nichts, rein gar nichts geändert.«

»Glaub ich nicht.«

»Doch, Lena. Jette wurde vom Gezeitenmörder ermordet. Das Tötungsdelikt und der mögliche Diebstahl stehen in keinem Zusammenhang. Kriminalrat Bruns hat diese Schlussfolgerung auch gezogen. Deshalb hat er nichts unternommen.«

»Das redest du dir ein, um dein Gewissen zu beruhigen. Eigentlich hast du dich nur entschieden wegzusehen. Fakt ist doch, dass Jette nicht ins Opferschema passt. Und jetzt stellt sich heraus, dass es die ganze Zeit einen Grund dafür gab. Mann, Ole. Ich bin so enttäuscht von dir. Das hättest du mir früher erzählen müssen!«

»Sei bloß nicht so selbstgerecht, Lena. Wegen dir bin ich doch erst hier gelandet. Weil ich dir geholfen habe. Und jetzt spielst du dich auf. Das Mindeste ist wohl, dass du dich an unsere Abmachung hältst.«

»Welche Abmachung?«

»Ein gutes Wort für mich einzu–«

»Moment mal«, unterbrach Lena ihn. »Um unsere Telefone abzuhören, brauchte Bruns einen Gerichtsbeschluss. Wenn die Überwachung über die Behörde erfolgte, hätten sich die internen Ermittler längst gemeldet und ein Disziplinarverfahren eingeleitet. Aber das ist nicht passiert. Demzufolge war es nichts Offizielles. Wie ist Bruns an die Audioaufnahmen gekommen? Und warum wurden sie überhaupt erstellt?«

Ole antwortete irgendetwas, aber sie hörte nicht mehr richtig zu. Sie war noch zu schockiert. Ausgerechnet Bruns, der für sie immer mehr gewesen war als ein Vorgesetzter, den sie respektiert, geachtet und ein bisschen wie einen Ersatzvater geliebt hatte! Sie dachte daran, wie er sie gefördert und wie er sie mit ans Grab seiner Tochter genommen hatte. Sie hatte eine Nähe, eine Vertrautheit gespürt, die über ein normales Kollegenverhältnis hinausgegangen war. Und dieser Mann hatte sie heimlich ausspioniert? Hatte sie hinterrücks kontrolliert? Warum?

Und noch eine Frage stellte sich ihr: Überwachte er sie immer noch? Was passierte, wenn ihm nicht gefiel, was sie hier tat? Würde sie dann wieder verschwinden?

48

Wenn Lena nicht so aufgewühlt gewesen wäre, dann hätte sie vielleicht beim Anblick des schwarzen Transporters gestutzt. Am Sportboothafen in Cuxhaven-Altenbruch parkte er auf der Wiese, nahe der schmalen Stahlbrücke, die zum Schwimmsteg führte. Mit den dunkel getönten Scheiben, den Chromleisten und dem Diplomatenkennzeichen wirkte er wie ein Fremdkörper an dem zweckmäßigen Anleger.

Doch Lena beachtete ihn nicht. Sie stand mit flatterndem

T-Shirt auf dem Deich, bekam nicht mal mit, wie die Regentropfen auf ihren Kopf klatschten, wie der schwarze Himmel donnerte und ein silbriger Blitz auf die raue, aufgewühlte See niederzuckte. Der Wind heulte so heftig, als würde er alle Alarmsirenen übertönen wollen.

Bruns hat mich hintergangen, dachte sie. Hat mir all die Jahre was vorgespielt. Nur so getan, als wäre er mein Freund. Ohne mit der Wimper zu zucken, hat er mich abgehört, mich verraten. Und ich habe ihm alles abgekauft. Jeden Tag. Wie naiv kann man eigentlich sein? Und Ole? Auch nicht besser, auch ein Egoist, der nur an seine Karriere denkt. Vielleicht hat mein Vater recht. Vielleicht bin ich einfach zu blöd, um zu kapieren, dass ich zu nichts zu gebrauchen bin, zu nichts nutze.

Sie leckte sich über die nassen Lippen, auf denen sich der Geschmack des Regens mit dem Salz ihrer Tränen vermischte. Niemand mehr da, dachte sie. Ab jetzt allein. Was soll ich noch hier? Wem was beweisen?

Nur dir selbst, gab sie sich die Antwort. Dir selbst und sonst niemandem. So war es am Anfang, so war es die ganze Zeit, und so würde es enden. Es liegt einfach in deiner Natur, du kannst nicht anders, du musst weitergraben. Und wenn sich herausstellt, dass Bruns irgendwas mit der Ermordung Jettes zu tun hat, dass Ole bewusst oder unbewusst Beihilfe leistet, dann können sie sich warm anziehen.

Lena drehte irritiert den Kopf zur Seite. Irgendetwas hatte ihre Aufmerksamkeit erregt, vielleicht war es der alte Leuchtturm, vielleicht die Schleuse. Sie hätte gar nicht mal sagen können, was es gewesen war, aber sie schaute nun genauer hin, nahm ihre Umgebung bewusster wahr.

Ich bin hier gewesen!, dachte sie erstaunt. Nicht einmal, mindestens zweimal!

Ja, mit Mickel hatte sie einen befreundeten Segler auf seinem Schiff besucht. Die beiden hatten sich im Laufe des Abends betrunken. Arm in Arm hatten sie erklärt, dass der Sportboothafen von Altenbruch und der Hafen von Freiburg/Elbe Brüder seien, weil sie beide an Naturprielen lägen.

Und mit dem Audifahrer war sie auch hier gewesen! Nicht nur in ihrem Kopf, sondern in der Realität. Jetzt war sie sich sicher, dass er sie im Rollstuhl über den Deich geschoben hatte. Unten hatte er sie herausgehoben und zu einer der festgemachten Motoryachten getragen.

All die Männer, die sie verraten hatten, würden schon noch erkennen, dass man sie besser nicht betrog. Sie war noch hier und erinnerte sich wieder, sah das Boot, auf dem sie entführt wurde, vor sich: weißes Oberdeck, blauer Rumpf. Solarpaneele auf dem Dach, eine graue Plane über dem Deck und eine verwitterte Badeplattform. Mindestens zwölf Meter lang, eher dreizehn oder vierzehn.

Es könnte die ältere Motoryacht dort hinten sein, die im Hafenbecken festgemacht war und an den Leinen wild hin und her schaukelte, als wollte sie sich losreißen, als wollte sie vor ihr fliehen.

Dann wollen wir doch mal sehen, dachte Lena kämpferisch, stapfte den Deich hinunter. Zwei-, dreimal musste sie stehen bleiben, weil die Böen so kräftig bliesen, aber sie stemmte sich mit ihrem Körpergewicht dagegen, ließ sich nicht aufhalten, marschierte auf der schmalen Straße weiter, über den Schleusentunnel, am Stahlgeländer vorbei zum Schwimmsteg.

Die ganze Zeit ließ sie die Motoryacht nicht aus den Augen, als könnte sie ihr noch entkommen. Sie achtete nicht darauf, wie der Regen auf den Weg zu platschen begann und der Dreck auf ihre Hose spritzte, wie die Leinen auf den Segelbooten gegen den Alumast klackerten, wie die Wellen gegen die Böschung schwappten.

Sie war fokussiert, nahm trotzdem ein leises Geräusch wahr, als sie den schwarzen Transporter passierte. Ein Geräusch, das nicht zu diesem Unwetter passte. Es war ein metallisches Rollen, ein Schieben, es war …

Sie wirbelte herum, sah in kalte Augen, in ein ovales, bartloses Gesicht mit einem Geäst aus feinen Narben. Das silbergraue Haar zu einem Knoten gebunden.

Der Audifahrer!

In seiner Hand hielt er eine Spritze, den Daumen auf dem Kolben. Er war bereit, ihr die Nadel in den Körper zu rammen, eine Flüssigkeit zu injizieren.

Sie schaffte es gerade noch, den Arm hochzureißen, spürte, wie die Kanüle an ihrem Arm entlangschrammte, eine oberflächliche Wunde kratzte, schließlich ins Leere ging.

Sie stolperte, konnte sich auf den Beinen halten, aber nicht viel weiter zurückweichen. Ein Sprung ins Hafenbecken – die Rettung? Nein. Er würde ihr folgen, sie unter Wasser drücken. Sie kämpfte besser an Land.

Schon griff er wieder an, wollte ein zweites Mal zustechen. Dieses Mal war sie vorbereitet, dieses Mal konnte sie anwenden, was sie im Training gelernt hatte. Sie tauchte seitlich ab, hämmerte ihm die Faust mit aller Wucht in die Nieren.

Er stöhnte, krümmte sich. Sofort checkte sie ihn mit der Schulter zur Seite, verschaffte sich Platz, gerade genug, um vorbeizuschlüpfen.

Er griff nach ihr, erwischte ihr T-Shirt, krallte die Finger hinein, aber sie hatte genug Tempo drauf, riss sich los.

Lena winkelte die Arme an, rannte weiter. Wohin? Nicht aufs freie Feld. Vielleicht war er bewaffnet. Sie durfte keine Zielscheibe abgeben.

Ihre einzige Chance: zurück zum Deich. Der Mietwagen auf dem Parkplatz. Die Tür zuschlagen, verriegeln, über die Nebenstraßen abhauen.

Ja, sie musste das Auto erreichen!

Im vollen Sprint platschte sie durch die Pfützen, ihre Schenkel brannten. Sie keuchte.

Nicht umschauen! Bloß nicht umschauen! Jede Bewegung brachte sie aus dem Rhythmus, kostete Zeit, verringerte den Vorsprung.

Sie hörte ihn nicht. Dazu grollte der Himmel zu laut, der Wind pfiff zu stark. Wo steckte er? War er ihr auf den Fersen? Oder hatte er die Verfolgung aufgegeben?

Plötzlich spürte sie einen Tritt, der sie am Unterschenkel traf. Verdammt! Der Kerl war schneller, als sie angenommen hatte!

Sie strauchelte, zog den Kopf ein, stürzte, rollte sich über die Schulter ab, einmal, ein zweites und drittes Mal, sodass sie auf dem Rücken zum Liegen kam.

Der Mann setzte ihr nach, war über ihr, wollte zustechen.

Noch im Liegen kickte sie ihm die Spritze aus der Hand, sodass sie wegflog. Sie prallte auf den Asphalt. Er sah ihr hinterher, beugte sich hinab, streckte den Arm aus, griff nach ihr. Lena stemmte sich hoch, wollte wieder losrennen.

Da tauchte hinter dem Mann eine weitere Gestalt auf. Etwas Schwarzes sauste herab, traf den Kerl mit nassem, dumpfem Klatschen auf den Schädel. Er sackte zusammen.

Mickel stand da im Regen. Bis auf die Knochen durchnässt, mit einem Totschläger in der Hand. Ratlos blickte er auf den Mann, auf die Waffe in seiner Hand, als könnte er nicht verstehen, was er getan hatte.

»Ich ...«, stammelte er, blickte Lena in die Augen, fasste sich endlich und griff dem Mann unter die Achseln, schleifte ihn zum Transporter, verschnaufte kurz, hievte seinen Oberkörper in den Fond.

»Lena«, schrie er gegen den Wind an. »Hilf mir mit den Füßen. Der Kerl muss da rein.«

Sie stand nur da, beobachtete ihn ungläubig. Mickel!, dachte sie endlich. Er war zurück. Er hatte ihr geholfen, sie beschützt. Vorhin hatte sie sich getäuscht, sie war doch nicht allein.

»Lena!«, rief er.

Sie lief hinüber, packte die Unterschenkel, half beim Tragen, schob und drückte den Mann dann in den Transporter.

»Gut«, sagte Mickel. »Die Spritze liegt noch dahinten. Besser, du holst sie. Warte! Gib mir zuerst dein Handy.«

»Wieso?«

»Später«, erwiderte er, streckte fordernd die Hand aus.

Sie zögerte, dann gab sie es ihm.

Er sprang aus dem Fahrzeug, schleuderte es ins Hafenbecken, verschwand kurz hinter dem Wagen und kehrte mit einer Motorrad-Satteltasche zurück. Erneut stieg er in den Fond.

Lena kam mit der Spritze in der Hand wieder.

»Rein mit dir. Schließ die Tür.«

Sie kletterte hinein, packte den Griff und zog den Wagenschlag über die Schiene zu, bis das Schloss einrastete.

»Was geht hier vor sich? Wo warst du die ganze Zeit?«, fragte sie und blickte auf den Mann, der zwischen ihnen über der Rückbank hing und ein Ächzen von sich gab. Wachte er auf?

»Das Zeug da«, sagte Mickel und zeigte auf die Spritze. »Was ist das?«

»Betäubungsmittel. Hat er mir schon mal verabreicht.«

»Gib her«, sagte Mickel, jagte ihm die Nadel in den Oberschenkel, drückte den Kolben ganz runter.

»Seit wann bist du so?«, fragte sie. »Hab ich was verpasst?«

»Du weißt nicht, was ich weiß. Wenn der zuschlägt, sieht es schlecht für uns aus.«

»Wer ist das?«

»Den Namen kenne ich nicht. Vielleicht Privatschnüffler, vielleicht Ex-Soldat. Wohnt in einem möblierten Apartment. Hab ihn im Ring kämpfen sehen. Krasser Typ.«

»Was will der von mir?«

»Der macht alles, wofür er bezahlt wird.«

»Von wem?«

Da öffneten sich die Lider des Mannes, seine Augäpfel bewegten sich hin und her.

Mickel schluckte, griff nach dem Totschläger, holte mit dem Arm aus, war bereit, erneut zuzuschlagen.

»Schon gut«, sagte Lena. »Der ist gelähmt, kann nur zuhören.«

»Echt? Bist du sicher?«

»Ja, ganz sicher.«

Mickel schnaufte erleichtert. »Was ist das für ein Zeug?«

»Keine Ahnung.«

»Ist auch egal jetzt. Wir müssen weg. In der Satteltasche sind Wechselklamotten. Zieh dich um. Deine alten Sachen lassen wir hier. Auch die Schuhe.«

»Soll das heißen, dass ich verwanzt bin?«

»Lena, tu bitte ein Mal, was ich dir sage, ja? Alles Weitere erkläre ich dir, wenn wir in Sicherheit sind.«

Wenig später kletterten sie aus dem Transporter, standen wieder im Regen. Mickel hatte dem Mann sein Smartphone abgenommen, warf es ebenfalls ins Hafenbecken.

»Da vorne liegt eine Motoryacht«, schrie Lena. »Ich glaube, dass ich auf ihr entführt wurde.«

»Die ›Esmeralda 2‹. Kenn ich schon«, erwiderte Mickel und griff nach ihrer Hand, zog sie mit sich. »Komm.«

Sie zuckte zurück. Nur einen Atemzug lang, da erkannte sie die Sorge in seinem Gesicht. Er war ihr Mensch Nummer eins. Wenn er sie verriet, dann machte nichts mehr einen Sinn. Sie vertraute ihm, gab den Widerstand auf.

49

Vor einem knappen Jahr, in der Nacht vom 29. auf den 30. Juli

Jette lag nackt auf dem Marmortisch, angeschnallt mit Ledergurten. Schummrig rotes Licht beleuchtete die längliche Kammer. An den Wänden grauenhafte Aquarelle, Folterwerkzeuge.

Jette konnte nicht fassen, dass sie ihre Fähigkeit zum analytischen Denken verloren hatte. In ihr herrschte Chaos. Sie wollte aufspringen, davonrennen. Weg von hier, weg von diesem schrecklichen Ort! Aber sie konnte sich nicht bewegen, nicht mal den kleinen Finger krümmen, nur mit den Augen rollen.

»Geiles Zeug, oder?«, sagte der Entführer, der sich als Arndt vorgestellt hatte. Er saß neben ihr auf einem Hocker, mit einem Zeichenbrett in der Hand. »Hab es von einem guten Freund bekommen. Wolltest du was sagen?«

Er legte Kohlestift und Bild zur Seite, stand auf.

Jette wollte ihn anflehen, doch ein Stück zurückzuweichen, etwas mehr Abstand zu halten, aber sie stammelte nur: »Hawawawa... wawaff... hawawawawaff...«

»Für meinen Geschmack wirkt es zu lang«, sagte Arndt. »Ein Gegenmittel wäre vielleicht nicht schlecht, aber ich habe die Zeit genutzt. Sieh mal. Das Kreuz habe ich eben gedrechselt, als ich draußen war. Hier steht dein Geburtsdatum, da dein Name, hier dein Todestag. Der ist natürlich nur eine Schätzung. Wollen mal sehen, wie lange du durchhältst. Wenn du brav bist, ändere ich es vielleicht. Könnte sogar sein, dass wir Hand in Hand in den Sonnenuntergang segeln. Was meinst du? Hängt ganz von dir ab ...«

Der Entführer unterbrach sich plötzlich, horchte gespannt zur schwarz lackierten Tür hin.

Jette hatte es auch vernommen. Es kam von draußen. Zuerst ein Scheppern, dann ein metallisches Scharren, irgendwie hohl. Vielleicht ein Blecheimer oder ein Fass, das umgekippt war und über den Betonboden rollte.

Jette atmete schneller. War da draußen jemand? Wusste er von ihr? War er gekommen, um sie zu retten? Sie wollte schreien, um Hilfe rufen, aber sie brachte nur dieses fürchterliche Gestammel hervor.

»Kein Scherz?«, sagte Arndt. »Du glaubst, dass da dein Retter kommt? Nun mach dir mal keine Hoffnungen. Das ist ein Kumpel von mir. Hat vorhin was vergessen. Ich hol ihn rein. Er will dich bestimmt kennenlernen.«

50

Gegenwart

Als Mickel das Motorrad auf dem Parkplatz des Wingster Waldzoos abbremste, brach es mit dem Hinterrad aus, rutschte auf dem matschigen Grund weg. Als Sozia fühlte sich Lena, als säße sie auf einem Schleudersitz. Dann fing er die Maschine ab, gerade noch rechtzeitig. Sofort kletterte sie hinab. Ihre Beine zitterten.

Ringsum ragten hohe, alte Bäume auf. Die knorrigen Äste streckten sich in den Himmel wie die Arme eines Gefangenen. Zwischen den Stämmen lauerten tiefe Schatten, die unruhig über den Grund huschten.

In seinem Overall sprang Mickel von der Maschine ab, bockte sie auf, griff sich ein Fernglas aus der Satteltasche und lief zum angrenzenden Feld. Unter dem Blätterdach der letzten Baumreihe blieb er stehen, suchte den Himmel ab, der aufgeklart hatte und in einem trügerischen Blau leuchtete.

Lena rieb sich über die eiskalten Arme. Seine Kleidung war ihr viel zu groß. Der Hoodie und die Jeans hingen schwer und durchnässt herunter. Obwohl die Temperatur nach dem Wolkenbruch anzog, war sie durch den Fahrtwind bis auf die Knochen durchgefroren.

Mit beiden Händen wühlte sie sich durch die Satteltasche, suchte nach einer Decke, einer Jacke, stieß aber nur auf Technikkram und zwei Proteinriegel. Männer!

Zitternd folgte sie Mickel, schlang die Arme um sich, hüpfte auf der Stelle. »Was willst du hier?«

»Das einzige größere Waldgebiet«, erwiderte er. »Guter Sichtschutz. Ist nur ein kleiner Umweg. Bevor wir weiterfahren, muss ich sicher sein, dass die Luft rein ist.«

»Suchst du etwa nach Drohnen?«

»Du weißt nicht, mit wem wir es zu tun haben.«

»Erklär es mir.«

»Überall Augen, Lena. Vielleicht sogar ganz oben.«

»Ist das eine deiner Geschichten, Mickel? Warum sollte ein Satellit uns folgen?«

»Aus dem gleichen Grund, aus dem du schon mal entführt wurdest. Du bist ihnen zu nah gekommen. Der Kerl am Bootsanleger wollte dich kidnappen. Zum zweiten Mal. Wahrscheinlich wärst du in drei Monaten wiederaufgetaucht. Mit falschen Erinnerungen. Oder …«

»Oder was?«

»Oder tot. Die schrecken vor nichts zurück.«

»Wer sind die? Wem bin ich zu nah gekommen?«

»Lena, ich verstehe, dass du viele Fragen hast, aber jetzt ist nicht der richtige Zeitpunkt. Die Luft ist rein. Wir sollten weiter.«

»Warte! Wenn ich so aufs Motorrad steige, hole ich mir den Tod. Ich muss mich aufwärmen, trocknen. Du hast selbst gesagt, dass wir nicht verfolgt werden.«

»Du verstehst nicht, um was es geht. Vielleicht suchen sie uns schon, vielleicht –«

»Ich steige nicht auf dieses Motorrad, Mickel. Zuerst will ich Antworten.«

***

Zehn Minuten später hatten sie den Eintritt an der Zookasse entrichtet, sich am reetgedeckten Kiosk eingedeckt und an einen der Tische gesetzt. Die Julisonne knallte erbarmungslos herab. Lenas Kleidung dampfte, als löse sie sich auf, so wie in einem dieser Vampirfilme, wenn Untote dem Licht ausgesetzt wurden. Andere Besucher starrten sie an. Wahrscheinlich waren sie irritiert, weil Lena die Hände um einen Kaffeebecher schloss und sich bei dieser Bullenhitze aufwärmte. Oder glotzten sie aus einem anderen Grund?

»Wo zum Teufel warst du?«, fragte sie. »Ich bin fast verrückt geworden. Warum hast du nicht auf meine Nachrichten reagiert?«

»Erinnerst du dich noch, was ich dir auf dem Boot gesagt habe, als wir vor Neuwerk trockengefallen sind?«

»Das ist eine Ewigkeit her.«

»Da habe ich dir gesagt, dass es hart wird, dass du nicht verzweifeln darfst und dass ich alles nur für dich tue.«

»Du hast meine Frage nicht beantwortet.«

»Ich hatte einen Verdacht«, erwiderte Mickel, schlug ein Bein über das andere und beobachtete die Umgebung.

Lena folgte seinem Blick. »Auf dem Spielplatz sind nur Kinder. Einen Verdacht gegen wen?«

»Das ist nicht leicht für mich, Lena.«

»Was glaubst du, wie das für mich ist?«
»Es geht um …«
»Nun sag schon. Wen verdächtigst du?«
»Jette.«
»Was? Du vergisst wohl, dass sie das Opfer ist!«
»Du musst mich verstehen, Lena. Sie war wie meine … meine eigene Schwester. Ich konnte es einfach nicht glauben. Ich musste erst verstehen, was los ist.«

»Du wolltest also verstehen, was los ist. Soso. Was bin ich für dich, Mickel?«

»Du?«

»Ja, genau. Ich. Lena, die Starke. Lena, die alles wegsteckt. Gerade erlebe ich ziemlich viel Mist. Freunde entpuppen sich als Verräter, vielleicht sogar als was Schlimmeres. Ich will nur sichergehen, woran ich bei dir bin.«

Mickel schaute in seinen Kaffee. Er war so schwarz, dass der Grund nicht zu erkennen war. »Du hast mich in den letzten Tagen nicht gesehen, Lena, aber ich war die ganze Zeit in deiner Nähe. Ich musste meinem Verdacht nachgehen, einige Recherchen anstellen. Ich habe den Mistkerl verfolgt, der dich verfolgt hat.«

»Aha.«

»Spionagesoftware, Lena. Kannst du überall im Darknet runterladen. Sogar legal kaufen. Über Bluetooth kannst du sie platzieren.«

»Klingt ja interessant. Ist wohl einer deiner technischen Spleene.«

»Ich hätte niemals zugelassen, dass dir was passiert. Ich hätte alles getan, Lena. Wirklich alles.« Mickel stockte. Er griff nach dem Henkel und hob den Kaffeebecher an, aber er setzte ihn nicht an die Lippen. Stattdessen stellte er ihn zurück. Etwas zu wacklig, etwas zu zittrig. Die Brühe schwappte über, platschte auf den Tisch, hinterließ eine Lache, jetzt schimmerte der Grund durch.

Lena betrachtete Mickel. Seine Augen, die so viel Wärme ausstrahlten, und die ungewöhnlich kleinen Ohrmuscheln, die sie unter Tausenden herausfinden würde. An der Unterlippe hatte er die Narbe, die er sich beim Roskilde Festival zugezogen hatte, als er ihr eine Flasche Limonade mit den Zähnen öffnen wollte.

Sie kannte ihn, und sie spürte tief in sich drin, dass er die Wahrheit sagte. Er war nicht nur da gewesen, als sie angegriffen wurde, sondern er glaubte auch, dass er richtig gehandelt hatte.

»Darüber reden wir noch«, sagte sie. »Jetzt erzähl mir, warum du Jette verdächtigst.«

***

Durch Mickels Körper ging ein Ruck. Er richtete sich im Stuhl kerzengerade auf, neigte den Kopf zur Seite, hörte genau hin.

»Das sind nur Affen«, sagte Lena. »Die schreien immer so.«

»Das klang nicht nach Affen. Das klang nach …« Er unterbrach sich, fuhr sich mit der Hand über den Mund. »Wusstest du, dass gegen Jette ermittelt wurde? Kurz bevor sie verschwand?«

»Kann nicht sein, das hätte sie mir erzählt. Ich bin Polizistin, schon vergessen? Vielleicht hätte ich ihr helfen können.«

»Sie hat dir noch mehr verschwiegen. Das Alzheimerthema, an dem sie arbeitete, hatte sie längst aufgegeben.«

»Echt? Wieso hat sie mir das nie gesagt?« Lena sprang auf, machte zwei Schritte nach links, zwei nach rechts, bekämpfte den plötzlichen Bewegungsdrang.

Mickel sah zu ihr hoch. »Vielleicht hielt sie das anfänglich nicht für notwendig, denn sie blieb in der Hirnforschung. Sie beschäftigte sich weiter mit dem Gedächtnis, wandte sich aber dem Thema Erinnerungen zu. Sie arbeitete mit depressiven Mäusemännchen …«

»So was gibt's?«, fragte Lena und setzte sich wieder.

»Du würdest dich wundern, was es alles gibt. Jette stimulierte bestimmte Hirnregionen, weckte damit gezielt Erinnerungen an Sex. Damit steigerte sie die Aktivität der Herren, überwand ihre Antriebslosigkeit.«

»Eine solche Therapie würde nicht nur Mäusemännchen helfen.«

»Jette hatte genau die gleiche Idee und wandte sich Menschen zu, die ein Trauma erlitten hatten.«

»Direkter Kontakt zu Patienten? Wohl eher nicht. Sie hatte das Asperger-Syndrom!«

»Ich weiß, und das wussten auch ihre Vorgesetzten. Deshalb arbeitete sie nur mit wenigen Patienten zusammen. Handverlesene Patienten. Hinterbliebene, Soldaten, Missbrauchsopfer. Die Behandlung folgte einer strikten Struktur. Wenn es menschlich herausfordernd wurde, glätteten ihre Kollegen die Wogen. Das Team sorgte dafür, dass Jette alle ihre Ideen umsetzen konnte.«

»Welche Ideen?«

Mickel warf plötzlich den Kopf herum, starrte zwei junge Männer an, die losrannten, die Arme hochwarfen, Grimassen schnitten, johlten.

»Das sind nur Teenager!«, sagte Lena. »Außer Rand und Band.«

Mickel knuffte sich die Nase mit dem Handrücken. »Bahnbrechende Ideen. Jette hatte bahnbrechende Ideen. Ihr Ziel war es, schlimme Erlebnisse mit Hilfe von falschen Erinnerungen umzuwerten und den Hilfesuchenden eine Rückkehr in die Normalität zu ermöglichen.«

»Hast du ein Beispiel?«

»Eine Frau verabschiedet ihren Partner im Streit. Wenig später verunglückt der Mann auf dem Weg zur Arbeit im Straßenverkehr tödlich. Die Frau macht sich schreckliche Vorwürfe. Auch in der Therapie vertritt sie die feste Überzeugung, dass die Schuld bei ihr liegt und dass ihr Verhalten ursächlich für den Unfall ist. Argumentativ ist ihr nicht beizukommen.«

»Ähnliches habe ich bei Befragungen von Hinterbliebenen erlebt. Da spielt auch die Persönlichkeit eine Rolle«, erwiderte Lena und fragte sich, ob Mickel wirklich die Wahrheit sagte. Vielleicht erfand er diese Geschichte gerade. Er hatte immer eine blühende Phantasie gehabt. »Gib mir mal dein Handy.«

»Wieso?«

»Nun mach schon«, erwiderte Lena, nahm das Gerät entgegen und googelte nach depressiven Mäusemännchen. Es gab sie wirklich! In mehreren wissenschaftlichen Artikeln wurde über sie berichtet.

»Wenn du mir nicht glaubst, Lena«, sagte Mickel, »dann weiß ich wirklich nicht, wie –«

»Ich glaube dir ja, aber das alles klingt ziemlich verrückt, das musst du zugeben.«

»Ich weiß«, räumte er ein. »Ich war noch nie gut darin, die Dinge sachlich darzustellen. Manchmal denke ich, ich sollte einfach auf meinem Boot bleiben.«

»Nein, Mickel. Erst musst du das hier zu Ende bringen. Erzähl mir mehr von Jettes Arbeit.«

Mickel seufzte. »Sie konnte durch die Änderung winziger Details in den Erinnerungen ihrer Patienten heilende Effekte erzielen. Dafür arbeitete sie eng mit einem Psychologen zusammen. In der beschriebenen Konstellation hätte sie der Auseinandersetzung vielleicht ein gutes Ende gegeben. Einen Luftkuss des Mannes zum Abschied. Als Zeichen dafür, dass er seiner Frau nichts nachtrug und nicht abgelenkt war, als er zur Arbeit fuhr ...«

Lena zupfte an ihrem Hoodie, der nass auf der Haut klebte. Sie verspürte das Bedürfnis, ihn auszuziehen, sich aus seiner Enge zu befreien. Sie hatte Mickel dazu aufgefordert, alles offenzulegen, aber wollte sie überhaupt hören, was er da erzählte? Die ganze Zeit hatte sie das Gefühl, dass er nicht von ihrer Schwester, sondern von einer Fremden redete. Worauf lief dieses Gespräch hinaus?

»Es gab früher schon Wissenschaftler, die in diese Richtung forschten«, fuhr er fort. »Aber Jette erzielte sensationelle Erfolge. Gleichzeitig hatte sie große Angst vor Missbrauch. Ihr Ansatz bietet ein enormes Entwicklungspotenzial. Auch abseits von Therapieanwendungen. Zum Beispiel beim ...«

»Bei was, Mickel? Jetzt ist der Zeitpunkt, um alles zu sagen. Du darfst nichts zurückhalten.«

»Ich weiß es ja selbst nicht. Vielleicht bin ich zu simpel gestrickt. Die machen ein großes Geheimnis draus. Ich weiß nur so viel: Es wird wohl immer Menschen geben, die neue Errungenschaften als Waffen einsetzen. Stichwort Gehirnwäsche.«
»Klingt nach Science-Fiction.«
»Schon lange nicht mehr. Nur waren die bisherigen Ergebnisse bescheiden. Man ging den Weg der kleinen Schritte.«
»Bis Jette kam.«
»Ja, bis Jette kam.«
Lena versuchte sich an einem Grinsen, aber es verrutschte ihr total. »Meine Schwester war ein Genie, hätte vielleicht den Nobelpreis gekriegt, und ich … ich erfahre es als Letzte.«
»So darfst du nicht denken, Lena. Niemand wusste Bescheid. Ich auch nicht. Das Deutsche Institut für Hirnforschung hielt alles unter Verschluss, wollte erst später mit den Ergebnissen an die Öffentlichkeit treten. Aber dann unterlief Jette ein Behandlungsfehler. Einer ihrer Patienten beging Selbstmord. In einem Abschiedsbrief erhob er schwere Vorwürfe. Angehörige zeigten Jette an, und die Staatsanwaltschaft Hannover nahm die Ermittlungen auf …«
»Wegen welchen Delikts?«
»Weiß ich nicht.«
»Und wieso Hannover? Jette wohnte in Hamburg.«
»Der Suizid ereignete sich dort.«
»Kennst du den Namen des Staatsanwalts?«
»Hofmann.«
Lena schluckte. Das konnte doch alles nicht wahr sein! Immer wenn sie dachte, dass es das jetzt war, dass es nicht mehr schlimmer kommen konnte, erwartete sie ein dickeres Ende. Sie kannte nur einen Staatsanwalt dieses Namens. Kriminalrat Bruns hatte sich mit ihm getroffen. Bei der Pressekonferenz des LKA hatten die beiden Männer nebeneinandergesessen. Steckten sie unter einer Decke?
»Hätte eine Klage Aussicht auf Erfolg gehabt?«, fragte sie.
»Jette wurde von dem Staatsanwalt aufgesucht, er teilte ihr mit, dass eine Haftstrafe und ein Berufsverbot drohten, wenn

sich der Vorwurf bestätigen würde. Zu einer Prüfung des Sachverhalts ist es nie gekommen, weil sie vorher verschwand. Auch gegen das Institut wurde keine Anklage erhoben.«

»Dass ein Staatsanwalt eine Tatverdächtige aufsucht und derart redet, ist ungewöhnlich.«

»Hinzu kommt, dass die Echtheit des Abschiedsbriefes angezweifelt wurde. Es gab da viele Ungereimtheiten. Für mich sieht es so aus, als hätte Hofmann Jette nur ängstigen wollen.«

»Was hätte er für ein Motiv haben können?«

Mickel knetete nervös seine Finger, blickte sich immer wieder um. »Keine Ahnung. Jedenfalls hatte er mit seiner Einschüchterung Erfolg. Jette war total verzweifelt. Du weißt ja, dass die kleinste Abweichung von ihrer Routine sie völlig aus der Bahn werfen konnte.«

»Und dann kam sie zu dir, hat dir alles erzählt!«

»Unter dem Siegel der Verschwiegenheit, ja.«

»Daraufhin hast du dich mit Literatur eingedeckt, dich in das Thema falsche Erinnerungen eingearbeitet und wolltest ihr helfen?«

»Woher weißt du das?«

»In den Staufächern deines Bootes liegen ein Dutzend Bücher dazu. Aber ich verstehe nicht, warum sie nicht auch zu mir gekommen ist.«

»Jette hat die Vergangenheit neu erfunden. Im Grunde hat sie den Menschen Lügen implantiert. In der bisherigen Psychotherapie ging man davon aus, dass falsche Erinnerungen den Verarbeitungsprozess behindern, weil sie nicht das eigentliche Problem angehen und zu einer unrealistischen Selbstwahrnehmung führen. Bei manchen Patienten geht es jedoch nur um ein konkretes Ereignis, ein Schlüsselerlebnis, mit dem sie nicht fertigwerden. Durch eine kleine Änderung können der Leidensdruck verringert und andere therapeutische Wege ermöglicht werden.«

»Wo liegt das Problem?«

»Es geht um ethische Fragen, Lena. Wie weit darf sie mit dieser Methode gehen? Wo liegen die Grenzen? Mit einer Risikobelehrung und einer Haftungsausschlusserklärung wurden viele Unsicherheiten umschifft. Aber die Verantwortung lag bei Jette. Das Eis, auf dem sie sich bewegte, war dünn.«

»Ich hätte ihr trotzdem geholfen.«

»Du bist Polizistin, vertrittst das Gesetz. Sie wollte dir einen Interessenkonflikt ersparen.«

»Warum hast du mir das alles nicht früher erzählt?«

»Ich … ich weiß nicht, ob ich richtig gehandelt habe, Lena«, sagte er unglücklich. »Aber ich hatte es ihr versprochen. Außerdem konnte ich nicht wissen, dass ihr Verschwinden damit zusammenhängt. Oder … oder ich habe es einfach verbockt, wie immer.«

Lena sah die Last in seinen Augen, die Gewissensbisse.

Da schoss er auf die Beine hoch, so schnell, dass sein Stuhl nach hinten umkippte. Er packte eine Kuchengabel, hielt sie wie ein Messer umklammert, spannte die Muskeln an, fixierte eine Touristengruppe. Mehrere ältere Ehepaare. Vielleicht ein Dutzend Personen.

Lena stellte sich neben ihn, folgte seinem Blick, konnte aber nichts Auffälliges feststellen. »Was ist?«, sagte sie, hielt vorsichtig seinen Arm fest und nahm ihm mit der anderen Hand die Kuchengabel ab.

»Ich dachte, ich hätte ihn gesehen.«

»Wen?«

»Den Mann aus Altenbruch. Der dich angegriffen hat.«

»Das kann nicht sein, der liegt betäubt im Transporter.«

»Lena, ich fühle mich hier nicht mehr sicher. Lass uns gehen. Bitte.«

Zögerlich nickte sie, nicht etwa, weil sie ihm zustimmte und die Lage als bedrohlich einstufte, sondern weil sie sich etwas Zeit verschaffen wollte. Es war alles ein bisschen viel. In ihrem Kopf ging es drunter und drüber. Sie musste sich sammeln, bevor sie mit einer Wahrheit konfrontiert wurde, die ihr die Beine wegreißen würde. Das ahnte sie jetzt schon.

Denn neben den Enthüllungen zu Jettes Forschungen war da noch etwas anderes. Etwas, das Mickel eingangs nur angedeutet hatte. Er hatte gesagt, dass er Jette verdächtigte, aber er hatte noch nicht preisgegeben, was er ihrer Schwester genau vorwarf. Klar war jedoch, dass er nicht so lange Erklärungen abgegeben hätte, wenn er nicht etwas Ungeheuerliches zurückhalten würde.

***

Als sie das Zoogelände verließen, ballte Mickel die Hände zu Fäusten. Auf den Spazierwegen war viel Betrieb, es war unübersichtlich. Kinder flitzten vorbei, Väter jagten ihnen hinterher. Ein Baby schrie und weinte, als litte es schreckliche Schmerzen. Mehrmals zuckte Mickel zusammen, schaute über die Schulter zurück.

Lena ging neben ihm her, äußerlich gefasst, aber innerlich aufgewühlt. Eine düstere Vorahnung hatte sich in ihr manifestiert und ließ sie nicht mehr los. Verkraftete sie die Wahrheit?

»Sag es jetzt, Mickel. Auch wenn es schwer wird.«

»Bist du sicher?«, erwiderte er, fasste nach ihrer Hand und drückte sie.

Gemeinsam passierten sie den Ausgang. Allmählich zogen sich die Wolken wieder zusammen. Außerdem schlossen sich die Baumkronen auf dem Waldparkplatz über ihren Köpfen. Es war so dunkel, als stände die Nacht bevor.

»Ich muss es aus deinem Mund hören«, sagte Lena. »Sonst glaube ich es nicht.«

Mickel blieb stehen, sah ihr sanft in die Augen, fasste auch nach ihrer anderen Hand. »Das ist nicht leicht, Lena. Solche Gespräche … Man ahnt nie, wie sie enden.«

»Das ganze Leben ist ungewiss.«

»Da hast du wohl recht. Also gut. Dir sind falsche Erinnerungen implantiert worden. In der Gedächtnisforschung ist Jette in Deutschland die einzige ausgewiesene Expertin auf diesem Gebiet. Man muss da nur eins und eins zusammenzählen.«

»Du willst mir also weismachen, dass meine Schwester an meinem Gehirn rumgedoktert hat?«

»Das hast du jetzt gesagt.«

»Ja, das habe ich gesagt. Und wenn ich davon ausgehe, dass es stimmt, erlaubt das nur eine vernünftige Schlussfolgerung. Sie lebt noch. Jette lebt.«

Nun war es raus.

Lena lauschte dem Echo ihrer Worte. Als sie den Sinn realisiert hatte, fühlte es sich an, als würde ihr jemand eine Holzlatte vor den Kopf knallen. Sie taumelte, verlor die Orientierung, wusste nicht mehr, wo oben und unten war. Sie kapierte gar nichts mehr. Nur eins war klar: Sie musste hier weg, musste nachdenken, den Fehler suchen.

Sie rannte los, nur ein paar Schritte. Dann breitete sie die Arme aus, drehte sich auf der aufgeweichten, matschigen Erde im Kreis. Das alles nur eine Lüge? Ein Jahr hatte sie geopfert, fast den Verstand verloren. Und wofür?

Sie lachte schallend los, aber niemand hatte einen Spaß gemacht. Oder doch? War sie die Witzfigur? Auf dem Zaunpfahl saß eine Goldammer, trällerte ein Lied. Es klang wie der reinste Hohngesang. Im Wind raschelten die Blätter. Es hörte sich an wie der Applaus eines hämischen Publikums.

Mickel war ihr gefolgt, näherte sich besorgt, wollte sie an der Schulter berühren, aber Lena stieß seinen Arm von sich. Es war einfach unmöglich, dass sie sich derart getäuscht hatte. Energisch stützte sie die Hände in den Hüften ab.

»Der Gezeitenmörder hat sie getötet«, beharrte sie. »Es gibt Beweise.«

»Ich weiß, Lena. Das alles ist schwer zu fassen. Doch es gibt auch Hinweise, die in eine andere Richtung deuten.«

»Ja. Arndt Schulte werden neun getötete Frauen zugeschrieben, doch nur sechs Leichname wurden an Land gespült. Die sterblichen Überreste der Erzieherin Ayleen Adanir, der Studentin Rosa Neumann und von Jette wurden nie gefunden. Das ist ein schöner Stoff für Gruselblogger und Verschwörungstheoretiker, aber die übersehen gerne, dass Schulte ein Kreuz aufgestellt hat. Ein Kreuz mit Jettes Blut. Das hast du wohl auch vergessen? Das Holz stammte aus seiner Werft, die DNA-Probe fiel positiv aus. Ich habe den Laborbericht gelesen. Wie soll das gehen? Erklär mir das bitte.«

»Du hast harte Wochen hinter dir, Lena. Vielleicht brauchst du eine Pause.«

»Nein. Keine Pause. Ich brauche Antworten!«

»Eine Inszenierung, Lena. Nur eine Inszenierung. Zumindest in Jettes Fall.«

»Das sagst du so leicht, aber praktisch ... wie soll das praktisch gehen?«

»Darüber habe ich lange nachgedacht. Mittlerweile ahne ich, wie es sich zugetragen hat.«

51

Vor einem knappen Jahr, in der Nacht vom 29. auf den 30. Juli

Schon als der Mann in die Kammer trat, begriff Jette, dass er nicht Arndts Kumpel sein konnte. Er war schon älter, vielleicht Ende fünfzig oder Anfang sechzig, sehr durchtrainiert, er hatte einen silbergrauen Haarknoten und telefonierte. Bei ihrem Anblick blieb er stehen, schaute an ihr hoch und runter, ließ im Anschluss seinen Blick über die Wände streifen.

»Scheiße«, sagte er in sein Handy. »Was für ein Mist ist das denn?«

Jette wollte ihn anflehen, dass er sie von den Fesseln befreien und von hier wegbringen sollte, am besten zur Polizei oder lieber in ihr Elternhaus. Aber warum beachtete er sie nicht weiter? Warum wandte er sich ab? Vor ihren Augen verschwamm alles, sie spürte die Tränen nicht, hörte nur, wie sie auf den Marmorstein tropften.

Der Mann trat zu den Aquarellen, betrachtete sie, schüttelte den Kopf. »Ich mag so was nicht«, sagte er in sein Telefon. »Habe ich bei Kameraden im Sudan erlebt. Wenn es anfängt, Spaß zu machen, dann geht's bergab. Ich hätte ihn kaltmachen sollen. Wäre das Beste gewesen. ... Schon gut, schon gut. Habe ich nicht. ... Nein, mach ich auch nicht. ... Nur das Nötigste, ist klar, habe ich verstanden ...«

Er griff nach einer schwarzen Plastikplane, die er in einem unteren Regalfach entdeckt hatte, schüttelte sie raschelnd mit einer Hand aus und warf sie über Jette, ohne sie eines Blickes zu würdigen.

Der Kunststoff legte sich über ihren Körper, auch über ihren Mund. Erstickungsgefahr! Sofort saugte sie mit der Nase Luft ein, pustete sie zwischen den Lippen aus, wiederholte es, verschaffte sich vor ihrem Gesicht Platz, aber da war noch etwas anderes. Ein süßlich schwerer Gestank. Auch metallisch. Eine Mixtur aus ... Sie wusste sofort, womit diese Plane in Berührung gekommen war, und blinzelte unkontrolliert.

Blut besteht zu vierundvierzig Prozent aus Hämatokrit und zu fünfundfünfzig Prozent aus Plasma, rief sie sich ins Gedächtnis. Außerdem aus Proteinen, Salzen, niedrigmolekularen Stoffen, aus Hormonen, gelösten Gasen und Nährstoffen. Es ist nur eine Körperflüssigkeit, die sich aus verschiedenen Inhaltsstoffen zusammensetzt.

Sie atmete durch die Nase ein, durch den Mund aus, durch die Nase ein, durch den Mund aus. Sie musste ihren Ekel bezwingen, in Erfahrung bringen, ob der Mann ihr helfen würde, ob er ...

»Ja, ich bin mir sicher«, sprach er in sein Smartphone. »Der Kerl ist der Gezeitenmörder. ... Woran ich das festmache? Auf diesen Bildern erkenne ich einige der Frauen wieder. Ihre Fotos waren überall in der Presse und im Fernsehen. Das hier ist ... Ich glaube, sie heißt Ayleen Adanir. Eine Erzieherin. Und das hier ist ... ist die Studentin Rosa Neumann. ... Ja, ich bin mir sicher. Außerdem befinden sich im Regal seine Trophäen, also die Schmuckstücke, nach denen gesucht wird. Und gegen die Wand ... gegen die Wand lehnt eins dieser Holzkreuze, die er mit dem Blut seiner Opfer tränkt und am Wasser aufstellt. ... Ja, eine Inschrift ist auch drauf. ›Jette Funk‹, steht da. ... Nein, sie atmet noch. Was soll ich jetzt machen?«

Jette hörte dem Mann zu. Doch je länger sie seinen Worten lauschte, desto unglaublicher wurden sie. Wo war sie da reingeraten?

52

Gegenwart

»Woher kannte Jettes Befreier das Versteck des Gezeitenmörders?«, fragte Lena.

»Du wurdest verfolgt«, erwiderte Mickel. »Wahrscheinlich auch Jette. Vom selben Mann. Von dem Mann, der dich in Altenbruch angegriffen hat.«

»Du hast auf jede Frage eine Antwort.«

»Wenn das so wäre, würde ich nicht mehr auf einem Boot wohnen, dann hätte ich längst ... Mein Leben ist nicht so verlaufen, wie ich es mir gewünscht habe. Jettes auch nicht. Vermutlich hat der Mann nach dem Altstadtfest beobachtet, wie sie zu Arndt Schulte in den Wagen stieg, dann fährt er ihr bis zur Werft in Neuhaus hinterher und ...«

»Mickel, ich ... ich kann nicht mehr. In meinem Kopf dreht sich alles«, sagte Lena. Sie trat in ein Schlagloch, stolperte weiter über den Waldparkplatz. Ihre Kleidung hing feucht und schwer herab. Im Schatten des Blätterdachs hätte sie normalerweise gefroren, aber sie spürte keine Kälte. Sie spürte gar nichts, wollte auch nichts mehr hören, keine Informationen aufnehmen.

Mickel steckte sachte den Schlüssel in die Zündung des Motorrads, reichte ihr mit einem aufmunternden Nicken den Helm. Kurz flackerte Widerstand in ihr auf. Widerstand gegen all die Lügen, gegen all die Dinge, die man ihr angetan hatte, aber ihr fehlte die Kraft. Das Aufbäumen verpuffte, und sie setzte den Kopfschutz auf.

Als Mickel sie bat, aufs Motorrad zu steigen, tat sie auch das, hielt sich an ihm fest. Es fühlte sich ungewohnt an, die

Kontrolle abzugeben, aber es war bestimmt besser so. Sie trieb ins Uferlose.

Auf der Fahrt nahm sie die Vibrationen des Motors, die Straßenunebenheiten und den Fahrtwind kaum wahr. Die Landschaft flog vorüber, als wäre sie in einen dichten Nebel getaucht. Sie bekam auch nicht mit, dass sie die Oste überquerten, durchs dünn besiedelte Moor fuhren und das Naturfreibad passierten.

Dumpf, niedergeschlagen und leer, reduzierten sich ihre Körperfunktionen auf ein Minimum, und trotzdem war ihr, als blitzten in ihrem Kopf Bilder auf. Wie Schlaglichter. Zu schnell noch, um sie festzuhalten.

Vor einer Reetdachkate am alten Elbdeich stoppte Mickel. Das Fachwerkhaus war so winzig klein, dass es unmöglich den Herbst- und Winterorkanen standhalten konnte, die über die Region fegten. Es würde aus dem Fundament gerissen werden, so wie man Lena entwurzelt hatte. Auch der niedrige Wall aus Naturfeldsteinmauer, Heckenrosen und Hagebuttensträuchern würde keinen Schutz bieten, wenn ...

Da war es wieder, dieses helle Zucken. Erst einmal, dann öfter, bis es anhielt und blieb. Es war, als würde jemand einen Vorhang von ihrer Stirn zurückziehen, als würde in einer Kammer das Licht angeknipst werden.

Erstaunt nahm Lena den Helm ab, strich sich die Haare aus den Augen, blinzelte. Da war eine Gewissheit, die sie kaum noch kannte. Kein Zögern, nicht der geringste Zweifel.

»Die Kate«, sagte sie und hustete. »Die Kate, die kenne ich.«

»Bist bestimmt mal vorbeigefahren«, erwiderte Mickel. »Ist ja ein Schmuckstück.«

»Nein, ich war hier.«

Mickel öffnete das hüfthohe Holztor, das auf das Grundstück führte. »Eigentlich nicht möglich. Gehört einem Hamburger Ehepaar, das du nicht kennst. Lebensmittel bringen sie mit. Verbringen die Tage mit Yoga, Kochen und Lesen. In die Dörfer kommen sie gar nicht.«

Vom Deich tönte das nervöse Blöken einiger Lämmer herüber. Die älteren Schafe hatten das Grasen unterbrochen, standen wie versteinert da, starrten in ihre Richtung, jederzeit bereit, die Flucht zu ergreifen.

Lena hustete erneut, klopfte sich auf die Brust. »Woher kennst du sie?«

»Du musst aus den nassen Sachen raus. Ich lass dir gleich eine warme Badewanne ein«, antwortete Mickel, packte die Maschine am Lenker, drückte die Kupplung und rollte sie auf den Autostellplatz. »Hab ihnen das Reetdach gedeckt. Seitdem inspiziere ich das Rohrschilf. Entferne Moos und Algen. Zwischen März und Oktober rede ich mit der Putzfrau und dem Gärtner. Auch die Kleinigkeiten sind wichtig, nicht? Dafür darf ich hier wohnen, wenn es mir auf dem Schiff zu eng wird.«

»Sind sie in der Werbebranche?«

»Ja, das stimmt.«

»Kriminalrat Bruns hat ihr Alibi überprüft. Waren sie am Tag meines Verschwindens auf einer Preisverleihung in Berlin?«

»Hier waren sie jedenfalls nicht. Das weiß ich genau, weil ich da war. Ich hatte dich eingeladen, hab gekocht. Brauchte einen richtigen Backofen. Das Essen stand schon auf dem Tisch, ich dachte, du kommst, aber …«

In ihrem Rücken näherte sich ein Fahrradfahrer. Lena drehte den Kopf zur Seite, fixierte ihn, ließ ihn nicht aus den Augen. Er trug einen schwarzen Helm, eine dunkle Sonnenbrille, die den Großteil seines Gesichts bedeckte. Er starrte zurück, taxierte das Anwesen. Kein Moin, kein Winken, gar nichts. Dann war er vorbei.

»Die Touristen fahren doch auf dem Fernradweg am Elbufer vorbei«, sagte Lena.

»Glaubst du, dass …?«, erwiderte Mickel. »Nein, nein. Niemand weiß, dass wir hier sind. Alle glauben, dass ich noch in Frankreich bin.«

»Wenn diese Leute wirklich so mächtig sind, wie du behauptest, dann wissen sie vielleicht schon, dass du ihren Mann in Altenbruch ausgeschaltet hast.«

»Ausgeschaltet! Wie sich das anhört. Nennt man das so in deiner Welt?«

»Mickel, die Auswertung meines Handys hat ergeben, dass ich nur wenige hundert Meter entfernt von hier in den Wagen meines Entführers gestiegen bin ...«

»Ach, deshalb habt ihr das Alibi der beiden überprüft!«

»Vielleicht war ich auf dem Weg zu dir, hab mich kurzfristig anders entschieden. Vielleicht war ich nur kurz auf dem Grundstück und habe ...«

»Hast was?«

»... und habe etwas deponiert!« Lena lief zur Stirnseite des Verschlags, wo Brennholz gestapelt war. Sie ging in die Knie, langte mit dem Arm hinter die Scheite, tastete umher, bis sie fand, wonach sie gesucht hatte. Ungläubig zog sie einen Rucksack heraus, in dem ein großer, schwerer Gegenstand steckte.

»Meine Ärztin hat gesagt, dass so etwas passieren würde«, fuhr sie fort. »Irgendeine Beobachtung, irgendein Geruch oder eine Bemerkung würden dafür sorgen, dass mein Gedächtnis zurückkehrt. Ich erinnere mich jetzt wieder. Ich erinnere mich an alles. Ich weiß jetzt, was am Tag meines Verschwindens geschehen ist. Und das hier«, sagte sie und reckte den Rucksack in die Höhe, »das hier ist die Antwort auf unsere Fragen.«

53

Vor über drei Monaten, 27. März, 9 Uhr morgens

Lena hatte eine Bewegung hinter dem Türspion bemerkt. Er war zu Hause, er reagierte nur nicht, wollte nicht aufmachen. Sie drückte den Daumen auf den Messingknopf, ließ ihn dort, sodass es ununterbrochen schrillte.

Ihr Vater riss die Tür auf, starrte sie mit funkelnden Augen an. Das Kinn vorgereckt, die Schultern hochgezogen. Die aggressive Haltung stand in einem irritierenden Kontrast zu seiner Kleidung. Mit der anthrazitfarbenen Strickjacke, dem weißen Hemd und der blauen Strickkrawatte sah er aus wie ein Konfirmand.

»Ich kann mich nicht erinnern, dass wir einen Termin haben«, sagte er.

»Im Schulsekretariat meinten sie, dass du dich heute krankgemeldet hast«, erwiderte sie. »Ich muss mit dir über Jette reden. Ich habe rausgekriegt, dass sie an etwas Neuem geforscht hat.«

»Und?«

»Ihr Tod könnte mit ihrer Arbeit zusammenhängen.«

»Lass lieber die Profis ihre Arbeit tun.«

»Ich bin ein Profi.«

»Vor allem bist du die Schwester. Die Schwester, die sie im Stich gelassen hat. Jetzt reimst du dir was zusammen, damit du den anderen die Schuld geben kannst.«

Lenas Mundwinkel zuckten. Sie versuchte es zu unterdrücken, aber die Haut kribbelte weiter, spannte sich. »Du hast dich mit ihr ausgetauscht. Wenn jemand aus ihrem privaten Umfeld weiß, woran sie gearbeitet hat, dann bist du es. Klär mich bitte auf, damit ich mir ein Bild machen kann. Dann lass ich dich in Ruhe.«

»Mit dem menschlichen Gehirn hat die Evolution ein Wunder geschaffen. Nichts ist so komplex, so leistungsfähig, so rätselhaft. Zur Entschlüsselung braucht es Wissenschaftler. Wissenschaftler wie deine Schwester. Den meisten Menschen fehlt es an Intelligenz, um die Neurowissenschaften zu verstehen.«

»Meinst du mich damit?«

»Du gehst jetzt besser. Ich habe gleich eine wichtige Besprechung.«

Im Treppenhaus erklangen Schritte. Eine ungefähr sechzigjährige, krähenartige Frau stöckelte auf Pumps die Stufen hinunter. In ihrer Hand hielt sie einen schwarzen Einkaufskorb. Auf dem Absatz blieb sie stehen, blickte unverblümt auf Lena, auf ihr krauses Haar, die schlanke Figur. Sie nahm die Sonnenbrille ab, schaute genauer hin, stellte sich schließlich als »Frau Jonsdottir« aus dem dritten Stock vor und erwartete, dass auch Lena ihren Namen preisgab.

Ihr Vater stand mit eingezogenem Kopf da, schaute verdrossen drein.

Lena hatte es so satt, sich von ihm runtermachen zu lassen. Gleichzeitig erkannte sie ihre Chance. »Ich bin die Tochter«, sagte sie. »Mein Vater freut sich sehr, dass ich ihn besuche, und wollte mich gerade hereinbitten. Ist doch so, oder?«

Ihr Vater machte abrupt kehrt, verschwand im schattigen Inneren. Wenigstens ließ er die Tür offen stehen.

Frau Jonsdottir streckte die magere Hand mit den scherenartigen Fingern aus, konnte wohl nicht anders, wollte unbedingt Lenas Locken berühren.

»War nett, Sie kennenzulernen«, sagte Lena schnell, huschte ins Appartement und warf die Tür hinter sich zu. Was war das denn?, fragte sie sich, dachte aber nicht länger über die seltsame Nachbarin nach und begab sich ins Wohnzimmer, wo es stark nach einer medizinischen Salbe roch. Wahrscheinlich hatte ihr Vater wieder sein Rückenleiden.

Ihr fiel eine Kommode auf, die an einen Schrein erinnerte. Zahlreiche Fotos von ihrer Mutter standen darauf, mit Trauerflor geschmückt.

Hinter Lenas Augen baute sich Druck auf, ihr wurde ganz schwer zumute. Alles war noch so frisch. Manchmal sehnte sie sich so nach ihr, dass es kaum auszuhalten war. Manchmal ertappte sie sich bei dem Gedanken, dass es den falschen Elternteil erwischt hatte. Dann verdrängte sie ihn sofort wieder. Sie wollte so nicht sein, sie wollte sich nicht von seiner Negativität vergiften lassen.

Auch zahlreiche Aufnahmen von Jette waren ausgestellt. Nur Lena tauchte nirgends auf. Weder alleine noch als Familienmitglied. Er ignorierte ihre Existenz. Eigentlich war das keine Überraschung, aber der Anblick ihrer Mutter hatte sie aus der Bahn geworfen, und die Erkenntnis traf sie härter, als sie es sich eingestehen wollte.

»Ich gebe dir fünf Minuten«, sagte ihr Vater. »Keine Sekunde länger. Eine Professorin will sich mit mir treffen. Es geht um meine Doktorarbeit. Die Zeit läuft.«

»Ich ...«, fing Lena an und unterbrach sich. Ihr Vater hatte seinen Computerarbeitsplatz in einer Wohnzimmerecke eingerichtet. Neben dem Bildschirm stand ein Laptop. »Das … das ist doch Jettes Notebook! Die Soko hat es überall gesucht und … Was hast du getan?«

Ihr Vater fuhr zusammen, blickte erschrocken hinüber. »Wer … wer sagt denn überhaupt, dass es ihrer ist!«

»Der Aufkleber vom Naturschutzbund. Den erkenne ich wieder.«

»Solche Aufkleber gibt es überall.«

»Willst du es leugnen? Die Ermittler haben dich befragt. Warum hast du sie angelogen?«

»Es ist nicht so, wie du denkst. Es ist –«

»Weißt du, wie man das nennt? Unterdrückung von Beweismitteln, das wird mit einer Geldstrafe oder in schweren Fällen mit einer Freiheitsstrafe bis zu –«

»Jetzt lass mich doch mal ausreden. Ich habe ihn vor zwei Wochen im Keller entdeckt. Beim Aufräumen! Deine Mutter hatte Jettes Sachen in Umzugskartons gepackt, die wir nach Cuxhaven mitgenommen haben. Anscheinend hat sie nicht mitbekommen, dass die Soko nach ihm suchte. Aber sie trifft keine Schuld. Deine Mutter hatte immer nur gute Absichten. Nur für den Fall, dass du jetzt auch noch ihr Andenken beschmutzen …« Sein Blick fiel auf die Wanduhr. »Fünf Minuten sind um. Ich gehe jetzt. Du kannst tun und lassen, was immer dir einfällt, aber außerhalb dieser vier Wände.«

Jetzt war es Lena, die ihn anfunkelte. Sie hatte genug von seinem selbstgerechten Gehabe. »Früher wollte ich, dass du stolz auf mich bist. Jetzt nicht mehr, jetzt kämpfe ich für Jette, auch wenn du es nicht tust. Ihr Laptop nehme ich mit. Wahrscheinlich ist der sowieso ergiebiger als du. Das Passwort brauche ich auch.«

»Der Computer bleibt hier«, erwiderte ihr Vater. »Mit den Aufzeichnungen kannst du sowieso nichts anfangen.«

»Du hast den Ernst der Lage nicht begriffen. Entweder nehme ich ihn mit, oder ich melde den Kollegen, dass er sich in deinem Besitz befindet. Du kannst dir sicher vorstellen, was dann los ist.«

»Das würdest du nicht tun.«
»Hier geht es um die Aufklärung eines Kapitalverbrechens. Das hat Vorrang. Ich habe dir deine Möglichkeiten genannt. Überleg es dir gut.«

54

Vor über drei Monaten, 27. März, 10:20 Uhr morgens

Auf Mickels Segelboot richtete sich Lena auf der Sitzducht ein, hüllte sich in eine dicke Decke, um sich vor dem forschen Wind zu schützen, der über das Freiburger Hafengelände fegte. Die Flut kroch flüsternd ins Becken. Der betäubende Geruch des Schlickwattes stieg ihr in die Nase. Auf der Bootswerft Hatecke wurde ein Holzschiff geschliffen, vielleicht war es dazu bestimmt, auf hoher See in einen Sturm zu geraten und unterzugehen.

Es belastete Lena, dass jede Begegnung mit ihrem Vater im Streit endete. Eigentlich wollte sie sich von seiner aggressiven Haltung nicht anstecken lassen, aber dann platzte ihr jedes Mal der Kragen. Hundert Mal hatte ihre Mutter erklärt, dass man ihn gewähren lassen musste, bis er sich beruhigt hatte. Dann täte es ihm leid, dann wäre er ganz lieb. Aber wie konnte man diese Schmähungen erdulden? Sie war einfach zu stolz, um sich so behandeln zu lassen.

Seufzend klappte sie Jettes Notebook auf, orientierte sich auf dem Desktop und nahm sich den größten Ordner namens »Mimir« vor. Vage erinnerte sie sich, dass es in der nordischen Mythologie eine Gestalt dieses Namens gab. Sie hütete die Quelle unter dem Weltenbaum Yggdrasil, der den Kosmos verkörperte. In der Etymologie bedeutete Mimir: der, der sich erinnert. Zog ihre Schwester Parallelen vom Weltenbaum zum menschlichen Gehirn? Sah sie sich selbst in der Tradition des Wächters? Als Beschützerin des Gedächtnisses?

Die Dateien in dem Ordner waren weniger symbolträchtig. Die meisten Texte waren auf Deutsch verfasst, wiesen aber so viele Fachbegriffe und lateinische Wörter auf, dass Lena den Sinn nur mit einer Übersetzungshilfe erfasste. Andere Dokumente enthielten chemische Formeln, Diagramme mit farbigen Schraffuren und an- und absteigenden Linien. Die Bedeutung erschloss sich ihr auch nach einer gründlichen Internetrecherche nicht. Ihr Vater behielt dieses Mal recht. Es brauchte einen Experten, um das Material auszuwerten.

Frustriert stellte Lena sich ans Ruder, umschloss das kalte Metall mit ihren Fingern so fest, dass sich ihre Haut weiß färbte. Auf der anderen Seite des Hafens ragten die Bäume kahl in den grauen Himmel. Es würde noch lange dauern, bis sie wieder Blätter trugen. Dräuende schwarze Wolken jagten vorüber, so schnell, als braue sich irgendwo ein Unwetter zusammen, das sie noch erreichen mussten.

Wieso gebe ich nicht auf?, fragte sich Lena. Warum hänge ich in dieser Endlosschleife fest? Manchmal hatte sie das Bedürfnis, sich ins Bett zu legen. Sie wollte einschlafen und nicht mehr aufwachen. Die Welt würde sich weiterdrehen, als wären Jette und sie niemals da gewesen. Doch jedes Mal, wenn sie sich vorstellte, wie der Gezeitenmörder davonkam, jedes Mal, wenn sie sich ausmalte, wie er triumphierte und sich auf sein nächstes Opfer vorbereitete, biss sie die Zähne zusammen. Sie war noch nicht am Ende! Noch lange nicht!

Sie setzte sich zurück auf ihren Platz, breitete die Decke über ihre Beine aus und durchforstete systematisch alle Speicherplätze, stieß auf Fachchinesisch und Veröffentlichungen zu Zugvögeln. Sie würde nicht aufgeben, aber an dieser Stelle kam sie nicht weiter. Sie stand kurz davor, das Notebook zur Seite zu stellen und sich auf die Suche nach einem Experten zu begeben, als sie unter dem Pfad »Windows (C:)\Windows.old\Benutzer\jetfu\Documents« eine Word-Datei entdeckte, die ihre Schwester »Mailwechsel« genannt hatte.

Lena spürte, wie sich ihr Magen zusammenzog. Stand sie vor einer entscheidenden Entdeckung? Warum hatte Jette die

Korrespondenz aufgehoben, wenn sie doch sonst alle unnützen Dateien von ihrem Notebook entfernte? War sie der Schlüssel?

Lena hastete durch die Zeilen, bekam den Inhalt kaum mit, war viel zu aufgeregt. Also begann sie von vorne. Sie begriff, dass es sich um einen Schriftverkehr zwischen zwei Personen handelte, zwischen Jette und Carsten Bering. Zeitlich war er im Vorjahr, zweieinhalb Monate vor dem Verschwinden ihrer Schwester, anzusiedeln. Der Pharmaunternehmer machte den Auftakt:

Gesendet: Dienstag, 16. Mai um 15:17 Uhr
Von: CBering <carstenbering@beringpharmaceuticals. com>
An: Jette Funk <jette.funk@brain.dih.de>
Betreff: Hallo!

Moin Jette,
ich hoffe, dir geht's gut!
Neulich war ich mit Torsten in Freiburg, und wir haben eine Rundfahrt mit dem Vogelkieker-Bus unternommen. Ein Erlebnis! Toll, was wir da auf die Beine gestellt haben. Du weißt ja, dass ich deinen Arbeitgeber, das DIH, schon lange finanziell fördere. Am Wochenende gab es ein Treffen von Mitgliedern des Leitungsgremiums. Dein Chef war dabei, und wir haben über deine Arbeit gesprochen. Er hält große Stücke auf dich und sagte, dass dein Budget viel zu gering sei und dass du mehr Mittel bräuchtest. Vielleicht kann ich dir helfen. Mit Wissen deines Chefs natürlich und unabhängig von den Jahresspendenprojekten. Wollen wir uns auf einen Eisbecher treffen und die Möglichkeiten ausloten?
Viele Grüße
Carsten

Lena hatte zwar gewusst, dass Jette und Carsten Bering sich kannten, aber ihr war neu, dass sie sich duzten. Auch war ihr entgangen, dass der Pharmaunternehmer zu den »Fördernden

Mitgliedern« des Deutschen Instituts für Hirnforschung gehörte. Das war eigentlich kein Wunder, weil sich das DIH als eingetragener Verein nicht nur durch öffentliche Gelder, sondern auch durch Mitgliedsbeiträge und Spenden finanzierte. Einige der größten Aktiengesellschaften Deutschlands zählten zu den Geldgebern. Trotzdem fragte sich Lena, wie viel der Geschäftsmann über das Projekt ihrer Schwester gewusst und ob er sich aufgrund dieser Informationen bei ihr gemeldet hatte.

> *Am 16.05. um 16:11 schrieb Jette Funk <jette.funk@brain.dih.de>*
>
> *Moin,*
> *danke für die Mail. Das Sponsoring des Vogelkieker-Busses ermöglicht Besuchern unvergessliche Naturerlebnisse. Eine sinnvolle Investition, die bei den Freiburger Bürgern und den Vereinsmitgliedern nicht in Vergessenheit gerät! Die wissenschaftlichen Mitarbeiter des DIH begrüßen Spenden, die ihnen ihre Forschungstätigkeit ermöglichen. Eine Besprechung in Luicella's Eisdiele in Eppendorf wäre wünschenswert.*
> *Mit freundlichen Grüßen*
> *Jette Funk*

Jette hatte kaum eine Stunde für die Antwort gebraucht. Sie ging auf alle angesprochenen Punkte ein und blieb dabei viel unpersönlicher und allgemeiner als der Pharmaunternehmer, was typisch für sie war. Noch rätselte Lena, warum ihre Schwester die Korrespondenz abgespeichert hatte.

> **Gesendet:** *Dienstag, 16. Mai um 16:31 Uhr*
> **Von:** *CBering <carstenbering@beringpharmaceuticals.com>*
> **An:** *Jette Funk <jette.funk@brain.dih.de>*
> **Betreff:** *Re: Hallo!*

Liebe Jette,
ich bin auch ein großer Fan von Luicella's IceCream, besuche oft die Filiale in der Europa Passage. Morgen bin ich zufällig in Eppendorf.
Passt es dir um 18:30?
Liebe Grüße
Carsten

Am 16.05. um 16:43 schrieb Jette Funk <jette.funk@brain.dih.de>

Lieber Carsten Bering,
danke für die Mail. Die Mitarbeiter des DIH richten sich gerne nach den Terminwünschen von großzügigen Spendern und sind um Pünktlichkeit bemüht.
Mit freundlichen Grüßen
Jette Funk

Ihre Schwester hatte sich also mit dem Pharmaunternehmer verabredet, um ein Gespräch über eine finanzielle Unterstützung zu führen. Die Korrespondenz ging über vier Mails und war innerhalb von anderthalb Stunden abgeschlossen worden. Dass Carsten Bering ein Fan von Luicella's IceCream war, nahm sie ihm nicht ab. Wahrscheinlich wusste er nur von der Leidenschaft ihrer Schwester und wollte für eine angenehme Atmosphäre sorgen, um sie günstig zu stimmen.

Die nächste Kontaktaufnahme erfolgte eine Woche später. Wieder ergriff Carsten Bering die Initiative:

Gesendet: *Dienstag, 23. Mai um 9:25 Uhr*
Von: *CBering <carstenbering@beringpharmaceuticals.com>*
An: *Jette Funk <jette.funk@brain.dih.de>*
Betreff: *Hallo?*

Liebe Jette,
leider konnte ich dich telefonisch nicht erreichen. Deshalb probiere ich es so.
Tut mir leid, falls du dir unser Treffen anders vorgestellt hast. Ich wollte keine falschen Erwartungen wecken, aber wir haben doch das gleiche Ziel: wissenschaftlicher Fortschritt zum Wohle des Menschen. Mein Geschäftspartner ist ein großer Bewunderer deiner Arbeit und befindet sich derzeit in Hamburg. Er möchte dich kennenlernen. Ganz unverbindlich. Außerdem liebt er Eiscreme. Sollen wir uns wieder bei Luicella's in Eppendorf treffen, einen Krokantbecher auf die Hand nehmen und gemeinsam spazieren gehen? Passt es dir um 18:30?
Liebe Grüße
Carsten

Am 23.05. um 9:41 schrieb Jette Funk <jette.funk@brain.dih.de>

Nein!!!

Oh, dachte Lena. Sie wusste, dass sich ihre Schwester in der geschäftlichen Korrespondenz und im persönlichen Umgang bemühte, die Formalien einzuhalten und sich angemessen zu betragen, damit ihre zwischenmenschlichen Defizite nicht auffielen. Hinter einer Mail an einen potenziellen Förderer ohne Anrede und hinter einer Absage, die durch drei Ausrufezeichen verstärkt wurde, musste ein starkes Gefühl stehen.

Gesendet: *Dienstag, 23. Mai um 9:45 Uhr*
Von: *CBering <carstenbering@beringpharmaceuticals.com>*
An: *Jette Funk <jette.funk@brain.dih.de>*
Betreff: *Re: Hallo?*

*Liebe Jette,
passt dir ein anderer Tag? Sollen wir kurz telefonieren?
Liebe Grüße
Carsten*

Am 23.05. um 10:15 schrieb Jette Funk <jette.funk@brain.dih.de>

Die wissenschaftlichen Mitglieder des DIH werden angehalten, sich an die Ombudsperson der Sektion zu wenden, wenn sie den Verdacht auf einen Verstoß gegen die gute wissenschaftliche Praxis haben. Ein solcher liegt bei der Verletzung geistigen Eigentums vor, zum Beispiel durch das unbefugte Zugänglichmachen von Forschungsergebnissen gegenüber Dritten, solange diese noch nicht veröffentlicht wurden. Ein weiterer Kontakt ist in einem solchen Verdachtsfall unerwünscht.

Damit endete die Korrespondenz. Jette hatte zu ihrem typischen Stil zurückgefunden. Gleichzeitig hatte sie dem Pharmaunternehmer gedroht, ein Fehlverhalten bei der zuständigen Stelle anzuzeigen. Offenbar waren schützenswerte Informationen preisgegeben worden. Möglicherweise von ihrem Chef, mit dem Carsten Bering bei einem Treffen von Gremiumsmitgliedern gesprochen hatte. In der Eppendorfer Eisdiele hatte der Pharmaunternehmer anscheinend über Wissen verfügt, das noch nicht publiziert worden war.

Lena schob das Notebook von ihrem Schoß und beobachtete einen Bussard, der sich mit ausgebreiteten Schwingen in höhere Luftschichten schraubte. Mit seinen scharfen Augen war der Raubvogel auch weit oben noch bereit, ein Kleintier auf der Wiese zu entdecken und es zu reißen.

Welches Ziel hatte die Kontaktaufnahme des Pharmaunternehmers verfolgt, wenn es nicht um eine Spende gegangen war? Hatte er im Auftrag des Geschäftspartners gehandelt? Hatte

Carsten Bering versucht, Jette mitsamt ihrer Methode abzuwerben?

Obwohl die Korrespondenz auf einen Interessenkonflikt hindeutete, hatte die Soko nie in diese Richtung ermittelt. Nun erschien es verdächtig, dass Jette auf dem Otterndorfer Altstadtfest mit Torsten Bering gesprochen hatte. Hatte der Junior im Auftrag des Vaters gehandelt? Es war nur schwer vorstellbar, dass sie die Korrespondenz, das Treffen in der Eisdiele und die Hintergründe nicht thematisiert hatten.

Damit drängte sich eine Frage auf: Warum hatte Torsten Bering bei seiner polizeilichen Vernehmung mutmaßlich gelogen? Er hatte ausgesagt, dass die Begegnung zufällig erfolgt sei und dass sich das Gespräch um den Vogelkieker-Bus und Belanglosigkeiten gedreht hätte. Außerdem hatte er angegeben, dass es davor seit längerer Zeit weder mit ihm noch mit seinem Vater einen Kontakt gegeben hätte. Was verschleierten die Berings? Gab es eine Verbindung zum Verschwinden ihrer Schwester?

Lena war sich sicher, dass der Pharmaunternehmer und sein Sohn ihr keine Auskünfte geben würden. Außerdem war es noch zu früh, um sie mit den Erkenntnissen zu konfrontieren. Ein Rekrutierungsversuch an sich war nicht strafbar; dubios wirkten nur die Umstände und die Lüge bei der Befragung.

Zuerst musste Lena weitere Informationen sammeln und ihren Verdacht erhärten. Möglicherweise kannte sie jemanden, der ihr einen Hinweis geben könnte.

55

Vor über drei Monaten, 27. März, 14:30 Uhr

Eigentlich war der Bungalow ein typisches Altenteilerhaus, das ein in den Ruhestand gehender Bauer bezog, um dort seinen Lebensabend zu verbringen. Es lag in Nachbarschaft zu einem Hof, war separiert durch einen hohen Sichtschutzzaun und verfügte über eine eigene Zufahrt. Normalerweise waren diese Anwesen sehr gepflegt, die alten Landwirte setzten ihre körperliche Tätigkeit im kleineren Rahmen fort, aber dieses Gebäude wirkte geradezu verwahrlost, unbewohnt.

Unschlüssig stieg Lena von Mickels Fahrrad, hielt es am Lenker fest. Auf dem Rücken trug sie einen Rucksack, in den sie das Notebook gesteckt hatte. Es war ihr unmöglich gewesen, den Rechner unbeaufsichtigt auf dem Boot zurückzulassen. Dazu war der Mailverkehr zu bedeutend.

Bin ich richtig?, fragte sie sich.

Die Adresse hatte sie durch einen Abstecher in den Supermarkt erfahren. Frauke, Jettes alte Schulfreundin, saß gerade an der Kasse und gab ihr – nach einem erfreuten Moin – die Wohnanschrift.

Jetzt stand Lena auf der verlassenen Straße am alten Elbdeich. Der Aprilwind trieb verrottete Blätter vor sich her. Landeinwärts breiteten sich die nassen schwarzen Felder aus, die von Entwässerungsgräben durchzogen waren. Vor den entfernten Nachbarhäusern zeigte sich kein Anwohner, den sie fragen konnte.

Was sollte sie tun? Auf dem Grünstreifen stand ein verrosteter Briefkasten, der mit Hilfe einer Latte provisorisch in den Boden gerammt war. Ein Name fehlte, die Hausnummer stimmte. Zumindest handelte es sich um die Zahl, die Frauke ihr genannt hatte. Da sie nun schon mal hier war, wollte sie es wenigstens versuchen.

Sie rollte das Zweirad über die knirschende Schottereinfahrt und stellte es auf dem Ständer ab. Erst jetzt bemerkte sie, dass der hohe Sichtschutzzaun das gesamte Grundstück umgab. Fast wie ein Tiergehege.

Auf dem stark bemoosten Waschbetonplattenweg lief sie durch den Garten, der sich in eine wilde Wiese verwandelt hatte, die von jungen Eichen und Tannen durchsetzt war. Nichts deutete darauf hin, dass hier ein Mensch lebte. Kein Holzkohlegrill, keine Schaukel, keine Gartenschuhe! Doch je näher Lena dem Eingangsbereich kam, desto deutlicher vernahm sie aufgebrachte Stimmen.

Stocksteif blieb sie stehen, hörte genau hin, überlegte bereits, ob sie eingreifen sollte, da erklangen mehrere Salven aus einer Maschinenpistole, die schrillen Schreie einer Frau, dann eine dramatische Musik. Offenbar der Abspann einer Actionserie.

Lena lockerte ihre Schultern, setzte den Weg fort. Sie hob den Messingtürklopfer an, um ihn gleich wieder fallen zu lassen. Ein dumpfer Schlag, der nachhallte. Die Fernsehgeräusche erstarben. Durch die milchigen Ornamentgläser konnte Lena verschwommen in den Flur sehen. Niemand näherte sich. Also betätigte sie den Klopfer erneut. Noch ein Schlag, der die Stille durchbrach.

Zuerst erschien der Schatten eines Kopfes, der um die Ecke eines Zimmers spähte. Dann tauchte der Rest des massigen Körpers auf und walzte heran.

Lena trat einen Schritt zurück. Abstand halten! Das lernten schon Polizeischülerinnen. Die Tür wurde geöffnet, da stand eine Frau, eine sehr füllige Frau. Sie war kleiner als Lena, dafür doppelt so breit und doppelt so schwer. Die weizenblonden Haare klebten in fettigen Strähnen am Schädel. Rote, entzündete Pickel übersäten das Gesicht. Das ausgewaschene blasslila T-Shirt hing sackartig herunter.

»Entschuldigen Sie die Störung«, sagte Lena. »Ich habe mich wohl im Haus geirrt.«

»Warte«, sagte die Frau. »Erkennst du mich nicht?«

Lena kniff die Augen zusammen. Die Stimme kam ihr bekannt vor, aber diese Person konnte unmöglich das elfenhafte Mädchen sein, das sie von früher kannte. Als Teenager war von ihr etwas Verlockendes, zugleich Flüchtiges ausgegangen, eine unwiderstehliche Mischung, die die Jungs verrückt gemacht hatte. Scharenweise hatten sie sich in sie verliebt. »Svenja?«

»So sieht man sich wieder.«

Lena konnte es kaum fassen. Für sie passte es nicht zusammen, dass die ehemalige Dorfschönheit, der ihre Figur extrem wichtig gewesen war, sich so verwandelt hatte.

Trank sie? Hatte sie psychische Probleme? Früher war sie manchmal berechnend gewesen und hatte ihre Verehrer lächerlich gemacht. Vielleicht holten die Sünden der Vergangenheit sie ein und belasteten sie. Am liebsten hätte Lena sie gefragt, was geschehen war.

»Du hast ein paar Fältchen um die Augen bekommen, aber ansonsten kann ich keinen Unterschied feststellen«, sagte Svenja. »Um deine Locken habe ich dich immer beneidet.«

Lena wunderte sich, wie klar und gelassen sie klang. In der Stimme lag keine Scham, keine Unsicherheit. Auch keine Anzeichen für eine Depression. Ihr äußeres Erscheinungsbild schien für sie in Ordnung zu sein.

»Danke«, erwiderte Lena und räusperte sich. »Und … und wie lange wohnst du hier schon?«

»Seit anderthalb Jahren. Das Haus war Toddis Abfindungsgeschenk.«

»Abfindungsgeschenk?«

»Nach unserer Trennung. Geld war nie das Problem, großzügig waren die Berings immer. Über zehn Jahre habe ich auf dem Reiterhof gelebt und mich um alles gekümmert.«

»Ja, du hast sogar deine Ausbildung zur Bürokauffrau abgebrochen!«

»Deshalb bekomme ich monatlich noch einen Betrag überwiesen, als Übergangsbeihilfe, obwohl ich nichts mehr für sie tue.«

»Zehn Jahre lang die volle Verantwortung auf dem Reiterhof. Dann die Trennung von Toddi und nun hier, in der Abgeschiedenheit. Das ist sicher nicht leicht, oder?«

Ein Schatten huschte über Svenjas Gesicht. »Ich habe hier alles, was ich brauche, Lena. Ich will auch nicht unhöflich sein, aber unser letztes Treffen liegt lange zurück. Warum bist du hier?«

»Es geht um Jette. Vielleicht kannst du mir helfen, ein paar Dinge zu klären.«

»Furchtbar, was mit ihr passiert ist, aber manchmal lässt sich die Uhr nicht zurückdrehen, oder? Ich habe damals lange überlegt, ob ich mich bei dir melden soll.«

Lena nickte. »Manchmal habe ich das Gefühl, dass Jette nur kurz weg ist und gleich zurückkommt, aber …«

»Komm erst mal rein. Ich habe nur selten Besuch. Frauke bringt Lebensmittel aus dem Supermarkt vorbei. Und meine Mutter schaut regelmäßig rein. Toddi wird immer ihr Liebling bleiben. Sie will, dass ich zu ihm zurückkehre, aber da ist nichts zu machen. Oder kannst du dir vorstellen, dass ein Mann wie Toddi eine Frau wie mich noch haben will?«

Lena überlegte, was sie erwidern sollte, aber Svenja erwartete keine Antwort. Sie ging bereits vor ins Haus, und Lena folgte ihr.

Im Flur standen kaum Möbel, auch das Wohnzimmer war spartanisch. Ein Flachbildschirm an der Wand, ein Ikea-Couchtisch und ein Sofa. Das war's. Keine Bilder, keine Umzugskartons, kein Müllberg. Stattdessen der frische Geruch nach Zitrusputzmittel und blitzblanke Bodenfliesen. Im Inneren des Hauses war es sauber. Wie passte das zu dem verwilderten Grundstück?

»Bediene dich, wenn du Hunger hast«, sagte Svenja und meinte damit ein breites Angebot an Knabberkram, der neben der Fernbedienung lag.

Lena wollte nicht ablehnen, keine negative Grundstimmung erzeugen, die möglicherweise die Befragung behinderte. Deshalb nahm sie sich einen Cookie und gab einen Überblick über ihre Erkenntnisse. Sie achtete darauf, keine Vorwürfe zu erheben. Weder strafrechtlich noch moralisch. Zuerst wollte sie herausfinden, wie Svenja zu den Berings stand, die ihr immer noch ein Gehalt zahlten.

»Du warst über zehn Jahre mit Toddi zusammen«, sagte sie. »Fast genauso lang hast du für den Senior gearbeitet. Niemand kennt die beiden Männer so gut wie du. Kannst du dir erklären, warum sie Kontakt zu Jette suchten und für wen oder was sie sie anwerben wollten?«

»Tut mir leid! Auf dem Gestüt habe ich mich um den täglichen Wahnsinn gekümmert. Außerdem sind Pferde sehr anfällig. Ständig war irgendwas los. Ich hatte mehr als genug zu tun, das kannst du mir glauben.«

»Haben sie mal einen Geschäftspartner erwähnt, der sich für Jettes Arbeit interessierte?«

»Nicht dass ich wüsste.«

»Hatten sie finanzielle Probleme? Oder waren sie in sonstigen Schwierigkeiten?«

»Ich habe nichts von ihren Geschäften mitbekommen, und sie haben mir nichts erzählt. Wie geht's eigentlich Mickel?«

»Was?«

»Mickel! Ich habe mich immer gefragt, warum ihr kein Paar seid. Ihr versteht euch so gut, würdet super zusammenpassen. Außerdem ist er eine echte Sahneschnitte. Seht ihr euch noch oft?«

Svenja hatte abrupt das Thema gewechselt. Entweder konnte sie nichts über die Berings erzählen, oder sie wollte es nicht. Lena spürte, dass etwas nicht stimmte, dass die ehemalige Sandkastenfreundin mehr wusste, als sie zugab, aber es war noch zu früh, um sie unter Druck zu setzen. Es bestand die Gefahr, dass Svenja mauerte.

Also ließ sich Lena auf eine unverfängliche Plauderei ein, die sich in die Länge zog. Sie bemühte sich, Interesse zu zeigen, bis ihr keine Frage mehr einfiel. Auch Svenja schien das Gefühl zu haben, dass es nun reichte.

»Schön, dass du da warst«, sagte sie. »Das sollten wir wiederholen. Ich bringe dich noch nach draußen zu deinem Fahrrad.«

Lena ließ sich durch das Wohnzimmer, über den Flur und in den verwilderten Garten begleiten. Nebeneinander gingen sie auf dem Waschbetonplattenweg. Da spürte sie, wie Svenja nach ihrer Hand griff und sie drückte.

»Wir waren mal Freundinnen«, sagte sie. »Deshalb hör mir jetzt gut zu. Ich kann dich nicht beschützen, aber ich kann dich warnen.«

»Was?«

»Die Berings haben ein Alzheimermedikament in den Sand gesetzt und verlieren eine Riseninvestition. Es geht um eine Summe im dreistelligen Millionenbereich. Ihnen steht das Wasser bis zum Hals. Sie werden alles tun, um sich und das Unternehmen zu retten.«

»Was hat das mit Jette zu tun?«
»Du stellst zu viele Fragen, Lena. Deshalb haben sie dich auf dem Kieker, deshalb lassen sie dich beobachten. Du musst auf dich aufpassen.«
»Soll das heißen, dass sie mich verfolgen? Ich werde überwacht?«
»Fahr nach Hause, Lena. Lebe dein Leben und halt dich fern von den Berings und ihren Geschäften.«

56

Vor über drei Monaten, 27. März, 15:00 Uhr

Als Lena vom Bungalow wegstrampelte, musste sie sich zusammenreißen, um die Umgebung nicht nach Verfolgern abzusuchen. Sie erlaubte sich nur unauffällige Seitenblicke. Auch horchte sie auf Autogeräusche, aber sie vernahm nur das Rascheln des Schilfs im modrigen Graben, das leise Wispern der Windkraftanlagen und das Blöken der Schafe, die über den alten Elbdeich flüchteten. Sie stellte sich in den Pedalen auf und spähte über die Schulter zurück. Auch Fehlanzeige! Hatte Svenja übertrieben?

Die Begegnung mit der Sandkastenfreundin hatte Lena in der dunklen Ahnung bestärkt, dass sie möglicherweise an einer Sache dran war, deren Ausmaße sie nicht überblicken konnte und die sich zu einer Gefahr auswachsen könnte. Allerdings musste sie sich fragen, ob Svenja ehrlich war. War es nicht ebenso möglich, dass sie im Auftrag der Berings handelte? Hatte sie Lena gezielt eingeschüchtert, um sie zur Einstellung der Ermittlungen zu bewegen?

Graue, zerklüftete Wolken jagten ihr entgegen, als sie sich über den Lenker duckte, um dem Wind weniger Angriffsfläche zu bieten. Außerdem schaltete sie einen Gang runter, erhöhte die Trittfrequenz. Hinter einer leichten Biegung tauchte die

Reetdachkate auf, die Mickel ihr beschrieben hatte. Keine fünfhundert Meter vom Bungalow entfernt. Seltsamer Zufall!

Das Holztor stand offen, und als Lena auf das Grundstück rollte, hörte sie das Klappern von Kochtöpfen. Mickel hantierte in der Küche herum, bereitete den Rinderschmorbraten zu, den er ihr versprochen hatte. Jack Johnson, ein amerikanischer Surfer und Songwriter, sang im Hintergrund.

Lena wurde klar, dass sie ihm in der momentanen Verfassung nicht begegnen durfte. Zu viele offene Fragen. Er würde sofort spüren, dass etwas nicht stimmte, und er würde nachbohren. Sie wollte ihn aber nicht in die Sache hineinziehen. Zuerst musste sie sich überlegen, was sie wegen der Berings unternehmen wollte.

Der Rucksack saß nicht richtig. Er verursachte ihr Nackenschmerzen. Deshalb würde sie ihn hierlassen und ihn später, in einem unbeobachteten Moment, wieder an sich nehmen. Sie blickte prüfend zum Haus. Mickel war noch beschäftigt. Vorsichtig schob sie das Bündel hinter die Brennholzscheite. Da würde es auch vor Regen geschützt sein.

Bewegung hatte ihr beim Denken immer geholfen. Also schwang sie sich in den Sattel, strampelte los. Eins war klar: Ohne die Behörde im Rücken würde sie gegen die Pharmaunternehmer nichts erreichen. Die Vertreter ihrer Rechtsabteilung würden sie abwimmeln.

Lena war an einem Punkt angelangt, an dem sie ihre Erkenntnisse teilen musste, um eine stärkere Ermittlungsdynamik und einen größeren Druck zu erzeugen. Spontan hielt sie in einer Ackerzufahrt an und zog ihr Smartphone aus der Hosentasche. Sie hatte es ausgeschaltet, weil der Akku fast aufgebraucht war. Jetzt fuhr sie das Betriebssystem hoch. Zwölf Prozent. Auch der Empfang war okay. Für einen Anruf würde es reichen.

Es gab nur einen Kollegen, dem sie vertraute und der gleichzeitig über genügend Einfluss verfügte, um Maßnahmen einzuleiten. Sie suchte die Nummer von Kriminalrat Bruns heraus.

Ihr Daumen schwebte über der Wähltaste, als ein Fahrzeug wie ein dunkles Projektil heranschoss. Der Motor brüllte ein letztes Mal heiser auf, als der Audi auf ihrer Höhe schlitternd zum Stehen kam. Ein elektrisches Surren erklang, das Seitenfenster fuhr herunter.

»Frau Funk?«, fragte eine markante männliche Stimme aus dem Inneren.

»Wer will das wissen?«, erwiderte Lena misstrauisch und steckte das Smartphone weg. Sie wollte beide Hände frei haben, falls sie sich wehren musste. Über die Schulter schaute sie zurück. Ein brachliegendes Feld. Im Notfall könnte sie über die Erdschollen davonrennen.

»Frau Funk, treten Sie bitte näher. Dann kann ich Sie besser verstehen.«

»Können Sie vergessen!« In gebührendem Abstand ging Lena in die Knie, um den Fahrer zu mustern. Um die sechzig. Lange silbergraue Haare, zu einem Knoten gebunden. Narben bildeten ein feines Muster auf den Wangen. Vielleicht Kampfsportler. »Ich wüsste nicht, was wir zu bereden hätten.«

»Es ist zu Ihrem Besten. Wir wollen Ihnen helfen.«

»Kann ja jeder behaupten. Sagen Sie jetzt, was Sie wollen, oder hauen Sie ab. Ansonsten rufe ich die Polizei.«

Mit einem elektrischen Surren senkte sich das dunkel getönte Fondfenster. In dem rechteckigen Ausschnitt erschien ein Gesicht. Ein vertrautes Gesicht.

»Hallo, Lena!«

Die Welt stand still. Lenas Herz setzte aus. Für einen Schlag nur, der sich aber wie eine Ewigkeit anfühlte, dann stolperte es weiter. »Das ... kann nicht sein«, stammelte sie. »Das ist unmöglich. Ich träume. Oder ... oder ich drehe jetzt völlig durch.«

»Wenn tot geglaubte Menschen überraschend auftauchen, ist das für die Angehörigen ein Schock. Zuerst zweifeln sie alles an, was sie zu wissen glaubten.«

Lena setzte die Füße auseinander, suchte einen festen Stand. »Du redest, du atmest, du siehst aus wie immer. Bist du das wirklich, Jette? Ich dachte ... Das ist doch nicht ... Wie ist das möglich?«

»Das Vertrauen in das eigene Urteil kehrt erst zurück, wenn

die Angehörigen begreifen, dass es nachvollziehbare Gründe für das Verschwinden gab.«

Der Mann am Steuer langte über die Mittelkonsole, öffnete die Beifahrertür und stieß sie auf, jedoch nicht weit genug, denn sie hing kurz in der Luft, dann fiel sie zurück ins Schloss. »Wir wollen Ihnen helfen«, sagte er. »Wir wollen Ihnen nichts tun.«

Lena fühlte sich wie in Trance. Sie starrte auf ihre Schwester. Die Situation fühlte sich unwirklich an, trotzdem trug sie sich zu.

»Wieso sollte ich einsteigen?«, fragte sie. »Ich kenne Sie nicht. Sie tauchen aus dem Nichts auf. Mitten im Nirgendwo. Mit meiner Schwester auf dem Rücksitz, die eigentlich vom Gezeitenmörder getötet wurde. Das ist doch verrückt. Wo wollen Sie überhaupt hin?«

»Aber du kennst mich, Lena«, sagte Jette. »Ich habe lange überlegt. Es gibt nur einen Weg. Wir gehen ihn gemeinsam. Er geschieht zu deinem Besten.«

»Hört sich nicht gut an.«

»Bitte, Lena. Bitte glaub mir. Es ist die einzige Möglichkeit.«

Lena musste an die Machenschaften der Berings denken, an Svenjas Warnung. Hing alles zusammen? Sie begriff die Hintergründe nicht, aber sie kannte Jette. Ihre Schwester lehnte Lügen, Täuschungen und Halbwahrheiten ab. Alles, was sie von sich gab, meinte sie nicht nur ernst, sondern in der Regel wortwörtlich. Ohne versteckte Bedeutung.

Lena schaute in das vertraute Gesicht, das sie von Kindesbeinen an kannte. Dann nickte sie, öffnete die Beifahrertür und kletterte hinein. In dem Moment, als sie sich setzte, sah sie die Spritze kommen. Instinktiv riss sie den Arm hoch. Sie wollte sich wehren, kämpfen, aber sie war zu langsam.

Bis zum Knochen bohrte sich die Nadel in ihren Oberschenkel. Es tat weh. Höllisch weh. Rasend schnell verteilte sich das Mittel in ihrem Körper.

Aus ihrem Mund entwich kalter Atem; die Muskeln erschlafften; ihr Kopf kippte zur Seite. Sie schrie. Ja, in ihrem

Kopf hallte ihre Stimme wider, aber über ihre Lippen kamen nur schwerfällige Laute: »Hawawa… wawaff… hawawa…«

57

Gegenwart

Das nächste Gewitter zog über die Elbmündung. Es donnerte heftig. Der Regen prasselte ununterbrochen aufs Reetdach, Tropfen, so groß wie Taubeneier. Der stürmische Wind ließ das Gebälk der alten Kate knarren, drang durch die Ritzen ein, pfiff und heulte. Ein Blitz erhellte das Badezimmer für einen gespenstischen Moment, dann sank es zurück in das Halbdunkel zweier flackernder Kerzen.

Lena rutschte bis zum Hals in das heiße Badewasser hinab, winkelte die Beine an. Obwohl sie endlich aus den nassen Klamotten raus war, obwohl ihr allmählich wärmer wurde, konnte sie sich nicht entspannen.

Mit einem Ohr lauschte sie auf ungewöhnliche Geräusche, auf das hölzerne Knarren und Ächzen der alten Balken, auf abgerissene Äste, die gegen die Fassade geschleudert wurden und sich anhörten, als stände draußen jemand und würde gegen die Tür schlagen. Außerdem konnte sie ihre Füße nicht still halten. Sie krümmte ihre Zehen, streckte sie durch, krümmte die Zehen, streckte sie durch…

»Krass«, sagte Mickel, der im Flur hockte und ihr durch die angelehnte Tür zugehört hatte.

»Was war das?« Lena setzte sich auf, so schnell, dass ein Schwall überschwappte und auf den Boden klatschte.

»Das Klappern? Ich sehe nach.«

»Nein, bleib hier. Ich meine…«

»Sind wahrscheinlich die Fensterläden. Die Scharniere sind locker, müssen ersetzt werden.«

»Dann ist es ja gut.« Sie hörte, wie er mit dem Rücken an

der Wand wieder runterrutschte. »Dein Fahrrad liegt übrigens im Graben, ein paar hundert Meter entfernt. Der Mann mit dem silbergrauen Haarknoten hat es dort hineingeschmissen, nachdem er mich mit der Spritze betäubt hatte.«

»Der Drahtesel ist mir gerade nicht so wichtig. Du bist mir wichtig. Warum haben sie dich entführt?«

»Hat wohl mehrere Gründe. Durch die Befragung von Jettes Chef, durch das Auffinden des Notebooks und durch den Besuch bei Svenja bin ich der Wahrheit zu nahe gekommen, wurde zu einem unkalkulierbaren Risiko. Es musste schnell gehen.«

»Wenn du schon damals überwacht wurdest und auf dem Weg hierher warst, dann wissen sie vielleicht von unserem Versteck.«

Lena schluckte. »Keine Panik jetzt! Wir müssen rational bleiben. Du hast mich mündlich über diesen Ort informiert. Außerdem war mein Handy ausgeschaltet, als ich vorne in der Einfahrt rumlief. Entscheidend ist aber, dass das Notebook unangetastet hinter dem Holzstapel lag. Wenn sie Verdacht geschöpft hätten, hätten sie es gefunden und mitgenommen. Also: Für den Moment sind wir sicher.«

»Weiß nicht.«

»Mir fällt gerade was ein. Jetzt verstehe ich, warum Svenjas Mutter mich so angegiftet hat, als ich nach Freiburg kam. Svenja muss ihr von meinem Besuch erzählt haben. Die Mutter hat es so interpretiert, dass ich die Berings verdächtige, was ja auch stimmt. Sie fühlt sich ihnen noch verbunden und wollte sie verteidigen. Vielleicht weiß sie auch, dass ihre Tochter in die Machenschaften irgendwie verwickelt ist, und wollte sie vor Aufdeckungen und einer möglichen Strafverfolgung schützen. Auf jeden Fall hat sie mein Erscheinen als Gefahr begriffen und mich deshalb attackiert.«

»Noch mal zu diesen Leuten«, beharrte Mickel. »Selbst wenn sie unser Versteck nicht kennen, werden sie alles in Bewegung setzen, um es aufzuspüren. Früher oder später treten sie unten die Tür ein.«

»Ich weiß«, räumte Lena ein. »Alt werden sollten wir hier

nicht, aber wir haben gerade keinen besseren Unterschlupf. Oder hast du eine Idee?«

Mickel antwortete nicht.

Es fiel Lena schwer, zur Ruhe zu kommen, doch sie musste jetzt auftanken. Sie zwang sich dazu, die Füße still zu halten. Nur für ein paar Minuten. Dafür gab es keinen geeigneteren Ort als diese Badewanne. Mit den Händen schob sie sich ein Stück weit hoch, öffnete den Hahn mit dem roten Punkt und ließ heißes Wasser nachlaufen. Leises Plätschern erklang, Dampf stieg auf.

»Der blaue Bademantel an der Tür«, sagte Mickel. »Der gehört mir. Wenn du ihn anziehen magst, dann …«

In dieser bedrohlichen Lage hörte sich das Angebot so vorsichtig und nett an, dass es Lena fast zu Tränen rührte. Sie malte sich aus, wie es sich anfühlen würde, seinen Frotteestoff auf der Haut zu spüren. Ihr gefiel die Vorstellung. Solche Gedanken wären ihr früher nie gekommen. Etwas hatte sich verändert, als sie sich auf dem Motorrad an ihn geklammert hatte. »Lieb von dir, aber ich bleibe noch in der Wanne.«

»Und du glaubst wirklich, dass Jette … ich meine … dass sie dich beschützen wollte?«

»Ja, ich weiß noch nicht alles, aber den Rest kann ich mir zusammenreimen. Sollen wir alles noch mal durchgehen? So machen wir es im Dezernat immer. Dient der Plausibilitätsprüfung und der kritischen Hinterfragung.«

»Versprich dir nicht zu viel von mir. Ich weiß nicht, ob ich dafür der richtige Sparringspartner bin.«

»Dann hör einfach nur zu. Jette hat im Deutschen Institut für Hirnforschung eine Methode entwickelt, um Menschen falsche Erinnerungen zu implantieren. Die Versuchsreihe war geheim. Trotzdem ließ ihr Chef durchsickern, welche Erfolge sie erzielte. Im Auftrag eines Hintermanns wurde sie von dem Pharmaunternehmer Carsten Bering kontaktiert, mit dem Ziel, sie abzuwerben. Jette weigerte sich. Und wir beide wissen, wie endgültig sie sein kann.«

»Ja, das kann sie wirklich.«

»Wann schrieb ihr ehemaliger Patient den fingierten Abschiedsbrief?«

»Genau weiß ich es nicht. So Anfang, Mitte Juli vielleicht.«

»Das würde passen. Kurz darauf setzte ein Staatsanwalt sie unter Druck, um sie für einen zweiten Rekrutierungsversuch empfänglicher zu machen. Sie wusste keinen Ausweg, fragte dich um Rat und begleitete mich aufs Otterndorfer Altstadtfest.«

»Wo sie vom Gezeitenmörder entführt wurde.«

»Ja, etwas Besseres hätte diesen Leuten nicht passieren können. Sie befreiten Jette vom Werftgelände, steckten die Trophäen ein, nahmen auch das Holzkreuz mit und stellten es hinterher mit ihrem Blut auf, um den Anschein zu erwecken, dass sie dem Gezeitenmörder zum Opfer gefallen wäre. Damit ergriffen sie eine einmalige Gelegenheit. Wenn nämlich alle Welt glaubte, dass Jette von dem Killer getötet wurde, dann vermutete niemand, dass sie sich in Wahrheit woanders aufhielt. Perfekte Voraussetzungen, um sie über einen längeren Zeitraum gefangen zu halten, ihr Wissen abzuschöpfen und sich ihre Fähigkeiten anzueignen.«

»Aber warum hat sie bei deiner Entführung mitgeholfen? Warum hat sie dein Gedächtnis manipuliert?«

»Jette arbeitete für diese Leute an einem Projekt. Um was es dabei geht, weiß ich nicht, aber es ist anzunehmen, dass ich eine Gefahr für sie darstellte. Deshalb wollten diese Leute mich beseitigen. Jette erfuhr davon und knüpfte die Fortsetzung ihrer Arbeit an die Bedingung, dass mir nichts zustößt. Den passenden Plan lieferte sie gleich mit.«

»Ein Plan, der so komplex ist, dass nur deine Schwester ihn sich ausdenken konnte.«

»Und den auch nur sie umsetzen konnte. Sie löschte meine Erinnerungen an die Ermittlungen, veränderte Gedächtnisinhalte, implantierte mir die Wegbeschreibung zur Werft und gab mir die Tüte mit den Trophäen mit.«

»Warum dieser ganze Aufwand?«

»Der Gezeitenmörder konnte identifiziert werden und stellte

für junge Frauen keine Gefahr mehr dar. Aber vor allem war sein Tod notwendig, um die Geschichte plausibel zu machen. Er hätte ja verraten können, dass man Jette von seinem Werftgelände fortgeschafft hatte und dass er mich gar nicht entführt hatte. Das hätte das gesamte Lügengebäude zum Einsturz gebracht.«

»Langsam dämmert es mir.«

»Ja, und meine falschen Erinnerungen an Scharhörn und an den Fund der Schmuckstücke waren mit einem Trauma schnell erklärt. Die Öffentlichkeit atmete erleichtert auf. Mein Ziel, Jettes mutmaßlichen Mörder zu fassen, hatte ich erreicht. Die Ermittler schlossen zufrieden die Akte. Und alle waren happy.«

»Bis auf Jette.«

»Ja, sie zahlte den Preis für mein Leben, indem sie in Gefangenschaft blieb und weiter mit ihren Entführern zusammenarbeitete. Natürlich konnten sie nicht wissen, ob mein Kopf mitspielen würde. Deshalb überwachten die Leute meine Aktivitäten. Zuerst mit dem Smartphone, das ich bei mir hatte, später vielleicht mit dem, das ich von Kriminalrat Bruns erhielt. Er steckt irgendwie mit ihnen unter einer Decke. Auf jeden Fall bekamen sie mit, dass ich die Ermittlungen neu aufrollte. Wenn du im Sportboothafen von Altenbruch nicht eingegriffen hättest, wäre die Geschichte von vorne losgegangen.«

»Eine Sache verstehe ich noch nicht«, sagte Mickel. »In der Pressekonferenz wurde bekannt gegeben, dass du Arndt Schulte umgebracht hast. Wenn du aber nie seine Gefangene warst – wer hat ihn dann getötet?«

»Da kommen nur Jettes Entführer in Frage. Sie allein wussten, wer der Gezeitenmörder war und wo er wohnte. Ich habe mich drei Monate in ihrer Gewalt befunden. An die meiste Zeit erinnere ich mich nicht, weil ich mit Medikamenten vollgepumpt war und weil mein Bewusstsein verändert wurde, aber sie hatten mehr als genug Zeit, um meine Fingerabdrücke auf dem Dolch zu platzieren, ihn Arndt Schulte in den Brustkorb zu rammen, kurz bevor ich in Freiburg eintraf, und es so aussehen zu lassen, als wäre ich es gewesen, als hätte ich mit ihm gekämpft, mich selbst befreit und die Trophäen mitgenommen.«

Lena blickte an sich herunter und bemerkte, dass sich der Badeschaum aufgelöst hatte. Der Lavendelduft war verflogen, und das Wasser kühlte aus. Sie überlegte, ob sie ein zweites Mal den Hahn mit dem roten Punkt aufdrehen sollte. Weitere Minuten in trügerischer Sicherheit? Ein heftiger Donnerschlag ließ die alten Wände beben. Der zuckende Blitz leuchtete jede Ecke des Badezimmers aus.

»Abwarten macht keinen Sinn«, sagte Mickel draußen im Flur.

»Nein. Diese Leute wollen keine Mitwisser. Wenn sie Jette nicht mehr brauchen, werden sie sie beseitigen. Und niemand kann uns helfen.«

»Wieso nicht?«

»Mal abgesehen davon, dass es schwer wäre, einen Ermittler von dieser Geschichte zu überzeugen, würde die Soko Gezeitenmörder informiert werden. Und selbst wenn Kriminalrat Bruns im Ruhestand nichts mehr mitkriegen sollte, wäre immer noch Staatsanwalt Hofmann involviert. Der hat auch Dreck am Stecken. Natürlich würde er diese Leute warnen, natürlich würden sie mitsamt Jette und den Beweisen verschwinden. Hinterher ständen wir bestenfalls als Spinner da. Und das ist noch nicht alles.«

»Hab ich mir fast gedacht.«

»Der Transporter am Bootsanleger in Altenbruch hatte ein Diplomatenkennzeichen. Der Ziffercode ›37‹ gehört zu Ecuador.«

»Ecuador?«

»Ja, vermutlich hat der Mann mit dem silbergrauen Haarknoten das Fahrzeug von seinen Auftraggebern erhalten, um mich zu entführen. Ich sollte wohl an einen Ort im Landesinneren gebracht werden. Wir müssen davon ausgehen, dass die Leute, die Jette festhalten, Diplomatenstatus haben oder mit Diplomaten verkehren. Und wenn das so ist, greifen vielleicht keine behördlichen Maßnahmen. Die Polizei wäre machtlos.«

»Aber wir können nicht untätig rumsitzen.«

»Nein, das können wir nicht.« Lena stemmte sich mit beiden

Händen vom Emaillerand hoch, das Wasser floss an ihr herunter. Es war an der Zeit, die Badewanne zu verlassen.

58

Zehn Minuten später trat Lena in die Wohn- und Essdiele der Reetdachkate. Obwohl der Kaminofen angeheizt war und eine überwältigende Wärme abstrahlte, spürte sie an ihren Fesseln einen eiskalten Hauch, der eine Gänsehaut hinterließ. Sie schob den Bademantel dichter über der Brust zusammen.

Das gebeizte Balkenwerk drückte sich wie das Skelett eines Schwindsüchtigen aus dem Putz. Über die weiß getünchten Wände tanzten Feuerschlangen. Während draußen das Unwetter sauste und heulte, nahm sie den betörenden Geruch von Yogi-Tee wahr. Ein Duft, dem sie nicht widerstehen konnte. Das wusste Mickel. Auf dem rustikalen Bauerntisch standen eine Kanne, Honig und Milch bereit. Warum war da kein zweiter Becher für ihn? Trank er nicht mit?

»Hast du Hunger?«, fragte Mickel, wischte mit einem Spüllappen über die Holzfläche, obwohl sie längst sauber war, sortierte dann einige Zeitschriften um, die eigentlich bereits ordentlich gestapelt waren. Schließlich griff er nach seinem Notizbuch, um es irgendwo zu verstauen.

»Ist dein Song fertig?«, fragte Lena gähnend und setzte sich.

»Tut mir leid, ich bin fix und alle.«

»Der Bademantel steht dir.«

»Netter Versuch. Auf dem Boot hast du das Lied vor mir versteckt und behauptet, dass es nichts taugt. Ich würde es gerne hören.«

»Lena, das ist noch zu früh. Ich –«

»Manchmal muss man die Dinge tun, Mickel. Einfach tun. Sonst ist es irgendwann zu spät.«

Erschrocken schaute er sie an.

Ihre Worte klangen dramatisch, ja, aber innerlich war sie

gefasst. Es war die Art von Ruhe, die Menschen befiel, wenn sie begriffen, dass ein Kampf unausweichlich war. Sie schenkte sich Tee ein, genoss das aufsteigende Aroma, hielt sich beim Gähnen die Hand vor den Mund. Sie war so müde.

Eigentlich musste sie ihre verbliebene Kraft nutzen, um Entscheidungen zu treffen, aber etwas anderes schien ihr wichtiger zu sein, etwas, das schon länger unausgesprochen zwischen ihnen stand. »Komm, setz dich zu mir. Hier, auf den Stuhl neben mich.«

Mickel legte das Notizbuch beiseite und ging um den Esstisch herum. Er ließ sich nieder, griff unter die Sitzfläche, rückte näher. Im Flammenschein schimmerten seine Augen rot.

Lena fasste nach seiner Hand und untersuchte die Schwielen, die kleinen Schürfwunden, längst verheilte Narben und die rissigen Nägel. Es waren abgearbeitete, wulstige Finger, die sich viele Verletzungen zugezogen und sich eine schützende Hornhaut zugelegt hatten.

»Ich frage mich manchmal, warum wir nie voneinander loskommen«, sagte sie. »Was ist das mit uns, Mickel?«

»Erinnerst du dich noch an damals, als wir …? Wir waren so nervös.«

»Wir waren dreizehn, sind nachts heimlich durch den Außendeich gelaufen und haben geknutscht. Danach ist nie wieder was passiert. Warum? Ich verstehe es nicht. Du bist mir aus dem Weg gegangen. Wenn wir uns trafen, waren immer andere Leute dabei. Du hast Witze gerissen, Sprüche geklopft. Ich konnte gar nicht zu dir durchdringen. Das ging bestimmt ein Jahr so, bis wir anfingen, Musik zu machen. Ich habe lange gedacht, dass du schwul bist.«

Er entzog ihr die Hand, schlug ein Bein über das andere, um gleich darauf die Füße wieder nebeneinanderzustellen. »War auch für mich eine schwere Zeit.«

»Warum hast du nicht mit mir geredet?«

»Als ob das so einfach wäre.« Mickel stand auf, machte ein paar Schritte in Richtung der offenen Küche, griff nach den gespülten Messern, steckte sie in den Holzblock, sortierte sie um. »Ich konnte nicht. Ich …«

»Sprich jetzt mit mir. Wer weiß, wie diese Geschichte endet, wer weiß, ob wir noch eine Chance bekommen.«

Mickel lief zum Tisch zurück, setzte sich zu ihr. Sein Kehlkopf sauste hoch und runter. »Für dich und Jette war alles so leicht. Ihr hattet eine Mutter, die immer für euch da war, die immer auf eurer Seite stand, aber ich … Mein Vater wurde damals schwer depressiv, hatte seine ersten Klinikaufenthalte. Ich war oft alleine zu Hause. Du hast keine Ahnung, wie sehr ich mir gewünscht habe, mit dir …«

»Aber?«

»Ich konnte mir einfach nicht vorstellen, dass du mich gut findest. Da waren so viele nette Jungs, die aus einem intakten Elternhaus stammten. Die waren super in der Schule, schleppten keinen Ballast mit sich rum. Was hatte ich zu bieten? Ich war davon überzeugt, dass du erkennst, was für ein Loser ich bin, und dass du dann gar nichts mehr mit mir zu tun haben willst.«

»Ach, Mickel.«

»Ich war so verzweifelt, dass ich anfing zu trinken. Mit dreizehn! Ließ mich einfach volllaufen. Mein Vater erwischte mich mit einer Flasche Doppelkorn. Er machte mir keine Vorhaltungen, schimpfte nicht, sondern drückte mir seine Gitarre in die Hand. Das rechne ich ihm bis heute hoch an. Von da an habe ich jeden Tag geübt.«

»Und irgendwann bist du wieder zu mir gekommen.«

»Ja, ich habe es ohne dich nicht ausgehalten, und da ist mir eingefallen, dass du bei diesen Klatsch- und Klopfspielen, die wir früher immer gemacht haben, ein richtig gutes Rhythmusgefühl hattest.«

»Deshalb hast du mir die Drumsticks geschenkt?«

»Ja, ich dachte mir, wenn wir Musik machen, dann können wir zusammen sein, ohne dass es irgendwie schwierig wird. Es war mir egal, ob du mich für schwul hältst. Ich wollte nur in deiner Nähe sein.«

»Wie hast du das ausgehalten?«

»Ich habe mich zufriedengegeben. So bin ich eben. Vielleicht solltest du dir für diese Sache hier jemanden suchen, der mutiger ist.«

Lena hatte genug gehört, stand auf. Sie war so erschöpft, konnte kaum noch denken. Für einen Moment wusste sie nicht, wo sie hinwollte. Suchend schaute sie sich um. Dann ging sie Richtung Küche, füllte am Waschbecken ein Glas mit Leitungswasser auf und stürzte es hinunter. Sie wischte sich über den Mund, schüttelte ungläubig den Kopf. Wie war das möglich? Warum hatte sie es nicht früher erkannt? So viele Missverständnisse!

Als sie bemerkte, wie Mickel jede ihrer Bewegungen ängstlich verfolgte, lief sie sofort zurück, griff nach seiner Hand und zog ihn mit sich. »Wir ruhen uns jetzt aus«, sagte sie. »Ein, zwei Stunden. Das muss reichen. Dann machen wir einen Plan.«

An die Fensterscheiben klatschten Fontänen, liefen in breiten Wasserbahnen hinunter. Auf der schmalen Treppe wurde es frischer. Im Obergeschoss waren die Dielen kalt. Lena spürte es unter ihren nackten Fußsohlen. Sie wickelte ein Handtuch um ihr nasses Haar, legte sich im Doppelbett auf die Seite. Mickel tat es ihr gleich, sodass sich ihre Köpfe in der Mitte berührten.

»Wie früher«, sagte sie mit schwerer Zunge und fragte sich, wo plötzlich diese überwältigende Müdigkeit herkam. Sie hatte das Gefühl, in die Matratze zu sinken. Sie griff nach seiner Hand, hielt sie fest. »Wie früher. Als wir noch Kinder waren.«

»Ja«, erwiderte er, und seine Augen lagen in dunklen Höhlen.

»Zuerst warst du mein Freund«, murmelte sie. »Mein bester Freund. Mit dreizehn habe ich mich in dich verliebt. Mit vierzehn war das Gefühl irgendwann weg, und du wurdest wieder mein bester Freund. Daran wird sich nichts ändern, das verspreche ich dir, aber ich weiß nicht, ob du noch mal mehr sein kannst.«

»An deiner Stelle wäre ich auch skeptisch.«

»Ach, Mickel. Hör auf damit. So was will ich nicht mehr hören. Du bist ein richtig guter Typ.«

»Wenn du meinst. Aber du musst mir noch was versprechen.«

»Was?«

»Die letzten drei Monate hatte ich keine Ahnung, wo du steckst. Früher hast du oft dein eigenes Ding durchgezogen. Dieses Mal nicht. Keine Alleingänge!«

»Aber …«

»Kein Aber. Du sollst auch keine falsche Rücksicht nehmen! Du kannst mich aus dieser Sache nicht raushalten, ich stecke mittendrin. Du ziehst nicht alleine los und spielst die Heldin. Wir bleiben zusammen. Verstanden?«

Sie strich ihm eine Haarsträhne aus dem Gesicht und spürte, wie eine Welle von Zärtlichkeit in ihr hochschwappte. Wie gut er sie kannte!

»Lena, versprich es mir.«

»Ja, ich verspreche es dir! Wir bleiben zusammen.«

»Gut. Weißt du noch, wo sie dich hingebracht haben?«

Lena konnte kaum noch die Augen aufhalten. »Ich wurde zum Sportboothafen nach Cuxhaven-Altenbruch gefahren und auf eine Motoryacht getragen«, sagte sie zäh. »Das Boot legte sofort ab und Stunden später irgendwo wieder an. Ich trug eine Augenbinde, sollte wohl nichts mitbekommen. Aber Jette zog den Stoff heimlich hoch. Nur für Sekunden.«

»Was hast du gesehen?«

59

Als es heftig knallte, riss Lena die Augen auf. Sie lag noch in der gleichen Position, in der sie eingeschlafen war. Auf der Seite, im Bademantel, mit einem Handtuch ums Haar gewickelt. Was war das gewesen? Ein Schuss?

Die andere Bettseite war leer. Sie sah noch, wo Mickel das Laken verschoben hatte, aber er war verschwunden. Der Wecker zeigte an, dass es vier Uhr achtundfünfzig in der Frühe war.

»Mickel?«, rief sie.

Niemand antwortete. War ihr Versteck aufgeflogen? Hatten Jettes Entführer auf ihn gefeuert? Ihr Mund fühlte sich staubtrocken an. Mit klopfendem Herzen sprang sie auf, zog wegen der niedrigen Decke den Kopf ein, wollte losrennen, zwang sich aber, stehen zu bleiben.

Ganz ruhig, sagte sie sich. Kopflos bist du ihm keine Hilfe. Du bist Polizistin, für solche Situationen ausgebildet. Was ist die beste Option? Unten würde sie möglicherweise in eine Falle tappen. Zuerst musste sie die Lage sondieren.

Lautlos schlich sie zu dem Sprossenfenster. Draußen: trübes Morgenlicht. Böen fuhren wie Fausthiebe in die Apfelbäume. Keine Autos auf der nassen Straße. Nichts Verdächtiges.

Also gut, sagte sich Lena, raffte den Bademantel zusammen, schnürte den Gürtel fester um die Taille und griff nach einer afrikanischen Holzfigur mit schwerem Sockel. Damit konnte sie zuschlagen.

Schritt für Schritt stieg sie die knarrende Treppe hinab. Schaute sich um, horchte in alle Richtungen. Auf dem Bauerntisch stand ein aufgeklapptes Laptop, das pfeifend in den Standby-Modus schaltete. Daneben ein angebissenes Schwarzbrot mit Camembert, ein halb voller Becher Kaffee. Es sah aus, als wäre Mickel eben noch hier gewesen.

»Bist du da?«, rief sie.

Immer noch keine Antwort.

Sie tauschte die afrikanische Holzfigur gegen ein Messer aus dem Block, warf blitzschnell einen Blick ins Bad, überprüfte dann den Hauswirtschaftsraum. Fehlanzeige!

Vielleicht war er draußen bei seinem Motorrad. Rasch schlüpfte sie in die Holzclogs, trat vor die Tür, die ihr vom Wind aus der Hand gerissen wurde und ins Schloss schlug. War das der Knall gewesen? Vorhin hatte er sich peitschender angehört, als hätte jemand … Oder bildete sie sich das nur ein?

Unter dem Holzdach des Verschlags stand die aufgebockte Triumph. Sonst niemand. Hastig überquerte sie die Straße, zog die Kapuze des Bademantels tief ins Gesicht. Mal abgesehen davon, dass weit und breit keine Menschenseele war, würde niemand sie erkennen, auch Svenja nicht, falls sie sich bei diesem Wetter und zu dieser Uhrzeit nach draußen wagte.

Als Lena den alten Elbdeich hochkletterte, zerrten heftige Winde am Frotteestoff und ließen die Rockschöße knattern. Sie bekam eine Gänsehaut, fröstelte. Die hohen Gräser strichen Tropfen an ihren Schienbeinen ab, die kalt hinabliefen und sich in den Clogs sammelten. Schon rutschten ihre Füße hin und her.

Oben öffnete sich vor ihr der Außendeich. Ein riesiges Landschaftsschutzgebiet mit Wiesen, Marschland, Äckern und Sielgräben. Dahinter lag der neue Hauptdeich, der nur von den Baljer Leuchttürmen und der Kommandobrücke eines Ozeanriesen überragt wurde, der Kurs auf die Nordsee nahm. Lena spähte über die Dächer von Krummendeich und in Richtung Balje.

Da entdeckte sie einen Mann, der auf der Straße heranstapfte und ein Fahrrad auf der Schulter trug. Von den Felgen baumelten Algenschmodder und Schilfhalme.

Mickel!

Lena ließ das Messer in der Bademanteltasche verschwinden, kletterte hinunter, lief ihm entgegen.

»Kannst du mir das nächste Mal eine Nachricht hinterlassen?«, rief sie. »Ich kriege jedes Mal einen Herzinfarkt, wenn du verschwindest.«

»Entschuldige«, erwiderte er. »Das war dumm von mir.«

»Ein paar Worte reichen schon.«

»Ich war nur fünf Minuten weg, aber … aber klar. Mach ich. Tut mir wirklich leid. Du weißt doch, manchmal verliere ich mich, denke an Dinge, die nicht wichtig sind. Mein alter Drahtesel hat mir gute Dienste geleistet. Konnte ihn nicht verrotten lassen. War wohl eine doofe Idee.«

»Es wäre schön, wenn du einfach da wärst, wenn ich aufwache. Ansonsten male ich mir schlimme Dinge aus. Ich habe schon genug Menschen verloren, verstehst du?«

»Ist notiert. Kommt nicht wieder vor.«

»Hast du überhaupt geschlafen? Ich habe gar nicht gemerkt, wie du aufgestanden bist.«

»Hab die ganze Nacht am Rechner gesessen und Fotos angeschaut, die zu deiner Beschreibung passen. Wahrscheinlich weiß ich, wo sie dich hingebracht haben.«

60

Erwartungsvoll saß Lena am alten Bauerntisch, schlang viel zu schnell ein Stück Schwarzbrot hinunter, das sie mit salziger Butter bestrichen hatte. Nach dem Schreck am Morgen hatte sie eigentlich keinen Hunger, aber sie wollte unbedingt bei Kräften bleiben.

»Bei deiner Beschreibung habe ich sofort an eine Hallig gedacht«, sagte Mickel, löffelte Zucker in seinen Kaffee und schaute ihr unsicher ins Gesicht, so als wollte er ergründen, was in ihr vorging. »Die größeren wie Hooge und Langeneß scheiden aus. Zu viele Einwohner. Eigentlich kommen nur Süderoog, Südfall und Südhorn in Betracht. Jeweils nur eine Warft mit Bebauung. Und von diesen dreien kann es eigentlich nur die letzte sein.«

»Der Name sagt mir nichts.«

»Bildet mit Süderoog und Südfall ein Dreieck. Ist einen Kilometer lang und siebenhundert Meter breit. Zu exponiert, um durch die vorgelagerten Sände geschützt zu sein. Deshalb geht's rauer zu. Mehr Wind, mehr Wellen. In den letzten Jahren wurde bis zu dreißig Mal ›Land unter‹ gemeldet. Durch den Orkan Xaver …«

»2013, oder?«

»Genau. Damals wurde der Wohnhügel beschädigt. Der Vierkanthof bekam Risse.«

»Durch die Wellen?«

»Auch schon vorher durch den Fething. Das ist eine tiefe Kuhle, in der das Regenwasser gesammelt wird. Der Klimawandel verursacht nicht nur mehr Sturmfluten, sondern auch mehr Trockenperioden. Wenn der Wasserspiegel im Fething sinkt, kann der Warftkörper zusammensacken und die Gebäude bewegen sich, sodass Risse entstehen. Dann sind teure Instandsetzungen fällig, für die der Pächter aufkommen muss. Einer der Gründe, weshalb der alte Bewohner den Vertrag nicht verlängern wollte und lange kein neuer gefunden wurde.«

Lena schnitt eine Scheibe Camembert ab, wollte sich den Käse in den Mund schieben, merkte aber, wie sich ihr der Magen umdrehte. Unangebissen legte sie ihn auf den Teller. Wie konnte sie hier seelenruhig sitzen und essen, während Jette gefangen gehalten wurde und vielleicht um ihr Leben kämpfte? Was für ein Mensch machte so was?

»Alles okay?«, fragte Mickel.

»Muss ja«, erwiderte sie und legte sich eine Hand auf den Bauch. »Was hat das alles mit uns zu tun?«

»Wir suchen einen Ort, auf den deine Beschreibung zutrifft, an dem deine Schwester seit einem knappen Jahr festgehalten wird und an dem sie über einen Zeitraum von drei Monaten dein Bewusstsein verändern konnte. Südhorn könnte passen.«

»Sicher? Vielleicht haben wir nur einen Versuch. Ihre Entführer werden sie wohl kaum zwischen Wattwanderern und Schiffsausflüglern gefangen halten.«

»Habe ich zuerst auch gedacht, aber um Südhorn ist das Gelände ähnlich beschaffen wie um die kleine Hallig Habel. Die Priele verändern ständig ihren Lauf. Tiefes Schlickwatt! Man kann überall einsinken. Freie Wattwanderungen waren schon immer verboten. Die geführten Gruppen wurden Ende der Neunziger eingestellt, weil ein Ehepaar sich unerlaubt entfernte und ertrank.«

»Manche Touristen unterschätzen einfach die Gefahr.«

»Im Juli und August dürfen Ausflugsschiffe anlegen. Die Passagierzahl ist begrenzt. Ansonsten kommen einmal im Jahr ein Biologe, der die Brutvogelkartierung vornimmt, und der Schornsteinfeger mit seinem Sohn. Die restlichen zehn Monate besucht niemand die Insel. Von Oktober bis April ist es im Wattenmeer wie ausgestorben. Und wenn jemand ohne Erlaubnis die Insel ansteuert, wird er abgefangen und angewiesen, auf dem Boot zu bleiben, bis ausreichend Wasser unterm Kiel ist, und dann weiterzufahren.«

»Von wem?«

»Tja, ich habe drei Einträge in den Seglerforen gefunden. Da ist von Männern die Rede, die sehr bestimmt auftreten. Notfalls auch handgreiflich werden. Einmal haben sie eine Yacht nach Husum abgeschleppt.«

»Hört sich an wie –«

In diesem Moment klingelte das Festnetztelefon. Lena verstummte. Das Schrillen zerriss die Stille, hallte in ihren Ohren nach. Sie sah Mickel fragend an. Hatten sie sich zu sicher gefühlt? Hatten sie die Gefahr unterschätzt?

Stumm verständigten sie sich, benutzten nur Gesten und Blicke, so als könnte der Anrufer sie hören. Schnell wurden sie sich einig, dass sie das Gespräch nicht annehmen würden.

Lena lief hinüber, schaute aufs Display, diktierte Mickel die Nummer. Der gab sie über das Laptop auf einer einschlägigen Seite ein, suchte vergeblich nach einem Treffer, wechselte zur nächsten Homepage, auch erfolglos.

»Das ist keine bekannte Spam-Nummer«, sagte er schließlich.

»Wenn sie sicher wären, dass wir hier sind«, erwiderte Lena, »dann würden sie nicht anrufen, dann stünden sie bereits vor der Tür.«

»Vielleicht haben sie nur die Region eingegrenzt, vielleicht rufen sie mehrere Anschlüsse an.«

»Kann sein, kann auch nicht sein. Auf jeden Fall ist es sicherer, wenn wir zügig zum Ende kommen.« Lena setzte sich aufrecht hin, griff den Faden wieder auf: »Also können die Bewohner von Südhorn den Großteil des Jahres tun und lassen, was ihnen einfällt!«

Mickel nickte. »Ideale Voraussetzungen. Und das Beste an der Insellage ist nicht, dass sie kilometerweit sehen können, ob sich jemand nähert, das Beste ist eindeutig, dass die Insel von allen Häfen der Welt angesteuert werden kann. Die großen Schiffe lassen einfach ein Beiboot zu Wasser, die kleineren können selbst anlegen.«

»Wozu?«

»Zum Beispiel, um dich vom Sportboothafen in Altenbruch

hinzubringen. Niemand kriegt mit, dass du ankommst, niemand kriegt mit, dass man dich festhält, und niemand kriegt mit, dass du wieder fortgeschafft wirst. Das sind solche Schweine! Ich lass nicht zu, dass sie dir noch mal was antun!«

»Komischerweise erinnere ich mich an niemanden. Wahrscheinlich wegen der Medikamente. Was hast du über die Bewohner rausgefunden?«

»Wenig. Der Pächter tritt nur auf der Website der Hallig in Erscheinung. Das Profilbild zeigt ihn als verschlossenen und hartgesottenen Mann Ende fünfzig. Ansonsten weiß ich nur, was in den öffentlichen Bekanntmachungen steht.«

»Lass hören.«

»Der Mann heißt Jens Diedrichsen. Lebt seit 2020 dort. Gebürtig aus Dagebüll, also aus der Region. Arbeitete lange als Kapitän. Für eine Reederei hat er die Route Rostock–Sankt Petersburg–Helsinki mit einem Frachtschiff befahren. Im Internet sucht er nach Hofhelfern und bittet gleichzeitig um Verständnis, dass er nicht auf alle Anfragen reagieren kann.«

»Hätte nicht gedacht, dass das Interesse an einem solchen Job so groß ist.«

»Ist es vielleicht auch nicht. Die Bedingungen sind nicht gerade verlockend. Gesucht werden Praktikanten, die sich eigenständig krankenversichern und gegen Kost und Logis hart arbeiten. Diedrichsen wählt die Leute selbst aus und muss niemandem Rechenschaft ablegen.«

»Könnte sich also um ein Täuschungsmanöver handeln. Clever! So kann er erklären, dass sich auf der Insel eine Belegschaft aufhält, die aber mit etwas anderem beschäftigt ist, als Holzpflöcke ins Watt zu rammen oder Vögel zu zählen. Bist du dir sicher, dass es das Versteck ist?«

»Die Frage gebe ich zurück«, sagte Mickel, drehte das Laptop um und zeigte ihr ein Bild von einem Bootsanleger. »Eine aktuellere Aufnahme konnte ich nicht finden. Stammt von 2016. Vier Jahre, bevor Diedrichsen die Pacht übernahm. Seitdem dürfte sich nicht viel verändert haben.«

Lena zog das Notebook zu sich heran und studierte das

Foto genau. Es war bei Ebbe aus dem Watt und bei stark bewölktem Himmel aufgenommen worden. Ein Kajütmotorboot mit grünem Rumpf war im Schlick trockengefallen. Darüber ragte die Anlegestelle auf, die seitlich mit schrägen schwarzen Steinwällen befestigt war. Auf der Hallig verliefen Zäune. Man sah auch einen Trecker mit Anhänger. Ein Vierkanthof erhob sich düster auf einer Warft, er war genauso abweisend wie die Nebengebäude. Die ganze Insel war in einen grauen Nebelschleier gehüllt, die Pfützen schimmerten bleiern. Die Szenerie ließ erahnen, wie viele Entbehrungen es den Menschen abverlangte, auf einem so winzigen Flecken mitten im Meer zu überleben. »Das könnte sie sein, ja.«

»Du bist dir unsicher?«

»Ich hatte nur wenige Sekunden, um mir die Gegebenheiten einzuprägen.«

»Dann schau noch mal genau hin. Lass dir Zeit.«

Lena betrachtete den Stahlmast, der am Anleger aufragte. Er hatte eine Leiter an der Seite, obendrauf einen Korb mit Handgeländer. War das eine Rettungsbake? Ihr fiel ein, dass sie sich die gleiche Frage schon einmal gestellt hatte, als Jette ihr die Binde von den Augen gezogen hatte. »Ja, das ist die Insel«, sagte sie und stand auf. »Das muss jetzt reichen. Wir verschwinden von hier und holen sie da raus!«

»Hab mir schon gedacht, dass du so etwas sagen würdest«, erwiderte Mickel und erhob sich ebenfalls. »Über Land geht's nicht. Früher oder später müssen wir in ein Boot. Meins wird vielleicht überwacht, aber ich habe Ersatz. Die Tide passt, wir können hin und die Leinen loswerfen.«

61

Am Himmel verkeilten sich Wolken zu einer dunklen, dräuenden Masse, die so wirkte, als könne sie jederzeit über die graue See herfallen und sie zu todbringenden Wellen auftürmen. Der

Wind blies aus Nordwest und heulte in Lenas Ohren wie die weit entfernten Hilferufe von Ertrinkenden. Der Bootskörper hob und senkte sich, stampfte hart auf und ließ schäumende Gischt auffliegen, die ganz leicht ihr Gesicht berührte, so als würde das Meer sie daran erinnern, dass es auch ganz anders konnte.

Die »Mabel« hatte in der Cuxhavener Marina an der Alten Liebe gelegen; sie gehörte Mickels Freundin Anneke, die im Informationszentrum auf Neuwerk arbeitete. Lena verkniff sich die Frage, warum er mit der Yacht so vertraut war und warum er sie sich einfach nehmen konnte. Sie fand, dass solche Erkundigungen ihr nicht zustanden.

Unter Deck hatte er das Schlauchboot und den Außenborder verstaut, den er sich von einem Segelkameraden in Neuhaus geliehen hatte. Beides würde zum Einsatz kommen, wenn sich der Seewetterbericht bewahrheitete und das erwartete Hochdruckgebiet eintraf.

Die Außenelbe und das nordfriesische Wattenmeer zählten zu den anspruchsvollsten Revieren der Welt. Mickel berichtete ihr über Tide, Kurs und Grundseen. Lena hörte ihm konzentriert zu. Sie wollte vorbereitet sein, falls sie selbst das Ruder übernehmen musste. Einiges war ihr bekannt, anderes neu, aber bei den Rechnungen zu den Wasserständen schaltete sie ab.

Sie klammerte sich fest, um bei der starken Krängung nicht von der Sitzducht zu rutschen. Von Zeit zu Zeit rollte wie aus dem Nichts eine hohe Welle heran, brach sich rauschend am Rumpf.

Früher war sie eine Schönwetter-Mitseglerin gewesen. Jeder Törn fühlte sich bei Sonnenschein und warmer Luft wie Urlaub an. Waren die Verhältnisse zu rau, hatte sie stets die unterschwellige Angst, den Launen einer unberechenbaren Natur ausgeliefert zu sein. Sie war eben eine Landratte und nahm ihr Schicksal lieber selbst in die Hand.

Durch den bewölkten Himmel und örtlich begrenzte Schauer, die wie weiße Vorhänge niedergingen, war die Sicht eingeschränkt. Die schleswig-holsteinische Küste bildete einen verschwommenen schwarzgrünen Strich, den man mehr ahnen als erkennen konnte.

Eine trichterförmige Wolke, die bis hinunter zur See reichte, trieb Böen vor sich her, die den Bootskörper breitseitig angriffen, ihn umstoßen und unter Wasser drücken wollten. In der Kajüte öffneten sich die Schiebeluken. Plastikgeschirr kippte aus den Staufächern und flog klappernd umher.

»Jetzt reicht's«, schrie Mickel gegen das Pfeifen an. »Ich reffe.«

Er drehte die Yacht hoch an den Wind, sodass das Vorsegel noch bequem zog. Dann fierte er das Großsegel, fixierte das Steuerrad und schwankte zum Mastbaum, um das Großfall abzulassen und die Segelfläche zu verkleinern. Er balancierte zurück zum Ruder und ließ das Boot abfallen, um den alten Kurs aufzunehmen und die Fahrt fortzusetzen.

Obwohl es nach dem Kalender Sommer war, obwohl Lena unter dem Regenzeug drei Pullis und Leggings trug, war ihr eiskalt. Zu oft klatschte das Wasser auf ihren Kopf, zu oft lief es in den Halsausschnitt. Sie zitterte, ihre Finger spürte sie kaum noch.

»Geh unter Deck«, schrie Mickel. »In der Thermoskanne ist noch Tee.«

»Da unten kann ich nichts sehen«, rief Lena zurück. »Da weiß ich nicht, was auf uns zukommt. Außerdem denke ich die ganze Zeit an Jens Diedrichsen.«

»An den Pächter?«

»Und an seine Schiffsroute, als er Kapitän war. Sankt Petersburg liegt in Russland. Wurde der angeworben?«

»Selbst wenn es so wäre, würde es nichts ändern, oder? Du hast gesagt, dass wir nicht zur Polizei können.«

»Macht schon einen Unterschied, mit wem wir uns anlegen.«

»Würde mich jedenfalls nicht wundern. In den Nachrichten wird doch ständig von russischen Spionen berichtet. Wenn die wirklich im Bundestag sitzen, können die überall sein. Sogar auf Südhorn. Hängen die Russen eigentlich irgendwie mit Ecuador zusammen?«

»Sozialistischer Bruderstaat. Beziehen Kampfjets und enorme Kredite aus Russland. Sind natürlich keine Geschenke. Der Kreml hat sich mal nebenbei die Erdölreserven gesichert.«

»Dann ist die Leihe eines Diplomatenfahrzeugs wohl eher ein kleiner Freundschaftsdienst.«

»Ja, aber ich hoffe, dass ich mich täusche. Mit den Russen ist nicht zu spaßen.«

An Steuerbord, jenseits der Fahrwassertonnen, entdeckte Lena mehrere Stellen, über denen das Wasser aus verschiedenen Richtungen zusammenschwappte. Schaumkreise bildeten sich, dehnten sich konzentrisch aus, um sich irgendwann aufzulösen. Wenn man länger hinschaute, schien es so, als befände sich unter der Oberfläche der helle Rücken eines Pottwals, der jeden Moment auftauchen konnte. Doch der Eindruck täuschte. Es handelte sich nicht um den Meeressäuger, der sich manchmal in die Deutsche Bucht verirrte, sondern um eine der Sandbänke, die sich erst bei Niedrigwasser zeigten. Wie viele Seeleute waren hier schon bei Nebel aufgelaufen? Wie viele Matrosen hatten hier ihr nasses Grab gefunden?

»Du musst das nicht tun, Mickel«, rief Lena. »Es wird nicht darauf ankommen, ob wir zu zweit sind. Vielleicht ist es besser, wenn du nicht nach Südhorn mitkommst und berichten kannst, wo ich stecke.«

»Das hatten wir doch schon«, erwiderte er. »Ich lasse dich nicht alleine.«

Lena betrachtete ihn. Früher war er oft wankelmütig gewesen. Wenn sie seine Überzeugung geprüft hatte, änderte er seine Meinung oder stellte seinen Standpunkt zur Diskussion. Jetzt war kein Zweifel spürbar.

Breitbeinig stand er am Steuerrad und hielt es mit beiden Händen fest. Die nassen Haare klebten am Schädel. Es war nicht nur das Meer, auf dem er zu Hause war, nicht die Segelei, die ihm vertraut war, es war die ganze Situation.

Je näher sie zusammenrückten, desto mehr traute er sich zu. Er wollte die Gelegenheit nutzen, um ihr zu zeigen, was sie ihm bedeutete.

Erneut spürte sie, wie eine große Zärtlichkeit in ihr hochschwappte. Sie war gerührt, konnte sich nicht vorstellen, dass sie jemals wieder einem Mann begegnete, der ihr so vertraut war und der es so gut mit ihr meinte.

Es war verrückt, in diesem Moment an Nähe zu denken. Eigentlich musste sie einen Plan entwerfen, eigentlich sollte sie konzentriert bleiben, aber in ihr war der Wunsch, noch einmal loszulassen, sich einen Augenblick der Geborgenheit zu erlauben, bevor es ernst wurde und die Dinge ihren Lauf nahmen.

»Mickel«, sagte sie.

»Was ist?«, erwiderte er.

»Ich möchte …«

Er blickte sie mit großen Augen fragend an, dann verstand er es, auch ohne Worte, und streckte seine Hand aus.

Sie ergriff seine Finger, ließ sich hochziehen und trat mit einem wackligen Schritt hinter ihn. Sie schob die Arme unter seinen Achseln hindurch, umschloss seine breite Brust und schmiegte ihr Gesicht an seinen Rücken. Die Kunstfaser seines Segeloveralls war an ihrer Wange kalt, nass und rau. Trotzdem wurde es in ihrem Inneren warm. Etwas geriet in Bewegung. Es fühlte sich an, als würde sie ihm noch näher sein, noch enger an ihn heranrücken, obwohl das gar nicht mehr möglich war.

»Was, wenn wir morgen sterben?«, fragte sie. »Was, wenn niemand erfährt, was auf Südhorn passiert und was sie Jette angetan haben? Wenn sie einfach weitermachen?«

»Das wird nicht passieren«, erwiderte er. »Wir kommen da raus, das verspreche ich dir.«

Sie wusste nicht, wie lange sie so dastanden. Körper an Körper, auf einem kleinen Segelboot, inmitten der rauen See. Vielleicht verstrichen Sekunden, vielleicht Minuten, aber irgendwann spürte sie, wie er Luft holte.

Mit seiner sensiblen Stimme sang er ein Lied. Sie kannte es nicht. Es war vermutlich der Song, den er geschrieben und bisher vor ihr versteckt hatte. Er klang eindringlich. Die Melodie nahm sie mit.

Früher hatte er oft auf Deutsch getextet, nun waren die Strophen auf Englisch. Sie erzählten von einem jungen Mann, der von seiner Mutter verlassen wurde und in der Obhut seines psychisch kranken Vaters aufwuchs. Im Laufe der Jahre strauchelte er mehrmals, suchte seinen Platz im Leben und wurde dabei von einer starken Sehnsucht angetrieben.

Das Lied erinnerte an Mickels eigene Geschichte, deshalb klang es so echt, deshalb konnte sie den Refrain nach einmaligem Hören mitsingen: »… Sailing my boat / In the wide open sea / Facing the storm / That no one can see / It's getting dark / And nothing makes sense / Besides you and me / And the wide open sea / Besides you and me / And the wide open sea …«

62

Im Hafen von Pellworm verlor Lena keine Zeit. In den Pfützen spiegelten sich die grauen Wolken. Böen griffen sie frontal an, versuchten sie zurückzudrängen. Doch an diesem ungemütlichen Nachmittag kämpfte sie nicht nur gegen den Wind an, sondern auch gegen ihre Befürchtungen. Welche Spur blieb ihnen, wenn man Jette von Südhorn fortgeschafft hatte, wenn sie zu spät kamen? Wie sollten sie sich verteidigen, wenn sie angegriffen oder gefangen genommen wurden? Auf dem Törn hatte sie lange nachgedacht. Dabei war ihr klar geworden, dass sie ein Druckmittel brauchten, etwas, das sie ins Feld führen konnten, falls die Situation eskalierte.

Während Mickel das Schlauchboot zusammenbaute, setzte sie sich in »Arno's Hafen-Pub«, bestellte eine Krabben-Pilz-Pfanne und schrieb alle Ereignisse und Erkenntnisse in chronologischer Reihenfolge nieder. Die involvierten Personen benannte sie namentlich. Nicht nur Carsten und Toddi Bering und den Abteilungsleiter im Deutschen Institut für Hirnforschung, sondern auch Kriminalrat Bruns, Staatsanwalt Hofmann und Hauptkommissar Ole Ohnhäuser. Ihren Verdacht begründete sie ausführlich. Eigentlich sprachen die Fakten für sich, aber sie ging lieber auf Nummer sicher.

Zwei Stunden später war sie fertig. Sie steckte die Papierbögen in einen Umschlag und schrieb die Adresse des Bundeskriminalamtes drauf. Es ging nicht länger um die Tötungsdelikte des Gezeitenmörders, auch nicht um Freiheitsberaubung, sondern um Spionage. Mutmaßlich war ein fremder Geheimdienst beteiligt. Welchen Tatbestand das Ausspähen eines medizinischen Verfahrens erfüllte, sollte der Nachrichtendienst entscheiden.

Wen konnte sie um einen Gefallen bitten? Es musste eine Person sein, zu der sie in letzter Zeit keinen Kontakt hatte und der sie trotzdem vertraute. Ihr Cousin! Rechtsanwalt, Hamburger-SV-Fan und passionierter Segler, mit dem sie sich gut verstand, den sie aber seit seiner Hochzeit vor über sieben Jahren nicht gesehen hatte.

»Moin Sönke«, schrieb sie, »du wunderst dich bestimmt, dass du Post von mir kriegst. Es ist wichtig, dass du den Brief ans BKA nicht öffnest. Vertraulicher Inhalt! Wenn alles gut läuft, habe ich dich angerufen, bevor du ihn erhältst, und dir alles erklärt. Wenn's schiefläuft und ich mich nicht melde, stecke das Couvert in den nächsten Briefkasten. Mehr musst du nicht tun, und mehr darfst du nicht wissen. Der Rest erledigt sich von selbst. Ich hoffe, dass es nicht so weit kommt und dass wir uns bei einem Manöverschluck wiedersehen. Lena.«

Das Schreiben an das BKA und die Nachricht an ihren Cousin faltete sie so zusammen, dass sie beides in einen zweiten Umschlag stecken konnte. Darauf schrieb sie Sönkes Dorumer Adresse. Auf einen Absender verzichtete sie. Nachdem sie die Restaurantrechnung bezahlt hatte, warf sie die Sendung in den Briefkasten bei der DRK-Sozialstation und lief schleunigst zurück zum Segelschiff.

Mickel hatte das Schlauchboot unterdessen zusammengebaut. Es dümpelte am Heck der »Mabel« in der Dünung auf und ab, festgemacht an einer Klampe. Außerdem hatte er die Liege- und Müllgebühr entrichtet.

Sie stiegen den Niedergang hinab in die Kajüte, wo sie der

Reihe nach verschiedene Leute anriefen, die sie für zuverlässig hielten. Nach der Begrüßung übernahm Lena das Reden. Es wurden tausend Fragen gestellt, die sie wortreich, aber detailarm beantwortete. Sie behielt das Druckmittel ständig im Hinterkopf. Es verlor seinen Wert, sobald eine dritte Person Bescheid wusste. Außerdem konnten sich derart prekäre Informationen über die Machenschaften eines Geheimdienstes zu einer Bedrohung auswachsen. Es stand in ihrer Verantwortung, die Helfer durch Unwissen zu schützen.

Als Kriminalkommissarin verfolgte Lena stets bestimmte Ziele, ohne viel preiszugeben. Darin war sie geübt, und so verliefen die Gespräche wunschgemäß. Nur einen Arbeitskollegen von Mickel konnte sie nicht überzeugen. Intuitiv nahm er eine dunkle Bedrohung wahr. Ihm war die ganze Sache nicht geheuer; zuerst schob er den Bereitschaftsdienst bei der freiwilligen Feuerwehr vor, dann entschuldigte er sich tausendmal. Mickel übernahm das Smartphone und versicherte ihm genauso oft, dass ein »Nein« okay sei.

»Reicht jetzt«, murmelte Lena und machte ihm ein Handzeichen, das Telefonat zu beenden. Es beanspruchte zu viel Zeit. Draußen war längst Nacht. Sie mussten was essen, letzte praktische Vorkehrungen treffen. Lena ließ den Blick über die bereitgestellte Ausrüstung streifen. Hatten sie wirklich an alles gedacht, hatten sie alles unternommen, um da heil wieder rauszukommen?

63

Mit der ersten Morgendämmerung kletterten Lena und Mickel ins Schlauchboot, lösten die Festmacherleine und stießen sich von der »Mabel« ab. Irgendwo tuckerte ein Schiffsdiesel, sie reckten sofort die Köpfe, aber sie konnten nicht ausmachen, welches Schiff den Motor angelassen hatte.

Mickel gab Schub. Der E-Außenborder trieb sie kraftvoll aus dem Hafen und auf die kabbelige See. Das Dingi war schnell und wendig. Außerdem lag es wegen des Alubodens stabil im Wasser. Selbst wenn jemand sie verfolgen sollte, würde er sie nicht so leicht einholen.

Lena zog sich die Mütze über die Ohren, kauerte sich in den Bug und kontrollierte den Empfang ihres Smartphones. 4G-Netz, fünf Balken! Sie nutzte die stabile Verbindung, um alles aufzunehmen und per Livestream zu senden. An einem Dutzend Computern in Freiburg, Neuhaus, Cuxhaven, Hannover und auf Neuwerk wurde die Überfahrt verfolgt. Lena ging es darum, eine Öffentlichkeit herzustellen. Solange ihre Freunde das Geschehen in Echtzeit mit ansahen, würden sie weder angegriffen noch erschossen werden. »Vier Uhr siebzehn«, kommentierte sie. »An Bord Mickel und ich. Kurs auf Südhorn.«

Um den Standort zu beweisen, schwenkte sie das Handy im Kreis: Über der Küste Schleswig-Holsteins leuchtete ein orangegoldener Streifen, der die abziehenden Wolken von unten beschien und mit einem flirrenden Barockrahmen versah. Die Halligen Südfall, Südhorn und Süderoog kamen in Sicht. Sie wirkten wie flache Haufen, achtlos ins Meer geschüttet von einem launischen Gott.

»Noch drei Balken«, rief Lena gegen das rauschende Heckwasser an. »Kann sein, dass das Bild ruckelt.«

»Ist okay«, erwiderte Mickel. Er saß auf der seitlichen Luftkammer und hielt die Steuerpinne in der Hand. »Der Außenborder hat einen Tracker, damit wird unser Standort aufgezeichnet. Bricht die Verbindung ab, nehmen wir das Satellitentelefon. Wir machen alles so, wie wir es besprochen haben.«

»Mickel?«

»Ja?«

»Ich weiß, ich sollte mich jetzt fokussieren, aber es gibt etwas, das bekomme ich einfach nicht aus meinem Kopf. Dieses Lied ... dein Lied. Es verfolgt mich. Du singst von dir und von einer anderen Person. Ich muss wissen, wer mit dem ›you‹ gemeint ist. Das ist mir echt wichtig. Bevor wir ... bevor wir auf Südhorn ... du weißt schon.«

Mickel schaute über die Schulter zurück nach Pellworm und

suchte die graue See ringsum nach anderen Booten ab. »Ungünstiger Zeitpunkt, aber ... aber vielleicht hast du recht. Vielleicht kommt kein besserer mehr. In dem Lied, Lena ... das bist du. Das warst du immer. Seit wir uns kennen.«

Plötzlich wurde das Gummi heftig geknautscht, der Bug hob sich leicht, an der Bordwand schrammte etwas entlang. Erschrocken fuhr Lena herum. Das Schlauchboot war mit einem Strauch kollidiert, der auf dem Wasser trieb. Die Zweige waren teilweise abgeknickt, die Bruchstellen scharf wie Messer. Sie war zu abgelenkt gewesen, um ihn zu bemerken, sie hatte ihn einfach nicht gesehen. Verflucht!

Mickel nahm den Schub weg. Mit klopfendem Herzen beugte sie sich vor, packte die glitschigen Äste mit beiden Händen und stieß sie weg, sodass sie abtrieben. Ihre schmutzigen Finger tauchte sie in die Nordsee, wischte sie an der Hose ab. Dann untersuchte sie den Schwimmkörper. Sie konnte keinen Kratzer feststellen, auch keinen Stich oder eine anderweitige Beschädigung. Nur brauner Abrieb von der aufgeweichten Rinde.

»Ist noch mal gut gegangen«, sagte sie.

»Wir müssen besser aufpassen, ein Leck kann schlimm enden«, erwiderte Mickel.

»Passiert mir nicht wieder. Versprochen.«

Mickel gab wieder Schub. Südhorn wurde größer. Die Hallig ähnelte an diesem Morgen kaum dem schlammigen, bedrückenden und düsteren Ort vom Foto. Vielmehr erschien die Insel in der Morgenröte wie die geheime Kultstätte eines längst vergangenen Seefahrervolkes. Mit der Ankunft des Schlauchbootes stiegen immer mehr Vögel auf, breiteten ihre Flügel aus, als wollten sie beweisen, welche Macht sie besaßen. Sie kreisten über dem glühenden Flecken wie über einem okkulten Opferplatz. Dabei tönten ihre Schreie schrill über der See, schriller als tausend Alarmsirenen.

»Wir werden angekündigt«, sagte Lena.

64

Mickel klappte den Außenborder hoch und zog das Schlauchboot an den winzigen Strand, der sich an der Buhne, einer langen Steinaufschüttung, abgelagert hatte. Lena band die Festmacherleine an die doppelte Holzpflockreihe, die mit Strauchschnitt gefüllt war.

Schnell schnappte Mickel sich den Ausrüstungsbeutel, kniete sich in den Sand und zog das Satellitentelefon heraus, mit dem er Anneke anrief. Er erreichte sie sofort. Sie hatte schon gewartet und stellte die Konferenz mit den Freunden her. Knapp ein Dutzend Ohren konnten nun hören, was Mickel in den Hörer sprach.

Lena war im Krisenmanagement geschult und konnte deeskalierend wirken. Deshalb würde sie die Verhandlungen führen. »Los«, sagte sie und kletterte über die Lahnung. Ihre Arme und Beine fühlten sich von der Überfahrt noch steif an. Die Julisonne schob sich über den Horizont, stand als gleißende Scheibe da und entfaltete ihre Kraft. Die Wärme vertrieb die kühlen Flecken auf ihrem Gesicht.

Lena hatte sich vorgestellt, dass auf einer Hallig Ruhe herrschte. Ein Irrtum! Panisch kreischten und schrien Vögel, als fürchteten sie ein Raubtier, das irgendwo im hohen Gras lauerte und sie reißen wollte.

»Warte mal«, rief Mickel. »Vielleicht bleibst du besser hier, und ich gehe alleine.«

»Nicht jetzt«, erwiderte sie.

»Doch, Lena. Du weißt nicht, was du mir bedeutest. Ich … ich könnte es nicht ertragen, wenn dir was passiert. Bei mir ist das anders.«

»Wir machen das zusammen, Mickel. Wir sind ein Team, jeder mit einer Aufgabe. Und jetzt melde dich. Dein Typ ist gefragt.«

Mickel nickte zögerlich, dann überzeugter. Gleich darauf sprach er in den Hörer: »Okay, wir sind jetzt unterwegs. Gehen auf einem Trampelpfad an einem Graben entlang, links und rechts Salzwiesen. Die Warft vierhundert Meter vor uns, in westlicher Richtung. Ein paar Schottische Highlands grasen, auch Schafe. Weit und breit keine Menschenseele. Moment! Da kommt jemand. Er geht auf uns zu. Sieht aus wie ein Mann. Er ...«

Lena hatte ihn ebenfalls entdeckt. Sein Äußeres erinnerte an eine der Kopfweiden, wie sie in den Elbmarschen am Wegesrand wuchsen. Das volle silberne Haar stand senkrecht vom Schädel ab und ähnelte den langen, biegsamen Ruten, die nach der Schneitelung austrieben. Als Peitsche benutzt, brachten sie die Haut zum Aufplatzen. Sein Gesicht war wettergegerbt, voller tiefer Falten, genau wie die graue Rinde. Schulter- und Kniegelenke grob. Körperwuchs schief. Nicht vom andauernden Wind wie bei den Bäumen, sondern wegen der harten körperlichen Arbeit, die er sein Leben lang verrichtet hatte. So hatte es zumindest den Anschein, aber bei ihm gehörte Täuschung zum Alltag. Es handelte sich um Jens Diedrichsen. Lena erkannte ihn von der Hallig-Website wieder.

Er hob seine Hände und zeigte die Innenflächen. Eine Geste, die Offenheit demonstrieren sollte. Sie besagte: Seht her. Ich verberge nichts. Hab keine Waffe! Von mir geht keine Gefahr aus.

»Moin«, sagte er und blickte vollkommen emotionslos auf das Smartphone, das Mickel gezückt hatte, um ihn zu fotografieren und das Bild zu versenden. »Frau Funk, können wir kurz reden? Alleine?«

»Mein Freund und ich haben keine Geheimnisse voreinander«, erwiderte Lena.

»Ist besser so. Für Sie beide. Können Sie mir glauben.«

»Ich wüsste nicht, warum ich Ihnen irgendwas glauben sollte.«

Diedrichsen nickte. »Sie können die Hallig auch wieder verlassen.«

»Wir sind nicht gekommen, um uns vertreiben zu lassen.«

»Natürlich nicht. Deshalb steh ich ja hier und will mit Ihnen reden. Das geht aber nur unter vier Augen. Sie haben auch eine Verantwortung gegenüber Ihrem Freund.«

Lena blickte besorgt auf Mickel, erinnerte sich dabei, dass es in Verhandlungen darum ging, eine Ebene zu finden, auf der ein Austausch möglich wurde und auf der die Interessen beider Parteien Berücksichtigung fanden. Eine der Formeln lautete: Nachgiebig im Möglichen, unnachgiebig im Unmöglichen.

»Mickel, du bleibst in Rufweite«, entschied sie und unterdrückte seinen aufkommenden Widerspruch, indem sie beschwichtigend die Hand hob. »Bin nur wenige Schritte entfernt, nimm alles mit der Kamera auf. Ich muss ein paar Dinge mit Herrn Diedrichsen klären.«

An der Seite des Pächters entfernte sie sich höchstens zwanzig Meter, bis sie an einen kleinen Holzsteg kamen. Jenseits des Grabens klafften tiefe Risse in der knochentrockenen Salzwiese. Schutzlos war sie der Sonne ausgeliefert, die heute gnadenlos auf sie herabsengen würde. Eine tote Gans lag mit einer rosa Brustwunde da, an der sich die Fliegen labten.

»Verkabelt?«, fragte Diedrichsen. Er hatte sich mit dem Rücken zu Mickel gestellt, sodass seine Lippenbewegungen nicht aufgenommen wurden. »Haben Sie eine Kamera oder ein Handy bei sich?«

»Die Ausrüstung befindet sich bei meinem Freund.«

»Tut mir leid, aber ich muss mich selbst überzeugen.«

Lena betrachtete ihn abschätzend, hielt ihn durch ihre ausgestreckte Hand auf Abstand, dann erteilte sie ihre Zustimmung durch ein Nicken und hob die Arme.

Die professionelle Art und Weise, wie Diedrichsen ihren Körper abtastete und wie er ihre Kleidung auf Überwachungstechnik untersuchte, zeigte ihr, dass er eine solche Prüfung nicht zum ersten Mal vornahm.

»Sauber«, sagte er. »Sie haben Fragen? Mein Chef ist bereit, mit Ihnen zu reden.«

»Wer ist Ihr Chef?«

»Bin nur der Bote. Er wird Ihnen alles erklären. Großzügiges Angebot. Sollten Sie annehmen. Ist wegen der Tide nur eine halbe Stunde gültig. Dann müssen wir ablegen.«

»Warum großzügig?«

»Manche Chancen sollte man einfach ergreifen, wenn sie sich einem bieten, Frau Funk. Sonst ist es irgendwann zu spät und rächt sich. Es gibt allerdings eine Bedingung. Keine Fotos, keine Tonaufnahmen.«

»Besonders uneigennützig hat Ihr Chef bisher nicht gehandelt. Was sollte uns davon abhalten, hinüberzugehen und Bilder von ihm zu knipsen?«

»Wollen Sie das wirklich herausfinden, Frau Funk? Ist doch nicht nötig. Er sitzt vor dem Vierseithof. Auf einer Bank. Und wartet auf Sie.«

»Ich muss zuerst mit meinem Freund reden.«

»Tun Sie das, reden Sie mit Ihrem Freund, aber beeilen Sie sich. Sie wissen schon: die Tide.«

65

Während sich der Halligpächter vor Mickel aufbaute, ging Lena zögerlich um den eingezäunten Warftkörper herum. Sie schaute immer wieder zurück, wollte die Verbindung nicht abreißen lassen. Als sie die schmale Auffahrt erreichte, straffte sie sich und stieg mit kurzen, gezielten Schritten hinauf.

Sie traute Jens Diedrichsen nicht über den Weg, mochte er noch so norddeutsch-bodenständig daherkommen. Vielleicht hätte sie sich besser auf alle Eventualitäten vorbereitet, aber ihr Instinkt sagte ihr, dass keine Gefahr für ihre körperliche Unversehrtheit drohte. Nicht zum jetzigen Zeitpunkt. Ansonsten wäre längst etwas passiert. Hier ging es um etwas anderes.

Büsche schützten den Gemüsegarten vor Wind. Dahinter ragte der alte Vierseithof auf. Die roten Ziegelsteine waren von den Stürmen verwittert, das ungepflegte Reetdach schief, auch löchrig vom Raubbau der Spatzen. Rechts umschwirrten Fliegen den Misthaufen. Er verbreitete einen solchen Gestank, dass sich in Lenas Mund ein fauliger Geschmack bildete. Nirgends konnte sie jemanden entdecken.

»Hier«, rief ein Mann und erhob sich von einer Bank, die verborgen hinter einem Stachelbeerstrauch lag. Er steckte ein Handy ein.

Lena erstarrte bei seinem Anblick. Es gab keinen Zweifel – sie kannte diesen Mann. Sein strähniges, langes Haar rangierte zwischen blond und grau. Der gleichfarbige Vollbart reichte bis zur Brust. Er trug ein beiges Leinenhemd mit braunen Holzknöpfen, die Ärmel hochgekrempelt. Darunter eine grobe Cordhose und Ledersandalen. Äußerlich wirkte er wie ein völkischer Siedler. Plump, grobschlächtig und mit einer bedrohlichen Wucht kam er heran.

»Schön, dich wiederzusehen«, sagte er.

Diese Stimme! Sie war so vertraut, und doch jagte sie Lena einen Schauer über den Rücken.

Für sie schloss sich ein Kreis. Vor über drei Monaten hatte er sich als Biologe und Mitarbeiter der Geschäftsstelle vorgestellt, der die Umweltpraktikanten für die Vogelinsel Scharhörn einstellte. Er hatte sie täglich angerufen, manchmal mehrmals. Er hatte genervt, und sie hatte sich immer gefragt, welchen Zweck er verfolgte. War das nur in ihrem Kopf geschehen oder in der Realität? Sie wusste es nicht, aber sie verstand etwas anderes: Er hatte eine Rolle gespielt.

»Anton!«, sagte sie.

»Mein Name ist nicht von Bedeutung, aber nenne mich ruhig weiter so. Ich habe nicht viel Zeit.«

»Ach so? Diedrichsen hat gesagt, dass du mir etwas erklären willst.«

»Guter Mann! Sehr authentisch, sehr überzeugend! Aber genug von ihm. Ich habe zweimal verfolgt, dass du keine Ruhe gibst, wenn du die Dinge nicht verstehst. Deshalb kläre ich dich jetzt auf. Dann schließt du deinen Frieden und hörst auf, meine Abläufe zu stören. Verstanden?«

»Sonst was?«

»Ich erwarte einfach, dass du klug genug bist, um das Richtige zu tun.«

Er redete in einem fast perfekten Deutsch. Nur weil sie jetzt eine Ahnung hatte und genau darauf achtete, konnte sie heraushören, dass er kein Muttersprachler war. Einordnen konnte sie die leichte, kaum wahrnehmbare Färbung allerdings nicht. »Du hörst dich gar nicht an wie ein Russe.«

»Netter Trick. Wer sagt denn, dass ich Russe bin? Ich kläre dich nur über die Dinge auf, die du wissen musst.«

»Dann verrate mir endlich, wo meine Schwester ist!«

»Zuerst will ich dir was zeigen«, sagte er und führte sie an dem Vierseithof vorbei. Lena passierte den Neubau, den hohen Glockenstuhl, die Regenwasserkuhle und hatte keine Idee, wo er sie hinbrachte. Alles war möglich, und sie spürte, wie es in ihrem Nacken kribbelte, wie sich die kleinen Härchen aufstellten. Was auch immer dieser Mann vorhatte, es führte zu nichts Gutem. Abrupt blieb sie stehen.

Auf einem Holzgerüst erhob sich ein großer Kasten in Form eines Schuhkartons, mit Plexiglasscheiben und einem schrägen Wellblechdach, aus dem ein Ofenrohr ragte. Über eine seitliche Stahltreppe und eine Plattform gelangte man ins Innere. Die Konstruktion wirkte wie eine Beobachtungsstation für Vogelkundler. Seltsamerweise machte sich in ihrem Magen ein warmes Gefühl breit, ein Gefühl der Verbundenheit.

»Du erkennst dein Zuhause wieder?«, sagte Anton. »Haben wir extra für dich gebaut. Da drin hast du geschlafen und geglaubt, im Wohncontainer auf Scharhörn zu sein. Ich habe nicht für möglich gehalten, dass eine solche Illusion funktioniert, aber deine Schwester vollbringt Wunder.«

»Was ist mit dem Strand, den Dünen und dem Leichnam von Niels Kröger?«

»Es gibt eine Stelle, wo sich etwas Sand abgelagert hat. Da bist du rumgelaufen, hast in die Ferne geschaut, manchmal so getan, als würdest du telefonieren. Niels Kröger? Kenne ich nicht. Wer soll das sein? Ach, egal«, sagte er und blickte auf seine Armbanduhr. »Du begleitest mich zum Bootsanleger. Komm!«

Erst jetzt bemerkte Lena, dass sie nicht alleine waren. Zwei muskulöse Männer in Fischerhemden und Latzhosen – der eine ein eher südeuropäischer Typ, der andere mit einem asiatischen

Einschlag – schleppten Umzugskartons aus dem Vierseithof und luden sie auf einen Handwagen, den sie mit quietschenden Reifen die Warftauffahrt hinunterrollten.

So langsam reichte es ihr. Sie blieb stehen, wollte sich nicht länger von seiner Dynamik überrollen lassen, ihm irgendwas entgegensetzen. »Ist euch keine bessere Verkleidung eingefallen? Das passt doch vorne und hinten nicht.«

Antons Miene verdüsterte sich schlagartig. »Wegen dir müssen wir diesen Standort räumen. Komm jetzt!«

Lena spürte, dass sie aufpassen musste, den Bogen nicht zu überspannen. Doch einfach nachgeben wollte sie auch nicht. Langsam setzte sie sich in Bewegung, schlenderte, sodass er sich bremsen musste. Misstrauisch kniff er die Augen zusammen.

»Und bevor du auf dumme Ideen kommst«, sagte er. »Die wichtigen Dokumente sind längst abtransportiert. Das sind nur die Habseligkeiten von Diedrichsen. Er begleitet mich. Hat er sich nach dreißig Jahren verdient. Wir vergessen niemanden, der für uns tätig ist. Das kannst du dir schon mal merken.«

»Ach, du willst mich anwerben? Ich habe schon einen Job.«

»Das wird sich noch zeigen.«

Sie liefen an Zäunen entlang, dahinter befanden sich keine Nutztiere, aber eine Schlachtbank, die über und über mit Blut besudelt war. Ein Massaker. So erging es früher oder später jedem, der mit diesem Kerl zu tun hatte, davon war Lena überzeugt. Sie schaute sich besorgt nach Mickel um, konnte ihn jedoch nirgends entdecken.

Lena wollte zu ihm laufen, sich überzeugen, dass es ihm gut ging, aber sie zwang sich zur Ruhe. »Wolltest du mir nicht erzählen, was ihr hier getan habt?«

»Wenn ich es tue, ist es besiegelt«, erwiderte er, »und du hörst auf, dich in unsere Belange einzumischen.«

»Für wen soll eine solche Abmachung gut sein, Anton? Du glaubst doch sowieso, dass ich keine Wahl habe.«

»Allmählich verstehen wir uns«, erwiderte er. »Mitarbeiter entwickeln sich manchmal zu Sicherheitsrisiken. Lange war es

Praxis, sie zu eliminieren. Aber das schwächt uns. Wir brauchen Erziehungsmaßnahmen, die ihren Glauben stärken. Nur fehlte ein wirksames Instrument.«

»Bis meine Schwester auftauchte.«

Eine Schar Vögel flog kreischend über sie hinweg. Man hörte, wie ihre Flügel die Luft zerschnitten, immer schneller schlugen, so als hätten sie es eilig, von dieser Insel zu verschwinden.

»Zunächst weigerte sie sich«, sagte Anton. »Sie weigerte sich, unseren Leuten zu helfen, ihnen einen weltanschaulichen Leitfaden einzupflanzen und die Rückkehr in den Dienst zu ermöglichen. Das Verfahren solle nur zu therapeutischen Zwecken angewendet werden, sagte sie, nicht zu politischen. Was für ein naiver Gedanke von einer so intelligenten Frau! Wir mussten sie überzeugen.«

»Durch Drohungen gegen mich?«

»Und gegen deinen Vater. Interessante Persönlichkeit! Bei ihm entstand nicht der geringste Zweifel, dass das Interesse an seiner Dissertation falsch sein könnte.«

»Die Anfrage kam von dir?«

»Dein Vater hatte das Laptop deiner Schwester. In einem Internetforum prahlte er, ein Verfahren zur Manipulation des Gedächtnisses entwickelt zu haben. Er stand kurz davor, Einzelheiten preiszugeben. Das konnte ich nicht zulassen.«

»Und hast was unternommen?«

»Nichts Großartiges. Dein Vater sehnt sich so sehr nach Anerkennung, dass er jede Ungereimtheit in Kauf nimmt. Schade eigentlich. Ich hatte Pläne mit ihm. Es wäre so leicht gewesen, ihn anzuwerben und zu führen, aber deine Schwester lernt schnell. Sobald wir ihn in die Sache reingezogen oder dir etwas angetan hätten, hätte sie ihre Arbeit eingestellt. Für immer. Ich habe ihr geglaubt. Sie meint, was sie sagt. Hängt mit ihrer Psyche zusammen.«

Sie erreichten den Bootsanleger, an dem die Motoryacht festgemacht war, die sie vor über drei Monaten von Altenbruch auf die Hallig Südhorn gebracht hatte. Am Kai stapelten sich Koffer und Gerätschaften, die verladen wurden. Ein Mann am

Steuerstand startete den Motor, indem er auf einen roten Knopf drückte. Eine schwarze Rauchwolke wurde ausgestoßen, dann plätscherte das Kühlwasser am Heck.

»Selbst wenn du jetzt flüchtest und dir irgendwo ein neues Versteck suchst, wird man dich suchen«, sagte Lena. »Du hast zu viele Leichen im Keller.«

»Niemand wird aussagen«, erwiderte Anton. »Sie sind alle korrumpiert. Wenn sie mich verraten, verraten sie sich selbst.«

»Du hast meine Schwester entführt, bedroht und genötigt. Das sind Straftatbestände.«

»Sei nicht albern, Lena. Selbstverständlich habe ich Vorkehrungen getroffen.«

»Und was ist mit mir? Du hast auch mich entführt und festgehalten.«

»Du bist labil, wurdest vom Gezeitenmörder traumatisiert. Ein versierter Anwalt lässt dich wie ein bemitleidenswertes Opfer dastehen und sorgt dafür, dass du nie wieder in den Polizeidienst zurückkehren darfst. Willst du das? Oder sollen wir die Angelegenheit anders regeln?«

»Ich war nie Arndt Schultes Gefangene. Ich bin auch nicht traumatisiert. Ich war psychisch labil, weil ihr mir Substanzen gespritzt und mein Gedächtnis manipuliert habt!«

»Tolle Geschichte, echt spannend! Bloß, wer soll die glauben? Deine Schwester willst du nicht belasten. Auf der Hallig gibt es keine Beweise mehr. Und wenn du doch jemanden überzeugen solltest, wirbelst du nur Staub auf, der sich schnell legt. Und das wäre nicht alles.«

»So?«

»Dieses Mal wäre ich nicht so nachsichtig, dieses Mal wäre ich enttäuscht von dir. Sehr enttäuscht! Und wie das ist, wenn ich mit einem Mitarbeiter unzufrieden bin, will ich dir gerne demonstrieren«, sagte er und machte ein Handzeichen.

Im nächsten Moment spürte Lena einen harten Gegenstand am Hinterkopf. Ein punktueller Druck. Sie schluckte hart, ihr Herz raste, die Atemfrequenz stieg sprunghaft an. Die Pupillen weiteten sich, sodass sie alles viel schärfer sah. Sie begriff, dass dieser Moment ihr letzter sein konnte. Es war die Mündung einer Pistole.

***

Lena stand ganz still da, wagte nicht, sich zu rühren. Sie bewegte nur die Augen.

Zu ihren Füßen zeichneten sich die Schattenumrisse von drei Gestalten ab. Der von Anton, daneben ihr eigener und seitlich dahinter der einer dritten Person, die den Arm lang ausgestreckt hielt.

Obwohl sie geglaubt hatte, alles im Griff zu haben, war der Schütze wie aus dem Nichts aufgetaucht. Sie hatte ihn nicht kommen sehen.

Was tun? Auf solche Situationen war sie vorbereitet worden. Ablenkungsmanöver, seitwärts ausweichen, um sich aus der Schusslinie zu bringen. Mit der linken Hand den Waffenarm abdrängen, mit der rechten Faust zuschlagen. Am besten auf die Nase. Sofort nachsetzen. Dutzendmal geprobt, bisher nie praktisch angewendet.

»Lieber nicht«, sagte Anton, als könnte er ihre Gedanken lesen. »Sonst passiert noch ein Unfall.«

Lena atmete ein, sie atmete aus, versuchte ihren hämmernden Puls zu beruhigen. Wahrscheinlich wollte er sie nicht töten. Er demonstrierte nur seine Macht, zeigte ihr, dass sie nicht sicher war, dass die Gefahr überall lauerte, zu jeder Uhrzeit, auch wenn sie nicht mit einem Angriff rechnete.

»Die Botschaft ist angekommen«, sagte sie.

»Ich habe doch gewusst, dass wir uns verstehen«, erwiderte er und machte ein Handzeichen.

Der Schütze zog den Arm zurück, steckte die Waffe ein und drängte sich an Lena vorbei, mit einer ausdruckslosen Miene. Mit zitternder Unterlippe schaute sie ihm nach. Es war einer der Männer, die vorhin die Umzugskartons auf den Handwagen geladen hatten. Sie zweifelte nicht daran, dass er abgedrückt hätte, wenn er den Befehl erhalten hätte. Ein gefühlloses Werkzeug!

Lena durfte sich jetzt keine Blöße geben, sonst glaubte Anton noch, dass er alles mit ihr machen konnte. Sie drehte sich zu ihm um, hielt seinem Blick stand, der sie mit grausamer Intelligenz musterte.

»Aber der erschlagene Bootsbauer ist ein Fakt«, sagte sie und räusperte sich. »Den Leichnam von Arndt Schulte kannst du nicht wegdiskutieren. Das ist Mord.«

»Du bekommst dich schnell unter Kontrolle«, erwiderte er. »Gefällt mir. Solche Leute brauche ich.«

»Wer, wenn nicht du oder deine Leute, sollte ihn erstochen haben? Mit meinen Fingerabdrücken auf der Tatwaffe? Wer hätte sonst einen Nutzen davon gehabt?«

»Mein Mitarbeiter war nur einmal auf dem Werftgelände, um deine Schwester zu befreien und das Holzkreuz und die Trophäen an sich zu nehmen. Er hat niemanden umgebracht. Ich habe niemanden umgebracht. Fragestunde beendet.«

Fast wehmütig ließ Anton den Blick über die Hallig schweifen. »Ich habe schon von vielen Standorten aus operiert«, sagte er, »aber diese Insel … diese Insel war perfekt. Werde sie vermissen. Ich konnte nicht nur Agenten über den Wasserweg herbringen und verstecken, ich konnte auch eure kritische Infrastruktur auskundschaften. Pipelines, Unterseekabel, Offshoreparks. Sogar die Bohrinsel.«

»Also bist du doch ein Russe!«

»Sei nicht so naiv, Lena. Russland ist nicht die einzige Nation, die euch ausspioniert.«

»Arbeitest du für den Iran? Für China?«

»Ihr seid eine gläserne Gesellschaft, da kann sich jeder bedienen, der Lust hat. Und das Unglaublichste ist: Ihr wisst es die ganze Zeit. Sogar eure Medien berichten darüber, aber ihr unternehmt nichts. Gar nichts! Ihr lasst uns einfach machen. Euer System krankt, Lena. Ihr seid schwach. Wir sehen uns schon bald wieder«, sagte er, kletterte an Bord der Motoryacht und verschwand unter Deck.

Die entscheidende Information hatte er zurückgehalten. Lena setzte zum Sprung an, wollte ihm folgen, ihn zur Rede stellen.

Da spürte sie, wie jemand ihren Oberarm packte. Es war Jens Diedrichsen.

»Keine gute Gesellschaft«, sagte er. »Geh zu deinem Freund. Ist ein anständiger Kerl.«

»Aber was ist mit meiner Schwester? Was ist mit Jette? Wo ist sie? Was habt ihr mit ihr angestellt?«

Der Halligpächter band die Leinen los, stieg an Bord und stieß das Schiff ab. Der Mann am Steuerstand schob den Schubhebel vor, und der blubbernde Motor trieb den Rumpf durch die graue See.

»Das wirst du früh genug erfahren«, rief er.

66

Wegen der drückenden Hitze standen die Kupfertore der großen Backsteinkapelle sperrangelweit auf. Ein leichter Luftzug strich durch die Stuhlreihen, brachte den Trauergästen aber kaum Erfrischung. Einige wedelten sich mit der Hand zu, andere tupften sich den Nacken aus. Es herrschte eine andächtige Stille, die nur durch das gelegentliche Hüsteln oder Rascheln des Handzettels gestört wurde.

Lena saß weit vorne, hatte einen guten Blick auf das Rednerpult. Die Fotogalerie und die Kränze waren liebevoll arrangiert. Noch immer konnte sie es kaum glauben. Die Nachricht hatte sie unvorbereitet getroffen und entsetzt zurückgelassen. Tagelang kreiste sie um die Warum-Frage, die sich immer stellte, wenn ein Mensch Suizid beging. Hätte sie es verhindern können?

Ihr Abstecher zur Hallig Südhorn lag mittlerweile zwei Wochen zurück. Davor und danach war sie stark mit sich selbst beschäftigt gewesen. Bei den letzten Begegnungen hatte sie die Anzeichen bemerkt, aber ihnen nicht die richtige Bedeutung zugemessen. Auch war die Enttäuschung zu groß gewesen, um das Gespräch zu suchen.

Der Tod bedeutete eine Zäsur; er wischte alle Vorbehalte weg. Zurück blieb ein Gefühl des Verlusts. Heute verabschiedete sie einen Menschen, den sie sehr geschätzt hatte und der sie bis heute prägte.

Egal, was vorgefallen war, egal, wie schwer der Verrat wog – sie wollte bei dieser Beerdigung dabei sein.

Der Polizeipräsident Philip Kahrmann trat hinter das Rednerpult. »Lieber Hermann«, sprach er ins Mikro. »Liebe Angelika, liebe Familienangehörige, liebe Kolleginnen und Kollegen, liebe Trauergemeinde. Durch seinen plötzlichen Tod wird ein Bruder, ein Schwager und Onkel, ein Freund und ein hochgeschätzter Mitarbeiter des Landeskriminalamtes aus unserer Mitte gerissen. Wir haben uns hier versammelt, um gemeinsam von Eberhard Bruns Abschied zu nehmen und ihn auf seinem letzten Weg zu begleiten. Auf eigenen Wunsch wird er neben seinem einzigen Kind, seiner Tochter Sandra, bestattet.

Eberhard wurde im niedersächsischen Padingbüttel geboren, wo er auf dem elterlichen Bauernhof aufwuchs und früh Verantwortung für seinen jüngeren Bruder Hermann und die Tiere auf dem Hof übernahm. Es waren wohl sein ausgeprägter Gerechtigkeitssinn, das Pflichtgefühl und ein Schuss Abenteuerlust, die bei ihm den Entschluss reifen ließen, der Hannoveraner Polizei beizutreten. Seit Anfang der neunziger Jahre übte er leitende Tätigkeiten im Landeskriminalamt aus, bis er 2003 die Führung des Dezernats für Schwere Kriminalität übernahm.

Jeder, der Eberhard kennenlernen durfte, merkte schnell, was für ein Pfundskerl er war. Nicht nur wegen seiner äußeren Erscheinung, sondern vor allem wegen seiner Persönlichkeit. Sein Wort hatte Gewicht, seine fachliche Expertise wurde geschätzt, sein Witz war gefürchtet, seine unerschöpfliche Hilfsbereitschaft wurde zu oft bemüht, und seine Menschlichkeit entwaffnete alle, die mit ihm zu tun hatten. Ich bin dankbar, dass ich ein langes Stück meines beruflichen Weges mit ihm gehen durfte …«

Nach der Rede des Polizeipräsidenten wurde das erste Lied angekündigt. Wie sich herausstellte, war Kriminalrat Bruns ein Fan der Band Rosenstolz gewesen. Aus dem Lautsprecher erklang das melancholische Stück »An einem Morgen im April«.

Lena musste sich zusammenreißen, um nicht in das Schluchzen einzufallen, das um sich griff. Sie hatte geglaubt, den Kriminalrat zu kennen. Dabei hatte sie so wenig über ihn gewusst. Jetzt würde sie keine Gelegenheit mehr bekommen, die Hintergründe seines Verhaltens zu erfahren. Er hatte jede Chance auf eine Aussprache unterbunden.

Hermann Bruns, der jüngere Bruder, hielt eine Rede, danach wurden einige Informationen über den Ablauf mitgeteilt. Der Trauerzug, angeführt vom Urnenträger, setzte sich in Bewegung. Es folgten die Verwandten. Als Lenas Sitzreihe dran war, erhob sie sich vom Stuhl und gliederte sich ein.

Neben ihr lief die Dezernatssekretärin, Johanna Koch, mit gesenktem Kopf und hängenden Schultern. Sie hatte ihren Vorgesetzten bewundert, bemuttert, abgeschirmt und beschützt. Zwanzig Jahre arbeitete sie ihm zu. Nun war sie in Tränen aufgelöst. Ihr Make-up verlief. Lena griff nach ihrer Hand.

Draußen stand die Hitze wie eine Wand, und es kostete sie Überwindung, einen Fuß vor den anderen zu setzen. Schweißperlen rannen ihr kitzelnd die Rippen hinab. Sie fragte sich, warum sie keine Wasserflasche mitgenommen hatte.

Am offenen Grab sprach der Bruder ein paar letzte Worte. Ein weiteres Lied erklang. Die Trauergäste traten vor, griffen in das Körbchen mit Grünschnitt und warfen Blütenblätter in das Erdloch. Danach flüchteten sie in den Schatten alter Bäume, wo sie sich in Grüppchen zusammenstellten und darauf warteten, dass die Gesellschaft zum Beerdigungskaffee aufbrach.

Die gesamte Soko Gezeitenmörder war anwesend. Lena wollte den Kollegen weder Lügen auftischen noch ihnen Raum für Spekulationen bieten oder sich in Widersprüche verwickeln. Nachdem sie der Familie ihr Beileid ausgesprochen hatte, ging sie auf kürzestem Weg zum Parkplatz in der Garkenburgstraße.

Sie glaubte schon, dass sie allen Fragen ausgewichen war, da hörte sie Schritte hinter sich.

»Hallo, Lena«, sagte die Frau. »Haben Sie kurz Zeit?«

67

Vor Lena stand Gabriele Bruns.

Obwohl die getrennt lebende Ehefrau ihres Chefs sechzig Jahre alt sein musste, hätte man sie auf Mitte vierzig geschätzt. Lange dunkle Haare, Augen wie zwei blaue Aquamarine. Sie trug ein seidenes Trägershirt, eine lässige schwarze Hose zu hohen Pumps. Äußerlich war sie das Gegenstück zu ihrem Ex-Partner. Überaus attraktiv, Sex-Appeal. Doch wenn man genauer hinsah, wirkte ihre Haut brüchig, so als könnte sie unter der leichtesten Berührung zu Staub zerfallen.

»Ich habe Sie gar nicht in der Kapelle gesehen«, sagte Lena.

»Ich gehe später an sein Grab, wenn nichts mehr los ist«, erwiderte sie mit einer rauchigen Stimme. »Ebi hat mir ein Couvert geschickt, das für Sie bestimmt ist.«

Lena nahm den Umschlag zögerlich entgegen. Obwohl er recht dünn war und nur wenige Seiten enthalten konnte, fühlte er sich schwer in ihrer Hand an, so als käme den geschriebenen Worten ein besonderes Gewicht zu. Ihr Name war kaum zu entziffern. Es war ihr immer ein Rätsel gewesen, wie ein solcher Koloss von einem Mann eine so mickrige und krakelige Handschrift haben konnte. »Danke.«

»Es war ihm sehr wichtig, dass ich den Brief persönlich übergebe.«

»Aus einem bestimmten Grund?«

»Ebi hatte schon immer seine Geheimnisse. Wie geht's Ihrer Schwester?«

»Den Umständen entsprechend.«

»Ach, ich freue mich so für Sie, wirklich … Manchmal sind es die unglaublichsten und phantastischsten Geschichten, die tatsächlich geschehen. Aber wahrscheinlich erfährt die Öffentlichkeit nur einen Bruchteil der Wahrheit, oder?«

Lena lächelte verhalten, drückte und presste dabei den Umschlag in ihrer Hand viel zu fest. Unglaublich und phantastisch! Das waren treffende Adjektive für das Märchen, das nur auf Antons Mist gewachsen sein konnte. Und Jette hatte es umgesetzt. Gezwungenermaßen.

Vor zehn Tagen hatte sich ihre Schwester auf einer Polizeistation gemeldet und eine Erklärung für ihre einjährige Abwesenheit zu Protokoll gegeben. Sie wäre tatsächlich vom Gezeitenmörder entführt worden, erzählte sie den verdutzten Beamten. Er hätte geglaubt, dass sie tot wäre, und hätte ihren »Leichnam« bei ablaufendem Wasser in die Außenelbe geworfen, im Anschluss das Holzkreuz aufgestellt. Aber er hätte sich getäuscht. Sie wäre noch am Leben gewesen und hätte sich ans Ufer retten können. Vielleicht wäre sie auch von einem Boot aufgefischt worden. Das wüsste sie nicht mehr genau. Sie könnte auch nicht mit Sicherheit sagen, was danach passiert wäre und wo sie sich aufgehalten hätte, aber sie glaubte, dass sie eine alte, bettlägerige Dame gepflegt hätte. Irgendwo im Ausland. Sie hätte unter einer Amnesie gelitten. Erst die Berichterstattung zum Gezeitenmörder hätte Teile ihres Gedächtnisses aktiviert.

Obwohl ihr Bericht Lücken aufwies, obwohl der Hergang unwahrscheinlich erschien, erkannten die Ermittler keinen Grund, warum die Story erfunden sein sollte. So entstand die Legende von einer wundersamen Rettung, die nach all den Schreckensmeldungen geeignet war, den Menschen Hoffnung zu schenken.

Lena hatte nicht vor, eine Richtigstellung abzugeben. Zum einen hörte sich die wahre Geschichte noch unglaublicher an, zum anderen würde weder den Ermittlungsbehörden noch ihrer Schwester noch ihr selbst ein Vorteil entstehen. Fürs Erste würde sie schweigen. Außerdem musste sie sich mit Jette verständigen, wie sie auf die Bedrohung durch Anton reagieren sollten.

Sie unterhielt sich noch eine Weile mit Gabriele Bruns,

tauschte Anekdoten über Eberhard aus, die sie beide zum Lachen und zum Weinen brachten. Mit einer herzlichen Umarmung verabschiedete Lena sich von ihr.

Dann setzte sie sich in den Wagen, drehte den Zündschlüssel um und startete den Motor. Auf dem Friedhofsparkplatz konnte sie nicht bleiben. Hier würde schon bald der nächste Bekannte ans Seitenfenster klopfen, um sich mit ihr zu unterhalten. Sie brauchte einen Ort, an dem sie den Brief in Ruhe lesen konnte.

68

Mit nacktem Oberkörper hockte er im Lotussitz auf dem Boden und legte das Tablet zur Seite. Jedes Interview, jede Nachricht, jede Reportage hatte er in sich aufgesaugt, auf News gelauert. Stundenlang, ohne Pause, ohne Unterbrechung. Er gönnte seinem Kumpel die Aufmerksamkeit, aber jetzt ging es zu weit. Der weltweit führende Streamingdienst hatte angekündigt, eine mehrteilige Dokureihe über den Gezeitenmörder zu drehen, über Arndt, über den falschen Mann.

Er sprang auf. Nicht ganz so geschmeidig wie sonst, er merkte es selbst. Tappte mit nackten Fußsohlen zum Spiegel. Der ganze Raum war voll davon, aber dieser hier war sein Liebling. Bodentief, kristallklar und an einem hellen Standort gelegen, brachte er jedes Detail seines Körpers zur Geltung.

»Wofür?«, fragte er sein Ebenbild und betrachtete es. Drehte sich nach links, nach rechts, spannte seine Muskeln an. »Für einen anderen? Einen anderen, der es nicht verdient hat?«

Arndt hatte Fehler gemacht. Große Fehler! Nachdem er ihm das Betäubungsmittel gegeben hatte, war Arndt noch in derselben Nacht losgezogen, total aufgegeilt, ohne Absprache, ohne Planung, ohne Sinn und Verstand, und hatte die falsche Frau entführt. Jette Funk! Er war eben doch nur ein wildes Tier, das nicht zu kontrollieren war.

Als Arndt bei ihrer Befreiung einen Schlag auf den Kopf bekam, flippte er hinterher aus, war nicht mehr derselbe. Später wurde ihm auch noch gesagt, dass er die Folterkammer nicht verändern dürfe, dass seine Aquarelle und Instrumente hängen bleiben sollten und dass er keine Frauen mehr entführen dürfe. Ansonsten würde man ihn auffliegen lassen.

Das gab ihm den Rest. Er wurde zu einem weinerlichen Jammerlappen, schaffte sich diese bissigen Köter an, damit er sich sicherer fühlte. Dabei war er doch das furchteinflößende Monster! Was für ein Irrsinn!

Arndt war fertig, zu nichts mehr zu gebrauchen. Die Welt wäre enttäuscht, wenn sie erführe, welche Entwicklung er im letzten Jahr genommen hatte. Aber niemand sollte von diesem körperlichen und geistigen Verfall erfahren. Das Gesamtwerk war zu einzigartig, um es durch unschöne Details zu beschmutzen.

Nur musste Arndts Beitrag ins rechte Licht gerückt werden. Er war ein Akteur, ein Darsteller, der auf Anweisung handelte. Sein Anteil sollte auch in Zukunft angemessen gewürdigt werden, aber die Menschen sollten nicht weiter in dem Irrglauben gefangen bleiben, dass ein Mann wie er der Regisseur eines solchen Opus sein konnte.

Ja, der Gezeitenmörder-Fall brauchte einen krönenden Abschluss. Und nur eine Person konnte dafür sorgen – er!

69

Vom Friedhof fuhr Lena in ein benachbartes Wohngebiet und parkte im Schatten eines tristen Mietshauses. Die Fassade war vom Blütenstaub grün, die meisten Vorhänge waren zugezogen, in anderen hielten die Stängel vertrockneter Pflanzen eine einsame Wache. An einem Laternenpfahl hing der Vorderreifen eines Fahrrads, der letzte Zeuge eines Diebstahls, festgemacht mit einem Kettenschloss.

Sie öffnete alle Seitenfenster, sodass ein Luftzug die angestaute Hitze vertrieb. Ihre Haut klebte trotzdem. Mit zitternden

Fingern riss sie das Couvert auf und zog umständlich die Bögen heraus. Sie hielt einen Moment inne, um sich auf den Inhalt gefasst zu machen. Dann entfaltete sie das knisternde Papier.

Schon die ersten Worte verschwammen bis zur Unleserlichkeit. Mehrmals musste sie sich über die Augen wischen, damit sie klar sehen und die Handschrift ihres verstorbenen Chefs entziffern konnte:

Mien Deern,

ich habe dich nie gefragt, ob du diese Anrede als unangemessen empfindest. Für mich war sie stets Ausdruck meiner besonderen Wertschätzung und Zugewandtheit. Ich hoffe, dass du mir diese Freiheit erlauben konntest, ohne Widerstände zu empfinden.
Mein Vater war ein einfacher Mann. Ein Landwirt mit klaren Wertvorstellungen und dem Herzen am rechten Fleck. Auf seinen Feldern hat er mich gelehrt, was es heißt, ehrliche Arbeit zu verrichten und ein rechtschaffenes Leben zu führen. Tagein, tagaus.
Lange habe ich ihm nachgeeifert. Meistens glückte es mir, seinem Vorbild gerecht zu werden. Dann traf ich eine Entscheidung. Noch heute kann ich sie mir nicht verzeihen. Gleichzeitig weiß ich, dass ich keine Alternative hatte. Manchmal ist das Leben kompliziert. Nicht schwarz, nicht weiß. Es sind die Grautöne, die uns scheitern lassen.
Viele Jahre unterstützte ich dich. Nun möchte ich dich bitten, mir zu helfen. Ich kenne niemanden, der so redlich ist. Jedes Urteil, das du über mich fällst, akzeptiere ich. Bitte verzeih mir, dass ich zur Verkündung nicht anwesend sein kann. Ich habe meinen moralischen Kompass verloren und finde mich nicht mehr zurecht.
Als leitendem Ermittler der Soko Gezeitenmörder kam es mir von Anfang an seltsam vor, dass deine Schwester hinsichtlich ihres Verhaltens auf dem Otterndorfer Altstadtfest und ihrer Persönlichkeit nicht ins Opferschema

passte. Gleichzeitig wiesen die Tatumstände und das aufgestellte Holzkreuz unbestreitbar auf den Gezeitenmörder hin. Ich versprach mir nicht viel von der Spur. Trotzdem ging ich ihr nach.
Bei einem Besuch ihres Arbeitsplatzes musste ich warten und kam mit einem Assistenten ins Gespräch, der mir von dem Verschwinden ihrer Unterlagen erzählte. Er meinte die ausgedruckten Papiere und handschriftlichen Aufzeichnungen: Akten, Notizen, Diagramme und Behandlungsmappen. Er zeigte mir sogar einen Schrank, wo sie aufbewahrt wurden.
Leer!
Ich sprach ihren Chef an, den Abteilungsleiter im DIH, der endlich die Zeit fand, um mich zu empfangen. Er leugnete hartnäckig, dass es solche Dokumente gegeben hätte. Er war arrogant. Hielt sich für unantastbar.
Ich erkenne einen Lügner, sobald er den Mund aufmacht. Also drohte ich ihm mit einer polizeilichen Vorladung, mit der Befragung aller Mitarbeiter, mit einem Durchsuchungsbeschluss. Das volle Programm!
Ich muss überzeugend gewesen sein, denn am nächsten Morgen erhielt ich Besuch von einem Mann mit einem silbergrauen Haarknoten. Er versprach mir einen hohen Geldbetrag, wenn ich das Verschwinden der Forschungsunterlagen nicht untersuchte. Es war die Summe, die ich benötigte, und noch etwas mehr für Zusatzausgaben. Dreihundertachtzigtausend Dollar! Bedenkzeit brauchte ich nicht. Ich ging sofort auf das Angebot ein.
Es gibt keine Entschuldigung für mein Verhalten. Bestechlichkeit ist strafbar und ein Verstoß gegen unser Berufsethos. Ich will mich nicht rausreden, aber du sollst wissen, dass das Geld nicht für mich bestimmt war. Jeden Cent habe ich in eine Gentherapie gesteckt, die sich in den Vereinigten Staaten noch in der Forschungsphase befindet und von keiner Krankenkasse getragen wird. Sie hat meiner Frau das Leben gerettet. Formal gilt sie zwar noch nicht als

geheilt, aber alle Tests zeigen, dass sie gesund bleiben wird. Bitte erzähle Gabriele nichts von der Herkunft des Geldes. Sie baut sich gerade eine neue Existenz auf und glaubt, dass ich eine Erbschaft gemacht habe. Und bitte denke nicht schlecht von ihr, weil sie mich nach ihrer Genesung verlassen hat. Die Wahrheit ist immer vielschichtiger, als sie sich für Außenstehende darstellt. Nach dem Tod unserer Tochter ließ ich sie allein und betäubte mich mit Arbeit. Trotz unserer Trennung bleibt sie die Liebe meines Lebens. Dass ein so umwerfendes Weib sich auf einen Kerl wie mich einließ, empfand ich nicht nur als Auszeichnung, sondern auch als Verpflichtung.
Ich habe das Geld genommen, ich habe mit Vorsatz gehandelt, ich würde es wieder tun, und ich würde erneut daran zugrunde gehen. Das sind die Fakten, die du bei der Bewertung meines Falls beachten musst.
Während ich in einem moralischen Dilemma steckte, bekam ich natürlich mit, wie schwer dir die Ermordung deiner Schwester zusetzte, wie sehr du nach relevanten Informationen giertest und wie du schließlich unbezahlten Urlaub nahmst, um eigene Ermittlungen anzustellen. Wenn ich damals gewusst hätte, dass die verschwundenen Unterlagen dir einen Hinweis auf den Aufenthaltsort deiner Schwester geben könnten, hätte ich einen Weg gefunden, dir die Information zukommen zu lassen.
Das schwöre ich!
Ich hätte dich nicht hängen gelassen, aber ich konnte mir das Holzkreuz nicht anders erklären, als dass Jette ein Opfer des Gezeitenmörders geworden war. Die Weiterverfolgung der Aktenspur hätte – meinem damaligen Kenntnisstand nach – nicht zu dem Serientäter geführt, sondern lediglich aufgedeckt, dass jemand ihr Verschwinden genutzt und sich ihre wissenschaftliche Arbeit angeeignet hatte. Ich war der Überzeugung, dass es sich um einen Diebstahl geistigen Eigentums handelte, der dir nicht weitergeholfen hätte.

Vage Zweifel an dieser Version kamen mir erst, als KHK Ole Ohnhäuser Nachforschungen im DIH anstellte. Ich sollte das unterbinden und bekam Mitschnitte eurer Telefongespräche zugespielt, die ich als Druckmittel gegen ihn benutzte, um ihn loszuwerden. Ich fragte mich, wer einen solchen Überwachungsaufwand betrieb und welches Ziel er verfolgte. Meine Überlegungen blieben jedoch diffus, unkonkret. Schließlich schlugen sie sich in dem dumpfen Gefühl nieder, dass etwas nicht stimmte. Mehr nicht! Nach wie vor war da das Holzkreuz. Ein unumstößlicher Hinweis auf den Gezeitenmörder!
Richtig realisiert, dass Jettes Verschwinden mit ihrer wissenschaftlichen Arbeit zusammenhängen könnte, habe ich erst, als sie vorgestern lebendig auftauchte und die phantastische Geschichte ihrer Rettung erzählte. Vor diesem Hintergrund muss ihr Verschwinden neu bewertet werden. Leider ist das noch nicht alles, Lena. Es gibt einen Hinweis, von dem du noch nichts weißt und der den gesamten Fall in ein neues Licht taucht ...

***

Hinter Lenas Augen hatte sich ein starker Druck aufgebaut, hinter ihren Schläfen pochte es. Die Enthüllungen trafen sie, verursachten ein heilloses Durcheinander an Gefühlen. Sie wusste schon jetzt, dass es Wochen dauern würde, dieses Chaos zu entwirren und einen Standpunkt einzunehmen. War es immer so, wenn sich ein vertrauter Mensch das Leben nahm?

Sie griff unter den Fahrersitz, zog an dem Hebel und schob sich über die Metallschienen zurück. Endlich konnte sie die Beine ausstrecken. Worauf wollte ihr Chef mit seiner letzten Andeutung hinaus? Sie wusste es nicht, bereitete sich auf das nächste Geheimnis vor.

Nach dem SEK-Einsatz in der Neuhäuser Werft habe ich das sichergestellte Beweismaterial untersucht. Vor allem

die persönlichen Aufzeichnungen von Arndt Schulte. Zwölf Bände mit jeweils hundert eng beschriebenen Seiten und Zeichnungen! Abartiges, grauenhaftes Zeug!
Der Bootsbauer war ein Sadist, der sexuelle Befriedigung erlangte, indem er Macht und Gewalt über Frauen ausübte. Sein Vorgehen hat er detailliert geschildert: jede Tortur, seine Erregung, die Angst der Opfer, auch praktische Details. Eine Enzyklopädie des Schreckens! Seine Ausführungen bauen lückenlos aufeinander auf. Deshalb bin ich davon überzeugt, dass sie vollständig sind.
Bei der Lektüre hat mich stutzig gemacht, dass er nicht ein einziges Mal berichtet, wie er die Holzkreuze aufstellte und wie die Öffentlichkeit reagierte. Den Schock, den er verursachte! Das blanke Entsetzen in der Bevölkerung! Verstehst du, worauf ich hinauswill? Auf 1200 Seiten betreibt er Nabelschau. Und seine Gefühle im Hinblick auf seine Außenwirkung erwähnt er mit keiner einzigen Zeile! Mit keinem Wort! Das ist ein eindeutiger Hinweis auf seine Präferenzen.
Für mich ergibt sich nur eine vernünftige Erklärung: Arndt Schulte interessierte sich nicht für die Schlagzeilen und Fernsehberichte. Die gesellschaftliche Reaktion war ihm egal. Er war ein Täter, der seinen Trieb im Verborgenen stillte. In der Wohnung seiner ersten Partnerin, vielleicht im Hinterzimmer der Diskothek, wo er als Türsteher arbeitete, und in einer sorgsam versteckten Kammer auf dem Werftgelände. Zu seinen Opfern baute er eine Verbindung auf, um ihre Qualen intensiv mitzuerleben. Er kreiste um sich, um die Frauen und seinen Lustgewinn.
Ein Täter, der blutige Holzkreuze aufstellt, will hingegen ein Zeichen setzen, Aufmerksamkeit erregen. Vielleicht törnt es ihn an, von sich in der Zeitung zu lesen. Vielleicht will er berühmt werden.
Solche Absichten passen nicht zu Arndt Schultes Denk- und Handlungsweise. Daher halte ich es für möglich, dass er einen Komplizen hatte.

Ich habe den Polizeipräsidenten über meine Hypothese informiert. Er ist über sie hinweggegangen. Nicht weil er sie für falsch hält, sondern weil er Beweise braucht, ehe er alle Erfolge des LKA in Frage stellt.
Du wirst deine eigenen Schlussfolgerungen ziehen, doch beachte, dass da draußen möglicherweise jemand rumläuft, der sein Werk noch nicht vollendet hat. Vielleicht liege ich falsch, aber pass auf dich und Jette auf!

Jetzt, da ich mir alles von der Seele geschrieben habe, geht es mir besser. Danke, dass du meinen Brief bis zum Ende gelesen hast. Ich hoffe, dass du mich als Vorgesetzten in Erinnerung behältst, der dich sehr geschätzt hat und der dir was beibringen wollte.
Lass dir nicht das Herz schwer werden. Ich gehe ohne Angst und in dem festen Glauben, dass ich meine Tochter wiedersehe. Vielleicht ähnelt sie dir ja wirklich, das würde mich unglaublich freuen.

Leb wohl, mien Deern.

Als Lena den Brief beendet hatte und auf den Beifahrersitz legte, hielt sie es keine Sekunde länger im Auto aus. Schwer atmend sprang sie nach draußen und marschierte los. Die Richtung war egal, sie musste sich nur bewegen, einfach laufen.

»Ich werde dich vermissen, Chef«, brachte sie heraus. »Du ahnst nicht, wie sehr ich dich vermissen werde. Mach's gut, wo auch immer du gerade steckst. Und grüß Sandra von mir.«

70

Ein paar Tage später setzte Lena mitten im Watt den Bottich ab und umarmte ihre Schwester. Manchmal musste sie sich vergewissern, dass sie sich das Zusammensein nicht einbildete. Erst als sie spürte, wie Jettes Schultern sich versteiften, wie sie von einem Fuß auf den anderen trat, weil sie Berührungen nicht mochte und körperliche Nähe nur schwer ertrug, erst dann konnte Lena realisieren, dass die Jüngere noch lebte. Sie hatte keine bleibenden Schäden davongetragen und steckte voller Pläne!

»Entschuldige«, sagte Lena und griff nach dem schwarzen Plastikbehältnis. »Wir können weiter.«

»In einer Stunde zieht ein Gewitter auf«, erwiderte die Schwester. »Wanderer sind die höchste Erhebung und können vom Blitz erschlagen werden. Ein Risiko, das zur Eile mahnt.«

»Hab verstanden. Kommt nicht wieder vor.«

Jette beteiligte sich an einer Studie zum Herzmuschelsterben. Man vermutete einen parasitären Befall infolge der höheren Temperaturen. An verschiedenen Stellen im Nordfriesischen Wattenmeer wurden Proben entnommen und zur Untersuchung eingeschickt.

Schon in ihrer Kindheit hatte es Lena erstaunt, mit welcher Geschwindigkeit Jette durchs Leben schritt. Daran hatte sich nach ihrer Gefangenschaft nichts geändert.

Nach ihrer Aussage auf dem Polizeirevier und verschiedenen medizinischen Untersuchungen hatte sie sich persönlich um die Stelle als Vogelwartin auf Südhorn beworben. Die Mitarbeiter der Geschäftsstelle hatten bereits erfahren, dass sich Jens Diedrichsen aus »gesundheitlichen Gründen« von der Hallig zurückgezogen hatte und seinen Verpflichtungen nicht mehr nachkam. Ein neuer Pächter würde sich so schnell nicht finden. Deshalb war die Stelle frei.

Jette verblüffte die Entscheidungsträger mit ihrem Lebenslauf und ihrem detaillierten Wissen über Flora und Fauna. Kein Wunder, sie hatte ja schon auf der Insel gelebt, was sie natürlich verschwieg.

Sie thematisierte den Gezeitenmörderfall und legte zwei Atteste des Polizeiarztes und des Polizeipsychologen vor, die ihr körperliche und psychische Gesundheit bescheinigten. Auch ihre Autismus-Spektrum-Störung wurde erwähnt, was ihre Eignung jedoch nicht schmälerte.

Die Mitarbeiter der Geschäftsstelle baten sich Bedenkzeit aus. Am nächsten Tag erteilten sie die Zusage per E-Mail. In einem anschließenden Telefonat vereinbarte man Stillschweigen über das Arbeitsverhältnis, um Presserummel zu vermeiden.

Drei Wochen nach ihrer Befreiung bezog Jette ihr »Gefängnis« erneut. Wie sie sich dabei fühlte, ob dunkle Erinnerungen wach wurden, blieb ihr Geheimnis. Wahrscheinlich sah sie nur die Forschungsmöglichkeiten.

Obwohl es eigentlich noch Hochsommer war, lagen die Temperaturen im Watt bei vierzehn Grad Celsius. Lena hatte die Kapuze über den Kopf gezogen, um ihre Ohren vor dem Wind zu schützen. Die Gummistiefel sanken tief im Schlick ein und schmatzten beim Rausziehen. Mit jedem Schritt hatte sie das Gefühl, dass der Schlamm stärker an ihren Füßen zog, so als wollte er sie festhalten, bis die Flut kam. Sie musste aufpassen, dass sie nicht stecken blieb.

»Hier«, bestimmte Jette, maß mit einem Zollstock einen Quadratmeter aus und begrenzte ihn durch Stöcke, die sie in den Boden bohrte. »Von Interesse sind nur die lebenden Herzmuscheln. Man erkennt sie an der –«

»Ich weiß«, sagte Lena und ließ sich auf die Knie fallen. »Die toten sind blass und lassen sich leicht öffnen. Die lebenden sind farbiger, mit schöner Maserung. Wir haben sie als Kinder gesammelt, Mama hat sie mit Tomatensoße gekocht. Weißt du noch?«

»In Gemüsebrühe. Sie hat sie in Gemüsebrühe gekocht. Die Tomatensoße gab's zu den Nudeln. Du hast das Gericht geliebt. Alle anderen haben es gehasst. Aber das war ihr egal. Sie wollte dir immer was Gutes tun. Sie wollte verhindern, dass du zu kurz kommst. Papa hat das fürchterlich aufgeregt.«

»Daran ... daran erinnere ich mich gar nicht.«

»Die Grabung soll nicht tiefer als zehn Zentimeter ausfallen«, sagte Jette, ließ sich neben ihr nieder und wühlte ihre Hände in den Schlick. Verstohlen blickte sie herüber. »Es gibt Situationen«, sagte sie. »Da bleibt nur die Wahl zwischen einem Übel und einem schlimmeren Übel. Dann tut man, was nötig ist.«

Lena brauchte einen Moment, um den Themenwechsel mitzumachen. Sie war in Gedanken noch bei ihrer Mutter. »Lieb von dir«, sagte sie dann. »Ich mache dir keinen Vorwurf. Anton ist überzeugend. Ich wäre längst tot, wenn du nicht eingeschritten wärst, das verstehe ich, aber du hast mich manipuliert. Mein Denken und Fühlen gesteuert. Beinahe wäre ich kaputtgegangen. Ich habe Fragen, verstehst du?«

»Zwei Schwestern im Watt. Keine störenden Einflüsse. Gute Voraussetzungen für ein klärendes Gespräch.«

»Wieso spukt Niels Kröger in meinem Kopf herum?«

»Wer?« Jette blickte hoch. Hellwach, sehr interessiert.

»Ein Segler, der im letzten Herbst mit seinem Boot in der Außenelbe kenterte und seitdem verschollen ist. Ich habe geglaubt, dass ich ihn tot in den Dünen gefunden und ihm die Schmuckstücke aus seinem Segeloverall genommen habe.«

»Ah! Über sein Schicksal wurde auch in den Cuxhavener Nachrichten berichtet. In der Online-Ausgabe. Ein Bekannter von Mickel, richtig? Wann und wo hast du ihn gesehen?«

»In meinen Träumen und tagsüber in filmartigen Sequenzen. Stammen die Bilder von dir?«

»In den Sitzungen wurde dir lediglich die falsche Erinnerung an den Fund eines männlichen Leichnams implantiert, der die Trophäen des Gezeitenmörders bei sich führte. Aussehen, Identität und Herkunft blieben offen. Indem du ihm einen Namen und eine Geschichte gegeben hast, hast du fiktive und reale Ereignisse verwoben. Nicht überraschend. Es beweist, zu welchen Leistungen das Gedächtnis imstande ist.«

»Eine Leistung? Ich habe gedacht, ich werde verrückt.«

»Unser Gedächtnis arbeitet rekonstruktiv und konstruktiv. Also wiederherstellend und umbauend. Es kann abgespeicherte Ereignisse abrufen, aber sie werden durch unsere Wünsche, Bedürfnisse oder Ziele verändert.«

»Was bedeutet das in Bezug auf Niels Kröger?«

»Dein Gedächtnis konnte die Information über den Fund eines männlichen Leichnams nicht isoliert stehen lassen. Dir fehlten Fakten. Deshalb hast du ein reales Ereignis, also Niels

Krögers Bootsunglück, aufgegriffen, um es zu verweben. Danach hast du weitere falsche Erinnerungen erzeugt und einen Hergang konstruiert, der dein Bedürfnis nach Plausibilität befriedigt. Das Hinzuerfinden falscher Anteile nennt man in der Psychopathologie Konfabulation.«

»Ich weiß noch immer nicht, ob ich dich richtig verstehe. Ich hatte so unglaublich realistische Träume. Von Krögers Flucht im Segelboot durch die Außenelbe, von seinen gebrochenen Rippen, der gebrochenen Hand, seiner Angst vor den Verfolgern, seiner Erschöpfung und seiner Freude, als er ihnen durchs Watt entkommt und doch noch Scharhörn erreicht. Das war so echt, aber es gehört auch dazu, richtig? Das ist alles nie passiert?«

»Genau. Du hast sowohl im bewussten als auch im unbewussten Zustand an der perfekten Geschichte gearbeitet. Es spricht für deine große Kreativität, dass du einen komplexen Ablauf entworfen hast, der sich so zugetragen haben könnte.«

»Mit Fehlern. Für Scharhörn wäre die Hamburger Polizei zuständig gewesen, nicht das LKA Niedersachsen. Auch die Flucht Niels Krögers auf dem Segelboot – ich meine zum Beispiel das Kreuzen vor dem Bug eines Containerschiffs – erscheint mir aus diesem Blickwinkel abenteuerlich, fast selbstmörderisch. Eher unrealistisch.«

»Solche Abweichungen entsprechen dem Normalfall.«

»Ich bin kein Normalfall, Jette. Ich bin deine Schwester.«

»Bitte verzeih«, sagte Jette plötzlich und schaute verunsichert drein. »Du weißt doch, dass ich ... Meistens verstehe ich den Subtext nicht. Ich bin dann ...«

»Schon gut«, erwiderte Lena. »Du hast nichts falsch gemacht.«

»Wirklich nicht?«

»Wirklich nicht.«

»Vielleicht wirst du eine Weile brauchen, bis du die falschen von den echten Erinnerungen trennen kannst, aber einem Menschen mit deinem Intellekt sollte die Unterscheidung schnell gelingen. Schon bald weißt du wieder, was real geschehen ist und was nicht.«

Versöhnlich legte Lena einen Arm um Jettes Schultern. Als sie das gequälte Gesicht der Jüngeren bemerkte, zog sie ihn schnell zurück. Es fiel ihr schwer, auf die Berührungen zu verzichten, aber sie stießen nicht auf Gegenliebe. Und sie wollte Jettes Eigenheiten respektieren.

Lena tauchte die Hände in das Loch, das sie gegraben hatte und das sich schnell mit Wasser füllte. Es war erstaunlicherweise wärmer als die Luft. Da spürte sie die Oberfläche einer Herzmuschel an den Fingerspitzen. Längliche, erhabene Wellen, die sich mit Falten abwechselten. Sie wusch das Schalenweichtier sauber, prüfte es auf seinen Zustand und gab es zu den anderen Exemplaren in den Bottich. Herausgerissen aus ihrer natürlichen Umgebung, würden sie bald den Tod finden.

Der Wind wurde aufdringlicher, die Wolken zogen sich bedrohlich zusammen. Ringsum am Horizont bildete sich eine Düsternis, die sie einzukreisen schien und langsam näher rückte. Von irgendwo wehte ein klagendes Rufen herüber. Es war unmöglich herauszuhören, ob es tierischen oder menschlichen Ursprungs war. Regentropfen platschten in die Pfützen, prasselten auf die Kapuze von Lenas gelbem Friesennerz.

Sie musste an Anton denken, wie so oft in den vergangenen Tagen. Er hatte alle Beweise gegen sich vernichtet. Die Polizei glaubte immer noch, dass Lena vom Gezeitenmörder entführt worden war. Jette hatte eidesstattlich ausgesagt, dass sie letztes Jahr vermutlich eine alte Dame im Ausland gepflegt hatte.

Selbst wenn sie sich zusammen um eine Richtigstellung bemühten, selbst wenn irgendjemand ihnen glauben sollte, könnten sie nichts Gerichtstaugliches gegen den Geheimdienstmann vorbringen. Es würde Aussage gegen Aussage stehen. Und wer würde schon zwei »traumatisierten« Schwestern glauben?

Es war zum Haareraufen. Sie hatte einfach keine Idee, wie sie Anton zur Verantwortung ziehen konnte. Aber sie wollte zumindest dabei helfen, den Schaden, den er noch anrichten konnte, zu begrenzen.

»Dein Verfahren kann die Falschen treffen und schlimme Folgen haben«, sagte sie. »Was wird nun aus ihm?«

»Das bleibt abzuwarten«, erwiderte Jette. »Es eignet sich, um den Leidensdruck von Menschen zu nehmen, indem ein Trauer- und Verarbeitungsprozess angestoßen wird …«

»Anders als bei mir.«

»Ja, anders als bei dir. Dazu ist nur eine minimale Manipulation nötig, die persönlich auf den Patienten zugeschnitten ist. Aber das Verfahren eignet sich nicht, um die Basisemotionen durch ideologische Inhalte zu ersetzen.«

»Soll heißen?«

»Die Menschen, die ich im Auftrag von Anton auf der Hallig behandelt habe, empfanden Scham, Schuld und Ekel über die eigenen Taten oder die Taten anderer. Die Persönlichkeit wird durch Grundgefühle bestimmt. Patriotismus kann sie überlagern, aber die Wesensmerkmale kehren zurück, weil sie tiefer verankert sind. Es ist davon auszugehen, dass die Behandlung verpufft.«

»Oh! Das wird ihm nicht gefallen.«

»Er wurde mehrfach auf die Unsicherheiten hingewiesen. Er will das Verfahren trotzdem weiterentwickeln. Nur deshalb leben die Mitwisser noch.«

»Damit meinst du dich, mich und Mickel, oder? Papa hat ja keine Ahnung.«

»Anton verantwortet ein Projekt, das er angestoßen hat und für dessen Erfolg er geradestehen muss. Scheitert er, wird er zur Rechenschaft gezogen. Vielleicht bedeutet das einen Karriereeinschnitt, vielleicht Schlimmeres. Er gibt ständig vor, die Kontrolle zu haben, aber er ist selber abhängig. Das macht ihn angreifbar.«

»Weißt du, für welchen Geheimdienst er arbeitet?«

»Was seine Herkunft angeht, ist er extrem zurückhaltend. Ich habe hier nicht nur Russen behandelt, sondern auch Männer aus Algerien und dem Iran. Anton ist blond, trotzdem würde ich ihn wegen einiger Angewohnheiten und sprachlicher Besonderheiten eher dem nordafrikanischen Raum zuordnen. Aber das ist nur eine Vermutung.«

»Auf jeden Fall musst du verhindern, dass du und dein Verfahren von ihm benutzt werdet.«

»Für das Gelingen eines Projekts sorgt nicht nur der Auftraggeber, sondern vor allem der Ausführende. Dadurch entstehen viele Möglichkeiten, Einfluss auszuüben. Ein längerer Aufenthalt auf einer einsamen Insel ist ideal, um geeignete Maßnahmen zu entwerfen.«

»Ach so«, sagte Lena und begriff, dass ihre Schwester längst in der Planungsphase war. Wenn es jemandem gelang, Anton einen Strich durch die Rechnung zu machen, dann Jette. »Pass bloß auf dich auf! Ich will nicht noch mal losziehen, um dich rauszuholen.«

»Die Menschen stehen immer mit einem Bein in der Vergangenheit, mit dem anderen in der Zukunft. Dabei liegt unser ganzes Dasein im Hier und Jetzt«, antwortete sie und betrachtete eine besonders schöne Herzmuschel.

Lena verstand, was die Schwester ihr mitteilen wollte. Ob sie momentan dazu fähig war, entsprechend zu handeln, bezweifelte sie jedoch. Sie musste sich auf einen Kampf vorbereiten, und sie musste ihre Schwester schützen. Nicht nur vor Anton, auch vor dem Komplizen des Gezeitenmörders.

In der Ferne grollte erster Donner. Eine Böe stürmte so heftig gegen Lenas Flanke, dass sie sich gegen sie stemmen musste, um nicht umzukippen. Hoffentlich bekam Mickel den Umschwung mit; er besserte gerade das Reetdach des Vierseithofs aus. Immer wenn sie an ihn dachte, überkam sie ein zärtliches Gefühl.

Eilig packten die Schwestern ihre Sachen ein und rannten durch den spritzenden Schlick, während sich in ihrem Rücken etwas zusammenbraute, das sie schon bald einholen sollte.

»Eins musst du mir noch erklären«, sagte Lena atemlos. »Wie genau hast du mich manipuliert? Durch die Medikamente kann ich mich nicht erinnern. Wie hast du es angestellt?«

»Das war …«, erwiderte die Schwester. »Ich will nicht wieder die falschen Worte benutzen, aber es war herausfordernd. Am Anfang brauchten wir mehrere Männer, um dich auf eine Liege niederzudrücken und festzuschnallen. Es geschah, um dich ruhigzustellen. Du hast dich gewehrt. Heftig gewehrt. Willst du so was wirklich wissen?«

»Erzähl es mir«, sagte Lena und spürte ein leichtes Beben in ihrer Stimme. Sie wollte die Lücken schließen, verarbeiten. Dazu musste sie alles erfahren.

»Wie du willst«, erwiderte Jette. »Kurz bevor du die Hallig verlassen hast und in Freiburg Ermittlungen anstelltest, hattest du alles verinnerlicht, was wir dir an falschen Informationen implantiert hatten. Deshalb berichte ich dir am besten von dem Zeitpunkt, als deine Behandlung in die entscheidende Phase eintrat. In jener Nacht stand eine Menge auf dem Spiel. Für uns beide.«

71

Vor über zwei Monaten, in der Nacht vom 27. auf den 28. April

Das Überwachungszimmer befand sich auf der Hallig Südhorn im Neubau. Die Betondecke hing so tief, dass Jette mit der ständigen Angst kämpfte, sie könnte lebendig begraben werden. Statt Fenster gab es einen Schacht, in dem die Lamellen beim leisesten Luftzug klackten, als würden Knochen gegeneinanderschlagen.

In dieser Nacht blieben die Halogenlampen ausgeschaltet. Als einzige Lichtquelle diente der Computerbildschirm, der Jettes Gesicht mit einem silbergrauen Schimmer überzog. Sie saß vorgebeugt auf dem Bürostuhl, hielt sich an ihrem Teebecher fest und verfolgte auf dem Display, was sich in dem Wohncontainer tat.

Ihre Schwester Lena lag lang ausgestreckt in dem unteren Stockbett. Sie trug ihr Nachtzeug und ein Virtual-Reality-Headset, das sie mal für eine Schlafmaske, mal für eine Sonnenbrille hielt. Gerade wurde der »Traum« von der Entführung abgespielt, eine realistische Animation, die es in verschiedenen Varianten gab. Die Vitalparameter zeigten an, dass sie wach war und sich in einem Erregungszustand befand. Das war so erwünscht und Teil des Plans.

»Nein«, schrie Lena plötzlich, sprang von der schmalen Matratze auf und riss sich weinend die VR-Brille herunter. Gierig trank sie aus dem bereitstehenden Wasserglas. Ihre Dosis war in den letzten Tagen auf insgesamt fünfundzwanzig Milligramm erhöht worden. Sie bekam den Medikamentenmix jetzt fünfmal am Tag. Lena schwankte zur Webcam, schloss die Objektivabdeckung. Wahrscheinlich, um sich umzuziehen und zu waschen.

Auf Jettes Bildschirm wurde es schwarz, nur die Außenkameras übertrugen noch Aufnahmen von den Fenstern und dem Eingang des Wohncontainers. Sie lehnte sich zurück, um ihre Beobachtungen einzuordnen.

»Warum wird der Traum von der Entführung jede Nacht wiederholt?«, fragte Anton, der ebenfalls im Überwachungsraum saß. Er trug einen derben beigen Schlafanzug aus Leinen. Beim Reden verströmte er einen Knoblauchgestank, der die Luft verpestete und das Atmen erschwerte.

»Dadurch halten wir das emotionale Niveau hoch«, erwiderte Jette und rollte auf ihrem Bürostuhl zurück, um den Abstand zu vergrößern. Die Nähe dieses Mannes war kaum auszuhalten. »Ein gefühlvoller Zustand macht sie empfänglicher. Ihr Verstand kann dann leichter überwunden werden, um neue Gedächtnisinhalte zu implantieren.«

»Wird trotzdem nicht klappen.«

»Es ist die gleiche Vorgehensweise wie bei der VR-Brille. Die kognitiven Tests zeigen, dass ihre Desorientierung anhält. Sie weiß nicht, was real ist und was nicht. Deshalb wird sie auch jede weitere Information akzeptieren, die wir ihr bieten.«

»Es ist stockduster draußen. Sie muss nur rausgucken, um zu sehen, dass wir sie verarschen.«

»Anfang Juli legen die Boote mit den Tagestouristen an. In zwei Monaten muss Lenas Behandlung abgeschlossen sein, damit sie die Hallig verlassen kann. Jetzt ist der richtige Zeitpunkt, um mit der Einpflanzung der falschen Erinnerungen zu beginnen.«

»Wenn es nicht klappt, wenn sie wieder ausflippt, dann … Es gibt viele Wege, um einen Menschen zum Schweigen zu bringen.«

Jettes Mundwinkel zuckten, sie presste die Lippen zusammen, um das Zittern zu unterdrücken und sich nichts anmerken zu lassen, aber es wurde immer stärker, griff auf ihre Hände über, wurde zu einem unkontrollierbaren Schlackern. Mit einem Ruck erhob sie sich vom Stuhl, lief hin und her, von einer Ecke zur anderen, wie ein gefangenes Tier.

Anton beobachtete sie mit seinen Wolfsaugen, ließ sie rumrennen, spielte seine Position aus, schmunzelte etwas. Irgendwann hatte er genug, hob beschwichtigend die Hände. »Ist ja gut. Wir haben einen Deal. An den halte ich mich. Natürlich nur, wenn Sie auch Ihren Teil erfüllen.«

»Warum sagen Sie dann so etwas Furchtbares?«

»Ist mir halt so rausgerutscht.«

»Das darf Ihnen gleich nicht passieren. Es kommt darauf an, wie überzeugend Sie auftreten. Ich habe ein Skript vorbereitet«, sagte Jette und griff nach einem Blatt Papier, das sie ihm reichte. »Sie müssen es befolgen. Genau befolgen. Und zwar jeden Morgen. Durch die Wiederholung wird sich die falsche Information fest in ihrem Gedächtnis verankern.«

»Was ist, wenn Lena Fragen stellt?«, fragte er.

»Ein richtiges Gespräch wird nicht zustande kommen. Sie steht noch zu stark unter dem Einfluss der Medikamente. Bestenfalls sagt sie Ja oder Nein. Manchmal wird sie gar nicht reagieren. Da«, sagte Jette und zeigte zum Computer.

Auf dem Bildschirm war nun zu sehen, wie eine Hand die Objektivabdeckung der Webcam entfernte. Lena tauchte auf. Sie hatte sich umgekleidet, griff nach dem Virtual-Reality-Headset und schwankte zum kleinen Schreibtisch hinüber, wo sie sich hinsetzte und es über den Kopf zog.

Jette griff schnell nach der Mouse, suchte die richtige Datei und klickte auf das Playzeichen. »Ich habe die Scharhörn-Animation gestartet. Lena sieht sie bereits. Rufen Sie jetzt an und halten Sie sich ans Skript.«

Anton griff nach dem Hörer und drückte die Schnellwahltaste.

Jette verfolgte auf dem Display, wie es im Wohncontainer

klingelte, wie ihre Schwester blind nach dem Hörer tastete, ihn abhob und ans Ohr hielt.

»Hallo, Lena«, sagte Anton und las vom Blatt ab. »Hier ist der Biologe aus der Geschäftsstelle. Ich habe das Einweisungsgespräch durchgeführt. Erinnerst du dich?«

Keine Antwort, keine sichtbare Reaktion.

Jette machte Anton ein Handzeichen, weiterzureden.

»Ab heute werde ich mich regelmäßig bei dir melden«, sagte er, »um mit dir die täglichen Aufgaben zu besprechen und um mich nach deinem Befinden zu erkundigen. Wie geht es dir, Lena?«

Stille. Keine Regung.

»Hast du schon rausgeschaut?«, las er weiter ab. »Es ist herrlich. Das Unwetter hat sich gelegt. Versprengte Wolken jagen ostwärts. Auf dem Wattboden zeigt sich ein Wechselspiel aus Licht und Schatten. Am Strand wirbeln kleine Sandhosen auf, und das Dünengras schüttelt die letzten Regentropfen ab. Am Horizont läuft gerade ein Kreuzfahrtschiff in die Elbmündung ein. Siehst du die Elbmündung? Siehst du, wie das Kreuzfahrtschiff einläuft?«

»Ich … da …«, erwiderte Lena. Ihre Stimme klang gedehnt, als käme sie von weit her. »Ja. Es … es ist … schön draußen. Ein … ein sonniger Tag.«

72

Gegenwart

In der Reetdachkate beobachtete Lena, wie Mickel die Alarmanlage scharf stellte. Danach goss er sich einen Becher Yogi-Tee ein und setzte sich zu ihr aufs Sofa.

Es war eine trügerische Sicherheit, in der sie lebten. Lena war davon überzeugt, dass ein möglicher Überfall nicht hier, nicht an einem so geschützten Ort, sondern überraschend erfolgen würde. Irgendwo draußen. In einer Situation, in der sie sich der Gefahr nicht bewusst war, in der sie mit keinem Angriff rechnete.

Ständig wachsam zu sein, hielt niemand lange durch. Deshalb musste sie die Dinge in die Hand nehmen, solange sie dazu imstande war. Morgen hatte sie einen Termin beim Polizeipräsidenten, und sie ahnte bereits, dass sie eine gute Strategie brauchen würde.

Trotz allem konnte sie den Moment genießen. Das winzige Haus zwischen Krummendeich und Balje fühlte sich wie ein Zuhause an. Ganz anders als ihre Hannoveraner Wohnung, die sie nur zum Essen und Schlafen nutzte.

In Mickels Gesellschaft war die unterschwellige Einsamkeit, die sie früher im Alltag begleitet hatte, wie weggewischt. Sie kannten einander so gut, dass es nie großer Erklärungen bedurfte.

Sie schlug die Beine unter, lehnte den Kopf an seine Schulter und schnupperte an ihm. Er roch so gut. Das war ihr früher nie aufgefallen, vielleicht hatte sie auch nicht darauf geachtet. In dem Kaminofen, der eine behagliche Wärme abstrahlte, tanzten die Flammen.

»Ist es wirklich in Ordnung, wenn ich hier wohne?«, fragte sie.

»Mach dir keine Gedanken«, erwiderte er. »Ich habe extra angerufen. Wenn sie sich freinehmen, fliegen sie zurzeit lieber auf die Malediven. Sie freuen sich, wenn das Haus nicht leer steht und jemand aufpasst.«

»Ich würde auch Miete zahlen. Das ist wirklich kein Problem für mich.«

»Hab ich ihnen ausgerichtet. Sie danken dir für das Angebot, aber sie wollen kein Geld. Sie sind happy, dass wir uns um den Garten kümmern. Glaub mir – die beiden sind cool. Du darfst dich entspannen.«

Das war leichter gesagt als getan. Lena kannte Mickels Freunde nicht, und sie nahm nur ungern Geschenke von Fremden an. Man konnte nicht einschätzen, ob irgendwann eine Gegenleistung erwartet wurde. Lieber blieb sie unabhängig und verpflichtete sich zu nichts.

Auf dem Holztisch vibrierte Mickels Handy, kurz darauf noch ein zweites Mal.

»Schau ruhig nach«, sagte sie und rückte etwas von ihm ab, damit er aufstehen konnte. »Vielleicht ist es wichtig.«

Auf Socken tappte er hinüber, stellte seinen Teebecher ab und bearbeitete das Display. »Eimi hat geschrieben«, sagte er. »Er und Fischbek sind dabei. Die erste Bandprobe findet übermorgen in der Scheune statt. Dann bist du doch vom LKA zurück, oder?«

»Wenn alles so läuft, wie ich es mir vorstelle – ja. Von wem war die zweite Nachricht?«

»Anneke.«

»Ach. Sie schreibt dir in letzter Zeit ziemlich oft.«

»Was heißt schon oft?«, murmelte Mickel, biss sich auf die Unterlippe und drehte sich weg, sodass nur noch sein Rücken zu sehen war.

»Geht's um einen Törn«, erkundigte sie sich. »Um ihr Boot? Was will sie denn immer?«

Mickel antwortete nicht. Er stand am Tisch. Mit leicht vorgebeugtem Oberkörper, mit hängendem Kopf. Sein Smartphone hielt er fest, gab es nicht aus der Hand. Etwas arbeitete in ihm. Offenbar tat er sich schwer, die Gründe preiszugeben.

Plötzlich kapierte Lena, um was es ging. Sie war so naiv gewesen! Sofort setzte sie sich steil auf. Im Grunde hatte sie es von Anfang an gewusst. Auch wenn Mickel diesen romantischen Song geschrieben hatte, hatte ihn die ganze Zeit mehr mit Anneke verbunden, als er zugegeben hatte. Vielleicht wollte er durch sein Schweigen Rücksicht nehmen, vielleicht hatte er andere Beweggründe.

Lena spürte einen Stich in der Herzgegend. Ja, es tat weh, aber sie hatte auch ihren Stolz. Manchmal musste man Entscheidungen treffen, die einem nicht gefielen, die gegen das eigene Gefühl standen, die trotzdem unvermeidlich waren. Sie würde ausziehen. Noch heute. Wenigstens würde sie sich wegen der Miete nicht mehr schlecht fühlen.

»Ich bin froh, dass es raus ist«, sagte sie und stand auf. Ihre Beine wackelten, in ihrem Magen spürte sie ein Ziehen.

Mickel drehte sich ruckartig um. Seine Augen glänzten. Auf seinem Hals prangten rote Flecken. »Wovon sprichst du?«, fragte er.

»Ist schon okay. Ich komme damit klar. Ich hätte mir nur gewünscht, dass du früher damit rausrückst.«

»Glaubst du etwa, dass Anneke und ich was haben?«

»Hör auf mit dem Theater, Mickel. Ich packe meinen Koffer, dann räume ich das Feld. Heute Abend habt ihr sturmfreie Bude.«

»Halt! Warte!«

»Was?«

»Lies … lies selbst«, sagte er, schluckte hart und reichte ihr das Handy.

»Ich will dich nicht ausspionieren. Wir sind erwachsen. An unserer Freundschaft ändert sich nichts. Mir geht es nur darum, dass wir ehrlich zueinander sind.«

»Lies den Chat. Bitte. Scroll etwas nach oben, dann verstehst du es besser.«

Lena nahm widerwillig das Handy entgegen, wischte über das Glas und las einen Eintrag, in dem sich Anneke erkundigte, ob er Fortschritte mache. Mickel schrieb, dass er auf einem guten Weg sei, dass es aber auch kompliziert sei, weil sie jahrelang nebeneinanderher gelebt hätten wie Bruder und Schwester.

In dem folgenden Chatverlauf zeigte Anneke Verständnis, wenn er Zweifel äußerte, bestärkte ihn, wenn er die Hoffnung verlor, aber man merkte ihrem Tonfall an, dass ihre Geduld schwand. Bei ihrer letzten Nachricht hatte sie keine Lust auf weitere Ausflüchte, denn sie hatte nur geschrieben: »Jetzt geh rüber und küsse sie. Dann wirst du schon sehen, was passiert.«

Lena lächelte erleichtert. Er hatte ihr die Wahrheit gesagt. Gleichzeitig spürte sie, wie ihre Lippen prickelten, wie sich etwas in ihr sanft dehnte, wie sie ganz weich und nachgiebig wurde.

»Willst du das denn?«, flüsterte sie rau. »Mich küssen?«

73

Im Sekretariat saß Lena kerzengerade auf dem Besucherstuhl und rief sich ins Gedächtnis, dass ihr Gesprächspartner die kleinste Schwäche ausnutzen würde. Sie durfte sich weder einschüchtern noch vertrösten lassen. Sie musste eine Entscheidung herbeiführen.

»Sie können jetzt rein«, sagte die Vorzimmerdame, die aus dem angrenzenden Raum huschte, die Tür offen stehen ließ und hinter einem Gesetzesbücherstapel verschwand.

Lena erhob sich, strich ihr Top glatt und trat in das Büro ihres Vorgesetzten, das viel größer war, als sie es in Erinnerung hatte. Die Regale reichten bis zur Decke hoch. Sie waren vollgestopft mit Ordnern und bogen sich unter der Last. Es war unwahrscheinlich, dass die Akten ausgerechnet jetzt herabstürzten, aber hingucken musste sie trotzdem. Noch ehe sie einen Ton herausbrachte, hob der Polizeipräsident abwehrend die Hand und gebot ihr durch ein strenges Nicken, sich hinzusetzen und zu gedulden.

Mit hochgekrempelten Hemdsärmeln stand er hinter seinem Schreibtisch und sprach eindringlich in den Hörer des Festnetzanschlusses: »Nein, das reicht nicht ... Sie können mir tausend Erklärungen auftischen, aber sie ändern nichts ... Ich habe es Ihnen gesagt. Ergebnisse. Daran messe ich Ihre Leistungen ... Gut, achtundvierzig Stunden. Nicht länger ... Ja, hoffentlich mit besseren Nachrichten.«

Der neunundfünfzigjährige Philip Kahrmann haute den Hörer auf die Ladestation. Zwischen seinen zusammengekniffenen Augenbrauen verlief eine steile Falte.

Im nächsten Moment glättete sich sein Gesicht. Lächelnd und mit ausgebreiteten Armen kam er auf Lena zu. Wie machte er das? Wie konnte er so schnell umschalten? Er ergriff ihre Hände und schüttelte sie.

»Ich freue mich, dass Sie hier sind«, sagte er. »Nach dem Tod von Kriminalrat Bruns strukturieren wir das Dezernat um. Bauen ein junges, dynamisches Team auf. Ich habe extra Ihren früheren Kollegen Ole Ohnhäuser zurückgeholt. Wir können es uns nicht leisten, solche Talente zu verschwenden. Er wird die stellvertretende Leitung übernehmen. Und wenn Sie wollen, können Sie mit sofortiger Wirkung wieder anfangen. Ich mag Ihren Biss.«

»Danke«, erwiderte Lena. »Ich komme darauf zurück, aber heute bin ich aus einem anderen Grund hier.«

»Sie machen mich neugierig. Ich habe Ihnen zehn Minuten freigeschaufelt.«

»Zehn Minuten reichen nicht. Was ich Ihnen zu sagen habe, ist wichtig. Außerordentlich wichtig.«

»Sie wirken angespannt, Frau Funk. Nehmen Sie sich doch einen Keks. Ist gut für die Nerven. Oder möchten Sie lieber einen Tee?«

»Herr Kahrmann, ich habe nicht vergessen, wie Sie mich bei der Pressekonferenz zur Jagd freigegeben haben.«

»Ach, wissen Sie, in meiner Position muss man Interessen abwägen und Entscheidungen treffen, die dem Wohl der Behörde dienen. Das ist nichts Persönliches.«

»Für Sie nicht, für mich schon. Sie haben mich geopfert, um von den Versäumnissen der Soko abzulenken.«

Sein Lächeln gefror. »Wollen Sie mir drohen?«

»Nein, ich will die Fronten klären und die Basis für eine gute Zusammenarbeit schaffen. Außerdem will ich Ihnen die Möglichkeit bieten, das LKA zu einem echten Sieger zu machen.«

Mit einem Handzeichen forderte er sie auf, weiterzureden.

Lena straffte sich. Sie hatte wochenlang überlegt, wie sie vorgehen sollte. Die Wahrheit war zu gefährlich, kompliziert und phantastisch, um ihren Vorgesetzten zu überzeugen und ihn auf ihre Seite zu ziehen. Er würde garantiert kneifen. Deshalb blieb ihr nur ein Ausweg.

Sie hasste dieses Spiel, lehnte es aus tiefstem Herzen ab. Es war nicht richtig und widersprach ihren Prinzipien. Andererseits bezog sie sich auf eine Fehlinformation, an die er ohnehin glaubte und an die er zum Wohle des LKA glauben wollte. Sie musste sie nur etwas ausschmücken. Sie fühlte sich hundeelend dabei, aber sie hatte keine Wahl.

»Vor allem geht es mir um die Sicherheit meiner Schwester Jette«, sagte sie. »Und auch um meine eigene Sicherheit.«

»Der Gezeitenmörder ist doch tot«, sagte Kahrmann. »Sie haben ihn selbst erstochen. Da können Sie beruhigt sein, da besteht keine Gefahr.«

Lena wusste, dass er in Verhörtaktik und Körpersprache geschult war. Alle äußeren Symptome, die mit einer Falschaussage einhergingen, musste sie vermeiden. Ab jetzt war jeder Satz ein Drahtseilakt. Wenn sie patzte, war ihre Glaubwürdigkeit für immer dahin.

Ich darf einfach nicht patzen, dachte sie. Nicht jetzt, nicht bei ihm.

Ohne zu blinzeln, legte sie ihre Hände sichtbar auf den Oberschenkeln ab. Die Füße stellte sie hüftbreit auseinander, um Offenheit zu demonstrieren. »Mein Gedächtnis ist weitgehend wiederhergestellt«, sagte sie. »Ich erinnere mich an meine Gefangenschaft auf dem … auf dem Werftgelände. Nicht an jeden Tag, nicht an alle Einzelheiten, aber an Details. Da war nicht nur Arndt Schulte, da war noch eine zweite Person.«

»Eine zweite Person?« Kahrmann musterte sie von oben bis unten. Offenkundig gefiel ihm nicht, was er gehört hatte. Ruckartig stand er auf, drehte ihr den Rücken zu und starrte schweigend auf eine Niedersachsenkarte. »Sind Sie sicher?«

»Er hat sich mir nicht gezeigt. Deshalb weiß ich nicht, wie er aussieht, aber er war da … im Hintergrund.«

»Ihnen ist klar, welche Bedeutung diese Information hat?«

»Natürlich.«

»Man muss sich die Konsequenzen bewusst machen, man muss sich sicher sein. Erst dann können Schritte eingeleitet werden«, sagte Kahrmann auffällig akzentuiert. Langsam drehte er sich um, er zeigte sich, aber nicht alles von ihm. Seine Hände blieben versteckt hinter dem Rücken, unter den Gürtel geschoben. »Wir haben Ihre Schwester befragt. Sie hat nichts von einem zweiten Mann erzählt.«

»Ich habe keine Zweifel. Da war ein zweiter Mann.«

Kahrmann seufzte. »Die Aussage Ihrer Schwester war ohnehin nicht hilfreich. Eher kryptisch, voller Rätsel. Nehmen wir mal an, Sie haben recht –«

»Nein«, sagte Lena sofort. Sie spürte, dass sie jetzt nachsetzen musste. »So beenden wir die Unterredung besser gleich. Ich meine es ernst. Das wollte ich Ihnen eingangs verdeutlichen. Ich lasse nicht zu, dass Sie meine Schwester oder mich wieder opfern. Eben sprachen Sie von Ergebnissen. Darum geht's mir auch. Wenn ich hier keine Hilfe finde, suche ich sie mir woanders.«

»Was wollen Sie damit sagen?«

»Muss ich deutlich werden?«

Kahrmann betrachtete sie. Nicht feindselig, eher abwägend. Als er sich auf den Bürostuhl setzte und die Unterarme geöffnet auf die Tischfläche legte, da wusste Lena, dass sie ihn gewonnen hatte.

»Ein solcher Verdacht ist nicht neu«, sagte er ernst. »Auch Kriminalrat Bruns hat eine entsprechende Vermutung geäußert. Was schlagen Sie vor?«

»Wir müssen eine Ermittlungsgruppe gründen, die unter Ausschluss der Öffentlichkeit agiert. Zusammengesetzt aus vertrauenswürdigen Beamten, die Schultes Nachlass nach einem Komplizen durchsuchen. Namen, Telefonnummern, berufliche Kontakte. Wir müssen alles durchgehen. Jede handschriftliche Notiz, Geschäftsunterlagen, jede Computerdatei. Ich werde mich nicht an den Ermittlungen beteiligen, vielleicht werde ich beschattet. Der Komplize soll nicht misstrauisch werden, aber die Ergebnisse müssen mir zur Kenntnis gebracht werden. Vielleicht kann ich Querverbindungen ziehen. Und noch etwas: keine Staatsanwaltschaft.«

»Warum? Was wissen Sie?«

»Nichts, was wir verwenden können. In diesem Punkt müssen Sie mir vertrauen. Außerdem sollten wir uns auf den Fall vorbereiten, dass der Täter meine Schwester oder mich angreift. Er könnte überall sein, sogar in meinem nächsten Umfeld ...«

74

In diesem Jahr warnten die Meteorologen schon im Oktober vor einem Orkan, der sich über dem Nordatlantik zusammenbraute, zerstörerisch über Großbritannien fegte und am Sonntag in der Deutschen Bucht eine schwere Sturmflut auslösen würde.

Wegen starker Niederschläge und hoher Windgeschwindigkeiten überlegten Lena und Mickel, ob sie das geplante ScheunenROCKer-Konzert verschieben sollten. Sie riefen Freunde und Bekannte an, um die Stimmung zu erkunden. Die Reaktion fiel einhellig aus. Mieses Wetter war für ein Nordlicht kein Grund, um eine Party sausen zu lassen.

So parkten am Samstagabend zahlreiche Autos auf Ulf »Eimi« Striebecks Bauernhof. Die Stellplätze wurden knapp, kreative Lösungen gesucht, und prompt rutschte ein Renault in den Graben. Der Hausherr zog ihn mit dem Trecker wieder raus.

Die Besucher rannten über das nasse Kopfsteinpflaster. Einige hielten sich die Hände über den Kopf, um sich vor den umherfliegenden Zweigen und Kastanien zu schützen. Andere ließen sich mit stoischer Ruhe nass regnen, ehe sie in die stickige Scheune eintauchten.

Hier hatte die Band ihre ersten Proben abgehalten, hier würde sie ihren letzten Auftritt feiern und sich offiziell auflösen. Es war ein Abschied, der ein Ziel verfolgte. Wenn Türen sich schlossen, gingen andere auf. Zu später Stunde erwartete die Besucher eine Ankündigung.

Auf der Bühne stellte sich Lena zu Mickel und sagte: »Ich hätte nicht gedacht, dass wir so viele Leute mobilisieren können. In so kurzer Zeit! Wahnsinn!«

»Die ScheunenROCKer haben eben einen Namen«, erwiderte er gehetzt und wollte sich wieder der Suche nach einem passenden Kabelbinder widmen.

»Warte! Wie läuft es bei dir?«

»Keine Stolperfallen, keine offenen Anschlüsse, keine ungesicherten Trassen. Die Technik bekomme ich hin, aber …«

»Wir sind vorbereitet, wenn er auftaucht. Wir schaffen das«, sagte sie, umfasste sein Gesicht und küsste ihn auf den Mund.

In der Reetdachkate war es nicht bei der ersten Annäherung geblieben. Sie hatten noch am Abend miteinander geschlafen. Seitdem fiel es ihnen schwer, die Hände voneinander zu lassen. Die jahrelang aufgestauten Gefühle fanden ein Ventil.

Mickel erwiderte ihren Kuss intensiv und schob sie dann sanft, aber bestimmt von sich. »Nicht«, sagte er. »Sonst können alle sehen, wie ich dich finde. Dein Outfit ... das ist ...«

»Lächerlich?«

»Nein! Auf keinen Fall. Du bist sexy. Supersexy. Ich meine ... Hast du Fischbek gesehen?«

»Wen?«

»Fischbek! Hast du ihn gesehen?«

»Keine Ahnung, wo der steckt. Hoffentlich taucht er rechtzeitig auf. Sonst müssen wir improvisieren.«

Schon wieder klebte Mickels Blick an ihr. Er saugte sich förmlich fest. »Ich muss weitermachen«, sagte er. »Weitermachen. An was anderes denken. Sonst ... sonst werde ich nie fertig.«

Lena ließ ihn lächelnd ziehen. Sie trug ein hautenges Spaghettiträgertop, Hotpants und eine Netzstrumpfhose. Ein Dress für ein Rock-'n'-Roll-Girl, das mit seiner Coverband eine Show abziehen wollte. Eher unpassend für eine zweiunddreißigjährige Kriminalbeamtin. Aber sie hatte die Klamotten bewusst ausgewählt. Sie wollte so von der Bühne abtreten, wie das Publikum sie ein Jahrzehnt lang begleitet hatte.

Während sie den Mikrofonständer auf die richtige Höhe schraubte, sah sie sich heimlich in der Scheune um. War er hier? Beobachtete er sie gerade? Unbewusst tastete sie nach dem Alarmknopf, den sie immer griffbereit bei sich trug. Sie spürte die Ecken und Kanten. Würde er es wagen, sich ihr zu nähern, sie vielleicht sogar ansprechen, oder würde er auf Distanz bleiben?

Am Eingang kassierte Fischbeks Schwester den Eintritt. Zehn Euro pro Kopf, was knapp die Unkosten für das Stromaggregat, das Leihequipment, die GEMA-Gebühr und die Getränke deckte. Den Tresen hatten Mickel und Eimi aus alten Obstkisten gezimmert. Es gab Bier, Sekt, Rotwein, Cola, Orangensaft und Wasser. Keine harten Sachen! Anneke bediente am Ausschank. Von den Deckenbalken baumelten Lichterketten, sorgten für Atmosphäre.

Auch früher war die Scheune bei Konzerten voll gewesen, aber damals hatten sich die Besucher vorher auf dem Gelände verteilt, um eine Zigarette zu rauchen oder die Shetlandponys zu kraulen. Eimis tiefenentspannte Eltern öffneten alle Türen, um mit den jungen Leuten in der Küche zu klönen oder den selbst gebrannten Kartoffelschnaps zu kippen.

Seit der Sohn den Hof übernommen hatte, verfolgte er eine andere Politik. Sowohl das Wohnhaus als auch die Tenne waren verrammelt. Nicht mal die Bandmitglieder durften rein. Ob er Angst hatte, dass jemand seine Playstation klaute oder ob ihn ein anderer Grund zu den Maßnahmen zwang, ließ er offen. Deshalb und auch wegen des miesen Wetters war kein Stehplatz mehr frei.

Alle, die sie eingeladen hatten, waren gekommen. Aus Freiburg, Wischhafen, Drochtersen und Stade, aus Krummendeich, Balje, Neuhaus, Hemmoor und Otterndorf. Auch von weiter her.

Die Hypnosetherapeutin Dr. Marina Hornschuh hatte nicht auf Lenas Einladung reagiert, dafür entdeckte sie die Ehefrau ihres verstorbenen Chefs, Gabriele Bruns. Sie befand sich in Begleitung eines südländisch wirkenden Mannes, Typ Paradiesvogel. Knallrotes Seidenhemd, weiße Satinhose.

Frauke, die Einzelhandelskauffrau aus dem Supermarkt, balancierte ein Tablett Sektgläser zu ihren Mädels. Unter ihnen befand sich auch Svenja, die alte Sandkastenfreundin.

Die letzte Begegnung hatte Lena Rätsel aufgegeben, und so fragte sie sich, was Svenja hier wollte. Möglicherweise war die Antwort harmlos. Vielleicht wollte sie nichts anderes als die anderen Gäste: Musik hören, Spaß haben, sehen und gesehen werden. Dazu hatte sie sich aufgedonnert. Im neuen Look zeigte sich ihre frühere Schönheit; sie wirkte wie ein norddeutsches Curvy Model. Was für eine Verwandlung! Von den männlichen Anwesenden wurde sie interessiert beäugt.

Lenas Cousin Sönke war nach dem Abitur weggezogen, aber er kannte viele Leute von früher. Er hatte die Jugendfußballmannschaften der SG Freiburg/Oederquart durchlaufen und galt als Kopfballungeheuer. Mit einem überraschten »Moin, Schädel!« wurde er freudig in Empfang genommen und in ein Fachgespräch über die Saisonaussichten des Hamburger SV verwickelt.

Johanna Koch, die Dezernatssekretärin, trug ein Iron-Maiden-T-Shirt und hatte mit dem Sänger der Polizeiband Kaliber eine Fahrgemeinschaft gebildet. Worüber die beiden sich unterhielten, konnte Lena aus der Ferne nicht verstehen, aber der Gesprächsstoff ging ihnen nicht aus. Vielleicht lag es daran, dass sie ständig Nachschub von der Bar holten. Beide schliefen im »Gasthof Zur Post« in Oederquart. Lena hatte zwei Einzelzimmer gebucht. Mal abwarten, wie die Raumbelegung morgen früh ausfiel.

Auch Ole Ohnhäuser hatte sie eingeladen. Es wäre unfair, härter mit ihm ins Gericht zu gehen als mit Kriminalrat Bruns. Beide hatten das Verschwinden der Unterlagen verschwiegen, beide hatten nicht geahnt, dass die Spur zu Jette führen könnte.

Ole hatte auf ihren Anruf kühl reagiert, glaubte zuerst, dass sie sich einschleimen wollte, weil er im Dezernat jetzt was zu sagen hatte. Er ließ sich überzeugen, dass ihr nichts ferner lag. Also wirklich! Sonnengebräunt, durchtrainiert und ganz in Schwarz, flirtete er mit einer jungen Blondine. Vermutlich eine neue Lehrerin an der Grund- und Oberschule.

Natürlich hatte sie auch Jette informiert, aber ihre Schwester reiste durch Deutschland, um Förderer für ihr Forschungsprojekt zu gewinnen. Sie untersuchte die Auswirkungen des Klimawandels auf die Vögel der Halligen, die durch den ansteigenden Meeresspiegel und die Überflutungen der Salzwiesen zur Brutzeit bedroht wurden. Die Menschenansammlung und die Lautstärke wären ohnehin nichts für sie gewesen.

Aus Pflichtgefühl hatte sie sich auch bei ihrem Vater gemeldet, doch der begleitete seine jüngere Tochter zu den Vereinen, Instituten und Universitäten, um ihr »beratend zur Seite zu stehen«, wie er sich in der SMS ausgedrückt hatte. Für einen Wimpernschlag war Lena eifersüchtig. Aber die Erleichterung überwog. Er hasste Rockmusik und hätte nur negative Schwingungen verbreitet.

»Ging nicht schneller«, rief Fischbek, zwängte sich durch ein paar Zuschauer und kletterte auf die Bühne. »Straßensperrung. Umgestürzter Baum.«

»Das war's an Erklärungen?«, fragte Lena. »So wortkarg kenne ich dich gar nicht.«

»Bin jetzt ein anderer.«

»Das sieht man. Kannst du spielen?«

»Stärker als je zuvor.«

»Na dann. Hier, zum Abtrocknen«, sagte Lena und reichte ihm ihr Handtuch, das eigentlich eingeplant war, um sich den Schweiß abzuwischen.

Fischbek griff nach dem Frotteestoff und tupfte sich das Gesicht ab. Er war schon lange nicht mehr beim Friseur gewesen. Sein ehemals kurzes Haar kringelte sich über den Ohren. Wo bei anderen Leuten der rechte Schneidezahn saß, klaffte bei ihm ein Loch. Er wirkte fahrig und getrieben. Dass er in diesem Zustand noch eine verantwortliche Stelle bei Airbus bekleidete, war schwer vorstellbar. Von seiner Familie lebte er neuerdings getrennt. Das hatte Mickel ihr gesteckt.

»Bereit«, sagte Fischbek und hängte sich den Bass um. Er griff nach unten, wollte an den Knöpfen drehen …

»Warte noch!«, sagte Lena und schaute sich nach Mickel um, der von einer Ecke zur anderen flitzte. Panik in den Augen. Er fürchtete, dass er etwas übersehen hatte, dass jemand einen tödlichen Stromschlag erlitt und der Auftritt in einer Katastrophe endete. Alles beim Alten! Er würde zur Besinnung kommen, sobald die ersten Töne erklangen. Dann fielen die Sorgen von ihm ab, dann war er die Ruhe selbst.

Der Wind fuhr heftig gegen die Holzwände, brachte das

morsche Gebälk zum Knarren, klang wie ein ungebetener Gast, der den Einlass erzwingen wollte.

Plötzlich ein dumpfer Schlag!

Lena zuckte zusammen. Ging es los? Von wo kam der Angriff? Sie hielt die Luft an, spannte die Muskeln an, machte sich bereit für den Kampf. Doch als sie herumwirbelte, erblickte sie Eimi mit einem schiefen Grinsen.

»Sorry«, sagte der Schlagzeuger. »Mir ist 'ne Bierbuddel runtergeknallt.«

»Beinahe hätte ich mir in die Hosen gemacht«, sagte Lena und klatschte ihn zitternd mit einem High Five ab.

Mit einem blutroten Blick musterte er sie von oben bis unten, pfiff anerkennend durch die Zähne. In seinen Augäpfeln waren Äderchen geplatzt, deshalb die Färbung.

Betont lässig, nur in seine blaue Arbeitslatzhose gekleidet, klemmte er sich hinters Drumset. Nicht jeder konnte ein solches Outfit tragen, er schon. Gekonnt wirbelte er die Stöcke in der Luft und zwinkerte einer Frau in der ersten Reihe zu.

»Sicherheit«, raunte Mickel Lena ins Ohr. »Wir können loslegen.« Er flitzte weiter, um Fischbek und Eimi zu informieren, die schnell noch letzte Vorbereitungen trafen.

Mickel hängte sich die E-Gitarre um, nickte den Bandmitgliedern zu. Sie hatten sich darauf verständigt, nicht lange rumzureden, sondern gleich mit dem Song anzufangen, der sie seit jeher begeistert hatte und den sie bei jedem Konzert zum Besten gaben.

Eimi gab den Rhythmus vor, Mickel spielte den unverwechselbaren Gitarrenriff und zog im Nu die Blicke auf sich. Alle wussten sofort, was kommen würde. Fischbek musste noch auf seinen Einsatz warten.

Lena starrte ins Publikum, da war ein Mann mit Kapuzenpulli, der ihr den Rücken zudrehte. War er es? Vielleicht, vielleicht auch nicht. Sie musste das jetzt abschütteln, trat den Takt mit dem Fuß mit, umklammerte das Mikro und sang: »Woohoo / Woo-hoo / Woo-hoo / Woo-hoo / I got my head checked / By a jumbo jet ...«

Der Song erzielte sofort die gewünschte Wirkung. Die Leute lachten, hüpften auf der Stelle, sangen mit, tanzten, prosteten sich gegenseitig zu.

Die Band spulte ihr ganzes Repertoire ab. »Smells Like Teen Spirit« von Nirvana, »Like The Way I Do« von Melissa Etheridge, »Creep« von Radiohead, »Interstate Love Song« von den Stone Temple Pilots, »Always On The Run« von Lenny Kravitz, »Alive« von Pearl Jam, »Stop« von Sam Brown, »Paradise City« von Guns N' Roses, »Black Velvet« von Alannah Myles, »Can't Stop« von den Red Hot Chili Peppers und weitere Klassiker.

Lena verdrängte die Bedrohung, hüpfte umher, schüttelte die Lockenmähne, warf ihre langen Beine hoch. Mickel, der einzige Virtuose in der Band, glänzte bei den Gitarrensoli, Eimi strotzte vor roher und ungehemmter Energie, und Fischbek glich seine Tempodefizite ordentlich aus.

Beim letzten Auftritt, auf dem Lütten Altstadtfest in Otterndorf, am Abend von Jettes Entführung, hatten sie eine solide Leistung abgeliefert. Trotzdem waren sie überspielt, gestresst und abgestumpft gewesen. Zu viele Veranstaltungen, zu viele berufliche Verpflichtungen, immer die gleichen Lieder. Heute waren sie frisch und voller Power. Außerdem wussten sie, dass es ihr letzter Gig war. Sie gaben alles, ließen ihr Herz auf der Bühne, und die Gäste spürten das Feuer, jubelten ihnen zu und feierten sich selbst.

»Leute«, sagte Lena nach der vierten Zugabe. »Tut mir leid. Wir können nicht mehr. Ihr hört es selbst, ich krieg kaum noch einen Ton raus. Aber das ist nicht das Ende. Wir haben noch was für euch. Malte, kommst du mal auf die Bühne?«

Ein Twen stieg umständlich herauf. Dürr, bestimmt zwei Meter groß und mit einem Rundrücken. Ein aschblonder Haarteppich hing über seinen Augen. Die Unterarme versenkte er bis zu den Ellenbogen in den Taschen seiner Baggy Jeans.

»Das ist Malte«, sagte Lena. »Hat vor einem Jahr die Filmakademie abgeschlossen und schon bei vielen Musikclips mitgewirkt, aber noch nie selbst Regie geführt. Ändert sich heute.

Jetzt fragt ihr euch: Wieso? Heute werdet ihr Zeugen einer Welturaufführung. Mickel stellt seinen neuen Song vor und –«
»›Schwarzer Vogel‹?«, rief jemand aus dem Publikum.
»Der ist doch alt. Brandneu, meine ich. Gerade erst geschlüpft.«
»Oha!«
»Wer damit einverstanden ist, sich bei YouTube und auf anderen Plattformen zu sehen, stellt sich in die erste Reihe. Jubeln, mitsingen, kreischen, in Ohnmacht fallen, alles erlaubt. Malte legt hinterher eine Tonspur drüber. Wer nicht ins Bild will, genehmigt sich ein Bier. Malte, willst du auch noch was sagen?«
»Ich?«
»Du bist der Regisseur.«
»Nee, ich will nichts sagen. Das soll … das soll spontan rüberkommen.«
»Okay, dann machen wir jetzt eine Pause, danach geht's weiter.«
Lena sah sich nach Mickel um, der sich am äußersten Rand der Bühne versteckte. Bei der Show war er souverän gewesen, jetzt bekam er Fracksausen.
Der kriegt sich wieder ein, dachte Lena zuversichtlich. Sie stellte den Barhocker hin und platzierte den Mikrofonständer davor.
Zuerst hatten sie geplant, den Song im typischen Scheunen-ROCKer-Sound zu präsentieren, aber bei den Proben waren sich alle einig, dass das Geschrammel nicht passte. Dann sang Lena ihn, nur begleitet von Mickel, doch ihr Timbre klang zu rockig. Zudem fehlte ihr das Feeling. Am glaubwürdigsten kam das Stück rüber, wenn Mickel es mit seiner sensiblen Stimme selbst vortrug und dazu auf der Akustikgitarre spielte.
»Du bist dran«, sagte sie.
»Ich … ich schaffe das nicht«, erwiderte er. »Alle werden wissen, dass es in dem Text um mich geht.«
»Mickel, du bist in diesem Dorf aufgewachsen. Lebst hier seit drei Jahrzehnten. Es gibt niemanden, der deine Geschichte

nicht kennt. Jetzt erzählst du deine Version. Das ist seit Langem fällig.«

»Außerdem kann ich unmöglich so gefühlvoll sein, wenn da unten ... wenn da unten irgendwo ...«

»Ich weiß.« Lena verstand, was in ihm vorging. »Dann erinnere dich, warum du den Song geschrieben hast, und spiele ihn so, als würdest du ihn ein letztes Mal für mich singen.«

75

Zwei Stunden später wurde Lena beim Aufräumen der Scheune von Anneke, Fischbeks Schwester, Frauke, Svenja, Johanna und anderen Helferinnen unterstützt. Gemeinsam ließen sie die Ereignisse des Abends Revue passieren, schüttelten ungläubig die Köpfe, lachten schallend los und kicherten. Zum Abschluss spülten sie noch ihre Gläser, dann löschten sie das Licht.

Als sich Lena draußen gegen den heulenden Wind stemmte und das große Holztor zudrücken wollte, fiel ihr ein, dass sie ihren Autoschlüssel vergessen hatte.

»Ich muss noch mal rein«, sagte sie.

»Kommst du allein zurecht?«, erkundigte sich Anneke gähnend. Auch die anderen Frauen blickten sie mit Ringen unter den Augen fragend an.

Lena prüfte das düstere Gelände. Es regnete Bindfäden, überall gluckste und gurgelte das Wasser. Die Baumkronen bogen sich unter heftigen Böen. Der Bauernhof lag still und verlassen da. Sie konnte nichts Verdächtiges feststellen. Niemand Außenstehendes wusste von der Bedrohung. Und niemand Außenstehendes sollte von ihr erfahren. Außerdem war sie immer zu unerschrocken gewesen, um sich jetzt an einen fremden Rockzipfel zu hängen.

»Klar«, sagte sie. »Haut ruhig schon ab.«

Während sie in der leeren Scheune nach ihrem Rucksack suchte, hörte sie die anderen Wagen davonfahren. Jeder Schritt hallte von der hohen Decke wider, als wäre noch eine andere Person anwesend. Im kalten Licht der Neonröhren fühlte sie sich beobachtet. Jetzt wurde ihr doch beklommen zumute. Sie wollte schleunigst weg.

Genau solche Momente sind es, dachte sie. Falscher Stolz und Rücksichtnahme! Dadurch entstehen Situationen, die mit dem Leben bezahlt werden. Ihre alten Ermittlungsakten waren voll davon.

Als sie endlich fündig wurde, riegelte sie nur schnell ab und rannte über das rutschige Kopfsteinpflaster los. Sie duckte sich gerade noch rechtzeitig weg, als sie beinahe von einem umherfliegenden Ast getroffen wurde.

Wochenlang war alles gut gegangen. Warum sollte ausgerechnet jetzt etwas passieren? In plötzlichem Übermut hüpfte sie in eine Pfütze, lachte über die nassen Füße. Sie freute sich so für Mickel! Eigentlich hatte das ScheunenROCKer-Abschiedskonzert nur stattgefunden, um ihm einen Rahmen für seinen Soloauftritt zu liefern.

Zwar hatte sie ihn zur Aufführung gedrängt und alles eingefädelt, aber nur weil er manchmal Unterstützung brauchte. Anderen half er immer, doch seine eigenen Bedürfnisse stellte er zurück. Ihm waren tausend Gründe eingefallen, warum er den Song nicht aufführen konnte. Deshalb war sie umso erleichterter, als er nach all den inneren und äußeren Kämpfen auf den Barhocker kletterte und lässig ins Publikum winkte, so als hätte er sein ganzes Leben nichts anderes getan. Er schenkte ihr noch ein dankbares Lächeln. Dann schmiss er sich in die Strophen und traf die Zuschauer mitten ins Herz. Mit offenen Mündern schauten sie am Ende zur Bühne hoch. Kurz war Mickel irritiert, suchte ihren Blick, doch dann brach der Beifall los.

Sie hatte es von Anfang an gewusst – sein Song berührte. *Er* berührte. Als Künstler und als Mensch. Malte, der Regisseur, ließ ihn fünf Wiederholungen spielen, und schon beim zweiten Mal sangen Frauke, Svenja und die anderen Mädels den Refrain mit, bis alle einstimmten: »… Sailing my boat / In the wide open sea / Facing the storm / That no one can see / It's getting dark / And nothing makes sense / Besides you and me / And the wide open sea / Besides you and me / And the wide open sea …«

Während der anschließenden Party wurden die Angehörigen der freiwilligen Feuerwehr, darunter Eimi und Fischbek, zum Einsatz gerufen. Lena wusste gar nicht, dass die beiden da mitmachten. Das Fest löste sich auf. Mickel und ein Arbeitskollege erhielten Anrufe von der DLRG. Sie sollten mit den Booten bei der Rettung von Lämmern helfen, die vom Wasser eingeschlossen waren. Er zögerte, erkundigte sich, ob es in Ordnung sei, wenn er sie kurz alleine ließe, vergewisserte sich im Anschluss, dass die anderen Mädels bei ihr blieben.

Sie küsste ihn. Der Kuss fühlte sich auf einmal wie ein Abschied an. Sie reckte die Hand hoch, wollte ihn zurückrufen, aber da war er schon draußen. Fort von ihr, fort von allem, was sie verband.

Sie fasste sich an die Lippen, spürte der Berührung nach. War das alles, was ihr von ihm blieb?

※※※

Draußen, keine hundertfünfzig Meter von der Scheune entfernt, erreichte Lena ihren Wagen. Seit ein paar Wochen war sie stolze Eigentümerin eines zwanzig Jahre alten VW Polo. Wenig gelaufen, neuer TÜV, neue Abgasuntersuchung. In Nordkehdingen ging es nicht ohne Auto.

Auf dem Grünstreifen sank Lena tief im Morast ein, bevor sie die Fahrertür aufriss und hinters Lenkrad sprang. Sofort drückte sie den Verriegelungsknopf, hörte auf das Klicken des Schließmechanismus, jetzt fühlte sie sich besser.

Nicht nur ihr Bühnenoutfit war klatschnass, nun auch die Wechselklamotten. Blätter und Dreck klebten auf der Windschutzscheibe. Von innen beschlug das Glas. Sie blähte die Nasenflügel auf, nahm einen Geruch wahr. Eine Mixtur aus Zwiebeln, Käse und Essig. Definitiv Schweiß. Sie roch an ihrer Achselhöhle und verzog den Mund. Sie brauchte eine Dusche.

Schnell startete sie den Motor, fuhr das Gebläse hoch und stellte die Wischer auf die stärkste Stufe. Regelmäßiges Quietschen. Langsam rollte sie vom Hof, fuhr durch tiefe Pfützen, seitlich spritzten Fontänen hoch. In den Radkästen rauschte und klopfte es. Von dem unebenen Kopfsteinpflaster wurde sie hin und her geworfen.

Lena ahnte die Bewegung mehr, als dass sie sie kommen sah. Es geschah rechts hinter ihr, am Rand ihres Blickfeldes, und es passierte mit überwältigender Geschwindigkeit. Ein dunkler Umriss. Eine Hand, die etwas hielt.

Instinktiv riss sie den Ellenbogen hoch, um den Angriff abzuwehren, schmiss den Oberkörper vor, um sich aus der Gefahrenzone zu retten, aber ein brutaler Griff um den Hals zerrte sie zurück. Der Innenraum schien sich zusammenzuziehen. Kein Ausweg!

Ein piekender Stich in die Schulter. Kälte unter der Haut. Ihr schoss der Signalgeber durch den Kopf. Sie streckte die Finger aus, kam aber nicht mehr dazu, den Alarmknopf zu drücken. Das Auto raste auf einen schwarzen Abgrund zu, kippte über die Kante und zog sie mit sich. In ein finsteres, bodenloses Loch.

76

Als Lena die Augen aufschlug, wurde sie von einem grellen Licht geblendet. Sie stöhnte, warf den Kopf zur Seite, krachte mit der Schläfe gegen eine Mauer. Sie wollte sich an die schmerzende Stelle fassen, konnte aber den linken Arm nicht heben. Sie wollte sich losreißen. Vergeblich! Offenbar war sie mit einer Handschelle gefesselt. An einen Betonklotz. Das Metall grub sich tief in ihr Fleisch, schnürte das Blut ab.

Sie kämpfte gegen das Pochen in ihrem Schädel an, gegen die aufsteigende Übelkeit, bemerkte einen galligen Geschmack im Mund. Reste von Erbrochenem? Die Luftfeuchtigkeit war so hoch, dass sich kleine Tröpfchen auf ihrer Haut niederschlugen.

Der Geruch nach Moder, Schimmel und Verfall stieg ihr in die Nase. Das Atmen fiel ihr schwer, als würde die klamme Atmosphäre sie langsam ersticken. Sie hustete. Was war hier los?

Mit dem Rücken lehnte sie gegen eine runde Wand. Irgendwas Hartes bohrte sich in ihren Po und in die ausgestreckten Beine. Vielleicht ein Stein oder Betonbröckchen. Dumpf realisierte sie, dass sie nur T-Shirt, Jeans und Socken trug.

Obwohl ihr schwindlig wurde, schaffte sie es auf Hände und Knie. Mehrmals musste sie schlucken, um sich nicht zu erbrechen. Sie kam sogar auf die Füße hoch. Allerdings konnte sie nur gebückt stehen, den angeketteten Arm lang ausgestreckt bis fast zum Boden. Sie zerrte wieder an der Fessel, wollte sich befreien, sah nur helle Blitze vor den Augen. Keine Chance!

»Lena?«, erklang eine Stimme.

»Jette? Jette, bist du das?«

»Ich sitze dir schräg gegenüber, nur ein paar Meter entfernt.«

»Geht's dir gut?«

»Ich … ich verstehe, dass diese Situation schlimm ist, ich verstehe auch, dass in einer so bedrohlichen Lage besondere Rationalität erforderlich ist, aber ich kann meine Gedanken nicht kontrollieren. Sie sind wirr und unstrukturiert.«

Lena hob die Hand, schützte ihre Augen vor dem grellen Licht. Vermutlich ein Scheinwerfer. »Das ist normal. Eine normale Reaktion, Jette. Was siehst du um dich herum?«

»Da ist ein Betonklotz, an dem ich festgemacht bin. Genau wie du. Ich habe Hunger und Durst. Und …«

»Was?«

»Ich … ich konnte nicht an mich halten. Es ist so kalt hier. Ich habe …«

»Nicht schlimm.« Lenas Kopf fühlte sich noch schwerfällig an. Trotzdem nahm sie den Urin- und Kotgeruch wahr. Ferner fiel ihr auf, dass ihre Schwester nicht abstrahierte. Sie sprach in der ersten Person. Das tat sie nur, wenn sie sehr aufgewühlt war. »Wo sind wir?«

»Ich kann nur beobachten. Beobachten und schlussfolgern. Soll ich?«

»Ja, tu das!«

»Der Raum ist fensterlos, geschnitten wie das Viertelstück einer Pizza. An den verputzten Wänden sind braune Feuchtigkeitsflecken. Durch den Lichtausschnitt in der Tür sehe ich eine gewundene Treppe, die nach oben führt. Hörst du das Rauschen und Poltern?«

»Jetzt, da du es sagst.«

»Das Rauschen kommt vom Wasser, das um uns herum fließt, und das dumpfe Poltern kommt von lockeren Steinen, die durch die Wellen und Rückströmungen bewegt werden. Es klingt, als würde die Flut gegen eine gepflasterte Böschung oder gegen eine Aufschüttung stürmen.«

»Dann befinden wir uns außerhalb des Deiches?«

»Davon gehe ich aus. Eigentlich kommt nur die ehemalige Küche im alten Leuchtturm von Balje in Frage.«

»Balje? Warum sind wir hier angekettet?« Noch während Lena redete, fiel ihr die Antwort ein. Wegen des Trichtereffekts der Deutschen Bucht zählte die Elbmündung zu den Gebieten, die am stärksten sturmflutgefährdet waren. Weltweit! Anders als an der dänischen oder holländischen Nordseeküste konnte das Wasser nicht ausweichen, sondern schraubte sich an den Deichen hoch. Zwar schützten sie die Bevölkerung vor Überschwemmungen, aber jenseits von ihnen wüteten die Wassermassen ungehindert. »Er will uns absaufen lassen.«

»2013«, sagte Jette sofort. »Beim Orkan Xaver wurde die Stahltür beschädigt. Küche und Lagerraum liefen voll.«

»Na toll. Wie hoch soll der Pegel steigen?«

»Ich weiß nur, was in der Zeitung angekündigt wurde. Drei oder vier Sturmfluten. Die zweite soll eine Höhe von fünf Meter fünfzig über Normalnull erreichen, vielleicht sogar mehr.«

»Hört sich nicht gut an.«

»Der Eingangsbereich wurde aufwendig saniert. Er müsste halten.«

»Wenn er uns ertränken will, muss er nur die Stahltür öffnen.«

»Das dürfte nicht so leicht sein. Die Tür geht nach außen auf. Der Wasserdruck hält sie zu.«

»Dann findet er einen anderen Weg.« Lena atmete schwer, sie sah Sternchen, ihr Kreislauf drohte zusammenzusacken. Schnell setzte sie sich hin, spürte ein kaltes Kribbeln am Kopf, das sich ausbreitete.

Bloß nicht schwach werden, dachte sie. Du musst stark bleiben. Für Jette!

Aber ihr Körper fühlte sich so mitgenommen an, als könnte er nicht mehr weiter, als müsste er den Widerstand einstellen und aufgeben. Verdammter Verräter!

»Hast du den Alarmknopf gedrückt, den ich dir gegeben habe?«, fragte sie.

Schweigen.

»Jette?«

»Ich hatte eine Routine«, erwiderte die Schwester aufgeregt. »Eine Routine, an die ich mich gehalten habe. Um vier Uhr dreißig klingelt der Wecker. Ich kleide mich an, greife unter das Kopfkissen, stecke den Signalgeber ein, aber am Tag der Abreise, da …«

»Was passierte am Tag der Abreise?«

»Alles war anders. Papa war auf Südhorn, ist in mein Zimmer gekommen und hat mich geweckt. Ich bin abgewichen von der Routine, verstehst du? Bin durcheinandergekommen mit den Koffern. Da habe ich … Bisher war ja nicht mal sicher, ob es diesen Komplizen überhaupt gibt oder ob von ihm eine Gefahr ausgeht.«

»Was hast du, Jette?«

»Ich habe versagt.«

»Ich bin extra noch mal zu dir gekommen, um dir den Alarmknopf zu bringen.«

»Es hätte mir nicht passieren dürfen, das ist unverzeihlich, aber ich habe diesen Fehler gemacht. Einen dummen Fehler! Es tut mir leid. Es tut mir so leid, Lena. Ich weiß nicht, wie ich … ich weiß nicht …«

»Wird Papa dich als vermisst melden?«

»Nach der Sponsorenreise haben wir uns am Freitagmorgen in Hamburg getrennt. Er hat gesagt, dass er mit dem Zug zurück nach Cuxhaven fährt. Ich bin nach Husum, wo ich den Orkan abwarten wollte. Ich habe in einem Hotel eingecheckt. In der Nacht muss der Mann ins Zimmer gekommen sein. Ich erinnere mich kaum. Es war wie in einem dunklen Traum. Ganz verschwommen, so unwirklich.«

Lena begriff, dass sowohl ihre Schwester als auch ihr Vater sie angelogen hatte. Beide hätten sehr wohl am Samstagabend Zeit gehabt, um das ScheunenROCKer-Konzert zu besuchen. Warum sagten sie nicht einfach die Wahrheit? Doch für gekränkte Gefühle war jetzt nicht der richtige Zeitpunkt. »Weißt du, wie lang ich schon hier bin?«

»Mehrere Stunden. Vielleicht sogar einen Tag. Genau kann ich es nicht sagen. War selbst betäubt.«

»Dann wird Mickel mein Fehlen bemerkt und die Polizei verständigt haben.«

»Oder er hat eine Erklärung für dein Fernbleiben bekommen. Eine gefälschte WhatsApp-Nachricht zum Beispiel.«

»Mickel wird da nicht drauf reinfallen. Er wird die Spuren deuten und sie verstehen. Er muss sie einfach verstehen …«

In diesem Moment erklang ein metallisches Scheppern, so als wäre ein Gegenstand gegen ein Stahlgeländer gestoßen. Zweifellos – da oben war jemand. Dann ertönten Schritte. Schlurfende Schritte. Schwer. Langsam. Sich nähernd.

»Was passiert jetzt?«, fragte Jette.

»Keine Sorge«, erwiderte Lena. »Ich hol uns hier raus.«

Sie hockte sich hin. Ein Knie auf dem Boden, das andere aufgestellt. Den Oberkörper streckte sie durch. Die Haltung war würdevoller, als schlaff dazusitzen oder gebückt zu stehen. Aber die ruckartige Bewegung brachte die Übelkeit zurück. Sie musste schlucken. Vor ihren Augen tanzten schwarze Punkte, die von weißen, wabernden Flecken hin und her geschoben wurden. Da war auch eine fiebrige Hitze in ihr, so glühend, als könnte sie den feuchten Film auf ihrer Haut zum Verdampfen bringen.

Jetzt kommt es drauf an, ermahnte sie sich. Alles hing von der Persönlichkeit des Entführers ab. Sie musste ihn schnell analysieren und die Wortwahl so anpassen, dass sie ihn manipulieren konnte. Zu ihren Gunsten. Das war die einzige Möglichkeit, die ihr blieb.

Knarrend öffnete sich die grüne Holztür.

Wer bist du?, dachte sie. Zeig dich!

77

Lena unterdrückte den Impuls, den Kopf einzuziehen. Es würde nur zeigen, wie ausgeliefert sie sich fühlte. Ihr Herz schlug bis zum Hals. Ganz ruhig, sagte sie sich. Vielleicht ergibt sich eine Chance. Schau genau hin!

Der Entführer trat in den Türrahmen. Seine Füße steckten in kleinen schwarzen Sneakers. Vielleicht Schuhgröße einundvierzig. Er trug einen dunklen Trainingsanzug. Ohne erkennbare Markenzeichen. Über den Kopf hatte er eine Sturmhaube gezogen.

Durch den schmalen Sehschlitz blickte er schweigend auf Lena und Jette herab. Dann baute er ein Stativ auf, das er neben den Scheinwerfer stellte. Oben platzierte er eine Digitalkamera.

Nähert er sich nur zwei Schritte, dachte Lena, bringe ich ihn mit einer Beinschere zu Fall. Schlägt er mit dem Kopf neben mir auf, schalte ich ihn aus. Auch mit einer Hand. Sie achtete auf jede seiner Bewegungen, machte sich bereit, um sich mit den Füßen abzudrücken, aber sie lauerte vergebens.

Er achtete penibel darauf, den Abstand einzuhalten. Offenbar war er sich der Gefahr bewusst und wollte kein Risiko eingehen. Im Eingangsbereich hob er den grellen Lichtstrahler so an, dass er sie nicht mehr blendete, sondern auf den runden Wandabschnitt links über ihr gerichtet war.

Jetzt erkannte sie, dass da großformatige Fotos hingen. Dreizehn mal achtzehn Zentimeter. Meist zu dunkel belichtet. Trotzdem waren die Motive erkennbar. Es handelte sich um die Opfer des Gezeitenmörders, die sich teils abwandten, teils die Augen geschlossen hielten. Die Aufnahmen wirkten nicht inszeniert, mehr wie Schnappschüsse. Flüchtig aufgenommen.

Lena erfasste, welchen Zweck diese Galerie verfolgte. Die Fotos befanden sich nicht unter den Beweismitteln, die bei Arndt Schulte sichergestellt worden waren. Offenbar sollten sie belegen, dass sich der Entführer am Ort des Schreckens aufgehalten hatte.

»Du bist gut«, sagte Lena. »Hast alles bis ins letzte Detail geplant, aber ich weiß auch, dass du diese Frauen nicht getötet hast. Noch ist nichts passiert, noch kannst du hier rauskommen. Es wäre doch schade, wenn du von den Kollegen erschossen wirst. Die wissen längst, wo du steckst. Sie werden gleich hier sein. Aber ich kann ein gutes Wort für dich einlegen.«

Der Entführer reagierte nicht, holte dann ein Smartphone aus der Tasche, tippte darauf herum. »Du hattest einen GPS-Tracker an deinem Polo«, erklang eine computeranimierte Stimme. »Hab ich schon vor Tagen entdeckt. Dein Auto steht noch auf dem Bauernhof. Den Signalgeber aus deiner Hosentasche habe ich weggeschmissen. Dein Handy auch. Niemand ahnt, dass du hier bist.«

»Da wäre ich mir nicht so sicher. Wir haben vermutet, dass wir es mit einem extrem cleveren Gegner zu tun haben. Vor einigen Wochen war ich im LKA. Du kannst nicht ahnen, was ich da gemacht habe. Nicht mal Gott weiß es.«

Tippen. Computerstimme: »Glaubst du wirklich, dass ich auf solche Tricks reinfalle?«

»Natürlich nicht. Deshalb würde ich es auch nie wagen, dir Unsinn zu erzählen. Es ist die Wahrheit.«

»Eure Wahrheit kenne ich.«

»Zwischen März und Juni habe ich mich nicht in der Gewalt des Gezeitenmörders befunden. Das wissen wir beide, aber meine Kollegen nicht. Sie glauben, dass ich seine Gefangene war und mich befreien konnte. Deshalb habe ich ihnen erzählt, dass mein Gedächtnis zurückgekehrt ist und dass ich mich an einen zweiten Entführer erinnere, der sich noch auf freiem Fuß befindet.«

»Ich dachte schon, ihr kämt nie drauf.«

»Weil deine Tarnung so perfekt war. Na ja, fast perfekt. Die Holzkreuze passen nicht zu Arndt Schulte.«

»Dem kleinen Wichser ging es nur um seine sadistischen Spielchen. An Größeres hat der nie gedacht. Aber glaubst du wirklich, dass du die Einzige bist, die Lügenmärchen erzählen kann?«

»Was heißt das?«

»Ich stricke die Story auch weiter.«

»Welche Story?«

»Freu dich drauf. Du bist Hauptdarstellerin in einem historischen Moment.«

Lena begriff plötzlich, dass sie durch Bauchpinselei keinen leichtsinnigen Moment provozieren konnte, in dem er unachtsam wurde und sich ihr näherte. Dazu war er zu distanziert, zu kontrolliert und zu berechnend. Sie musste einen anderen Ton anschlagen.

»Hör zu!«, sagte sie. »Seit Wochen wird Arndt Schultes Nachlass nach Hinweisen auf dich durchsucht.«

»Na und? Die Auswertung wird Monate dauern, dann bin ich längst weg.«

»Wir haben die Verdächtigen eingegrenzt. Auf wenige Namen.«

»Soll das heißen, dass du mich kennst? Jetzt bin ich aber gespannt.«

»Ich rate nicht, ich bin Polizistin und ermittle. Wenn du von einem geplanten Mord zurücktrittst, dann wirkt sich das begünstigend auf die Strafzumessung aus. Für die Freiheitsberaubung bekommst du fünf oder sechs Jahre, bei guter Führung und günstiger Sozialprognose bist du früher draußen. Dann liegt dein Leben noch vor dir. Bei einem Doppelmord gibt's ›lebenslänglich‹.«

»Dein Ernst? Sozialprognose? Glaubst du wirklich, dass ich so denke?« Er tippte weiter. »Außerdem kenne ich mich in Rechtsfragen aus. Mittäterschaft wird genauso bestraft wie die Begehung eines Tötungsdeliktes. Ich mach jetzt eine Filmaufnahme, und du hältst die Klappe. Störst du nur ein einziges Mal, schneide ich deiner Schwester einen Körperteil ab. Verstanden?«

In Lena schrie alles auf. Sie wollte sich losreißen, ihn niederschlagen, zumindest zu einer scharfen Erwiderung ansetzen, aber die Angst, dass er Jette etwas antun würde, ließ sie stumm bleiben. Sie durfte seine Entschlossenheit nicht leichtfertig auf die Probe stellen. Erst musste sie hören, was er in die Kamera sprach.

Eine wichtige Erkenntnis hatte sie bereits gewonnen. Er war kein Selbstmörder, er wollte fliehen. Seinen Überlebenswillen musste sie ausnutzen und sich gleichzeitig auf das Schlimmste vorbereiten.

Unauffällig griff sie sich mit der freien Hand ins Haar, tastete es ab, suchte nach der dünnen Klammer, mit der sie es zusammensteckte. Die wenigsten Leute wussten, dass man nur ein Stück Draht brauchte, um die Zahnrasten der Handschellen zu entriegeln.

Da!

Tatsächlich!

Zum ersten Mal in ihrem Leben hatte sie das Gefühl, dass ihre dichten Locken etwas nutzten. Tief im Gestrüpp verborgen spürte sie das Metall.

Angespannt schaute sie zu dem Entführer. Vor Aufregung zitterte sie. Hatte er etwas gemerkt? War er misstrauisch geworden?

Nein, er war beschäftigt, fühlte sich sicher. Warum hatte sie nicht früher an die Haarklammer gedacht? Sie hätte sich befreien und ihm einen gebührenden Empfang bereiten können. Jetzt ging es nicht. Sie war ungeübt, brauchte bestimmt eine halbe Minute oder länger, um die Fessel zu lösen. Zeit genug, damit er ihr das Metallstück wegnehmen konnte. Sie musste warten, hoffen, dass er nicht auf dumme Gedanken kam, und loslegen, sobald er den Raum verließ.

Außerdem hatte sie noch einen weiteren Trumpf im Ärmel. Der GPS-Tracker unter ihrem Auto war nur ein Köder gewesen, der den Finder in Sicherheit wiegen sollte. Es gab noch einen zweiten, der in ihrem Turnschuh steckte und der nur entdeckt werden konnte, wenn man die Einlegesohle herausnahm und das Gummi aufschnitt.

Entscheidend war, wo er ihr die Sneakers ausgezogen hatte. Auf dem Bauernhof, unterwegs oder im alten Leuchtturm? Wenn er sie angekleidet hergeschafft hatte, müsste ihr Standort übermittelt worden sein. Doch wenn Jette mit ihrer Schätzung richtiglag, waren bereits Stunden, vielleicht sogar ein ganzer Tag vergangen. Wo blieb das Einsatzkommando? Konnte sie mit Unterstützung rechnen? Oder musste sie alleine klarkommen?

***

Der Entführer schaltete die Digitalkamera ein, hielt sein Smartphone hoch und drückte auf das Playzeichen, um eine Audiodatei abzuspielen.

»Als ich Arndt Schulte zum ersten Mal begegnete«, sagte die Computerstimme, »erkannte ich sofort, welches Potenzial in ihm steckte. Er war ein Rohdiamant. Ein Mann, der seinen Trieben ausgeliefert war und sich ihnen hemmungslos hingab. Ein seltenes und schönes Tier, das den Moralvorstellungen der Gesellschaft trotzte und ihnen früh zum Opfer gefallen wäre, wenn ich mich seiner nicht angenommen hätte. Ich habe ihn gelenkt, ich habe ihn gefördert, und ich habe ihm Möglichkeiten aufgezeigt, wie er unsterblich wird. Arndt Schulte ist kein Geschöpf Gottes, sondern mein Werk, und es wäre an mir gewesen, seine Existenz zu beenden. Doch es kam anders. Er fühlte sich zu sicher, wurde leichtsinnig und ließ die nötige Virtuosität vermissen. Eine seiner Freundinnen entkam, ihre Schwester tötete ihn. Arndt Schulte ist ein unvollendetes Opus. Heute wird es seinen Abschluss finden. Ich trete an Arndt Schultes Stelle, um die Frauen zu besiegen, die ihn besiegten ...«

Plötzlich kapierte Lena, was der Entführer gemeint hatte, als er gesagt hatte, dass auch er Lügenmärchen weiterstricken könne. Gerade hatte er behauptet, dass sie den Bootsbauer erstochen hätte. Er benutzte diese Unwahrheit, um die Entführung zu begründen. Wie aber hatte sich der Mord an Schulte tatsächlich zugetragen? Hatte der Entführer seinem Komplizen selbst das Messer zwischen die Rippen gerammt? Wo hatte er ihre Fingerabdrücke her? Steckte er mit Anton unter einer Decke und hatte das Tatwerkzeug von ihm erhalten?

Während der Entführer weiterredete, erklang aufs Neue das Poltern der Steine. Mittlerweile öfter und länger. Wellengang und Strömung legten an Stärke zu. Der Hochwasserscheitel rückte näher. Aus dem Erdgeschoss vernahm sie das Heulen des Windes und …

Da war noch etwas anderes.

Es klang wie …

Am liebsten hätte sie jubelnd die Arme hochgerissen, aber sie schaute nach unten und tat so, als hätte sie nichts mitgekriegt.

Doch der Entführer hatte es auch gehört. Er hatte die Wiedergabe gestoppt und den Kopf geneigt, so als würde er mit einem Ohr nach oben lauschen.

Da war es nochmals.

Zwischen zwei jaulenden Böen war es deutlich vernehmbar: das Flapp-Flapp-Flapp eines Hubschraubers.

※※※

Wäre der Entführer seinem ersten Impuls gefolgt, wäre er sofort weggerannt, aber vielleicht war es seine Eitelkeit, die ihn noch zurückhielt. Eilig tippte er auf seinem Smartphone herum, unterbrach sich aber und steckte das Gerät in die Tasche seiner Trainingsjacke.

»Ihr denkt vielleicht, dass ich geliefert bin«, sagte er mit verstellter Stimme in die Digitalkamera. »Aber da täuscht ihr euch. Natürlich bin ich vorbereitet und kann reagieren. Ihr Menschen da draußen, ihr werdet schon bald wieder von mir hören.«

Er nahm die Kamera an sich und beugte sich hinab. »Nicht schade um dich, Lena«, sagte er. »Du kannst nicht singen, nur rumschreien. Ohne dich wären die ScheunenROCKer besser gewesen.«

Auch wenn seine Stimme durch die Sturmhaube unnatürlich klang, kam sie Lena bekannt vor. »Warte!«, rief sie. »Warum hast du Arndt Schulte umgebracht?«

Seine Augen glitzerten in dem schmalen Sehschlitz. Anscheinend konnte er nicht anders, als den Moment auszukosten. Er glaubte offenbar wirklich, dass ihm keine Gefahr drohte, dass er allen anderen haushoch überlegen war, sogar dem SEK.

»Überleg mal«, sagte er. »Du bist doch sonst so schlau. Wenn sie Arndt geschnappt hätten, wenn er eine Aussage gemacht hätte, dann wäre herausgekommen, dass Jette von seiner Werft entführt wurde, dass ihre Geschichte, die sie nach ihrer Freilassung erzählt hat, erstunken und erlogen war. Außerdem hätte er aussagen können, dass du nie seine Gefangene warst. Das gesamte Lügennetz wäre aufgeflogen. So labil, wie er war, stellte er ein erhebliches Sicherheitsrisiko für Anton dar und hätte garantiert geplaudert.«

»Ein größeres Sicherheitsrisiko als Jette und ich?«

»Das ist etwas anderes. Euch hätte sowieso niemand geglaubt. Die Öffentlichkeit hält euch für traumatisiert. Außerdem hatte Anton Pläne für euch ...«

»Woher kennst du ihn?«

»Ich kenne viele Leute.«

»Und gerade setzt du dich über seine Pläne hinweg? Was du hier abziehst, wird ihm nicht gefallen.«

»Na und? Wir sind Geschäftspartner, ich bin nicht sein Schoßhündchen. Ich mache, was ich will. So, nette Plauderei, aber ich habe noch was zu erledigen. Mach's gut, Lena«, sagte er, wirbelte herum und rannte zur Treppe.

»Warte«, schrie sie erneut und griff sich gleichzeitig in die Haare, um die Klammer herauszuziehen. Jede Sekunde zählte. Das Einsatzkommando brauchte Zeit, um in das Innere des Leuchtturms zu gelangen. Waren die Männer erst drin, hatte der Entführer keine Chance mehr. Sie musste weiter im Gespräch mit ihm bleiben, ihn beschäftigen, ihn ablenken. »Wie willst du den Menschen in Erinnerung bleiben?«, rief sie. »Als einer, der rumballert? Das hast du doch gar nicht nötig. Du bist ein

Künstler, kein Revolverheld. Du kannst mit Worten umgehen, hast was zu sagen. Rede mit mir, verdammt!«

Aber dieses Mal drang sie nicht zu ihm durch. Er reagierte nicht, sprang unbeeindruckt die Stufen hoch, immer zwei auf einmal nehmend. Wollte er die SEK-Beamten bekämpfen oder …?

Plötzlich wusste Lena, was er vorhatte. Er brachte sich in Sicherheit, um seinen Plan zu vollenden. Er wollte die alte Küche fluten.

»Tu das nicht«, schrie Lena ihm nach. »Noch ist nichts passiert. Noch kommst du davon! Das willst du doch. Weiterleben!« Doch er war schon verschwunden.

Hektisch stocherte sie in dem Schließmechanismus der Handschelle herum, aber die Enden der Haarklammer waren tropfenförmig verstärkt, um die Kopfhaut zu schonen. Zu dick, um die Zahnrasten zu erreichen.

Lena bog den Draht auseinander, bewegte ihn hin und her, immer hin und her. Damit das Metall spröde wurde, damit sie es auseinanderreißen konnte. An der Bruchstelle dürfte es dünn genug sein.

Der Entführer musste mittlerweile den Wohnraum im ersten Obergeschoss erreicht haben, als ein gedämpftes explosionsartiges Geräusch ertönte. Die Mauern ringsum erzitterten, von der Decke rieselte Putz. Es knirschte, es plätscherte, dann ein berstendes Knacken, gefolgt von einem lauten Klatschen, so als würde sich eine Welle an einer Wand brechen. Es wurde nass und kalt um ihre Füße.

Scheiße! Er hatte die Stahltür gesprengt. Vermutlich mit einem Fernzünder. Wasser strömte herein.

»Reck dich nach oben, Jette«, schrie Lena. »Mach dich so groß, wie du kannst.«

Hoffentlich stand die Sturmflut draußen noch nicht hoch genug, sodass nur ein paar Wellen hereinschwappten. Lag der Pegel über der Türschwelle, die sich ungefähr einen Meter über dem Bodenniveau der Küche befand, würde es eng werden. Weil ihre Arme am Boden gefesselt waren und sie sich nur halb aufrichten konnten, würde ihr Überleben von wenigen Zentimetern abhängen, wenn sie diese verdammte Handschelle nicht aufbekam.

Im Obergeschoss klirrte eine Scheibe. Der Zugriff startete. Ein heiserer Ruf ertönte, dann ein Knall. Oder eröffnete der Entführer das Feuer? Schoss er auf den Hubschrauber?

Sie konnte nicht mit Sicherheit einschätzen, was geschah. Auf keinen Fall durfte sie darauf vertrauen, dass sie rechtzeitig gerettet wurde.

Ringsum gurgelte und sprudelte das Wasser. Unaufhaltsam suchte es sich Wege, strömte in alle Ecken und Nischen, schäumte, bildete kleine Wirbel und Strudel. Stetig kletterte der Pegel, reichte ihr schon fast bis zur Hüfte, schien nach ihr zu greifen, sie hinabzuziehen.

Endlich brach die Haarklammer in der Mitte durch! Lena sortierte die beiden Stücke in der freien Hand. Einen Metalldraht klemmte sie zwischen Daumen und Zeigefinger und schob ihn in den Schließmechanismus.

»Ungefähr ein Zentimeter pro Sekunde«, sagte Jette. »Wenn das Wasser weiter so steigt, bleibt uns weniger als eine Minute.«

Lena suchte die richtige Stelle, ruckelte hin und her, aber ihre Finger waren feucht und von der Kälte steif, sodass ihr das Feingefühl fehlte. Außerdem gurgelte das Wasser so laut, dass sie nichts hörte. Kein metallisches Schaben, kein mechanisches Klicken, rein gar nichts.

Sie wandte mehr Kraft auf, verkrampfte die Schulter und den Oberarm, mit der Folge, dass ihr der Ersatzdraht aus der Hand rutschte. Impulsiv wollte sie ihn auffangen, bewegte sich ungelenk, hing an der Kette fest, stolperte, verlor auch den anderen. Beide Hälften fielen ins schäumende Wasser, wurden von der Strömung mitgerissen, waren weg.

Oh nein! Lena ging auf die Knie, tauchte bis zum Hals unter. Das Wasser war so kalt, dass es sich wie ein Ring um ihre Brust legte. Sie konnte das Gesicht nur mit Mühe über der Oberfläche halten, tastete den Boden ab. Sie musste den Draht finden. Sie musste einfach!

Zuerst suchte sie zu ihren Füßen, dann systematisch in immer größeren Radien. Nichts! Die dünnen Metallstücke konnten irgendwo in der Küche sein. Vielleicht waren sie sogar ins Treppenhaus gespült worden.

Verzweifelt richtete sie sich in eine gebückte Haltung auf, stand schief und krumm da. Plan B? Gab es einen Plan B? Aber so angestrengt sie auch nachdachte – ihr fiel nichts ein. Sie hatte die einzige Chance vertan, weil sie nicht aufgepasst hatte. Wenn Jette und sie ertranken, war es ihre Schuld.

»Da!«, rief Lena plötzlich. »Ein Schilfhalm. Greif ihn dir, Jette. Du musst ihn kürzen, sonst kannst du nicht gegen den Wasserdruck atmen. Probiere ihn aus. Geht's?«

»Was ist mit dir?«

In diesem Augenblick kippte das Stativ mit dem Scheinwerfer um, versank ebenfalls. Der Akkustrahler leuchtete unter Wasser weiter, wo zerfetzte Algen, verrottete Pflanzenteile und tote Fische schwebten. Außerdem blinkte etwas silbern, reflektierte den Schein. Direkt an der Wand. War das …?

Dann erlosch das Licht. Schlagartig wurde es dunkel in der alten Küche. Nur durch das Treppenhaus fiel noch ein heller Streifen herein.

Oben schrie ein Mann. Fußgetrappel. Mehrere Schüsse knallten. War es der Entführer, oder feuerten die Kollegen?

»Lena?«, fragte Jette. »Was ist mit dir?«

»Eine Chance habe ich noch«, murmelte sie, holte tief Luft, tauchte unter.

Unter Wasser war es zu finster, um etwas zu sehen. Blind tastete sie den Boden ab. Spürte kleine Kieselsteine, winzige Löcher mit scharfen Kanten, etwas Schleimiges, dann tatsächlich den länglichen Draht.

Ganz vorsichtig kratzte sie ihn ein Stück über den Boden zu sich her, damit er nicht fortgespült wurde. Mit Daumen und Zeigefinger packte sie zu, hielt ihn fest, tauchte wieder auf.

»Danke, dass du mich nie aufgegeben hast«, sagte Jette.

»Was?«, erwiderte Lena, dann verstand sie. Ihre Schwester sagte Lebewohl. »Atme durch den Schilfhalm, Jette. Ich habe einen Draht, mit dem mach ich zuerst mich los, dann dich. Das Wasser wird uns nicht besiegen. Wir schaffen das. Nicht aufgeben jetzt. Du musst durchhalten. Atme durch den Schilfhalm. Bitte. Probiere es aus. Sofort.«

Das Wasser stieg Lena bis übers Kinn. Hechelnd rang sie nach Atem. »Klappt es? Bist du so weit?«

Keine Antwort.

Lena konnte ihrer Schwester keine Ratschläge mehr geben, ihr nicht mehr helfen, sie nicht mehr sehen, weil sie ihren Kopf in den Nacken legte, um ein paar Zentimeter zu gewinnen, um den Mund und die Nase freizubekommen, um die Lippen zu spitzen und ein letztes Mal Sauerstoff einzusaugen.

Sie tauchte ab. Wie lange konnte sie die Luft anhalten? Eine Minute? Vielleicht eineinhalb! Sie erinnerte sich, wie sie das Öffnen mit ihren Freunden im Polizeiwohnheim geübt hatte. Es war ganz einfach. Den Draht einführen, den Widerstand suchen, den Widerstand überwinden, fertig.

Sie hatte es damals geschafft.

Dann konnte sie es auch jetzt schaffen.

Sie musste nur ruhig bleiben, durfte sich nicht verkrampfen.

Für Jette.

Für Mickel.

Für ihr gemeinsames Leben.

Die Sekunden verstrichen. Sie stocherte ungelenk. Mit der verminderten Schwerkraft fühlte sich alles anders an. Außerdem versteiften sich ihre Finger wegen der Kälte des Wassers.

Der Sauerstoffvorrat ging aus. Ihre Lunge drohte zu bersten, die Beine zitterten, sie musste pinkeln, bewegte den Kopf hin und her, musste atmen, wollte nach Luft schnappen, sich mit den Füßen hochstemmen, aber sie zwang sich zur Ruhe, zwang sich zum Weitermachen.

Ihre Knie wurden weich, gaben nach.

Da klappte es.

Es funktionierte.

Es funktionierte wirklich.

Sie öffnete die Fessel, riss sie herunter, stieß sich ab, durchbrach die Oberfläche und saugte die Luft ein. Noch nie war ein Atemzug so wichtig gewesen, noch nie hatte er sich so gut angefühlt.

Was war mit Jette?

Sofort schaute sie hinüber. Hatte die Schwester die Anweisung befolgt? Hatte es geklappt?

Da erkannte Lena das dünne Schilfrohr. Es ragte senkrecht nach oben, ungefähr zwanzig Zentimeter über die schäumenden Fluten, schwankte leicht hin und her. Es würde doch nicht brechen?

»Ich komme. Gleich bin ich bei dir«, sagte Lena, bewegte sich halb schwimmend, halb laufend hinüber und tauchte wieder ab.

***

Zwei Minuten später saßen die Schwestern eng umschlungen auf der gewundenen Treppe. Beide mit nassen Klamotten, beide vor Kälte zitternd, beide ungläubig, dass sie es geschafft hatten.

»Ich dachte, dass ich sterbe«, brachte Jette hervor. »Dass wir beide sterben.«

»Ist gut«, erwiderte Lena und strich der Jüngeren immer wieder über die Haare. Es war das erste Mal überhaupt, dass Jette von sich aus die körperliche Nähe gesucht hatte. Sie klammerte sich regelrecht fest.

Lena erwiderte die Umarmung, spürte, wie ihre Brustkörbe aneinanderwogten, wie heftig ihre Herzen klopften. Noch nie hatte Lena eine solche Nähe zu ihr gespürt. Es war überwältigend schön, sie war so erleichtert und schluchzte, aber in ihre Rührung mischte sich auch eine rasende Wut.

Immer wieder schoss ihr durch den Kopf, wie es ausgegangen wäre, wenn sie nicht den richtigen Druckpunkt gefunden hätte. Nur zwei oder drei Sekunden hatten Jette und sie vom Tod getrennt. Mehr nicht. Es war so knapp gewesen und hätte genauso gut anders enden können.

Dieses Schwein, dachte sie. Er wollte uns absaufen lassen. Einfach absaufen lassen.

Das konnte Lena ihm nicht durchgehen lassen, das schrie nach einer Reaktion. Sie drückte Jette noch einmal, machte sich von ihr los, hielt sie an den Schultern auf Abstand, sah ihr in die Augen.

»Hör zu«, sagte sie. »Wir können hier nicht bleiben. Er ist bewaffnet. Wenn er runterkommt, erschießt er uns.«

»Was willst du denn tun?«

»Ich sehe zwei Möglichkeiten. Wir schwimmen in die Küche und verstecken uns, sobald wir Schritte hören ...«

Beide schauten auf das grünbraune Wasser, das an den verputzten Wänden hin und her schwappte, aber nicht weiter anstieg. Anscheinend war der Pegel drinnen und draußen auf einem Niveau. Genau wussten sie es nicht, denn die Tür saß oben noch fest im Rahmen. Entweder hatte die Sprengung ein Loch in den Stahl gerissen oder ihn unten verbogen.

»Eine Stunde«, sagte Jette. »In zehn Grad kaltem Wasser verliert ein Mensch nach einer Stunde das Bewusstsein. So lange könnte man theoretisch durchhalten, aber die motorischen Aussetzer beginnen früher. Wenn wir keine Schwimmweste tragen, dann ...«

»Ich bevorzuge sowieso die andere Lösung. Wir schalten ihn aus.«

»Wir? Ich meine ...«

»Ich schalte ihn aus, aber ich brauche deine Hilfe. Sonst klappt es nicht.«

»Du willst kämpfen?«

»Wenn ich mir die Alternative ansehe, bleibt uns keine Wahl. So wie sich das da oben anhört, scheitert der Zugriff. Die Männer können sich nicht abseilen, solange er feuert. Vielleicht sind es auch die Orkanböen. Wenn sich das SEK zurückzieht, sind wir allein. Er ist bewaffnet, wir nicht. Dann greife ich ihn lieber jetzt an, nutze das Überraschungsmoment.«

»Bleib hier, Lena. Bei mir. Wir sollten jetzt zusammenbleiben. Vielleicht ist er verwundet, vielleicht regelt sich alles von alleine.«

»Wenn er verwundet ist, habe ich bessere Karten, wenn nicht, dann ... Ich weiß, was ich tun muss. Und wir sollten nicht länger warten, sondern loslegen. Je länger wir zögern, desto größer ist die Gefahr, dass sich die Lage oben beruhigt und er runterkommt. Okay?«

Jette sah sie aus großen Augen an, schüttelte zunächst den Kopf, dann nickte sie. »Was ... was soll ich tun?«

»Soweit ich mich erinnere, gibt es zwei Balkone, die rundum laufen, richtig?«

»Ja, einen am Wohnraum im ersten Obergeschoss, den anderen zwei Stockwerke drüber am Lampenraum.«

»Der Entführer befindet sich garantiert ganz oben. Bevor ich ihn angreife, musst du unten raus und das SEK am Feuern hindern. Sonst gerate ich in die Schusslinie, werde vielleicht getroffen.«

»Sie werden mich nicht hören. Wie soll ich mich verständlich machen?«

»Falls Nacht ist, werden sie den Leuchtturm mit Scheinwerfern anstrahlen, um den Entführer zu blenden. Trittst du nach draußen, wirst du von ihnen gesehen. Handzeichen. Du musst Handzeichen geben.«

»Was für welche?«

»Tu so, als würdest du schießen, aber ziele nicht auf sie, sondern irgendwohin. Dann schüttelst du den Kopf. Machst eine Faust und zeigst mit dem Daumen nach unten. Wiederhole das mehrmals. Dann gehst du rein, suchst Deckung, am besten hier unten, bis alles vorbei ist. Verstanden? Ja? Dann los.«

***

Auf Zehenspitzen eilten sie die Stufen hoch. Die vollgesogenen Socken schlappten an Lenas Füßen und behinderten sie. Hastig streifte sie sie ab, bewegte sich an der gewundenen Wand entlang, blickte immer wieder um die Ecke, bevor sie weiterdrängte. Der Hubschrauberlärm wurde lauter, dazu pfiff und heulte der Orkanwind. Das Treppenhaus wurde lichter, dann gleißend hell. Der Scheinwerfer strahlte voll hinein.

Am Treppenabsatz machte Lena sich klein, spähte in den erleuchteten Wohnraum. Rote Dielen, ein Bistrotisch, ein Holzgestell für touristische Broschüren, zwei hohe Fenster, durch die man nicht rausgucken konnte, weil man ansonsten geblendet wurde.

»Die Luft ist rein«, sagte Lena und prüfte die Tür, die auf den Rundgang führte. Sie war weder abgeschlossen noch blockiert und ließ sich leicht öffnen.

Jette hatte sie beobachtet. »Wann soll ich raus?«

»Drei Minuten. Zähle langsam bis hundertachtzig.«

»Lena, wenn du –«

»Nein, es wird gut gehen. Alles wird gut.«

»Ja. Du hast recht. Tu, was du tun musst.«

Lena lächelte, schlang ein letztes Mal die Arme um ihre kleine Schwester, spürte, wie sie die Umarmung erwiderte, was ihr erneut die Tränen in die Augen trieb.

Dann machte Lena sich los, rannte ins Treppenhaus. Start des Countdowns. Danach würde sich entscheiden, ob sie alles verlor oder alles gewann. Bring es zu Ende!, dachte sie. Dann hast du dein Leben zurück, dann brauchst du nie wieder zu kämpfen, nie wieder Angst zu haben. Nur dieses eine Mal noch, dann ist es vorbei. Sie zählte mit: ... achtundzwanzig ... neunundzwanzig ...

Im Wohnraum hing Informationsmaterial an der Wand, auf dem rundlaufenden Tisch unter den Fenstern lagen Nahrungsmittel und Toilettenartikel verstreut. Sie griff nach einer vollen Sprudelflasche aus Glas. Geeignete Schlagwaffe! In der Ecke ein Feldbett mit einem Schlafsack. Davor schlammverkrustete Gummistiefel.

Lena zögerte kurz, schlüpfte hinein. Passt!, dachte sie. Oben waren die Fenster gesprungen, sie durfte ihre Kampfkraft nicht durch Schnittwunden einbüßen. Fünfundsechzig ... sechsundsechzig ...

Sie hastete ins Treppenhaus, stieg hoch. Ihr Herz schlug heftig gegen ihre Rippen. Extremer Durchzug, auch weil die Tür zum Rundgang offen stand. In den nassen Sachen müsste ihr eigentlich kalt sein, aber sie fror nicht. Ihr ganzer Körper glühte.

Auf den letzten Stufen kauerte sie sich zusammen. Hundertzehn ... hundertelf ...

Ohrenbetäubendes Getöse. Lena musste sich konzentrieren, um den Gefechtslärm zu isolieren. Gedämpfte Salven. Das waren die SEK-Beamten, die aus dem Hubschrauber im Schwebeflug keine gezielten Schüsse abgeben konnten, sondern die Fensteröffnungen und den Austritt mit Kugelhageln eindeckten. In den Pausen lautere Knalle. Einzelfeuer. Vom Entführer.

Dann ein Sirren, eine Explosion über Lenas Kopf. Putz rieselte herab, verklebte ihr die Augen. Glück gehabt! Ein Querschläger.

Sie rutschte weiter runter, presste sich enger an die Stufen, verbot sich einen Erkundungsblick. Zu gefährlich. Hundertneunundsiebzig ... hundertachtzig.

Lena stellte sich vor, wie Jette hinaustrat, sich gegen den Wind in den Scheinwerferkegel kämpfte, wild gestikulierte, Handzeichen machte.

Trotzdem erklang das Tactactac der Schnellfeuergewehre noch weiter, auch das einzelne Bäng.

Plötzlich endete der Gefechtslärm.

Es waren nur noch das Prasseln des Regens, das Pfeifen des Windes und das Knarren des Daches zu hören. Drehte der Hubschrauber ab? Es klang fast so, als würde sich der Rotorenlärm entfernen.

Jetzt!, dachte Lena und sprang auf, die Wasserflasche bereit zum Schlag. Du hast nur einen Versuch, sagte sie sich. Wenn der nicht sitzt, dann ... Er muss einfach sitzen, du musst ihn treffen und sofort nachsetzen.

Mit großen Schritten rannte sie durch den Lampenraum. Es war stockduster. Trotzdem entdeckte sie den Entführer sofort. Er hockte unterm Fenster, ein Gewehr in der Hand, kam aus der Deckung, um in die Sturmnacht zu spähen.

Sie wusste nicht, wieso er auf sie reagierte. Vielleicht hörte er das knirschende Glas unter ihren Füßen, vielleicht nahm er eine Bewegung wahr. Aber er wirbelte herum, wollte auf sie zielen.

Es passierte alles so schnell. Mit einem Arm lenkte sie den Lauf ab, ein Schuss knallte, die Kugel ging fehl, mit dem anderen Arm schlug sie zu, die Wasserflasche traf ungenau, irgendwo am Hals oder am Ohr.

Trotzdem Wirkung. Er taumelte benommen, die Waffe fiel zu Boden.

Lena holte erneut aus, wollte ihn ausschalten, aber sie brauchte zu lange, sah stattdessen seine vorschießenden Hände, die sich um ihre Kehle legten, zudrückten, ihr die Luft abschnürten.

Er drängte sie zurück. Mit überwältigender Dynamik. Sie stieß irgendwo gegen. Die Flasche fiel ihr aus der Hand, zersprang klirrend.

Mist!

Im nächsten Moment hämmerte sie ihm die Faust in die Rippen, trat ihm vors Schienbein, zwängte ihre Hände zwischen seine ausgestreckten Arme, krallte ihre Finger in sein Gesicht, tat alles, um sich aus dem Klammergriff zu befreien.

Sie bekam keine Luft, erstickte, begriff, was er vorhatte. Er wollte sie durch die offene Tür nach draußen drängen, erwürgen, übers Geländer in die Tiefe stürzen.

Ihr blieb keine Zeit mehr.

Sie stemmte sich nicht länger gegen ihn, sondern machte seine Bewegung mit, drückte sich mit den Füßen nach hinten ab, mit der Folge, dass sich sein Griff lockerte, er ihre Kehle losließ, ihr entgegenstürzte.

Sie schnappte nach Luft, riss das Knie hoch, traf ihn unterm Kinn, krachte selbst mit dem Rücken gegen das Stahlgeländer, rollte zur Seite weg.

Draußen stockdustere Nacht. Ohrenbetäubendes Tosen und Rauschen. Der Wind zerrte so stark an ihr, dass sie sich am Geländer festklammerte, um nicht wegzufliegen.

Wo war der Hubschrauber? Wo das SEK? Jetzt war der Entführer raus aus der Deckung, jetzt war er angreifbar. Finaler Rettungsschuss!

Am Handlauf zog sie sich fort von ihm, machte sich ganz

klein, um dem Sturm weniger Angriffsfläche zu bieten, kämpfte sich Schritt für Schritt vor, sah über die Schulter zurück. Der Entführer war dicht hinter ihr.

Regenwasser lief in Strömen an ihr herunter, ihre Haare flatterten im Wind. Da entdeckte sie den Hubschrauber, er war abgedreht, tastete in einiger Entfernung mit dem Scheinwerfer die schwarze, aufgeraute See ab.

»Kommt zurück«, schrie sie, aber der Orkan verschluckte die Wörter.

Das Gewehr, dachte sie. Sie musste rein, es sich greifen, ehe er auf die gleiche Idee kam. Da stieß sie mit den Beinen gegen zwei Eisenstangen, die quer liefen, den Durchgang versperrten.

Nein!

Sie drehte sich um, sah ihn näher kommen, reckte die Fäuste hoch, schlug ihm auf die Nase, schlug ihm auf die Schläfe, spürte ein Knacken, einen stechenden Schmerz, konnte nicht weiter zurückweichen, nicht verhindern, dass er die Hände um ihre Kehle legte, zudrückte, ihren Oberkörper übers Geländer presste.

Unten gefährliche Dunkelheit. Die aufgewühlte See nur zu erahnen. Sie klammerte sich an seine Arme, bemerkte in den Augenwinkeln, dass der Hubschrauber zurückkehrte, dass der Scheinwerfer sie erfasste.

Ihr wurde schwarz vor Augen, silberne Punkte tanzten auf und ab, er zerquetschte ihr den Kehlkopf.

Abknallen!, dachte sie. Ein gezielter Schuss war im Schwebeflug fast unmöglich, gleichzeitig ihre letzte Chance. Tut es!, schrie es in ihr. Los! Feuer frei!

Tatsächlich ertönte ein Knall, aber er kam nicht aus der Sturmnacht, sondern aus dem Inneren des Leuchtturms. In dem kaputten Fenster sah Lena ihre Schwester Jette mit einem Gewehr im Anschlag stehen. Trugbild? Letzte Zuckungen ihres Geistes? Oder Realität?

Sein Griff lockerte sich. Lena schnappte nach Luft, wollte sich befreien, aber er klappte über ihr zusammen. Gemeinsam kippten sie übers Geländer, stürzten aus großer Höhe in die Tiefe, drehten sich um die eigene Achse, drehten sich erneut.

Sie konnte keinen Gedanken mehr fassen. Nur ein Bild blitzte auf. Sie sah Mickel, sah ihren Kuss nach dem Scheunenkonzert. Sie hatte eine schlimme Vorahnung gehabt, aber es war anders, als sie angenommen hatte.
Sie hatte sich nicht von ihm verabschiedet.
Es war umgekehrt.
Er hatte sich von ihr verabschiedet.
Dann schlug sie auf.

78

»Bitte beruhigen Sie sich«, sagte der Pressesprecher, Oberkommissar Nemanja Pavlovic, in der Livestream-Übertragung auf dem kleinen Smartphone-Display. Er saß mit durchgestrecktem Rücken da. Auf seinen Brillengläsern spiegelten sich die Blitzlichter. Das Gesicht wirkte hart und eckig im kalten Schein der Leuchtstoffröhren. »Ich weiß, dass die Nachricht schwer zu verdauen ist, und ich weiß auch, dass Sie viele Fragen haben, aber aus taktischen Gründen konnten wir die Öffentlichkeit nicht früher darüber informieren, dass der Gezeitenmörder einen Komplizen hatte. Einen Lageüberblick gibt Ihnen nun der Präsident.«

Die Szenerie ähnelte der letzten Konferenz. Im Hintergrund erhob sich eine blaue Niedersachsenkarte mit Polizeisternen und weißen Wappenrössern. Davor saßen die Vertreter des Landeskriminalamtes an einem langen Tisch. Auf der linken Seite hatte ein Mann mit einer schwarzen Sturmhaube und einem olivgrünen Kampfanzug Platz genommen. Ein Stehschild wies ihn als Kommandoführer des SEKs aus. Kein Name, kein Dienstrang. So konnte seine Identität geheim gehalten werden. Auf der rechten Seite streckte Philip Kahrmann gerade seinen Kopf zu dem dünnen schwarzen Mikro vor.

»Drei Tage liegt der Einsatz an der Elbmündung zurück«, sagte Kahrmann. Sein Gesicht war durchfurcht von tiefen Falten. Er schien um Jahre gealtert zu sein. »Drei Tage, die uns zur umfassenden Aufarbeitung dienten. Heute können wir Sie über die Ergebnisse und über die Operation unserer Spezialkräfte informieren.«

Er hustete, nahm einen Schluck von dem bereitstehenden Wasser und fuhr fort: »Bei der Sichtung des Nachlasses von Arndt Schulte, insbesondere seiner Tagebücher, entstand der Verdacht, dass es einen zweiten Täter geben könnte. Deshalb überprüften wir mehrere Personen, die wir seinem Umfeld zuordneten. Es kristallisierte sich ein Mann heraus, den wir stärker in den Fokus nahmen. Wegen Flucht- und Verdunkelungsgefahr mussten wir sehr vorsichtig agieren. Als das Orkantief Thea eintraf, nutzte der Verdächtige die starke Beanspruchung der Einsatzkräfte aus und setzte einen Plan um, den er über Wochen vorbereitet hatte ...«

»Der Name?«, rief eine Frau aus dem Off. »Wie heißt der Mann? Können Sie seine Identität preisgeben?«

»Bitte gedulden Sie sich noch«, schaltete sich der Pressesprecher ein. »Am Ende der Ausführungen bleibt genügend Zeit, um –«

»Schon gut. Ich kann diese Auskunft vorziehen«, sagte Philip Kahrmann, griff nach einem Papphefter und zog ein bedrucktes Blatt heraus. »Wir haben uns lange auf diesen Moment vorbereitet, und doch fällt es mir jetzt nicht leicht, ihn namentlich zu benennen, weil ich um die Sprengkraft dieser Information weiß. Entschuldigen Sie«, sagte er, trank erneut aus dem Glas und fuhr dann mit dem Zeigefinger Zeile für Zeile über das Papier. Als er fertig war, saß er noch einen Moment mit gesenktem Kopf da, sammelte sich.

Endlich sah er auf. »Ich hatte die genauen Daten nicht im Kopf, wollte Ihnen keine Falschinformationen liefern. Jetzt können wir loslegen. Also: deutscher Staatsbürger. Geboren am 3. August 1992 in Jork, Altes Land. Abitur auf dem Vincent-Lübeck-Gymnasium in Stade. Studium der Betriebswirtschaftslehre in Lüneburg. Abschluss Diplom-Kaufmann. Seit 2019 bekleidete er verschiedene Funktionen in der Firma seines Vaters. Sein Vorname lautet Torsten. Ohne ›h‹. Torsten Bering.«

»Handelt es sich bei der Firma seines Vaters etwa um die Bering-Werke in Hamburg?«

»Das ist korrekt.«

Nun war es raus. Sofort erklangen mehrere Stimmen, die aufgeregt durcheinanderredeten, außerdem Stühlerücken und das schrille Quietschen von Gummisohlen. Auf die Vertreter des LKA ging ein neues Blitzlichtgewitter nieder.

»Welche Spur führte auf seine Fährte?«, rief eine männliche Stimme.

»Torsten Bering war ein erfahrener Segler. Er hatte eine Yacht im Real Club Náutico de Palma liegen. Auf Mallorca. Vor einigen Jahren suchte er einen Skipper, der sein Boot nach Deutschland überführen sollte, und beauftragte Arndt Schulte. Der Kontakt zwischen den beiden Männern intensivierte sich, und Torsten Bering vermittelte zahlreiche Aufträge von anderen Eignern und Charterfirmen. So ermöglichte er Arndt Schulte einen beträchtlichen Gelderwerb, der diesen befähigte, seinen Lebensunterhalt zu bestreiten und die Werft in Neuhaus umzubauen. Bei dem Abgleich der Mobildaten machten wir eine interessante Entdeckung. In den vergangenen Jahren kam es zu Treffen an Hafenorten, wo der Gezeitenmörder seine Opfer entführt hatte.«

»Sie kannten sich also«, rief eine weibliche Stimme. »Gibt es auch gerichtstaugliche Beweise?«

»Wir haben bei Torsten Bering Fotos sichergestellt, die belegen, dass er bei der Begehung verschiedener Taten anwesend war. Auch wenn er eigenhändig keinen Mord verübt haben sollte, ist er mindestens Mittäter. Außerdem fanden wir in seinem Nachlass ein Betäubungsmittel, das Arndt Schulte benutzt hat und in seinen Tagebüchern erwähnt, ohne über die Herkunft zu berichten.«

»Was für ein Betäubungsmittel?«

»Mutmaßlich wurde es in den Bering-Werken unter Mithilfe eines ausländischen Staatsbürgers hergestellt, der die chemische Formel lieferte. Und bevor Sie fragen: Bei der Einreise benutzte er gefälschte Papiere. Seine Identität ist unbekannt, seine Rolle weitgehend unklar.«

»Nachlass?«, rief jemand. »Sie haben gerade von Nachlass geredet. Heißt das, dass Torsten Bering nicht mehr lebt?«

»So viel vorerst von mir. Ihre Frage leite ich weiter«, sagte Kahrmann und nickte dem Kommandoführer des SEKs zu.

Der streckte die Brust raus. »Am besten beginne ich chronologisch«, sagte er. Seine Stimme klang gedämpft durch die Sturmhaube. »Die Alarmierung erreichte uns –«

»Lauter«, schrie jemand. »Können Sie lauter sprechen?«

»Wieso Alarmierung?«, rief eine andere Stimme. »Durch wen und weshalb?«

»Das ist heute eine spezielle Situation«, mischte sich der Pressesprecher ein. »Aber so geht es auch nicht. Wir müssen uns ans Protokoll halten. Melden Sie sich, wenn Sie eine Frage haben. Ich notiere Ihren Namen und nehme Sie der Reihe nach dran.«

»Die Alarmierung erreichte uns in der Nacht von Samstag auf Sonntag«, fing der Kommandoführer erneut an, dieses Mal kräftiger. »Die Zeit ... sie lief gegen uns, weil es dem Täter gelungen war, die Sicherheits- und Überwachungstechnik auszuschalten. Alle Beteiligten arbeiteten unter Hochdruck. Glücklicherweise kannte die Ermittlungsgruppe bereits seine Identität und hatte ein Dossier angelegt. Torsten Bering war Mitglied im Förderverein Baljer Leuchtturm von 1904 e. V. Die Auswertung seines Bewegungsprofils bestätigte, dass er sich in den vergangenen Wochen mehrmals in dem Gebäude aufgehalten hatte. Und die Aufklärung mit Wärmebildkameras zeigte, dass er sich auch am Sonntagnachmittag dort befand.«

»Es gibt eine Wortmeldung«, sagte der Pressesprecher. »Dimitri Schulte vom Norddeutschen Rundfunk. Wollen Sie die Frage jetzt oder später hören?«

»Ich möchte zuerst meinen Bericht beenden«, sagte der Kommandoführer. »So wie bei den Pressekonferenzen mit Ihrem Vorgänger auch.«

»Natürlich«, erwiderte Pavlovic sofort, griff sich an den Brillenbügel und rückte die Sehhilfe zurecht. Verstohlen schaute er zum Präsidenten hinüber, der den Fauxpas nicht bemerkt hatte, weil er gerade für einen Fotografen posierte.

»Wo war ich stehen geblieben?«, fuhr der Kommandoführer fort. »Ach ja. Die Sturmflut, die exponierte Lage des Leuchtturms und seine Bauweise erforderten Vorbereitungen. Umfangreiche Vorbereitungen in puncto Logistik. Daher konnte der Zugriff erst gegen zweiundzwanzig Uhr erfolgen. An Bord des Hubschraubers befanden sich das Zugriffsteam, bestehend aus vier Beamten, sowie zwei Präzisionsschützen, die der Absicherung dienten. Wir proben das Abseilen mehrmals im Jahr. Die Männer sind eigentlich geübt, aber …«

Plötzlich sprang er von seinem Stuhl auf, zeigte mit dem ausgestreckten Zeigefinger in den Raum. »Sie da auf der Fensterbank … Ich meine den jungen Mann mit Rollkragenpulli und Cordhose. Ja, Sie … Ist verdammt heiß hier drin. Und stickig. Können Sie mir einen Gefallen tun und Luft reinlassen? … Ja, öffnen Sie ruhig beide Fenster … So ist gut … Danke.«

Er setzte sich wieder, schnaufte durch seine Sturmhaube. »Jedenfalls waren die Wetterbedingungen hart. Außerdem eröffnete die Zielperson sofort das Feuer und traf einen Mann vom Zugriffsteam, der ins Wasser stürzte. Keine Sorge – er trug nicht nur eine Schutz-, sondern auch eine Schwimmweste. Die Präzisionsschützen gaben Salven ab, konnten aber den Angreifer weder eliminieren noch genug Deckung geben, um den Zugriff fortzusetzen. Wir steckten in einem Dilemma, führten eine Risikoabwägung durch, hätten den Einsatz abbrechen und uns neu sortieren müssen, wenn nicht jemand auf den unteren Balkon getreten wäre und uns signalisiert hätte, dass wir das Feuer einstellen sollen.«

»Es befanden sich weitere Personen im Leuchtturm?«

»Sollten Sie nicht warten, bis Sie drangenommen werden? Ja, im Leuchtturm befanden sich weitere Personen. Eine Zivilistin und eine Kollegin. Wir drehten ab, aktivierten die Nachtsichtgeräte, verfolgten, dass es zu einem Kampf kam. Mit vereinten Kräften gelang es den beiden Frauen, die Zielperson zu neutralisieren.«

»Handelt es sich um die Beamtin, die schon einmal von dem Gezeitenmörder entführt wurde?«

»Obwohl Sie heute das Protokoll hartnäckig ignorieren, stehe ich Ihnen gleich für Fragen zur Verfügung«, sagte der Kommandoführer. »Vorher möchte ich jedoch einen Appell an Sie richten. Die Frauen haben in einer brenzligen Situation große Tapferkeit bewiesen und verdienen unser aller Respekt. Sie haben eine schwere Zeit hinter sich und müssen die zurückliegenden Ereignisse verarbeiten. Zeigen Sie Anstand. Belagern Sie nicht ihre Wohnungen, klingeln Sie nicht an ihren Türen und rufen Sie nicht bei ihnen an. Erlauben Sie ihnen, in Ruhe zu genesen …«

***

»Du kannst die Liveübertragung beenden«, sagte Lena. Sie saß auf dem Beifahrersitz ihres Polos.

»Ist er der Mann, der dich aus dem Wasser geborgen hat?«, fragte Mickel, stoppte die Wiedergabe und steckte das Smartphone weg. Er hockte hinter dem Steuer des parkenden Wagens.

»Ja, ich kannte ihn schon von der Erstürmung des Werftgeländes. Er ist mir sofort hinterhergesprungen, als er mich vom Leuchtturm stürzen sah. Ich war nur halb bei Bewusstsein. Wenn er nicht gewesen wäre, wenn er mich nicht rausgefischt hätte, dann …«

»Du lebst, Lena. Du bist hier. Das ist alles, was zählt. Vier bis sechs Wochen, hat der Arzt gesagt. Dann kommt der Gips ab, und du beginnst mit der Reha.«

»Die beginnt schon jetzt, Mickel. Danke, dass du mich aus dem Krankenhaus abgeholt hast.«

»Ich hätte dich nach dem Abschiedskonzert niemals alleine lassen dürfen. Ich mache mir solche Vorwürfe. Ich –«

»Dann hätte Torsten eine andere Gelegenheit gefunden. Und wer weiß, wie es dann ausgegangen wäre. Lass uns nicht zurückschauen. Erzähl mir lieber, warum du mich hergebracht hast.«

Mickel wollte etwas erwidern, hielt sich aber im letzten Moment zurück. Stattdessen sagte er: »Ich helfe dir raus. Dann erzähle ich es dir.«

Mühsam kletterte Lena mit seiner Unterstützung aus dem Wagen. Ihren rechten Unterarm hielt sie hoch, damit kein Blut in die Operationswunde lief. Bei dem Kampf hatte sie sich die Mittelhand und das Daumengelenk gebrochen. Außerdem die große Strecksehne gerissen. Den Sturz hatte sie bis auf Prellungen an Schultergelenk und Hüfte unbeschadet überstanden, weil sie auf Torsten gelandet war.

In den letzten Tagen war viel auf sie eingeprasselt. Zu viel. Sie hatte überhaupt keine Zeit für sich gehabt. Immer wieder musste sie daran denken, wie knapp sie davongekommen war. Es verfolgte sie. Trotzdem wollten alle etwas. Die Ermittler, die Journalisten, die Ärzte, die Krankenschwestern. Am liebsten hätte sie sich irgendwo versteckt, irgendwo am anderen Ende der Welt, wo niemand ihren Namen kannte.

Sie drückte die Beifahrertür zu, während ihr der feuchtkalte Wind ins Gesicht schnitt. Sie fror, hielt ihre Jacke über der Brust zusammen.

Der Orkan Thea war zwar weitergezogen, die Pegelstände näherten sich dem Normalbereich, aber der Himmel war noch bewölkt. Von Zeit zu Zeit gingen Schauer nieder. Sogar die Reetdachkate büßte bei diesem Schmuddelwetter an Charme ein.

Mickel nahm ihre Hand, führte sie behutsam durch den nassen Vorgarten, vorbei an den Heckenrosen und Hagebuttensträuchern, zur Rückseite des kleinen Fachwerkhauses, wo er neben einem Apfelbaum stehen blieb, der noch voller roter Früchte war.

»Weißt du, welche Sorte das ist?«, fragte er. »Das ist ein Rewena. Ernte ist eigentlich Anfang Oktober, aber sie schmecken noch richtig gut. Am besten nach dem Pflücken«, sagte er, riss eine Frucht ab und biss knackend hinein. »Hier, probiere mal. Leicht säuerlich, saftig.«

Lena nahm den Apfel entgegen und kostete ihn. »Ja, ganz lecker.«

»Sicher fragst du dich, warum wir hier mit nassen Schuhen mitten in einer Pfütze stehen.«

»Du hast den Regen vergessen, Mickel. Falls es dir noch nicht aufgefallen ist – es regnet wieder. Mein Gips löst sich auf.«

»Ach, ich bin so ein Dussel. Tut mir leid. Du hast eine so harte Zeit hinter dir, und ich habe nichts Besseres zu tun als ... Wollen wir es verschieben?«

»Ich weiß ja noch gar nicht, um was es geht. Nun erzähl schon.«

»Eigentlich wollte ich es dir nach unserem Abschiedskonzert sagen. Ich hatte extra eingekauft. Sekt und Fingerfood.«

»Aha.«

»Zum Feiern. Also ... also dieser Baum, Lena, gehört jetzt mir. Noch nicht formal, aber per Handschlag. Damals habe ich ihnen für einen guten Preis das Reetdach repariert. In den letzten Jahren haben sie ihr Ferienhaus kaum genutzt. Waren ständig beruflich unterwegs, urlauben mittlerweile lieber im Warmen. Jetzt haben sie sich revanchiert und mir einen Freundschaftspreis gemacht ...«

Endlich begriff sie, was er ihr sagen wollte. Er hatte das kleine Anwesen gekauft!

Mickel sah ihr fest in die Augen. »Ich will nicht den gleichen Fehler begehen wie mit dreizehn. Ich möchte für dich da sein, wann immer du mich brauchst, und ich möchte mit dir zusammen sein. Bleib hier, ruh dich aus und komm zu Kräften. Nimm dir so viel Zeit, wie du benötigst. Du hast dich hier so wohlgefühlt. Diese Reetdachkate kann dein Zuhause sein. Unser Zuhause. Wir können hier zusammen leben. Ich habe dir einen Zweitschlüssel machen lassen. Alles, was mir gehört, gehört auch dir. Wenn du willst?«

Lena betrachtete das längliche Metallstück mit den scharfen Zacken. Sein Gewicht fühlte sich schwer in ihrer Hand an. Der Regen fiel dichter, legte sich über alles. Vielleicht war das ganz gut so. So sah man nicht, dass ihr die Tränen über die Wangen liefen. Das passierte in letzter Zeit öfter. Sie fühlte sich so schnell überfordert. Sollte Entscheidungen treffen, die sie nicht treffen konnte. Doch dieses Mal war es anders. Dieses Mal weinte sie vor Rührung.

Wieder einmal wurde ihr klar, wie gut Mickel sie kannte und wie klar er begriff, was in ihr vorging. Das, was er gerade tat, war genau das Richtige, war genau das, was sie jetzt brauchte. Er fing sie auf, bot ihr einen Zufluchtsort, bot ihr Wärme und Geborgenheit.

Sie presste den Schlüssel so fest in ihre Hand, wie sie konnte. »Ich werde ihn niemals verlieren. Das verspreche ich dir«, sagte sie rau und lehnte ihren Kopf an seine breite Brust.

79

Mitte November war Lena schon fast wieder die Alte und begleitete Mickel zum Notartermin. Hinterher fuhren sie zurück zu ihrem gemeinsamen Zuhause, parkten den Polo in der Einfahrt der Reetdachkate und spazierten durch den Baljer Außendeich.

Ein Hochdruckgebiet sorgte für einen strahlend blauen Herbsthimmel. Nur vereinzelt huschte der Schatten einer Wolke über die weite Landschaft. Ringsum rasteten Sing- und Zwergschwäne, Kiebitze, Goldregenpfeifer, Säbelschnäbler und Nonnengänse auf dem Feuchtgrünland.

»Sieh mal«, sagte Mickel. Ein Schwarm Graugänse flog auf und bildete die typische V-Formation. »Früher wollte ich immer mit ihnen ziehen. Egal, wohin. Nur weit weg. Jetzt hab ich das Gefühl, dass ich angekommen bin.«

Lena nickte. »Hast du schon zurückgerufen?«

Das Musikvideo war fertig. Malte, der Regisseur, hatte es einem ehemaligen Kommilitonen geschickt, der es an einen Freund bei einem Major-Label weitergeleitet hatte. Der hatte Anfang der Woche auf Mickels Mailbox gesprochen und sich erkundigt, ob er schon Kontakte zu anderen Managern habe und ob mehr Songmaterial vorhanden sei.

»Nein«, erwiderte Mickel. »Was ist, wenn das nur ein Strohfeuer ist? Wenn der wirklich so weit oben sitzt, wie alle sagen, spielen dem jeden Tag Topmusiker vor. Richtige Profis. So einer wie der hat bestimmt nicht auf einen wie mich gewartet.«

»Du kannst dir ja wenigstens mal anhören, was er zu sagen hat.«

»Ich bleibe lieber unabhängig, da kann ich nicht enttäuscht werden. Mein Cover ist doch richtig chic geworden, das hast du selbst gesagt.«

»Ein Plattenvertrag könnte helfen.«

»Warum denn? Ich schreibe Songs, wenn ich Lust dazu habe, und nicht, wenn ich es muss.«

»Ich glaube, ich rufe ihn mal an.«

Mickel blieb abrupt stehen. »Mensch, Lena. Ein Plattenvertrag. Weißt du, was das heißt? Da muss ich abliefern, jeden Tag abliefern, da muss ich –«

»Das schaffst du schon.«

Mit großen Augen schaute er sie an. Dann stahl sich ein Lächeln auf seine Lippen, das immer breiter wurde. Schließlich griff er nach ihrer Hand und zog sie weiter Richtung Hauptdeich. »Vielleicht hast du recht. Und wenn ich es nicht ausprobiere, werde ich es nie erfahren, richtig? Ich rufe ihn gleich nach unserer Rückkehr an.«

»Man muss die Zeit nutzen, die einem bleibt. Heute probieren wir noch das neue Curry-Rezept aus, ja?«

Seit Lenas Entlassung aus dem Krankenhaus fühlte sich alles viel intensiver an. Vielleicht lag es daran, dass sie nur knapp davongekommen war, dass die Bedrohung durch Anton anhielt oder dass sie beide so viele Jahre gebraucht hatten, um ein Paar zu werden. Sie regelten ihr Leben mit einem Tempo, als gäbe es kein Morgen mehr.

Lena hatte sich zwar gefragt, ob sie nach all der Dunkelheit noch mehr Verbrechen ertragen konnte, aber sie liebte ihren Beruf. Er erfüllte sie mit Sinn, außerdem lag ihr die Ermittlertätigkeit. Bald würde sie in den Polizeidienst zurückkehren und hatte sich um Stellen in Cuxhaven und Stade beworben. Eine Versetzung in die Region würde weniger Fahrerei und mehr Zeit mit Mickel bedeuten. Der Präsident des LKA Niedersachsen hatte sich eingeschaltet und sie um ein Gespräch gebeten. Über den Grund rätselte sie noch, möglicherweise wollte er ihr einen Posten anbieten.

Auch sonst tat sich so vieles:

Zum ersten Mal in ihrem Erwachsenenleben fühlte sie sich heimisch. Auf dem Land ging es viel ruhiger zu, weniger hektisch. Durch die mangelnde Ablenkung gelang ihr ein besserer Draht zu sich selbst. Sie las all die Gedichte, die ihre Mutter so geliebt hatte, und wähnte sich ihr ganz nah. Sie erfreute sich an der Tiefe der Gedanken, setzte sie in ein Verhältnis zu ihrem eigenen Leben und zog Erkenntnisse daraus, die sie regelrecht verblüfften.

Mickel hatte seinen Webauftritt als Solomusiker gestaltet und Vorbereitungen für die Veröffentlichung von »Wide Open Sea« getroffen. Dass es nach dem Anruf des Major-Labels anders laufen könnte, als er ursprünglich geplant hatte, wäre wahrscheinlich nicht zu seinem Nachteil.

Außerdem wollte er sich einen lang gehegten Traum erfüllen. Bisher hatte er meistens an Bord seines Segelschiffs gelebt. Da war kein Platz für einen Hund gewesen. Übermorgen holte er bei einer Züchterin in Bremervörde einen Labrador-Welpen ab, mit dem er bei einem ersten Kennenlernen Freundschaft geschlossen hatte.

Ihre Schwester Jette hatte nie über die Ereignisse im alten Leuchtturm geredet und sich sofort nach den polizeilichen Vernehmungen wieder ihren Forschungen gewidmet. Tatsächlich hatte sie mehrere Förderer für ihr Projekt gewinnen können, das zunächst auf zwei Jahre angelegt wurde, mit der Option auf eine Verlängerung.

Daraufhin hatte ihr Vater einen Antrag auf vorzeitige Pensionierung gestellt, um zusammen mit Jette die Pacht für die Hallig Südhorn zu übernehmen. In Cuxhaven, in der neuen Wohnung und an der neuen Schule war er nie heimisch geworden. Wahrscheinlich fieberte er dem Umzug entgegen.

Es war schon eine Weile her, dass Lena von ihnen gehört hatte. Manchmal stimmte es sie traurig, dass die alte Distanz wiederhergestellt war, aber sie freute sich auch, dass die beiden nicht alleine waren und so tolle Ziele verfolgten.

Ulf »Eimi« Striebeck hatte in der Tenne des Bauernhauses Marihuana angepflanzt. Nach der Legalisierung hatte er die Zahl der Pflanzen reduziert, sodass er keinen Ärger mit den Behörden bekam. Im Dorf erzählte er, dass er Gras rauche, um seine Hyperaktivitätsstörung in den Griff zu bekommen. Das Kiffen senke sein Energielevel und erlaube ihm, den Hof zu führen.

Das konnte man von Markus »Fischbek« Krause nicht behaupten. In unzähligen durchkifften Nächten mit Eimi hatte er am Computer gesessen und sich in der Welt der Online-Rollenspiele verloren. Vor allem in der »World of Warcraft«. Manchmal wusste er nicht, ob er ein Hexenmeister, ein wortkarger Todesritter oder ein schwatzhafter Familienvater und Ingenieur war. Der Betriebsrat von Airbus hatte sich für die Fortsetzung des Arbeitsverhältnisses eingesetzt. Auch seine Familie ließ ihn nicht im Stich. Nach dem Besuch einer Suchtberatungsstelle hatte er sich entschlossen, eine Verhaltenstherapie mit Ursachenanalyse zu beginnen.

Svenja, die alte Sandkastenfreundin, hatte einen Makler mit dem Verkauf ihres Bungalows beauftragt und wohnte wieder bei ihren Eltern. Sie bemühte sich um die Fortsetzung ihrer Berufsausbildung zur Bürokauffrau und war im Rekordtempo schlank geworden. Mehrmals hatte sie bei Lena angerufen, einmal sogar an der Haustür der Reetdachkate geklingelt.

Lena war bei den Telefonaten und dem Überraschungsbesuch freundlich, aber zurückhaltend geblieben. Es war nur schwer vorstellbar, dass Svenja nichts von dem langjährigen Treiben ihres Partners mitbekommen hatte. Es war sogar anzunehmen, dass sie sich so stark vernachlässigt hatte, um sich vor den Nachstellungen durch Torsten und seinen besten Kumpel Arndt Schulte zu schützen. Wenn es sich so verhielt, hatte sie gewusst oder geahnt, was die beiden Männer trieben.

Hatte Svenja es aus Angst unterlassen, eine Verbrechensserie anzuzeigen? Wollte sie durch den Kontakt verhindern, dass ihre Tatbeteiligung untersucht wurde?

Selbst wenn Lena wollte, würde sie ihr nicht helfen können. Erhärtete sich bei den Befragungen der Verdacht gegen sie, tauchte ihr Name im Nachlass von Torsten Bering an der falschen Stelle auf oder konnte ihr anderweitig ein strafwürdiges Verhalten nachgewiesen werden, würden Ermittlungen eingeleitet werden.

Der Nachfolger von Kriminalrat Bruns war beim Jogging im Griechenland-Urlaub tot umgekippt. Auf Betreiben des Präsidenten sollte Ole Ohnhäuser zum jüngsten Dezernatsleiter in der Geschichte des LKA ernannt werden. Eine mutige Entscheidung. Eine Entscheidung, die nicht nur Befürworter fand, sondern für Wirbel sorgte.

Die gerichtsmedizinische Untersuchung hatte ergeben, dass Torsten Bering kaum Wasser in der Lunge hatte. Daher war davon auszugehen, dass er beim Eintauchen in die See bereits tot gewesen war.

Die Bering-Werke waren an einen Konkurrenten verkauft worden. Auf dem Programm stand eine baldige Umbenennung. Wo sich der ehemalige Eigentümer Carsten Bering, Torstens Vater, derzeit aufhielt, war unbekannt.

Auch die Hypnosetherapeutin Dr. Marina Hornschuh hatte sich aus der Öffentlichkeit zurückgezogen. Vermutlich aus gesundheitlichen Gründen.

Das LKA Niedersachsen ließ international nach Anton fahnden, um ihn wegen des Betäubungsmittels zu befragen, aber er blieb unauffindbar. Zurzeit schien es zwar so, als würde er davonkommen, aber Lena war davon überzeugt, dass diese Geschichte noch nicht zu Ende war. Früher oder später würde sie ihn zur Rechenschaft ziehen.

Sie hatte ihre Kontakte bei der Polizei spielen lassen, um den Mann mit dem silbernen Haarknoten zu identifizieren. Er hieß Andreas Stange, ein ehemaliger Zeitsoldat bei den Panzergrenadieren, der nach einer zwölfjährigen Offizierslaufbahn mutmaßlich Söldner wurde und in dieser Zeit dubiose Kontakte knüpfte.

Zwei Tage nach dem Zwischenfall am Sportboothafen in Cuxhaven-Altenbruch flog er von Frankfurt über Doha nach Addis Abeba in Äthiopien. Vielleicht um über den Landweg in den bürgerkriegsgeplagten Sudan weiterzureisen, in dem er sich bereits ein Dutzend Mal, möglicherweise als Militärberater, aufgehalten hatte.

Indem er Lena betäubt und entführt hatte, beging er Straftaten. Allerdings handelte er im Beisein und im Auftrag von Jette, die zum Zeitpunkt der Tatbegehung mit im Auto saß und wiederum von Anton zu diesem Schritt genötigt worden war. Die Rechtslage war kompliziert, eine erfolgreiche Strafverfolgung wegen Antons Verschleierungsmaßnahmen so gut wie aussichtslos. Deshalb sah Lena von einer Anzeige gegen Andreas Stange ab.

Staatsanwalt Torben Hofmann wurde beim anonymen Hinweisgebersystem wegen Korruption angezeigt, was die Überprüfung seiner Finanzen zur Folge hatte. Unregelmäßigkeiten wurden festgestellt. Ein Amtsenthebungsverfahren wurde eingeleitet – mit unbekanntem Ausgang.

Jettes ehemaliger Abteilungsleiter im DIH, dem Deutschen Institut für Hirnforschung, hatte seinen Posten geräumt und war jetzt als Berater tätig.

Vielleicht steckte Jette dahinter. Sie hatte schon immer ihr eigenes Ding durchgezogen und konnte am besten einschätzen, wie weit sie gehen durfte.

Vor zwei Wochen war ein stark skelettierter Leichnam auf Neuwerk angespült worden. In den Resten seiner Segelbekleidung fand sich ein Personaldokument, das ihn als Niels Kröger auswies. Ein umgehend eingeleiteter DNA-Abgleich bestätigte die Identität. Es war der echte Niels Kröger, der aus unbekannten Gründen in der Außenelbe gekentert war, nicht der aus Lenas falschen Erinnerungen und Träumen. Mittlerweile war er in seiner Heimatstadt Glückstadt bestattet worden.

Die sterblichen Überreste der Erzieherin Ayleen Adanir und der Studentin Rosa Neumann, der beiden fehlenden Opfer des Gezeitenmörders und seines Komplizen, waren immer noch auf See.

※※※

In Balje kletterte Lena den neuen Hauptdeich hoch. Man konnte noch gut sehen, wie hoch die Sturmflut gestiegen war. Am Scheitelpunkt lag Treibgut: Schilfhalme, Hölzer, Pflöcke, Nylonschnüre. Auf dem Fernradweg fuhr ein älteres Paar auf E-Bikes vorüber. Die Senioren schmetterten ein »Moin, Moin« empor.

Lena und Mickel hoben die Hand, grüßten freundlich zurück und zwinkerten sich anschließend zu. Der modische Doppelgruß galt im Norden als geschwätzig. Den Hiesigen genügte ein schlichtes »Moin«. Wahrscheinlich waren es Auswärtige.

Mickel zückte sein Smartphone. Zu ihren neuesten Hobbys zählte es, die Schiffe zu identifizieren, die auf der Unterelbe unterwegs waren. Dann träumten sie ein bisschen von fernen Ländern und Häfen.

»Schau dir dieses riesige Containerschiff an«, sagte er. »Da würde eine ganze Stadt reinpassen.«

»Kentern kann es trotzdem«, erwiderte Lena. »Auf See gibt's keine Sicherheit.«

»Aber Rettungsboote. Gestern in Rotterdam Waalhaven um achtzehn Uhr vierundfünfzig gestartet. Ankunft in Hamburg um fünfzehn Uhr.«

»Was ist mit dem Tanker da drüben?«

Mickel tippte aufs Display. »Transportiert Öl zum Immingham Dock. Liegt am Südufer der Humber-Mündung. Sehr gezeitenabhängig.«

Die Gezeiten, dachte Lena. Ebbe und Flut. Der Pulsschlag des Meeres. Nichts weiter. Und es gab Rettungsboote! Sie drehte sich zu Mickel, umarmte ihn und schmiegte ihr Gesicht so an seine Schulter, dass sie weiterhin einen guten Blick über die beeindruckende Wasserlandschaft hatte.

»Sollen wir weiterlaufen?«, fragte er.

»Ich finde es gerade ganz schön hier«, erwiderte sie. »Erzähl mir mehr von den Schiffen, die du siehst.«

Während er Frachter, Schlepper, Segler und ein Boot der Küstenwache benannte, ließ Lena den Blick über die Unterelbe schweifen. Tag für Tag wälzte sich der Strom vorüber. In Sichtweite verbreitete er sich auf siebzehn Kilometer und ging in die Nordsee über. Lena wusste nicht, was als Nächstes auf sie zukam. Aber sie war davon überzeugt, dass es sich lohnte, mutig zu bleiben. So wie dieser Fluss sich für das Meer weitete, so wollte sie sich für ihr neues Leben öffnen. Momentan hatte Lena das Gefühl, dass alles möglich war.

Maritimes Glossar

Abfallen – Das Segelboot dreht sich mit dem Bug, also mit dem vorderen Teil, weg vom Wind, sodass er mehr von der Seite oder von hinten einfällt. Das Gegenteil ist *Anluven*: Das Segelboot dreht sich mit dem Bug zum Wind, sodass er mehr von vorne einfällt.

Aus dem Ruder laufen – Nicht gesteuerte Richtungsänderung eines Wasserfahrzeugs. Passiert häufiger bei langsamer Fahrt oder wenn eine Welle schräg von hinten das Heck anhebt.

Außendeich – Gebiet, das vor dem Deich liegt.

Dingi – Kleines Beiboot.

Ducht – Sitzbank auf einem Boot.

Dünung – Wellen, die nicht mehr vom Wind beeinflusst werden und aus ihrem Entstehungsgebiet hinauslaufen. Die Dünung wird von der sogenannten *Windsee* unterschieden. *Seegang* ist der Oberbegriff.

Fahrwasser – Markierte Schifffahrtsstraße, auf der Regeln zu beachten sind.

Fahrwassermarkierung – Schwimmende oder feste Seezeichen zur Bezeichnung von Fahrwassergrenzen, von Gefahrenstellen, zur Ansteuerung von Hafeneinfahrten etc.

Fall – Ein Seil oder eine Leine, mit dem ein Segel hochgezogen oder heruntergelassen wird. Mit dem *Großfall* wird das Großsegel bedient.

Fieren – Kontrolliertes Losgeben einer Leine. Unkontrolliertes Ablaufen einer Leine wird *Durchrauschen* genannt.

Grundsee – Steile Wellen im flachen Gewässer. Die Wellentäler reichen fast bis zum Grund. Auflaufgefahr!

Hallig – Kleine Insel im Nordfriesischen Wattenmeer und vor der Nordseeküste Dänemarks. Wird nicht durch Deiche geschützt und mehrmals im Jahr überspült. Nennt man *Land unter*.

Hoch am Wind – Kurs, bei dem schräg gegen den Wind angesegelt wird. Auch *hart am Wind* oder *gegenan* genannt.

Klampe – Vorrichtung, die zum Festbinden von Leinen dient. Besteht aus wasserbeständigem Material wie Edelstahl, Kunststoff oder Holz.

Koje – Schmale Schlafstätte auf einem Wasserfahrzeug. Fest eingebaut.

Krängung – Seitliche Neigung eines Bootes durch den Einfluss von Wind, Wellen oder Strömung. Wird die Krängung zu stark, kann das Wasserfahrzeug kentern.

Lahnung – Zumeist doppelte Holzpflockreihe, die mit Strauchschnitt gefüllt ist und an der Wattenmeerküste zu finden ist. Beeinflusst die Strömungsgeschwindigkeit und fördert so die Sedimentablagerung. Dient dem Küstenschutz.

Leuchttonne – Schwimmendes Schifffahrtszeichen, das durch eine Ankerkette an einer Stelle gehalten wird und beispielsweise Fahrwasser oder Untiefen markiert.

Niedergang – Schmale, steile Treppe auf einem Wasserfahrzeug. Meist mit einem Handlauf versehen, damit man sich bei Seegang festhalten kann.

Pantry – Küche oder Anrichte auf kleinen Booten. Auf großen Schiffen heißt die Küche *Kombüse*.

Pinne – Auf einem Segelboot oft ein Stock, der mit dem Ruder verbunden ist und mit dem man steuert.

Plicht – Der Bereich eines Wasserfahrzeugs, von dem es gesteuert wird. Meist im hinteren Teil gelegen und Aufenthaltsort der Besatzung während der Fahrt.

Priel – Fließgewässer im Watt oder im küstennahen Marschland.

Querschlagen – Unbeabsichtigtes Drehen des Rumpfes quer zum Wind oder zur Welle. Kentergefahr!

Reffen – Maßnahme zur Verkleinerung des Segels, um den Druck des Windes zu verringern und eine starke → *Krängung* zu verhindern.

Rettungsbake – Zufluchtsort für Wattwanderer oder Schiffbrüchige. Zwischen Cuxhaven und Neuwerk bestehen sie aus einem Stahlmast mit Leiter. Durch eine Luke erreicht man einen blitzabschirmenden Korb, in dem Notfallausrüstung bereitliegt.

Sände – Kurzform für Sandbänke.

Schiebeluk – Dach über dem → *Niedergang*. Meist eine rechteckige, gewölbte Platte, die über Schienen auf- und zugeschoben wird. Manchmal mit einem Oberlicht ausgestattet.

Schwell – Wellen eines vorbeifahrenden Schiffes. Auch → *Dünung*, die in einen Hafen läuft.

Siel – Durchlass in einem Deich zur Entwässerung des Binnenlandes.

Steckschott – Tür vor dem → *Niedergang*. Meist eine rechteckige Platte aus Holz oder Acrylglas, die senkrecht über Führungsschienen reingeschoben und rausgezogen wird. Häufig mit einem Lüftungsgitter ausgestattet.

Steuerbord – In Fahrtrichtung rechte Seite eines Wasserfahrzeugs. *Backbord* ist die linke Seite.

Tide – Im allgemeinen Sprachgebrauch das regelmäßige Steigen und Fallen der Wasserstände. Konkret reicht die Tide von einem Niedrigwasser über ein Hochwasser bis zum nächsten Niedrigwasser und dauert zwölf Stunden und fünfundzwanzig Minuten.

Trockenfallen – Bei ablaufendem Wasser mit dem Boot auf dem Grund aufsetzen.

Vorsegel – Jene Segel, die sich vor dem Mast und dem Großsegel befinden. Dazu gehören *Fock*, *Genua* und *Spinnaker*.

Wanten – Meist Drahttauwerk, das den Mast von der Seite *(querschiffs)* stützt. Sogenannte *Stagen* stabilisieren den Mast nach vorne und hinten *(längsschiffs)*.

Warft – Künstlicher aufgeschütteter Hügel, auf dem ein oder mehrere Gebäude stehen. Dient den Bewohnern einer → *Hallig* zum Schutz vor Sturmfluten.

Nachwort

Wir alle kennen das: Man sitzt mit alten Freunden oder der Familie zusammen und unterhält sich über ein lang zurückliegendes Ereignis. Schnell stellt sich heraus, dass die Erinnerungen voneinander abweichen. Im Nachhinein lässt sich nicht feststellen, wer recht oder unrecht hat, aber aufgrund der Unterschiede lässt sich mit Sicherheit sagen, dass sich mindestens ein Gesprächspartner irrt.

Unser Gedächtnis ist voll von Informationen, die einer Überprüfung nicht standhalten würden und häufig auf Selbsttäuschungen beruhen. Mittlerweile wurde der wissenschaftliche Nachweis erbracht, dass autobiografische Erinnerungen auch von Außenstehenden erzeugt werden können. Mit einfachen Mitteln!

Im Jahr 2002 wählten Kathryn Braun von der Harvard Business School und ihr Team Versuchspersonen aus, die in ihrer Kindheit Disneyland besucht hatten. Ihnen wurde eine gefälschte Werbeanzeige präsentiert, die nahelegte, dass sie in dem berühmten Freizeitpark dem Trickfilmhasen Bugs Bunny die Hand geschüttelt hätten. Tatsächlich entsannen sich Teilnehmer an die Begegnung – teilweise so lebhaft, dass sie noch eine Karotte oder das Plüschfell erwähnten. Der Clou: Bugs Bunny ist keine Schöpfung von Walt Disney, sondern von den Warner-Bros.-Zeichentrick-Studios. Das Treffen konnte auf dem Gelände nicht stattgefunden haben. Eine simple Annonce hatte gereicht, um den Probanden eine falsche Erinnerung zu implantieren, die auch noch das Hinzuerfinden von Einzelheiten auslöste (Konfabulation).

Welches Potenzial die Manipulation des menschlichen Gedächtnisses birgt, haben auch die Geheimdienste erkannt. Seit Jahren engagieren sie Berater aus der Forschung, um ihre Spione auf Missionen vorzubereiten und verlässliche Informationen zu erbeuten. Ob und inwieweit falsche Erinnerungen dabei eine

Rolle spielen, unterliegt der Geheimhaltung. Zweifellos ist es jedoch möglich, solche in den Köpfen einzupflanzen.

Wer mehr über dieses Thema erfahren möchte, dem kann ich folgende Lektüre empfehlen: Dr. Julia Shaw, »Das trügerische Gedächtnis«, München 2018. Das informative Sachbuch gibt einen umfassenden Überblick und diente mir als wichtige Quelle.

Danksagung

Dank an Christel Mix und Paul Scharten, die mich durch den alten Leuchtturm in Balje führten und mir mit vielen nützlichen Informationen halfen. Im Förderverein Baljer Leuchtturm von 1904 e. V. engagieren sich nur nette Menschen, nicht der Komplize eines Gezeitenmörders wie in diesem Roman. In der alten Küche wurde auch nie jemand gefangen gehalten. Das alles entspringt der Phantasie des Autors. Vielmehr genießt man vom Lampenraum aus einen grandiosen Blick über die Elbemündung, der zum Träumen und Verweilen einlädt und einen Besuch lohnt. Viele Infos, tolle Bilder und einen virtuellen Rundgang gibt es auf der Homepage des Fördervereins: www.foerderverein-baljer-leuchtturm.de.

Dank an Kilian Helmbrecht, der mir Zugang zu seinem sehenswerten Dokumentarfilm »Einmannland« verschafft hat und der sein Leben als Umweltpraktikant auf Scharhörn sehr atmosphärisch und stimmungsvoll in Szene gesetzt hat. Dank an Torsten Decker, den Tambourmajor vom Trommler- und Pfeifercorps Freiburg/Elbe von 1896, der mir bei meinen Fragen zum Festumzug half.

Dank an meinen Agenten Dirk R. Meynecke für die jahrelange und vertrauensvolle Zusammenarbeit, an die Mitarbeiter des Emons Verlages für ihren professionellen und engagierten Einsatz und an meinen Lektor Carlos Westerkamp, der immer das richtige Gespür und die richtigen Anregungen hat.

Ein besonderer Dank gilt meiner Frau Steffi, die mir nicht nur als erste Testleserin ein wertvolles Feedback gibt, sondern mir bei der Fertigstellung dieses Romans den Rücken freigehalten hat.

Die Kriminalromane von Tim Pieper im Überblick
Alle Titel sind auch als eBook erhältlich.

Havel-Krimis:

Dunkle Havel
ISBN 978-3-95451-507-3
Kalte Havel
ISBN 978-3-7408-0001-7
Tiefe Havel
ISBN 978-3-7408-0285-1
Stille Havel
ISBN 978-3-7408-0670-5
Finstere Havel
ISBN 978-3-7408-1141-9
Raue Havel
ISBN 978-3-7408-1365-9

Historische Kriminalromane:

Mord unter den Linden
ISBN 978-3-89705-914-6
Mord im Tiergarten
ISBN 978-3-95451-178-5

www.emons-verlag.de